한자와 나오키
半沢直樹

半沢直樹③ ロスジェネの逆襲
Original Japanese title: ROSUJENE NO GYAKUSHU

Copyright © Jun Ikeido, 2012
Original Japanese edition first published by Diamond Inc.

Korean translation copyright © Influential Inc., 2019
Korean translation rights arranged with Office IKEIDO Inc.
through The English Agency(Japan) Ltd. and Danny Hong Agency.

한자와 나오키

3

잃어버린 세대의 역습

이케이도 준

이선희 옮김

ꟼNFLUENTIAL
인플루엔셜

차례

• 일러두기

본문의 주는 모두 옮긴이가 독자의 이해를 돕기 위해 붙인 것입니다.

1장

의자 뺏기 게임

1

전뇌잡기집단의 히라야마 부부가 찾아온 것은 10월의 어느 월요일이었다.

2004년, 미국 메이저리그에서 조지 시슬러가 보유했던 한 시즌 최다 안타 기록을 이치로 선수가 깨뜨린 다음 주였다.

한자와 나오키가 중요한 고객만 안내하는 제1접견실에 들어갔을 때, 모로타 쇼이치 차장과 모리야마 마사히로가 이미 히라야마 가즈마사 사장과 그의 아내이자 부사장인 미유키를 응대하고 있었다.

전뇌잡기집단은 히라야마가 35세가 되었을 때, 그때까지 근무했던 종합상사를 그만두고 창업한 IT 벤처기업이다. 중국 기업을 연상케 하는 회사 이름은 그가 직접 지었다고 한다. 눈이 휘둥그레질 만큼 놀라운 중국 잡기단의 곡예를 보고 감동을 받아, IT 분야에서도 그렇게 뛰어난 기교를 구사하는 프로 집단을 만들겠다고 결심한 것이다.•

전뇌잡기집단이 신흥주식시장*에 상장한 것은 창업한 지 5년째 되는 해였다. 이 시점에서 히라야마는 거액의 창업자이득을 얻음과 동시에 스타 창업가로 떠올랐고, 지금 그쪽 세계에서는 모르는 사람이 없는 유명인이 되었다.

올해 50세인 그는 월급쟁이 시절을 방불케 하는 수수한 양복 차림이었지만, 옆에 앉은 미유키는 한눈에도 어느 브랜드인지 알 수 있는 화려한 명품 의상으로 몸을 감싸고 있었다.

한자와가 들어가기 전에 좋은 이야기라도 나누었는지, 모로타는 기대감이 가득한 얼굴로 그에게 팔걸이의자를 권했다. 모로타의 옆에서는 모리야마가 평소의 무뚝뚝한 얼굴로 볼펜을 든 채 노트를 펼치고 있었다.

"안 그래도 인사드리러 찾아뵈려던 참이었습니다. 일부러 여기까지 와주셔서 감사합니다."

한자와는 정중하게 고개를 숙였다. 히라야마와는 한 번 만난적이 있었다. 예전에 근무했던 도쿄중앙은행에서 도쿄센트럴증권으로 발령을 받았던 두 달 전, 부장 취임 인사를 하기 위해 그의 회사를 방문했던 것이다.

중요 고객사라고는 하지만 전뇌잡기집단과 도쿄센트럴증권은 관계가 없는 것이나 마찬가지였다. 상장 주관사로 참여한 이후

• '전뇌(電腦)'는 중국어로 컴퓨터를 뜻한다.
• 성장성 있는 벤처기업이나 중소기업에 자금 조달 기회를 제공할 목적으로 도쿄증권거래소에 비해 상장요건을 완화한 일본의 증권거래소.

로 두 회사는 이렇다 할 만한 거래가 없었다. 담당자인 모리야마를 통해 이런저런 투자 상품을 제안해도 모조리 문전박대를 받았다고 했다.

"중요한 이야기인 만큼 부장님도 꼭 동석하셨으면 좋겠다고 합니다."

모로타는 비즈니스 이야기일 것이라고 지레짐작했는지 두 눈을 반짝거렸다. 고맙다고 인사하면서 벤처기업 창업자 부부에게 시선을 돌린 순간, 한자와는 흠칫 놀라며 눈썹 끝을 올렸다.

두 사람의 표정이 몹시 진지했기 때문이다. 온몸에는 심상치 않은 기운이 감돌았다.

히라야마 사장은 상체를 약간 숙이며 말을 꺼냈다.

"이렇게 시간을 내주셔서 감사합니다. 전뇌잡기집단은 내년에 창업 15주년을 맞이합니다. 그동안은 여러분의 뜨거운 응원 덕분에 그럭저럭 순조롭게 성장해왔습니다. 그런데 최근 몇 년 사이에 경영 환경이 눈에 띄게 안 좋아지면서, 지금처럼 경영하면 이내 한계에 부딪치지 않을까 우려하고 있습니다. 창업 15주년을 앞두고 지금 우리 회사에 필요한 것은 10년, 20년 후의 성장을 견인할 수 있는 대담하고 새로운 전략이 아닌가 합니다. 그것을 실현하기 위해 도쿄센트럴증권의 협조를 받고 싶어서 시간을 내달라고 했습니다."

언뜻 보기에는 수수하게 생겼지만 항상 선두에 서서 적극적으로 경영해온 히라야마다운 말이었다. 잇달아 새로운 전략을 성공시킨 전뇌잡기집단의 매출은 어느새 3천억 엔이 넘어가고 있었다.

"지금까지 없었던 새로운 경영전략입니까? 그거 굉장하군요! 뭐든지 말씀만 하시면 협조해드리겠습니다."

모로타가 몸을 앞으로 내밀며 덧붙였다.

"그런데 구체적으로 어떤 전략인가요?"

"기업 규모를 확대하기 위해 가장 빠르고 가장 확실한 방법을 선택하고자 합니다."

히라야마의 말에는 굳은 결심이 배어 있었다.

모로타가 눈을 동그랗게 뜨고 히라야마를 치켜세웠다.

"가장 빠르고 가장 확실한 방법이요? 아주 멋진 말입니다. 그런데 구체적인 계획이 있습니까?"

"오늘은 그걸 의논드리러 왔습니다."

히라야마는 잠시 호흡을 가다듬고 나서 덧붙였다.

"……도쿄스파이럴을 인수하고 싶습니다."

"네?"

모로타는 그 말을 끝으로 그대로 얼어붙었다. 모리야마가 메모하던 손길을 멈추고 히라야마를 뚫어지게 바라보았다. 얼굴에는 경악의 표정이 달라붙어 있었다.

그도 그럴 것이 도쿄스파이럴은 히라야마가 이끄는 전뇌잡기집단과 쌍벽을 이루는 IT 벤처기업의 대표주자다.

사장인 세나 요스케는 아직 서른 살밖에 안 되었지만, 친구

몇 명과 인터넷 관련 소프트웨어 판매회사로 시작해 현재 연매출 1천억 엔이 넘는 규모로까지 성장시킨 뛰어난 경영자라는 평가를 받고 있다.

"한자와 부장님, 어떤가요?"

히라야마의 시선이 한자와에게 향했다.

한자와는 자신의 심정을 솔직하게 말했다.

"매우 대담한 전략이군요. 그런데 도쿄스파이럴을 인수해서 어떤 사업을 하고 싶으신가요?"

히라야마는 앞으로의 계획을 털어놓았다.

"도쿄스파이럴이 운영하는 인터넷 검색 사이트를 가지고 싶습니다. 그것만 있으면 컴퓨터를 비롯해 하드웨어에 치우친 당사의 사업 구조를 바꾸어 국내 최대 인터넷 기업으로 발돋움할 수 있습니다. 도쿄스파이럴의 사업 내용은 이미 조사를 마쳤습니다. 만약 그 회사를 인수할 수 있다면 우리는 한층 도약할 수 있을 겁니다. 도쿄센트럴증권을 인수자문사로 삼아서 이번에 꼭 도쿄스파이럴을 인수합병하고 싶습니다."

한자와가 입을 열기도 전에 모로타가 들뜬 표정으로 말했다.

"굉장합니다! 사장님, 그렇게 말씀해주셔서 감사합니다. 저희도 적극적으로 검토하겠습니다. 귀사만이 아니라 도쿄센트럴증권도 이번 인수합병을 통해 한 단계 비약하고 싶습니다. 서로에게 멋진 비즈니스가 될 것임이 틀림없습니다. 꼭 성공시키겠습니다. 자세한 내용을 검토한 뒤, 정식으로 제안서를 가지고 찾아뵙겠습니다.”

모로타는 그렇게 말하고 깊숙이 고개를 숙였다.

“이거 재미있겠는데요? 잘하면 엄청난 수익을 올릴 수 있을 것 같습니다.”

히라야마 부부를 태운 엘리베이터 문이 닫히고, 층수를 표시하는 램프의 숫자가 바뀌기 시작하자 모로타는 들뜬 목소리로 말했다.

“역시 히라야마 사장이네요. 대담무쌍하다고 할까요?”

“하지만 M&A는 쉽지 않을 겁니다.”

한자와는 신중하게 대답했다. 도쿄센트럴증권은 도쿄중앙은행의 자회사로, 모회사가 은행이라는 점은 좋지만 업계 경력이 짧아서 M&A 실적은 별로 없었다. 대형 프로젝트일수록 더욱 그래서, 자문사로서 고액 수수료를 받을 만한 노하우가 있느냐 하면, 솔직히 말해 자신 있게 대답할 수 없다.

하지만 모로타는 눈에 불을 켜고 강력하게 주장했다.

“부장님, 이번 일은 반드시 해야 합니다. 아니, 하지 않으면 안 됩니다.”

이런 자문사 업무는 거액의 수익으로 이어지기 때문이다. 최근 들어 실적이 밑바닥에서 헤매고 있는 회사로는 더할 나위 없이 좋은 기회다.

한자와가 물었다.

"도쿄스파이럴이 '네, 그렇게 하지요'라고 쉽게 M&A에 응할 것 같습니까? 아마 적대적 M&A가 될 겁니다. 노하우는 있습니까?"

"그런 건 어떻게든 될 겁니다."

모로타는 딱 잘라 말했지만 그 말에 근거가 있다고는 여겨지지 않았다. 지금까지 취급한 대형 프로젝트는 전부 모회사인 은행이 넘겨준 것뿐이었다. 그런 배경을 믿고 시장이 얼마나 무서운지 모르는 은행의 자회사에게 적대적 M&A의 자문사 업무는 너무나 무거운 짐처럼 보였다. 그런 현실을 무시한 채 모로타는 희희낙락하며 낙관하고 있었다.

아무리 기업 규모가 다르다고는 하지만, 라이벌 기업을 사들여서 산하에 두려는 히라야마의 전략은 입에서 '헉!' 소리가 날 만큼 기습적인 방법이라서 실패할 가능성도 높다.

모리야마가 고개를 갸웃하며 의문을 제기했다.

"그게 그렇게 쉬울까요? 도쿄스파이럴 쪽에서 보면 지금까지 라이벌이라고 생각했던 상대에게 정복당하는 거나 마찬가지 아닙니까? 아마 죽을힘을 다해 저항할 겁니다."

모로타가 불쾌한 눈으로 모리야마를 쏘아보았다.

"뭐야? 괜히 초 치지 말고 입 다물어! 전뇌는 자네 담당이잖아? 수익을 올리고 싶지 않나? 멍하니 왔다 갔다만 하면, 회사는 땅 파서 월급을 주는 줄 알아? 아직 이번 달 목표도 못 채웠잖아?"

모리야마는 얼굴에서 표정을 지우고 입을 다물었다. 올해 조사역으로 승진한 모리야마는 우수하기는 하지만 상사 입장에서 부리기 쉬운 직원은 아니었다. 논리적이고 따지기를 좋아하며 모든 것을 삐딱하게 바라본다. 조직에 아부하지 않고 회의에서도 당당하게 반대 의견을 말해서 거북해하는 상사도 적지 않았다. 모로타도 그중 한 사람으로, 평소에도 틈만 있으면 모리야마에게 잔소리를 늘어놓았다.

한자와가 모리야마를 보면서 말했다.

"되도록 하는 방향으로 급히 검토해주게. 어려운 프로젝트이긴 하지만 지금 우리 회사에는 이런 경험도 필요하니까."

"알겠습니다."

작은 한숨과 함께 자기 자리로 돌아가는 모리야마의 뒷모습을 바라보며 모로타가 내뱉듯이 말했다.

"저 녀석은 무슨 생각을 하는지 모르겠다니까요. 저게 상사를 대하는 태도입니까?"

모로타는 그렇게 말하고 동의를 구하는 눈길로 한자와의 눈치를 살폈다. 두 사람에게는 공통점이 있었다. 거품 시대에 입행한 거품 세대에다 은행에서 파견 나온 은행파라는 것이다. 직책은 한자와가 높지만 입행 연도는 모로타가 한 해 빠르다.

게다가 모로타는 불도저처럼 힘으로 밀고 나가는 영업맨 타입이고, 모리야마는 어떤 일에도 이론을 앞세우는 이론가 타입이다. 둘의 궁합이 맞을 리가 없다.

"이걸로 이번 회기 실적은 한숨 돌리겠군요."

이미 계약을 성사시키기라도 한 것처럼 모로타의 말투는 안도로 가득 차 있었다.

2

"도쿄스파이럴은 창업자이자 사장인 세나 요스케가 두 친구와 같이 창업해서 상장했습니다. 전기 매출은 1200억 엔, 경상이익 3백억 엔, 당기순이익 120억 엔……."

"주가는?"

모로타가 모리야마의 발표를 가로막고 물었다. 다음 날 오후 6시부터 열린 임시회의 자리였다.

"2만 4천 엔입니다."

"그래서? M&A를 하려면 얼마가 필요하지?"

모로타의 목소리에 조바심이 섞였다. 그 말투를 듣고 모리야마의 얼굴에서 표정이 사라졌다. 모로타의 말투가 평소보다 더 날카로웠던 것이다.

"주식의 과반수를 취득하려면 1500억 엔 정도 필요합니다."

모리야마의 입에서 금액이 흘러나온 순간, 회의실은 소리 없는 흥분으로 가득 찼다. 이 정도의 대형 프로젝트는 경험한 적이 없었기 때문이다.

"이번 프로젝트만 성공시키면 이번 회기 수익은 걱정 안 해도 되겠군."

　모로타의 말은 모두를 향한 격려의 말로도, 자기 자신을 향한 다짐의 말로도 들렸다. 흥분으로 인해 떨리는 목소리에는 뜻밖의 수익 기회에 대한 기대감이 배어 있었다.

　"하지만 지금 전뇌잡기집단에는 1500억 엔이나 되는 자금이 없습니다."

　모로타는 분노를 터트리며 모리야마의 말을 반박했다.

　"자금은 어떻게든 될 거야. 회사채를 발행하든 은행에서 대출을 받든, 지원 방법은 얼마든지 있으니까."

　모리야마가 몹시 냉정하게 말했다.

　"전뇌잡기집단은 M&A에 사용할 수 있는 충분한 자금을 보유하고 있지 않습니다. M&A를 하려면 결국 부채를 지게 되겠죠. 물론 매달 이자도 감당해야 하고요. 현재 기업의 체력으로 보면 너무 지나치지 않을까요?"

　모로타는 뿌리치듯 말했다.

　"문제없어. 도쿄스파이럴을 사들이면 수익도 많아지고 자산도 늘어나. 여기에 무슨 문제가 있다는 거지?"

　모리야마가 강력하게 주장했다.

　"리스크가 너무 큽니다. 연매출 3천억 엔이 조금 넘는 회사가 매출의 절반에 가까운 1500억 엔이나 되는 자금을 빌려 라이벌 기업을 사들이는 게 과연 타당할까요? 도쿄스파이럴과 전뇌는 사풍도 너무나 다르고, 서로 라이벌 의식도 강합니다. 도쿄스파이럴이 아무런 저항 없이 M&A에 응할 리 만무하고 사원들의 반발도 클 겁니다. 이번 M&A가 성공할 가능성은 그렇게 크지 않을 것 같습니다."

모로타가 지긋지긋하다는 말투로 쏘아붙였다.

"우리 직원들이 다 자네처럼 말한다면 아무 일도 할 수 없겠지. 내가 알고 싶은 건 우리가 자문사가 되는 데 걸림돌이 있느냐 없느냐야. 자네 의견을 물은 게 아니라고!"

모로타는 분노로 타오르는 눈길로 모리야마를 뚫어지게 쳐다보며 다그쳤다.

"걸림돌이 될 만한 게 있어, 없어?"

"특별히 없습니다."

"그러면 쓸데없는 소리 하지 말고 처음부터 그렇게 말해!"

성질이 급한 모로타는 버럭 호통을 친 뒤, 옆에 있던 한자와를 향했다.

"부장님, 지금 들으셨지요? 히라야마 사장님께 이번 프로젝트를 맡겠다고 대답하고 싶은데, 그래도 되겠습니까?"

부루퉁한 얼굴의 모리야마가 어두운 눈길로 한자와를 바라보았다. 할 말이 있는 것처럼 보이는 눈길은 한자와와 시선이 마주치기 전에 돌렸지만, 불만이 온몸을 휘감고 있다는 것은 그의 태도를 보면 알 수 있었다.

한자와는 작게 숨을 내쉬고, 모리야마로부터 모로타에게 시선을 돌렸다.

"알겠습니다. 진행하십시오. 히라야마 사장님과 서둘러 조건을 확인해주십시오."

"알겠습니다."

모로타는 고개를 끄덕인 뒤, 직원들에게 시선을 돌렸다. 그리고 "지금부터 프로젝트 팀을 새로 만들겠다"라고 말하더니, 그 자리에서 팀원을 선택했다.

전부 다섯 명이었다. 분위기가 어색해진 것은 그 팀 안에 전뇌잡기집단의 담당자인 모리야마의 이름이 없었기 때문이다.

"이번 일은 이 사람들로 진행하겠다."

모리야마가 그렇게 말하는 모로타를 활활 타오르는 눈길로 쏘아보았다.

"한 가지 여쭤봐도 되겠습니까? 당연히 저도 팀원이라고 생각해도 되겠지요? 전뇌잡기집단의 담당자니까요."

"아니, 이건 일반 업무와는 별도로 생각해. 이번에는 이 인원으로 진행한다."

모리야마의 눈에서 감정이 사라졌다. 모로타는 그런 모리야마를 무시하고 회의용 탁자 끝에 앉아 있던 사람에게 눈길을 돌렸다. 미키 시게유키였다.

"미키 씨, 이번 프로젝트의 팀장은 자네야. 부탁해."

"네, 알겠습니다!"

미키가 등줄기를 곧게 펴고 기합이 잔뜩 들어간 목소리로 대답했다. 회의실에 울려 퍼지는 우렁찬 대답을 들으면서 한자와는 뜻밖의 상황에 눈썹을 찡그렸다.

중요한 프로젝트인 만큼 모로타는 아직 젊은 모리야마를 빼고 심복인 미키를 넣은 것 같은데, 과연 그래도 될까? 미키의 직책은 모리야마와 똑같은 조사역이지만 나이는 한자와보다 한 살 많다. 더 깊게 파고들어 가면 모로타와 입행 동기고, 같은 은행에서 파견 나온 은행파다. 서로 친해서 챙겨주고 싶은 마음은 이해하지만, 프로젝트 팀 인원 선발의 합리적인 이유라고 생각할 수 없다. 이런 인선에까지 가타부타할 생각은 없으나 석연치 않은 것은 사실이었다.

도쿄중앙은행의 자회사인 도쿄센트럴증권은 직원이 두 파로 나뉘어 있다. 처음부터 도쿄센트럴증권으로 입사한 증권파와 은행에서 파견 나온 은행파다.

회사가 생긴 지 얼마 안 되어서 증권파 임원은 한 명도 없고, 중요한 자리는 모두 은행파가 차지하고 있다. 그로 인해 증권파 직원들의 머릿속에는 불공평하다는 생각과 차별받고 있다는 불만이 깊숙이 똬리를 틀고 있다. 지금도 은행에서 파견 나온 은행파를 특별 대우하는 것 아닌가, 하는 분위기가 떠다니기 시작했다.

모리야마가 참지 못하고 이의를 제기했다.

"잠시만요! 제가 왜 팀원에서 제외되어야 하는지 도저히 이해할 수 없습니다."

"이 일에는 경험이 필요해. 이번 프로젝트는 굉장히 중요하니까, 아직 젊은 자네에겐 짐이 너무 무거워."

모로타가 가시 있는 말투로 내뱉듯이 말하고 등을 돌렸을 때였다.

"……웃기고 있네."

모리야마의 목소리는 작았지만 한자와의 귀에도 똑똑히 들렸다. 다음 순간, 그 자리의 공기가 얼어붙으면서 모로타의 안색이 바뀌었다. 모로타의 눈에서 서서히 분노의 불길이 타오르기 시작했다.

"모리야마, 지금 뭐라고 했어? 불만 있나?"

"별로요."

모리야마의 입에서 자포자기의 말이 새어 나왔다.

"별로라고? 다시 똑바로 말해봐!"

모로타의 관자놀이 주변의 핏대가 불거지더니, 울끈불끈하며 소리가 날 것처럼 꿈틀거렸다.

"별로, 불만, 없습니다."

모리야마의 얼굴에 드리운 감정은 분노가 아니라 포기였다. 이런 상대와 말다툼을 해봐야 소용없다. 이런 조직에 기대할 것은 아무것도 없다―마치 그렇게 말하고 싶은 표정이었다.

"불만 없으면 주둥이 닥치고 있어."

모로타가 독기 어린 눈길을 모리야마에게 향한 채 낮은 목소리로 말했다.

반론을 하리라고 생각했던 모리야마로부터는 대답이 돌아오지 않았다.

모로타는 미키에게 시선을 돌리더니 "미키 씨, 그럼 기대할게"라고 다정하게 말했다. 모리야마에게 보인 차가운 말투와는 정반대로 따뜻한 응원이 깃들어 있었다.

회의가 끝나고 자리로 돌아온 모리야마에게 미키가 히죽히죽 웃으면서 다가왔다.

"모리야마, 전뇌 파일을 주겠나?"

모리야마는 책상 위에 있는 두터운 파일을 턱으로 가리켰다. 파일 등에는 '전뇌잡기집단'이라고 쓰여 있었다.

"가져가십시오. 저에게 말할 필요 없이 그냥 가져가시면 되지 않습니까?"

"에이, 사내자식이 겨우 그런 거 가지고 꽁하면 쓰나?"

미키는 허물없이 말하며, 부루퉁하게 앉아 있는 모리야마의 어깨를 툭툭 쳤다.

"이러지 마십시오!"

모리야마는 미키의 팔을 뿌리친 뒤, 조바심 나는 눈길로 쳐다보았다.

"꽁한다든지, 그런 한심한 짓은 하지 않습니다. 그보다 선배님이 과연 이런 프로젝트를 해낼 수 있을까요?"

"무슨 말이야?"

미키는 조금 전에 회의실에서 보여준 성실한 모습과 180도 달라지더니, 교활한 표정으로 덧붙였다.

"자네가 못하니까 내게 차례가 돌아온 거잖아?"

모리야마의 입에서 짧은 웃음이 새어 나왔다.

"과연 그럴까요? 차장님이 나를 싫어해서 제외한 것뿐이거든요. 그것 말고 다른 이유는 없는 것 같은데요?"

"자네는 지금까지 이런 프로젝트에 관여한 적이 없잖아?"

미키의 말이 끝나기도 전에 모리야마가 반문했다.

"그렇다면 선배님은요? M&A에 관여한 적이 있습니까?"

말문이 막힌 미키를 뚫어지게 쳐다보며 모리야마가 다시 덧붙였다.

"적어도 우리 회사에 오고 나서 3년 동안은 없었잖습니까?"

미키는 자기보다 열 살이나 어린 동료에게, 라이벌 의식을 적나라하게 드러냈다.

"나는 은행에서 정보개발부에 있었지. 그때 항상 M&A 정보를 취급했고 성공시킨 사례도 있어."

"성공시켰다고요? 은행 정보개발부에서는 M&A 실무까지 하나요?"

미키는 순간적으로 거북한 표정을 지었으나, 그 감정을 즉시 가면 밑으로 집어넣었다.

"실무는 영업 담당자 일이야. 하지만 M&A가 어떤 것인지는 알고 있지. 자네보다 훨씬 많이, 훨씬 구체적으로 말이야."

"자신만만하시네요. 이번 일도 그런 식으로 술술 풀리면 좋을 텐데요."

"말투가 그게 뭐야? 지금 실패하라고 고사 지내는 거야?"

미키가 그렇게 말하며 비아냥거리는 모리야마를 노려보았다. 모리야마는 재빨리 책상 위의 자료를 정리한 뒤, 쾅 소리를 내고 미키 앞에 내려놓았다.

"전뇌잡기집단의 서류는 이게 전부입니다. 가져가시죠."

미키는 증오스러운 눈길로 모리야마를 노려보더니, "모르는 게 있으면 그때마다 물어볼게"라는 말을 남긴 뒤 자료를 들고 사라졌다.

미키의 뒷모습을 바라보면서 모리야마는 자기도 모르게 혀를 찼다.

"모리야마, 그렇게 발끈할 거 없어."

모리야마의 뒷자리에서 처음부터 끝까지 상황을 지켜보던 오니시 가쓰히코가 말했다. 그리고 제자리로 돌아가는 미키의 등에서 시선을 돌려 모리야마를 쳐다보았다. 오니시는 모리야마처럼 대학을 졸업하고 도쿄센트럴증권에 입사한 증권파 직원으로, 입사 연도는 모리야마보다 1년 빠르다.

오니시가 나지막한 목소리로 말했다.

"정말 눈꼴시어서 못 봐주겠네. 끼리끼리 잘들 놀고 있군. 모리야마, 밥이나 먹으러 가자. 아직 할 일이 남았어?"

"일할 마음이 싹 사라졌습니다."

모리야마는 책상 위를 정리한 뒤, 오니시와 같이 자리에서 일어섰다.

"먼저 들어가겠습니다."

차장 자리를 향해 말하자 모로타가 "그래"라고 나지막하게 말하며, 그와 동시에 벽시계를 힐끔 쳐다보았다. 시계는 오후 7시 조금 전을 가리키고 있었다.

모로타가 벌써 퇴근하냐는 듯한 불만스러운 표정을 지었다.

'남이야 일찍 가든 말든 뭔 상관이야!'

마음속으로 투덜거리면서 오니시와 함께 사무실을 나서는 모리야마의 눈에 마지막으로 들어온 것은, 조금 전에 준 서류를 정신없이 보고 있는 미키의 모습이었다.

모로타가 퇴근하기 전에 미키가 먼저 집에 가는 일은 있을 수 없다. 상사에게는 방아깨비처럼 꾸벅꾸벅 머리를 조아리는 주제에, 아랫사람에게는 선배임을 내세우면서 거만하게 행동하는 사람이었다.

'수고 많으시군. 잘해봐.'

모리야마는 마음속으로 차갑게 중얼거린 뒤, 오니시의 뒤를 따라 엘리베이터를 타고 1층으로 내려왔다. 그들이 간 곳은 도쿄역 앞의 마루노우치 오아조라는 복합상업시설에 있는 단골 술집이었다.

모리야마와 오니시는 술을 그렇게 좋아하지 않는다. 이자카야에 가도 고작해야 생맥주 한두 잔을 마실 뿐이다. 그다음에는 안주를 시켜서 계속 먹고 또 먹는다.

첫 잔의 맥주가 목을 촉촉이 적셔주었다.

"모로타 차장도 정말 한심하군. 그렇게 무능력한 녀석을 팀장으로 내세우다니."

오니시의 말을 들으면서 모리야마는 맥주잔을 잡은 손에 힘을 주었다.

"증권파 직원을 믿지 않는 겁니다. 중요한 프로젝트는 동료들끼리 하려는 거겠죠."

여기서 '동료'라는 것은 도쿄중앙은행 출신들을 말한다. 모로타는 도쿄센트럴증권으로 입사한 증권파 직원을 노골적으로 무시하는 경향이 있었다. 비중 있는 일과 중요한 고객, 중요한 프로젝트는 모두 은행에서 파견 나온 은행파에게 맡기고, 증권파 직원은 완전히 조수 취급이다.

"엘리트 의식으로 똘똘 뭉친 사람이니까."

모리야마가 진절머리가 난다는 얼굴로 대꾸했다.

"그게 아니라 기득권으로 똘똘 뭉친 사람입니다. 거품 시대에 은행에 들어와 별다른 능력도 없는데 차장이잖습니까? 그릇이 작다고나 할까요?"

평소에 사사건건 눈엣가시 취급을 받아서 그런지, 모리야마는 모로타를 가차 없이 비판했다. 하지만 비판하면 할수록 마음속에서 삐져나오는 것은 씁쓸한 소외감이었다. 지금까지 상사 복이 없었던 만큼 월급쟁이로서 운이 좋다고 할 수 없었다. 힘들게 입사한 회사지만 여기가 자신이 있을 곳이라곤 생각하지 않았다.

"그렇다고 은행 출신자라고 해서 믿을 수 있을까요?"

상대가 믿을 수 있는 오니시인 만큼 모리야마는 마음 놓고 분통을 터트렸다.

오니시도 맞장구를 쳤다.

"미키는 '네네'라고 대답만 하지, 일을 마무리하지 못해."

"사무 능력도 없어요. 미키 선배가 쓴 전표는 매번 오류투성이라고 도가와 씨가 짜증을 내더라고요. 전표가 틀렸다고 수정해달라고 하면 도가와 씨더러 수정하라고 한대요."

도가와는 영업기획부의 사무직 사원이다.

오니시가 냉정하게 말했다.

"그러니까 은행에서도 파견을 내보냈고 그 나이에 아직도 조사역이지. 그런 사람에게 이렇게 중요한 프로젝트를 맡겨도 될까? 애초에 미키한테 M&A 관련 전문 지식이 있을 리 없잖아?"

"정보개발부에 있었다고 큰소리치더군요."

모리야마의 말이 끝나기가 무섭게 두 사람은 동시에 웃음을 터트렸다.

오니시가 웃으면서 말했다.

"뭐야? 정보개발부가 그렇게 대단해?"

"M&A 정보를 항상 취급했고, 실제로 성공시킨 사례도 있다면서 눈을 부라리더라고요."

"성공시킨 것 좋아하시네. 구라 치지 말라고 해."

오니시의 입술 끝에는 웃음이 매달려 있었지만 눈에서는 분노의 불길이 활활 타오르고 있었다.

"아마 그쪽에서 영업을 한 것 같아요."

모리야마가 그렇게 말하자 오니시는 웃음을 거두고 땅이 꺼져라 한숨을 지었다.

"그렇다면 결국 아무것도 할 수 없다는 거잖아? 미키 말고 다른 면면들은 그럭저럭 괜찮지만."

팀원 다섯 명 중 미키를 제외한 네 명은 증권파 직원들로, 증권 업무에 정통한 전문가들이었다. 실제로 미키가 완전히 '먹통'이라도 팀 자체는 어느 정도 돌아갈 것임이 틀림없다.

"모로타 차장은 이번 일로 미키에게 공을 세우게 해서 위로 끌어올리려는 거겠지. 하지만 그런 자가 승진하면 아랫사람들만 고생이야."

모리야마도 오니시의 말이 맞다고 생각했다.

오니시의 비판은 영업기획부장인 한자와에게도 이르렀다.

"부장도 그 인간들과 다를 게 없어. 은행에서 영업 2부 차장이었다면서? 은행에서 무슨 짓을 저질렀는지 모르겠지만, 그런 엘리트 중 엘리트가 왜 증권으로 쫓겨난 거야? 이건 누가 봐도 좌천이잖아? 그 사람도 결국 모로타처럼 기득권에 푹 젖어 있는 사람이야. 거품 시대에 입사한 다른 사람들처럼 말이야."

오니시의 말은 신랄하기 짝이 없었다.

거품 시대. 그것은 과연 무엇이었을까?

당시 모리야마의 아버지는 지바 현의 시청에 다니는 공무원이었다. 시청 직원은 딱히 경기를 타지 않는다. 경기가 좋으나 나쁘나 대우가 달라지지 않는다. 즉, 경기와는 아무 관계가 없다. 하지만 중·고등학교를 통틀어 그와 가장 친했던 요스케는 정반대였다. 요스케의 아버지는 부동산 회사에 다녔는데, 매년 여름방학이 되면 온 가족이 하와이로 여행을 갔다. 거품 경기가 절정에 도달했을 때에는 보너스가 5백만 엔이나 나왔다는데, 그 금액은 모리야마의 아버지가 받는 연봉의 절반보다 많았다. 요스케만이 아니다. 학비가 비싼 사립 중·고등학교에 다녔기 때문에, 반 친구들에게 아버지가 주식으로 대박을 터트렸다든지 보너스로 최고급 벤츠 승용차를 샀다든지, 그런 이야기를 흔히 들을 수 있었다.

아버지에게 직접 말한 적은 한 번도 없었지만 당시 그는 비참한 기분에 휩싸이곤 했다. 세상 사람들은 경기가 좋다며 흥청망청 돈을 쓰고 있는데, 모리야마의 가족은 비싼 학비를 내기 위해 허리띠를 졸라매야 했다. 아버지는 처세가 좋은 것도, 특별히 능력이 뛰어난 것도 아니었다. 도장을 찍듯이 매일 착실하게 시청에 출근하고, 기말의 가장 바쁠 때를 제외하고는 거의 같은 시간에 퇴근했다. 그는 그런 아버지를, 평범하기 짝이 없는 아버지의 인생을 싫어했다. 아버지처럼 살고 싶지 않다. 마음 깊은 곳에서 그렇게 생각했다.

그런데 중학교를 졸업하고 고등학교에 입학한 해 가을, 생각지도 못한 상황이 발생했다. 친구인 요스케가 갑자기 학교를 그만두겠다고 말한 것이다.

"아버지가 주식을 하다가 빈털터리가 됐대."

그는 쇠망치로 뒤통수를 얻어맞은 기분이었다. 아무리 빈털터리가 되어도 그렇지, 자식에게 학교를 그만두라고 하다니. 너무하지 않은가. 주식을 하다가 그렇게 되었다고 한다. 주식을 어떻게 했기에 빈털터리가 될 수 있지?

아버지에게 물어보자, "신용거래를 해서 그럴 거야"라고 대답했다. 신용거래란 증권회사에서 돈을 빌려서 주식투자를 하는 것을 가리킨다. 아버지는 성실함의 표본 같은 사람으로 주식은 한 번도 한 적이 없지만, 남들만큼 지식은 가지고 있는지 간단하게 설명해주었다.

아무튼 신용거래로 크게 손해를 본 요스케의 아버지는 예금을 탈탈 털어 넣은 것만으론 모자라서 결국 집까지 팔게 되었다. 그것만이라면 요스케가 학교를 그만둘 것까지는 없었으리라. 하지만 요스케의 아버지는 최악의 상황을 초래했다. 손해를 만회하려고 하다가 더욱 손해를 확대시킨 것이다.

결국 그와 가장 친했던 친구는 고등학교를 그만두고 낯선 도시로 이사 갔다. 그 이후, 요스케와는 연락이 끊긴 채 지금에 이르고 있다.

주가는 그 전해인 1989년 12월의 마지막 주식 거래일에 닛케이 주가지수*가 약 3만 8천 엔으로 시장 최고가를 기록한 뒤, 하락에 하락을 계속하고 있었다. 요스케의 사건을 계기로 모리야마는 신문의 주식란을 보게 되었는데, 생물처럼 움직이는 차트에 공포와 매력을 동시에 느낀 것도 그때였다. 그런 경험이 대학을 졸업할 때 증권회사를 목표로 하는 계기가 되었다.

요스케만이 아니라 고등학교 2학년에 올라가기 전에 반 친구 몇 명이 부모님 사정으로 학교를 떠날 수밖에 없었던 일은 지금도 안타까운 사건으로 모리야마의 마음에 깊이 새겨져 있다. 학생들 사이에 넘쳤던 경박하고 시시덕거리는 이야기는 어느새 자취를 감추고, 세상 전체가 오랜 병을 앓는 가족이라도 있는 것처럼 우울하고 어둡게 가라앉았다.

한편 적지 않은 어른들이 생각한 것처럼 그도 지금의 불황은 일시적인 현상에 불과하고, 곧 예전의 호경기가 다시 오지 않을까 하는 기대를 품고 있었다.

하지만 그것은 아무런 근거가 없는 희망적인 관측에 불과했다. 아무리 기다리고 기대해도 경기는 회복될 조짐이 보이지 않았다. 주가와 부동산 가격이 끝없이 하락하면서, 불경기라는 괴물의 기다란 꼬리는 결국 그가 대학을 졸업할 때까지, 아니 그 후에도 취업난이라는 형태로 앞길을 가로막았다.

꽁꽁 얼어붙은 취업 빙하기의 한복판에서 취직이 되지 않았던 그는 수십 군데에 이르는 회사에 면접을 보고 떨어졌다.

취직이 어렵다는 사실은 알고 있었다. 그래서 대학 시절부터

• 일본경제신문사가 도쿄증권거래소 1부시장에 상장된 주식 가운데 225개 종목의 시장 가격을 평균하여 산출하는 주가지수.

자기계발에 투자해 영어회화뿐 아니라 증권 애널리스트 자격증을 따기 위해 도서관에 틀어박혔다. 수업은 거의 빠진 적이 없었다. 성적도 우수했다. 그래도 입사 면접에서 떨어졌다.

왜 떨어졌는지 이유를 알 수 없는 경우도 많았다.

받아들일 수 없다기보다 부조리하다고 생각했다.

계속되는 불합격 통지를 받고, 그의 뱃속에서는 가눌 수 없는 분노가 소용돌이쳤다.

중학교에서 고등학교에 걸친 호경기를 '거품'이라고 부르고, 그 이후에 이어지는 불경기를 '거품 붕괴'라고 부른 것도 이 무렵부터였다.

'거품'이라고 할 만큼 기이한 시대를 만들어내고 붕괴시킨 사람은 누구인가?

그 장본인을 특정할 수는 없지만 적어도 그들 세대는 아니다. 그런데 취직도 못 하고 온갖 손해를 보는 것은 그들 세대다.

취직하기 위해 면접을 볼 때마다 자존심과 자신감이 갈기갈기 찢기면서도 불평 한마디할 여유가 없었다. 그 무렵의 그는 미래에 대한 불안과 싸우고 계속 얻어맞으면서도 끊임없이 기어오르는 괴로운 나날을 견디는 수밖에 없었다.

대형 증권회사는 아니지만 도쿄센트럴증권에서 최종 합격 통지서를 받았을 때, 깊은 안도가 온몸을 휘감았다. 그 기업이 일류냐 이류냐는 아무 상관이 없었다. 자신의 몸 하나 둘 곳을 발견하면 그것으로 충분했다. 마지막까지 취직이 되지 않아 일부러 유급하고 이듬해 취업에 대비하는 친구도 있는 상황에서 받은 합격 통지서였다.

모리야마가 경험한 취업 빙하기, 즉 취업난은 그 후로도 오랫동안 이어지고, 올해인 2004년에도 상황은 달라지지 않았다.

거품이 붕괴한 뒤, 세상 전체가 불경기라는 이름의 터널로 들어가 출구를 발견하기 위해 발버둥치고 괴로워했던 지난 10년. 1994년부터 2004년에 걸친 취업 빙하기에 세상에 나온 젊은이들. 그런 그들을 나중에 모 신문에서 사용한 명칭에 따라 로스트 제너레이션(Lost Generation),* 즉 '잃어버린 세대'라고 부르게 되었다.

그런데……

살을 깎아내는 고통을 견디며 구직 활동을 통과해 회사에 들어와 보니 그곳에는 놀라운 상황이 펼쳐져 있었다. 별다른 능력도 없는 주제에, 일할 사람을 구할 수 없는 구인난 속에서 마구잡이로 대량 채용된 위기감 없는 사람들이 중간관리자가 되어 활개를 치고 있었던 것이다. 거품 시대에 입사한 사람들이다.

모리야마에게 그들은 호경기였다는 이유만으로 대량 채용된 덕분에, 아무런 능력도 없이 꼬박꼬박 월급을 받아가는 짐 덩어리일 뿐이다.

대량 채용 덕분에 머릿수만 많은 거품 세대를 먹여 살리기 위해, 소수 정예의 잃어버린 세대가 혹사당하고 학대받고 있다.

• 일본에서는 줄임말로 '로스제네(ロスジェネ)'라고 한다.

세상은 그들에게 아무것도 해주지 않았다. 하물며 회사가 따뜻하게 손을 내밀어준다고는 언감생심 꿈도 꾸지 않는다.

거품 세대 사람들은 회사가 자신을 지켜준다고 생각할지도 모른다.

하지만 그를 비롯한 잃어버린 세대는 그렇게 여기지 않는다. 자신을 지켜줄 것은 자기밖에 없다고 생각하는 것이다.

"회사는 회사고 나는 납니다."

모리야마는 어두컴컴한 술집 벽의 지저분한 얼룩을 뚫어지게 쳐다보며 중얼거렸다. 그 말은 오니시에게 했다기보다 자기 자신에게 들려주는 주문 같았다.

약간의 시간을 두고 오니시가 수긍하는 얼굴로 고개를 주억거렸다.

"나도 그렇게 생각해. 한자와 부장이든 모로타 차장이든 얼간이 미키든, 개인적인 능력은 우리보다 한참 떨어지는데, 회사 조직이라는 시스템 덕분에 상사가 되어 우리에게 지시를 내리지. 그들에게 있는 건 그것뿐이야. 그들에게서 회사의 직책을 빼면 아무것도 남지 않아. 그들이 회사에 죽치고 있는 한, 진정한 실력으로 승부하는 회사 조직은 아득한 꿈일 뿐이야."

오니시는 반정부 혁명의 투사처럼 강력하게 말했다.

"그때까지 능력도 없는 자를 먹여 살리기 위해, 그들의 능력에 걸맞지 않는 인건비를 계속 주면서 경쟁사와 치열하게 싸워야 해. 이런 사정은 어느 회사나 똑같을지 모르지만 말이야. 거품 세대는 회사라는 울타리를 뛰어넘어 바야흐로 세상을 갉아먹는 밥벌레 세대라고 할 수 있어. 아주 심각한 사회문제지."

결국 앞으로도 계속 손해를 보는 쪽은 우리 잃어버린 세대다. 모리야마는 그렇게 확신했다.

3

"M&A 금액이 어림잡아 1500억 엔이면, 수익이 상당하겠군."

전뇌잡기집단과 자문사 계약을 체결한 날, 도쿄센트럴증권 사장인 오카 미쓰히데는 하늘에라도 올라갈 것처럼 기분이 좋았다. 결재를 받기 위해 한자와가 사장실을 방문했을 때, 오카는 그렇게 말했다.

도쿄중앙은행의 전무이사였던 오카가 은행장 자리를 둘러싼 출세 경쟁에서 패배하고 지금의 자리에 취임한 것은 1년 전의 일이었다. 그는 출세에 대한 의지가 강력하고 유난히 지기 싫어하는 성격에 감정을 숨기지 못하는 타입으로, "은행에 지지 마!"라는 말을 입버릇처럼 했다.

"성공보수로 계약했으니까요."

한자와는 조심스럽게 대답했다.

성공보수로 하자고 주장한 사람은 모로타였다. M&A에 성공하면 수수료를 많이 받는 대신에 실패하면 한 푼도 받을 수 없다.

난항이 예상되는 이번 프로젝트에서는 위험성이 높은 계약이다. 난색을 표하는 한자와를 향해 "그렇게 해!"라고 명령한 사람은 다름 아닌 오카였다.

이유는 단 하나. M&A 분야에서 고수익을 올려 모회사의 코를 납작하게 만들어주고 싶기 때문이다.

"한자와 부장, 반드시 성공시키게. 이건 엄명이야."

끈적끈적한 오카의 시선이 한자와를 뚫어지게 쳐다보았다. 솔직히 말하면 백 퍼센트 성공할 자신은 없었지만 반론할 상황도 아니었다.

"최선을 다하겠습니다."

한자와는 그 말을 남기고 사장실에서 물러났다.

"사장님께서는 뭐라고 하셨습니까?"

한자와가 집무실로 돌아오자 모로타가 기대하는 미소를 지으며 들어왔다. 오카의 칭찬을 듣고 싶었겠지만 한자와가 "기대가 워낙 크셔서 실패는 용서 안 하실 것 같더군요"라고 말하자 이내 표정이 딱딱하게 굳었다.

"지금 프로젝트 팀에서 전략을 짜고 있으니까 곧 보고할 수 있을 겁니다."

"좋은 전략이 나올 것 같습니까?"

그 질문에 모로타는 "기합으로 만들고 있습니다"라는 정신론으로 대꾸해서 한자와를 불안하게 만들었다.

이런 표현은 은행에 다니던 시절에 자주 들었다. 그리고 그때마다 지긋지긋해서 고개를 절레절레 저었다. 이것이 기합으로 극복할 수 있을 만큼 간단한 프로젝트인가. 이 세상에는 성공시키고 싶어도 정신력만으론 성공시킬 수 없는 일들이 얼마든지 있지 않은가.

영업기획부 차장이라는 중요한 자리에 있는 사람에게 한자와가 기대하는 능력은 사태를 정확히 판단하는 냉정한 판단력이지만, 과연 모로타에게 그런 능력이 있을 것인가.

"'최선을 다했지만 결국 실패했습니다'라는 말로는 끝나지 않을 겁니다. 이번 회기의 실적을 좌우하는 중요한 사안이니까요."

"알고 있습니다. 이번 M&A가 성공하지 못하면 증권회사로서 미래가 없으니까요."

모로타는 다시 근거 없는 논리를 입에 담아 한자와를 진절머리 나게 만들었다.

"미리 말해두겠는데, 그런 정신론은 잠시 뒤로 미루고 객관적으로 검토해주겠습니까?"

순간 모로타의 얼굴이 미묘하게 일그러졌다. 한자와가 자신의 업무 방식을 인정하지 않는 것에 대한 불만이다.

"부장님, 이번 프로젝트는 제가 책임지고 해낼 테니까 전적으로 맡겨주시지 않겠습니까?"

모로타의 말투에서 조바심이 묻어났다. 은행에서 증권 분야에 있었던 만큼, 융자부 출신인 한자와보다 증권에 관해 더 잘 안다는 자부심도 작용했을 것이다.

"이번 프로젝트 팀은 우리 회사에서 특별히 선발한 인재들입니다. 객관적으로 분석해봐야 그건 어차피 예측에 불과합니다. 문제는 결과가 아닌가요?"

원래 자존심이 강한 사람이다. 말하는 사이에 마음속의 울분을 억제할 수 없었는지, 눈 깜짝할 사이에 얼굴이 시뻘게졌다.

"그럼 결과를 내주십시오. 성공보수를 선택한 이상, 차장님이 내야 할 결과는 한 가지밖에 없습니다. M&A를 성공시키는 겁니다."

"물론입니다. 기대하셔도 좋습니다."

모로타는 도전하듯 한자와를 똑바로 쳐다본 뒤, 고개를 숙이고 집무실 밖으로 나갔다. 그의 등을 바라보면서 한자와는 깊은 한숨을 내쉬었다.

4

하지만 모로타의 큰소리와 반대로, 미키를 팀장으로 한 프로젝트 팀은 일주일이 지나도 구체적인 전략을 내놓지 못했다. 그들이 갈팡질팡하고 있다는 사실을 한자와가 알아차린 것은 그날 참석한 프로젝트 팀의 회의석상이었다.

"저는 도쿄스파이럴 측에 전뇌잡기집단의 M&A 의사를 전하는 것부터 시작해야 한다고 생각합니다. 도쿄스파이럴의 태도가 정해지지 않으면 이쪽의 전략도 정할 수 없으니까요."

그렇게 말한 사람은 영업 본부의 가네타니라는 사람이었다. 오랫동안 영업의 최전선에서 일해온 우락부락한 사람이지만 증권의 실무에는 누구보다 정통하다.

"그건 그렇지."

회의의 진행을 맡은 미키가 노트에 쓰면서 고개를 끄덕였다.

"그럼 히라야마 사장에게 은밀히 타진해보라고 말해볼까?"

팀원들이 일제히 맞장구치는 것을 보고 한자와는 당황함을 금할 수 없었다.

"잠깐만요. 지금 M&A를 너무 기정사실로 받아들이고 있는 게 아닌가요? 도쿄스파이럴에 대해 얼마나 조사했지요? 그쪽을 철저하게 조사해서, 일단 히라야마 사장이 생각하는 도쿄스파이럴의 M&A가 옳은 전략인지 확인하는 게 먼저이지 않습니까? 경우에 따라서는 도쿄스파이럴을 M&A하지 않는 선택지도 있을 겁니다."

전원이 입을 다물자 미키가 반론을 제기했다.

"부장님, 이번 일은 성공보수입니다. 일단 M&A를 기정사실로 받아들이고 일을 진행해야 하지 않을까요? 더구나 M&A를 하느냐 하지 않느냐는 계약하기 전에 이미 사전 조사를 통해 검토했고요."

"사전 조사는 M&A 가능성이 제로가 아니라는 사실에 불과하잖습니까? 여러분은 그걸 그대로 받아들일 겁니까?"

"이미 계약을 했으니까요……."

미키의 반론을 듣고 한자와는 무심코 천장을 올려다보았다. 그리고 이내 시선을 내리고 거칠게 말했다.

"여러분은 무엇을 위한 팀이죠? 이렇게 전문가가 모인 건 치밀한 조사와 평가, 제안을 하기 위해서잖습니까? 일단 성공보수란 것은 잊어버리고, 이번 M&A가 옳은지 그른지부터 조사해보십시오. 더구나……."

한자와는 작은 회의실을 가득 메운 다섯 명을 노려보며 덧붙였다.

"그다음 전략을 제대로 검토하지도 않고 히라야마 사장에게 도쿄스파이럴에 M&A 의사를 타진해달라고 말한다면, 우리 회사에 대한 신뢰는 땅에 뚝 떨어질 겁니다."

반론은 나오지 않았다.

미키 팀이 제안 비슷한 것을 정리한 것은 그로부터 다시 일주일쯤 지난 후였다.

그날 실내에는 고슴도치의 바늘처럼 날카로운 분위기가 자리하고 있었다.

전뇌잡기집단의 회의실이었다. 가운데 자리에 한자와 모로타 차장이 앉고, 이어서 미키를 필두로 다섯 명의 팀원이 긴장한 얼굴로 히라야마 사장이 들어오기를 기다리고 있었다.

오전 10시 정각에 노크 소리가 들리고 히라야마 사장이 모습을 드러냈다.

"부사장은 다른 건이 있어서 참석하지 못했습니다."

히라야마는 입을 열자마자 아내의 불참을 말하더니, 쭉 앉아 있는 도쿄센트럴증권의 직원들을 둘러보았다.

"오늘은 어떤 일로……."

생각지도 못한 말을 듣고 한자와는 눈을 크게 떴다. 자신들이 이렇게 올 이유가 M&A 프로젝트 말고 무엇이 있겠는가. 그런데 어떤 일로 왔냐고 묻다니.

한자와가 대답했다.

"의뢰하신 프로젝트 건으로 왔습니다. 원안이 되는 M&A 전략이 완성되어서, 내용에 대해 설명을 드리고자 합니다."

"아아, 그것 말입니까?"

히라야마의 입술에 어색한 웃음이 떠오르는 것을 보고, 한자와는 기묘한 위화감에 휩싸였다.

도쿄스파이럴을 인수하려는 히라야마 쪽에서 보면 이 회의를 애타게 기다렸을 것이다. 그런데 지금 눈앞에 있는 히라야마에 게서는 기대나 열의를 털끝만큼도 느낄 수 없었다.

한자와가 민감하게 이변을 알아차린 것과 히라야마의 입에서 "그 얘기라면 이제 됐습니다"라는 놀라운 말이 튀어나온 것은 거의 동시였다.

"무슨 말씀이시죠?"

히라야마의 시선이 한자와의 당황한 얼굴을 스쳐 지나가서 벽으로 향했다. 시선이 다시 한자와의 얼굴로 돌아왔을 때, 그의 눈에 깃든 감정은 노여움이었다.

"한자와 부장님, 내가 부탁드린 건 벌써 2주 전입니다. 그런데 그동안 도쿄센트럴증권에서는 아무런 연락이 없었지요. 우리 회사가 상장했을 때 신세를 져서 부탁했는데, 이렇게 대응이 늦어서는 믿고 맡길 수 없지 않겠습니까?"

조용한 말투에 싸늘함이 배어 있었다. 아무런 연락이 없었다는 말을 듣자마자 한자와는 자기도 모르게 미키를 힐끔 쳐다보았다. 미키는 경악한 얼굴로 뺨을 움찔거리며 멍하니 입을 벌리고 있었다.

한자와는 순순히 사과했다.

"죄송합니다. 이번 프로젝트의 중요성을 알고 저희 팀원들이 단단히 검토하느라⋯⋯."

히라야마가 매서운 표정으로 한자와의 말을 가로막았다.

"이미 늦었습니다. IT 업계의 생명은 스피드입니다. 살아 있는 말의 눈을 뽑아갈 정도로 치열한 업계니까요. 이런 속도로는 파트너로서 신뢰할 수 없습니다. 그렇게 아시고, 한자와 부장님⋯⋯."

히라야마가 한자와를 똑바로 보면서 덧붙였다.

"지난번 자문사 계약은 없었던 일로 해주십시오. 그럼⋯⋯."

히라야마는 그렇게 말하자 자리에서 일어나 재빨리 걸음을 내딛었다.

"사장님, 잠시만요!"

한자와가 당황해서 소리쳤지만 히라야마는 완고해 보이는 옆얼굴을 돌리지 않은 채, 뒤도 돌아보지 않고 밖으로 사라졌다.

말 붙일 엄두도 나지 않았다.

한자와의 옆에서 모로타가 머리를 껴안더니, 자신과 똑같이 아연한 표정을 짓고 있는 미키와 팀원들에게 호통을 쳤다.

"왜 그동안 연락을 안 했지? 진행하고 있는 내용을 전혀 알리지 않은 거야?"

흙빛으로 질린 얼굴로 앉아 있던 팀원으로부터는 대답이 돌아오지 않았다. 이윽고 미키가 일어나서 고개를 숙였다.

"죄송합니다."

화를 참을 수 없는지 모로타의 얼굴이 붉으락푸르락했다.

"도대체 생각이 있는 거야, 없는 거야? 계약 파기에 대한 조항은 어떻게 돼 있어? 어서 중도 해지에 관한 규정을 확인해봐."

가방에서 계약서를 꺼낸 미키는 재빨리 조문을 확인했다.

"벌칙 규정은 특별히 없습니다."

그러자 모로타는 천장을 올려다보고 비통한 목소리를 짜냈다.

"왜 이렇게 된 거야?"

미키가 창백한 얼굴로 다시 머리를 조아렸다.

"죄송합니다. 지난주에는 제안서를 만드느라……."

아무런 의미 없는 변명에 불과하다. 히라야마가 인정사정없는 사람이라는 사실을 알고 있었음에도 대응이 너무 안이했다.

"그만 철수하지."

한자와는 눈을 감고 천천히 일어나서, 이 말을 남기고 맨 먼저 회의실을 나섰다.

"이게 누군가? 한자와 부장 아닌가?"

전뇌잡기집단이 입주해 있는 건물에서 나가려고 할 때, 어디선가 그런 말이 들렸다.

"이사야마 부장님."

고개를 돌리자 도쿄중앙은행 증권영업부장인 이사야마 다이지가 서 있었다. 짙은 감색 양복으로 몸을 감싼 이사야마는 190센티미터의 거구로, 한자와를 내려다보듯 바라보았다. 한 번 보면 결코 잊을 수 없는 길쭉한 말상에 이죽거리는 웃음이 매달려 있었다.

"이게 얼마 만인가? 센트럴의 밥맛은 어떤가?"

"그저 그렇습니다."

한자와는 대답하면서 마음속으로 고개를 갸웃했다. 이사야마의 뒤에 있는 남자들 사이에서 노자키 미쓰오의 모습을 발견한 것이다. 노자키는 도쿄중앙은행 증권영업부 차장으로, 국내외 M&A팀의 팀장을 맡고 있다.

노자키가 여긴 어떻게……? 머릿속에 떠오른 의문의 대답을 발견하기 전에 이사야마가 실실 웃으며 말을 이었다.

"그거 다행이군. 그런데 오늘은 전뇌에 영업하러 왔나?"

친근하게 말을 하지만 한자와와 이사야마는 은행의 기획부 시절에 치열하게 부딪친 사이다.

도쿄중앙은행은 산업중앙은행과 도쿄제일은행의 합병으로 태어난 은행이다. 그런데 두 은행의 행원들은 지금도 완벽하게 하나가 되지 못하고, 서로 '옛 S', '옛 T'라고 부르는 옛 산업중앙은행 인맥과 옛 도쿄제일은행의 인맥이 복잡하게 뒤얽혀 있다. 한자와는 옛 S 출신이고, 이사야마는 장차 경영의 핵심이 되리라는 소문이 자자한 옛 T의 젊은 리더다.

이사야마가 한자와를 달가워하지 않는다는 사실은 알고 있다. 의기양양한 표정을 짓고 있는 것은 증권 자회사로 파견 나온 한자와에 대한 우월감 때문일까?

"그렇지요 뭐. 부장님은요?"

한자와는 노자키를 슬쩍 쳐다보며 물었다.

"그쪽과 비슷하지 뭐."

얼버무리며 대답하는 이사야마의 등 뒤에서 노자키가 눈에 적의를 담고 한자와를 노려보았다. 이사야마의 오른팔이라고 불리는 남자다. 이사야마의 적은 자신의 적이라고 생각하고 있음이 틀림없다.

대화는 그것으로 끝났다.

이사야마는 "그럼 다음에 보세" 하고 오른손을 들어 보이더니 행원들을 이끌고 접수처를 향해 걸어갔다. 한자와도 이사야마의 방문을 탐색할 만한 마음의 여유가 없었다. 이사야마 일행의 뒷모습에서 시선을 돌리고 빌딩을 뒤로하며 성큼성큼 걸어갔다.

"일을 어떻게 하길래 이 지경이 됐어!"

오카의 질책은 심장이 덜컹 내려앉을 만큼 험악했다. 서슬이 시퍼래져서 고함을 치자 벽 앞에 있는 꽃병의 꽃까지 파르르 떠는 것 같았다.

"죄송합니다."

솟구치는 분노를 참고 한자와는 고개를 숙였다. 전뉘잡기집단에서 돌아와 한자와가 가장 먼저 한 일은 오카에게 상황을 보고하는 일이었다.

"왜 그쪽에 연락하지 않았나? 미리 연락했다면 이런 일은 없었을 거잖아!"

"전략이 미처 완성되지 않았습니다."

그러자 오카가 뜻밖의 말을 했다.

"거짓말하지 마! 프로젝트 팀에서 초안을 완성했는데, 자네가 다시 만들라고 지시했다면서?"

오카의 말을 듣고 한자와는 깜짝 놀랐다. 이런 오해를 하다니.

"처음 만든 초안으로는 히라야마 사장을 납득시킬 수 없을 것 같아서 그랬습니다."

"그래도 늦는 것보다는 나아."

오카는 한자와의 반론을 차갑게 뿌리쳤다.

한자와에게도 하고 싶은 말은 얼마든지 있었다.

하지만 그렇게 말하면 미키에게 책임을 전가하는 꼴이다. 아무리 능력이 없어도 미키는 자신의 부하 직원이고, 이번 일의 책임은 자신에게도 있었다. 히라야마와의 연락을 미키에게만 맡겨 둔 것이다.

"대책이 미흡했습니다."

사과하는 한자와를 쏘아보면서 오카가 야멸차게 말했다.

"한자와, 일을 너무 대책 없이 하는 거 아닌가? 자네는 은행에서도 문제만 일으켰다면서? 자네 때문에 우리 회사는 거액의 수익 기회를 잃었어. 어떻게 책임질 건가?"

"죄송합니다."

"정말이지, 가는 곳마다 말썽만 일으키는군. 여기는 은행이 아니야. 은행에 있을 때처럼 가만히 앉아만 있어도 고객이 저절로 굴러들어오는 줄 알아?"

오카는 엉뚱한 트집을 잡더니 증오스러운 눈길로 한자와를 흘겨보았다.

"이번 일은 책임져야 할 거야."

그 말을 끝으로 오카는 얼굴을 옆으로 휙 돌렸다.

고개를 숙이고 사장실에서 물러난 한자와의 마음속에서 쓰디쓴 패배감이 솟구쳤다.

모든 상황이 뒤죽박죽인 채, 일을 하기도 전에 일방적으로 퇴장 명령을 받은 느낌이었다.

이제 와서 말해봐야 버스 떠난 뒤에 손 흔드는 격이지만, 성공 보수로 한 점도 히라야마가 계약을 쉽게 파기할 수 있었던 한 가지 요인이었다. 정액보수를 받기로 계약했으면 중도 해지를 막을 수 있었을지도 모른다.

집무실로 돌아와 잠시 지나자 조심스러운 노크 소리가 들리고 모로타가 얼굴을 내밀었다.

"부장님, 죄송합니다."

모로타는 그렇게 말하고 고개를 숙였다.

'프로젝트 팀에서 초안을 완성했는데, 자네가 다시 만들라고 지시했다면서?'

오카의 말이 뇌리를 가로지르면서, 당신이 그렇게 보고했냐고 묻고 싶은 마음이 들었다.

'기대하셔도 좋습니다.'

한자와를 향해 큰소리쳤을 때의 모습은 흔적도 없이 사라지고, 모로타는 변명만 늘어놓으며 책임을 떠넘기기에 급급했다.

"됐어."

그 말을 끝으로 한자와는 일어나서 모로타에게 등을 돌렸다. 창밖에는 초고층 빌딩이 즐비한 일본 경제의 중심지인 오테마치 거리가 늦가을의 햇살을 받으며 펼쳐져 있었다. 눈을 가늘게 뜨고 그 모습을 바라보고 있자 문 닫히는 소리와 함께 모로타가 조용히 나가는 기척이 들렸다.

한자와의 친구이자 도쿄중앙은행 융자부의 도마리 시노부에게 전화가 걸려온 것은 그날 오후였다.

"도저히 믿을 수 없는 말을 들어서, 너한테 직접 확인해보려고 전화했어."

항상 과장해서 말하는 도마리인 만큼, 인사 문제에 관한 시시한 소문이라도 들었으리라고 여기고 한자와는 시큰둥하게 반응했다. 하지만 뒤이은 도마리의 이야기에 자신의 귀를 의심하지 않을 수 없었다.

"내게 들었다는 건 절대로 말하지 마."

도마리는 그렇게 운을 띄우면서 신중하게 덧붙였다.

"증권영업부에서 M&A 자문사 계약을 맺었대. 상대는 전뇌잡기집단이야. 그런데 너희 회사 프로젝트를 가로챘다고 하던데, 정말이야?"

"은행이? 어떻게 된 거지?"

"M&A 정보를 알아차린 증권영업부가 주거래은행이라는 지위를 이용해, 전뇌 사장에게 우리 쪽으로 자문사를 바꾸라고 설득했다고 하더라고."

이사야마의 이죽거리는 웃음이 떠올랐다. 그 웃음이 그런 뜻이었나?

한자와는 숨을 들이마신 채 잠시 할 말을 잃었다.

히라야마는 도쿄센트럴증권의 대응이 늦어서 그랬다고 말했다. 하지만 그것은 단순한 구실에 불과했을지도 모르겠다.

"그쪽의 흑막은 이사야마 부장인가?"

한자와는 그렇게 묻다가 즉시 고개를 갸웃거렸다.

"그런데 전뇌의 M&A 정보를 어떻게 알았지?"

히라야마가 은행에도 똑같은 제안을 해서 저울질했다고는 생각되지 않는다. 어디선가 정보가 새어 나간 게 아닌가?

"글쎄, 그건 모르겠어. 내가 슬쩍 알아볼까?"

"할 수 있다면 알아봐줘."

한자와는 고맙다고 말하고 도마리와의 통화를 마친 뒤, 전뇌잡기집단의 히라야마 사장에게 전화를 걸었다. 전화를 받은 사람은 비서였다.

"한 번 찾아뵙고 싶은데요."

그 즉시 비서는 히라야마가 바쁘다는 이유로 거절했다. 그렇게 하라고 시킨 것이리라.

"중요한 일입니다. 만나주실 시간이 없다면 통화라도 할 수 없겠습니까? 시간을 많이 빼앗지는 않겠습니다."

"잠시만 기다리세요"라는 대답과 함께 통화대기 멜로디인 〈카논〉이 흘러나왔다. 〈카논〉이 두 번 반복될 때까지 기다리고 있자 히라야마의 성급한 목소리가 귀를 파고들었다.

"전화 바꿨습니다."

"오늘 오전에는 실례가 많았습니다."

한자와는 일단 사죄하고 용건을 꺼냈다.

"그런데 사장님, 자문사 계약 건 말입니다만. 도쿄중앙은행과 체결하셨다고 하더군요."

"용케 아셨군요."

히라야마가 한 번 숨을 쉬고 나서 덧붙였다.

"그런데 그게 왜요?"

"은행이 귀사의 M&A 정보를 어떻게 알았나 해서요. 사장님께서 말씀하셨습니까?"

"우리가 어디와 계약을 하든 그쪽과는 관계없지 않습니까?"

히라야마가 어물쩍 넘어가려고 했다.

"은행 쪽에서 압력이 있었던 게 아닙니까?"

이번에는 히라야마의 대답이 돌아오는 데 잠시 시간이 걸렸다.

"누가 그러던가요?"

"언뜻 들었습니다. 아닌가요?"

한자와가 재차 묻자 부루퉁한 대답이 돌아왔다.

"그건 이번 일과 상관없지 않습니까? 물론 이번 일은 은행 쪽에서 먼저 제안이 있었습니다. 하지만 그쪽의 대응이 늦은 건 사실이지 않습니까?"

"저희의 대응이 늦어서 파기당한 것과 은행이 끼어드는 바람에 파기당한 것은 전혀 다릅니다. 사실을 말씀해주시겠습니까?"

히라야마가 조바심 섞인 말투로 다급히 말했다.

"이제 와 그걸 알아서 뭐 합니까? 우린 이미 그쪽과 계약을 파기했습니다. 이유야 어떻든 귀사는 우리의 자문사 자격이 없습니다. 그것뿐입니다. 그럼 바빠서 이만 실례하겠습니다."

전화는 일방적으로 끊겼다.

5

"팀원들을 전부 모아줘. 지금 있는 사람들만이라도 좋아."

히라야마와 통화를 마치고 한자와는 집무실에서 나오자마자 자리에 앉아 있던 미키에게 말했다. 그리고 마침 외근을 나갔다 돌아온 모리야마에게도 말을 걸었다.

"……자네도 참석하게."

회의실에서 모인 사람은 미키를 비롯한 M&A 프로젝트 팀 네 명과 모리야마, 그리고 모로타까지 여섯 명이었다.

"방금 지인에게서 정보를 들었어. 우리가 놓친 자문사 계약을 은행이 가져갔더군."

여기서 은행이란 도쿄중앙은행을 말한다. 숨을 들이마시는 기척과 함께 그 말이 무슨 뜻인지 생각하며 침묵이 이어졌다. 모두의 시선이 실로 묶인 것처럼 한자와의 얼굴에 쏠렸다.

"전뇌가 은행에 제안했다는 겁니까?"

모리야마의 질문을 받고 한자와는 머리를 옆으로 흔들었다.

"M&A 정보를 알아차린 은행이 자문사를 바꿔달라고 히라야마 사장을 설득한 것 같아. 전뇌는 작년에 중국에 진출하면서 도쿄중앙은행으로부터 수백억 엔을 지원받았지. 은행에서 강하게 나오면 거절할 수 없었을 거야."

"결국 우리가 어떤 제안을 해도 처음부터 이렇게 될 운명이었다는 겁니까?"

그렇게 말하는 모리야마의 얼굴이 기이하게 일그러졌다.

"아마도……."

한자와가 떨떠름한 표정을 짓자 팀원 중 한 사람이 말했다.

"아무리 생각해도 이상합니다. 그렇다면 전뇌는 이번 M&A 프로젝트를 은행에 보고했다는 겁니까?"

"그건 아닌 것 같아. 만약 은행에 미리 보고했다면 우리에게 인수자문사가 돼달라고 의뢰할 일은 없었겠지. 도쿄중앙은행은 어딘가에서 M&A 정보를 얻었을 가능성이 높아. 그 정보를 토대로 전뇌에게 자문사를 교체해달라고 요구했겠지. 문제는 정보의 출처인데……."

한자와는 팀원들의 면면을 둘러보았다.

"아무래도 우리 쪽에서 새어 나간 것 같아. 짐작 가는 사람이 있나?"

대답하는 사람은 아무도 없었다. 당황하는 웅성거림이 퍼져나가는 가운데, 모리야마의 탄식하는 목소리가 회의실에 울려 퍼졌다.

"정말 너무하군요. 만약 우리 쪽에서 정보가 샜다면 도쿄중앙은행과 이어진 사람이라고밖에 생각할 수 없잖습니까?"

도쿄센트럴증권에는 은행에서 파견 나온 사람이 많지만, 전뇌 잡기집단의 M&A 프로젝트를 아는 사람은 영업기획부 직원에 한정된다. 즉, 이번 프로젝트를 아는 사람이 정보를 유출한 것이다.

"가로채는 쪽도 너무합니다. 은행은 우리를 어떻게 생각하는 거죠?"

모리야마가 참담한 눈길로 한자와를 바라보았다.

"우리는 자회사이지 않습니까? 자회사가 모처럼 잡은 기회를 모회사가 강압적인 방법으로 가로채다니, 어떻게 이런 일이 있을 수 있지요? 더구나 일언반구도 없이 말입니다."

그 말에 동의하면서 M&A 프로젝트팀 몇 명이 고개를 주억거렸다. 팀장인 미키는 나이가 한참 많은 연장자지만 나머지는 모리야마와 비슷한 또래였다. 모리야마의 말이 그들의 마음을 대변해준 것이다.

한자와가 말했다.

"자네가 무슨 말을 하고 싶은지 잘 알아."

모리야마가 울면서 웃는 표정을 지었다.

"부장님께서 정말로 아십니까? 은행에게 보기 좋게 한 방 먹어도 불평 한마디 할 수 없는 저희의 심정을⋯⋯. 이대로 가만히 있으면 너무 바보 같지 않습니까?"

"가만히 있지 않아. 이 빚은 반드시 갚아줄 거야."

한자와가 나지막이 덧붙였다.

"⋯⋯당하면 두 배로 갚아줘야지."

2장

기습 공격

東京中央銀行

1

"한자와, 잠깐 와주겠나?"

내선전화를 걸어 그렇게 말한 사람은 요코야마 인사부장이었다. 한자와보다 세 살 많은 요코야마 역시 은행에서 파견 나온 은행파였다.

인사부에 있는 작은 회의실로 들어가자마자 요코야마가 용건을 꺼냈다.

"은행에서 몇 가지 타진이 왔는데, 자네 의견을 듣고 싶어서 오라고 했어. 자네 문제도 포함되어 있고."

"제 문제요? 이동한 지 얼마 안 됐잖습니까?"

눈썹이 꿈틀거리는 한자와를 보면서 요코야마가 황급히 얼버무렸다.

"이런저런 일이 있었잖아."

"사장님 지시인가요? 저를 빼라고 하시던가요?"

정곡을 찔렀는지 요코야마가 시선을 피했다.

"그런 말은 할 수 없다는 거 알면서 왜 그래?"

요코야마는 퉁명스럽게 대답하고 나서 덧붙였다.

"자네, 대기발령이 날지도 몰라."

그것이 무엇을 의미하는지는 새삼 물을 것까지도 없다.

새로운 파견이다.

그렇다면 이번에는 은행과 끈이 이어져 있는 게 아니라 편도 티켓이리라. 은행원 인생이 끝나는 것이다.

"신상필벌. 일에서 실수가 발생하면 누군가가 책임을 져야 한다는 게 오카 사장님의 신조거든. 이번 일은 자네의 관리 미숙이 잖나?"

'신조 좋아하시네'라는 대꾸를 집어삼키고 한자와는 요코야마를 노려보았다. 오카에게 신조라고 할 만한 신념 같은 게 있을 리 없다. 있다면 오직 자신을 자회사로 쫓아낸 은행에 되갚아주겠다는 비굴한 오기뿐이다.

"그래서요?"

"대기발령이 날지도 모른다는 것에 대해 자네 의견을 들어두려고."

한자와는 코웃음 쳤다.

"제 의견이 무슨 필요가 있지요? 대기발령을 거절한다고 해도 그렇게 하실 거잖습니까?"

"잘 아는군."

이 녀석은 바보인가. 하지만 한자와는 그 생각을 집어삼켰다.

"부임한 지 한 달 된 사람에게 관리 미숙이라는 이유를 붙여서 대기발령을 내는 조직은 문제가 있다고 생각합니다. 그런 걸 인사권의 남용이라고 하지 않나요?"

순식간에 요코야마의 얼굴이 붉으락푸르락해졌지만 한자와는 아랑곳하지 않고 말을 이었다.

"위에서 시키는 대로 넙죽넙죽 인사발령을 남발하는 인사부에 존재 의의가 있을까요? 그게 인사부의 올바른 모습인지, 머리를 식히고 생각해보시지요."

요코야마가 불쾌감을 노골적으로 드러내며 말했다.

"말이면 단 줄 아나? 자네가 계속 그렇게 버틸 수 있으면 좋겠지만, 은행에도 인내심의 한계라는 게 있어."

"제 인내심은 이미 한계를 넘었습니다. 그러니까 여기에 있는 거지요."

한자와는 재빨리 다음 이야기를 재촉했다.

"다른 인사라는 건 뭐죠?"

"그것 말인데."

요코야마는 천박하게 혀를 한 번 찬 뒤, 나머지 잔소리를 집어삼키고 말을 이었다.

"미키의 이동에 대해 타진이 왔어."

"그것도 역시 너무 빠르지 않습니까?"

미키도 증권으로 파견 나온 지 아직 1년 반 정도밖에 되지 않았다. 하지만 요코야마는 고개를 약간 기울인 채 석연치 않은 표정을 지었다.

"하지만 이번에는 본인을 위해 좋은 일이니까 받아주고 싶어. 은행의 증권영업부에서 달라고 하더군."

한자와는 이해가 되지 않아서 되물었다.

"증권영업부에서요? 거기서 왜 미키 씨를……."

"이유는 모르지만 콕 찍어서 지명했어. 미키를 잘 아는 사람이 끌어당기는 것일지도 모르지."

"일부러 끌어당길 만큼 실력이 있다곤 생각되지 않습니다만."

무심코 본심을 말한 한자와를 바라보며 요코야마가 차갑게 말했다.

"그건 내가 알 바 아니지. 받아들일 건가? 거절할 건가? 어느 쪽이지?"

"이동 날짜는 언제인가요?"

"갑작스럽긴 하지만 자네가 받아들인다면 다음 주 초일 거야."

"알겠습니다. 그렇게 하십시오. 그런데 후임은 언제 옵니까?"

"그것 말인데……."

요코야마는 말을 꺼내기 힘든지, 몸을 비틀면서 얼굴을 찡그렸다.

"우리가 인건비 절감이 시급하다는 건 자네도 알지? 미안하지만 후임은 없어. 남은 인원으로 잘 꾸려가 주게."

한자와는 우울한 얼굴로 한숨을 쉬는 수밖에 없었다.

"이봐, 전근이야."

인사부에서 미키를 호출했다는 이야기를 듣고, 뒷자리에 있던 오니시가 모리야마에게만 들리는 목소리로 속삭이듯 말했다.

미키가 뺨을 붉게 물들이고 돌아온 것은 그로부터 얼마 지나지 않았을 때였다.

"미키 씨, 잘됐군. 축하해."

모로타의 축하를 받는 것을 보면 아무래도 좋은 인사이동인 모양이다.

"어디지?"

모리야마의 등 뒤에서 오니시가 중얼거렸을 때, 미키와 이야기를 나누던 모로타의 입에서 "증권영업부"라는 말이 새어 나왔다. 다음 순간, 모리야마와 오니시는 누가 먼저랄 것도 없이 시선을 맞추었다.

"설마!"

오니시의 눈이 크게 벌어졌다.

그로부터 5분도 지나기 전에 '설마'가 사실임을 알게 되었다. 미키가 은행 증권영업부 조사역으로 영전된 것이다.

"어떻게 된 거지?"

오니시가 다시 눈을 크게 뜬 것은 점심식사가 끝나고 모리야마와 둘이 구내식당에서 커피를 마실 때였다.

"은행에 그렇게 인재가 없나? 저런 무능력자를 일부러 불러들이지 않으면 일을 할 수 없을 만큼……."

도쿄센트럴증권의 증권파인 오니시와 모리야마에게는 여기에 뼈를 묻는다는 생각은 있어도, 은행으로 '돌아간다'는 발상은 없다. 오히려 미키처럼 일을 못하는 동료가 다른 곳으로 떠나면 속이 후련할 정도였다. 하지만 아무리 생각해도 이번 인사이동은 이해할 수 없었다.

오니시가 얼굴을 찡그리며 말했다.

"미키 씨의 득의양양한 얼굴 봤어? 구역질이 나더군. 그 아저씨, 자기 실력으로 돌아간다고 생각하나 봐."

모리야마가 생각에 잠긴 채 카푸치노를 한 모금 마신 뒤, 혼잣말처럼 중얼거렸다.

"미키 씨의 영전이 실력이 아니면 뭘까요?"

오니시가 목소리를 낮추면서 물었다.

"무슨 뜻이야?"

"이상하지 않나요? 미키 씨가 본인 실력을 어떻게 생각하는지는 모르겠지만, 누가 봐도 그 사람은 형편없습니다. 그 나이에 은행의 증권영업부로 돌아갈 수 있을 만한 실력도 없고 능력도 없잖습니까? 그 사람에게 우리가 모르는 뭔가가 있는 걸까요?"

"'뭔가'가 뭐야?"

"백이라든지 줄이라든지, 그런 거 말입니다."

오니시가 오른손을 들어 얼굴 앞에서 하늘하늘 흔들었다.

"말도 안 돼! 그런 게 있다면 애초에 여기로 파견 나왔겠어? 혹시 모로타 차장이 은행에 손을 쓴 거 아니야? 입행 동기가 너무 뒤처지면 자기까지 뒤처지게 되니까."

여기서 뒤처진다는 것은 당연히 출세를 가리킨다. 악의가 담긴 오니시의 농담을 듣고 모리야마는 적당히 미소를 지었지만 그 말을 받아들인 것은 아니다.

그럴 리가 없다.

모로타는 그렇게까지 동료를 위하는 사람이 아니다.

아무리 좋게 생각하려고 해도 모리야마는 미키의 인사발령을 이해할 수 없었다.

2

히라야마는 성큼성큼 접견실 안으로 들어오더니, 소파에서 일어난 이사야마와 노자키에게 "앉으세요"라고 권하고 맞은편 팔걸이의자에 앉았다. 아내이자 부사장인 미유키도 조금 늦게 들어와서 히라야마의 옆에 앉았다. 10월 하순의 금요일이었다.

"바쁘신데 오시라고 해서 죄송합니다. 우리가 의뢰한 프로젝트의 경과보고를 받고 싶어서요."

히라야마는 언제나 그렇듯이 단도직입적으로 말했다.

"안 그래도 제안을 드리려던 참입니다. ……피워도 될까요?"

이사야마는 느긋한 모습으로 한마디하고, 윗주머니에서 담배를 꺼내 불을 붙였다.

히라야마는 담배를 피우지 않는다. 그래서인지 중요한 손님을 위해 화려하게 꾸민 접견실에는 재떨이가 보이지 않았다.

미유키가 재빨리 일어서 인터폰을 들고 명령했다.

"재떨이 가져와."

그 즉시 비서가 재떨이를 들고 달려왔다.

"부사장님, 고맙습니다."

이사야마는 비서가 탁자에 놓은 재떨이에 천천히 재를 떨어뜨렸다. 그 모습은 마치 도쿄중앙은행과 히라야마가 이끄는 전뇌잡기집단의 역학 관계를 보여주는 의식 같았다.

도쿄중앙은행은 작년에 전뇌잡기집단의 중국 진출을 위한 운전자금을 지원했다. 국내의 소비자 확보 경쟁에 일찌감치 한계를 느낀 히라야마가 목표 시장을 아시아 전역으로 확대하고, 그 첫 단계로 중국에 인터넷 쇼핑몰 회사를 설립하려고 했을 때였다.

그 이후 전뇌잡기집단은 본사를 상하이에 두고, 광저우를 비롯해 세 개의 유통거점을 만들면서 직원 수천 명의 판매회사를 만들었다.

눈이 팽팽 돌 만큼 빠르게 진보하는 인터넷 환경에서 살아남기 위해 전뇌잡기집단이 표방한 것은 초공격적인 경영전략이었다. 신속하고 적극적인 경영에는 당연히 자금이 필요하다.

상장할 때 끌어모은 자금을 다른 곳에 투자한 히라야마는 중국 진출 비용을 거래은행인 도쿄중앙은행의 지원에 의지할 수밖에 없었다. 라이벌 기업과의 피 튀기는 경쟁에서 승리하기 위해 꼭 필요한 자금이었다.

물론 일시적으로 빌린 자금일지라도 도쿄중앙은행으로부터 거액을 지원받음으로써 타이밍과 스피드가 중요한 업계에서 전뇌잡기집단의 지위가 한 단계 올라선 것은 두말할 필요도 없다.

"안 그래도 내부에서 계속 논의했는데, 상대가 도쿄스파이럴 쯤 되면 자금만 준비한다고 해서 해결될 문제는 아닙니다. 너희 회사를 사겠다고 정면으로 말해봐야 도쿄스파이럴은 당연히 거절할 테니까 그에 대비한 작전이 필요하지요. 오늘은 그 작전을 가져왔습니다."

이사야마의 말을 듣고 짜증이라도 난 것처럼 미간에 주름을 잡았던 히라야마의 표정이 느슨해졌다.

"빠르시군요. 역시 대단하십니다."

이사야마는 찬사를 당연하게 받아들인 뒤, 옆에 있는 부하직원에게 말했다.

"노자키 차장."

노자키는 무릎 위에 놓은 갈색 봉투에서 제안서를 꺼내, 히라야마와 미유키에게 한 부씩 나눠주었다.

"지금부터 말씀드릴 내용은 도쿄스파이럴 M&A 전략의 제 1단계입니다. 개요를 말씀드리겠습니다. 전뇌잡기집단은 우선 총 700억 엔을 투자해서 도쿄스파이럴 주식의 약 30퍼센트 정도를 취득할 겁니다."

노자키가 한 번 숨을 쉬고 나서 말을 이었다.

"……이 약 30퍼센트의 주식 취득은 도쿄스파이럴이 알아채지 못하는, 이른바 '비공개매수'가 됩니다. 그들이 알아차렸을 때, 전뇌잡기집단은 이미 도쿄스파이럴의 대주주가 되어 있을 겁니다."

제안서를 보던 히라야마가 얼굴을 들고 노자키를 뚫어지게 바라보았다. 히라야마의 얼굴에 경악의 표정이 깃들었다.

"이런 일이 가능합니까?"

노자키는 히라야마의 질문에 답하지 않고 다음으로 넘어갔다.

"다음 페이지를 보십시오. 자세히 설명해드리겠습니다."

히라야마가 황급히 페이지를 넘겼다. 그곳에 있는 그림을 본 순간, 히라야마의 입에서 나지막한 감탄사가 새어 나왔다.

"그야말로 기습 작전이군요."

노자키는 감탄사를 한 귀로 흘려보내면서 약 한 시간에 걸쳐 제안서의 내용을 설명했다. 그리고 때로는 히라야마와 미유키의 아마추어적인 질문에도 차분하게 대답했다.

"굉장해요!"

미유키의 입에서도 탄성이 흘러나왔다. 그녀는 얼굴을 사과처럼 발그레 물들인 채, 매료된 눈길로 제안서를 몇 번이나 훑어보았다.

그때까지 말없이 듣고 있던 이사야마가 입을 열었다.

"사장님, 어떠십니까? 만족하십니까?"

히라야마가 대답했다.

"물론입니다. 죄송하지만 이렇게까지 제안해주시리라곤 생각도 못 했습니다. 도쿄중앙은행으로 인수자문사를 바꾸길 잘했습니다."

"자회사인 증권과 비교하면 섭섭하지요."

이사야마는 소리를 내어 호탕하게 웃고, '이제 됐다'라고 생각하며 노자키와 시선을 교환했다. 도쿄중앙은행에서는 자회사인 도쿄센트럴증권을 그냥 '증권'이라고 간략하게 부른다.

"죄송합니다. 이렇게 실력 차이가 있는 줄도 모르고, 상장할 때 주관사를 맡아준 인연으로 도쿄센트럴증권에 갔습니다."

"이제라도 아셨으면 됐습니다. 그들은 어차피 규모도 노하우도 없어서, 이렇게 어려운 프로젝트를 해낼 수 없으니까요."

이사야마가 너그러운 표정으로 말했다.

"지당하신 말씀이에요."

미유키가 맞장구를 치며 히라야마에게 시선을 돌렸다.

"그 이후에 도쿄센트럴증권에서 사장님에게 전화를 걸어 불평을 했다지 뭐예요?"

이사야마가 관심 있는 눈길로 물었다.

"그랬습니까? 어떤 불평이었나요?"

히라야마가 대답했다.

"은행에서 압력이 있지 않았냐고 묻더군요."

"이런이런. 이거 영 듣기 민망한 말이네요."

이사야마는 과장스럽게 어이없는 표정을 지었지만 눈은 웃지 않았다. 중국 진출 자금 지원, 그와 동시에 앞으로의 운전자금 지원을 내비치며 증권과 계약을 해지하도록 압박한 사람이 바로 그였기 때문이다. 그것은 누가 봐도 압력이었다. 그런데 도쿄센트럴증권에서 어떻게 그 일을 알았을까?

"그렇게 말한 사람은 누구인가요?"

"아실지 모르겠지만 영업기획부의 한자와 부장이라는 사람입니다."

히라야마의 말이 끝나기도 전에 이사야마의 입술 끝에 비아냥거리는 웃음이 매달렸다.

"그렇군요. 그 사람이라면 아주 잘 알고말고요. 항상 문제를 일으키는 골치 아픈 사람이지요. 한때 은행의 영업 2부 차장이었는데, 결국 제 역할을 못하고 쓸모가 없어서 증권으로 내보냈습니다."

"그랬나요?"

히라야마가 미유키와 시선을 맞추고 나서 덧붙였다.

"저희가 지금까지 본 느낌으로는 그렇게 무능력해 보이지 않았습니다만."

노자키가 말했다.

"실제로 그쪽 대응이 늦었다고 말씀하시지 않으셨습니까?"

"그건 그렇죠."

히라야마가 기억을 떠올리면서 말을 이었다.

"그런데 한 가지 마음에 걸리는 말을 하더군요. 은행에서 우리의 M&A 정보를 어떻게 알았냐고요. 저더러 도쿄중앙은행에 말했냐고 물어보더라고요."

노자키가 순간적으로 움찔거리며 이사야마를 살며시 훔쳐보았다.

이사야마가 황급히 물었다.

"그래서 뭐라고 대답하셨습니까?"

"제가 말한 건 아니라고 부정했습니다. 그나저나 도쿄센트럴증권도 귀가 참 밝군요."

"방심할 수 없는 자입니다. 아무튼 그건 그렇다고 치고……."

이사야마가 재빨리 조금 전의 화제로 돌아갔다.

"사장님, 이번 전략은 언제 결재해주시겠습니까?"

"지금 이 자리에서 결재하겠습니다."

독재자 사장다운 말에 노자키가 신중한 모습으로 물었다.

"임원회의에 상정해 결재를 받지 않아도 되겠습니까?"

"임원회의요?"

히라야마가 코웃음을 치며 덧붙였다.

"그건 어차피 형식에 불과합니다. 임원들이 찍소리 못하게 하겠습니다."

3

"미키 씨 얘기 들었어? 증권영업부 안에 있는 총무팀으로 발령 났대."

주말에 일을 마치고 동료들과 한잔하는 자리에서 오니시가 목소리를 낮춰서 말했다.

"누구에게 들으셨어요?"

입가에 묻은 생맥주 거품을 닦으면서 모리야마가 눈을 휘둥그레 떴다.

"은행의 친구한테서. 아주 깨소금 맛이더군. 히히히."

오니시가 심술궂게 웃었다.

"당최 이유를 모르겠군요."

모리야마가 고개를 갸웃거리며 말하자 모두의 시선이 모리야마에게 쏠렸다.

"생각해보세요. 증권영업부에서 달라고 해서 본부로 돌아간 거잖아요? 그런데 왜 총무팀에 넣었지요? 총무 일이라면 일부러 증권 자회사에서 차출하지 않아도 시킬 사람이 얼마든지 있을 텐데요."

"듣고 보니 그러네. 혹시 총무 일을 잘하는 거 아니야?"

오니시가 생각에 잠긴 얼굴로 농담처럼 말했다.

"전표 한 장도 제대로 못 쓰는데요?"

그렇게 말해서 사람들을 웃게 만든 사람은 미키와 같은 부서에 있었던 후배였다.

하지만 모리야마는 웃을 수 없었다.

"모리야마, 왜 그렇게 똥 씹은 표정이야? 이걸로 조금은 기분이 풀렸잖아. 녀석의 실력을 인정해서 데려간 게 아니야. 그건 통쾌한 일 아니야?"

모리야마는 수긍할 수 없다는 표정을 지었다.

"그런 문제가 아니라……. 아무리 생각해도 이해가 되지 않아서 그래요. 애초에 전뇌의 제안 자체도 부자연스럽고, 미키 씨의 인사 문제도 그렇고, 은행의 처우도 그렇고요. 전부 앞뒤가 안 맞잖습니까?"

"미키 씨의 인사 문제는 그렇다 쳐도, 전뇌의 제안 자체가 부자연스럽다는 건 무슨 뜻이야?"

오니시가 검지로 콧마루를 긁으면서 물었다.

"제 입으로 이런 말을 하기는 좀 그렇지만, 전뇌잡기집단이 왜 우리 회사에 자문사가 돼달라고 했을까요? 우리는 M&A 경험도 별로 없고, 더구나 상대가 도쿄스파이럴이라면 제대로 전략을 수립할 수 있을지 없을지 모르는데요. 자존심이 상하긴 하지만, 제안 능력으로 보면 은행의 증권 부문이 몇 수 위라고 생각합니다. 그뿐만 아니라 대형 증권회사나 외국계 투자은행을 비롯해, 이런 프로젝트에 침을 흘리며 달려들 회사는 한둘이 아닙니다. 왜 그런 회사에 가지 않고 우리 회사로 왔을까요?"

"히라야마 사장이니까 그랬겠지. 워낙 성실한 사람이잖아. 상장 주관사에 대한 의리 때문에 그랬다고 본인 입으로도 말했고 말이야."

하지만 모리야마는 히라야마에 대해 냉철하게 평가했다.

"입으로 뭐라고 했든, 그 사람은 의리나 인정으로 움직이는 사람이 아닙니다. 모든 일을 사무적이고 냉정하게 처리하는 사람이죠. 제가 보기에 그 사람의 행동 기준은 단 하나, 이득이냐 손해냐는 것뿐입니다. 저는 지금까지 전뇌에 이런저런 제안을 해왔는데, 그 회사가 한 번도 귀를 기울여준 적은 없었습니다. 히라야마 사장과 말을 나눈 것은 담당자가 돼서 인사했을 때뿐이고, 아무리 찾아가도 창구인 재무부에서는 아예 상대도 안 해줬거든요. 그런데 이렇게 중요한 프로젝트를 뜬금없이 의뢰하다니, 제 머리론 도저히 이해가 되지 않습니다."

오니시가 자신의 추측을 입에 담았다.

"대형 증권사에는 연줄이 없고, 외국계 증권사에는 이용만 당한다고 생각했기 때문이 아닐까? 그 사람은 남보다 몇 배 경계심이 강하니까 믿을 만한 상대를 선택했을 수 있잖아."

그렇다면 처음부터 은행을 찾아갔을 것이다.

히라야마에게는 다른 합리적인 이유가 있었던 게 아닐까? 직접적인 손익에 관련된……

그러나 그것이 무엇인지 지금으로선 알 수 없었다.

"그나저나 아무리 도쿄중앙은행이라도 이번 M&A를 성사시키긴 힘들 거야. 생각나는 전략 있어?"

오니시의 질문을 받고 모리야마는 말문이 막혔다.

물론 자문사 계약을 놓친 것은 화가 나서 견딜 수 없었다. 그렇다고 이렇다 할 만한 효과적인 전략이 있냐고 물으면 입을 다물 수밖에 없다.

"은행이 어떤 전략으로 대처할지 구경이나 할까?"

오니시는 그렇게 말하고 입술 끝에 빈정대는 비웃음을 담았다.

"미키 씨, 이거 좀 복사해주십시오."

서류 다발을 잔뜩 든 채 그렇게 말한 사람은 입행 5년차 행원이었다.

"그게 뭐지?"

미키는 거만한 태도로 상대를 올려다보았다. 미키의 목소리에 가시가 돋쳐 있음을 알아차린 젊은 행원은 재빨리 경계 태세를 취했다.

"그게요……, 게즈카 차장님께서 미키 씨에게 복사를 맡기라고 해서요……."

미키는 사무실 한가운데에 있는 게즈카의 책상을 힐끔 보았다. 항상 미간을 찌푸리고 있는 신경질적인 남자의 옆얼굴이 눈에 들어왔다. 증권영업부의 차장 다섯 명 중 한 명인 게즈카는 미키보다 세 살 어린 상사였다.

"복사는 직접 해."

젊은 행원의 눈에 당황스러움이 떠올랐지만, 미키는 고개를 돌려 책상 위에 있는 인수인계 자료로 시선을 옮겼다.

젊은 행원은 반박할 말을 집어삼키고 미키의 앞을 떠났다.

미키는 울화통이 치밀어서 견딜 수 없었다. 도대체 나를 뭐라고 생각하는 건가?

일단 자존심에 불이 붙자 빠른 속도로 부아가 치밀었다.

"미키 씨, 나 좀 봐요."

고개를 들자 맞은편 자리에서 게즈카가 손짓하는 것이 보였다. 미키에게 복사를 부탁하러 왔던 젊은 행원이 거북한 표정으로 그 앞에 서 있었다.

"복사를 직접 하라는 게 무슨 뜻이죠?"

게즈카는 조바심을 내면서 불쾌함을 숨기지 않은 눈길로 미키를 쳐다보았다.

"그런 건 총무팀에서 알아서 해줘요. 양이 많아서 그래요."

게즈카의 말투에는 반박할 수 없게 만드는 오만함이 배어 있었다.

하지만 미키는 도저히 받아들일 수 없었다.

"착각하지 마시죠. 총무팀은 복사하는 곳이 아닙니다. 우리도 할 일이 있습니다."

다음 순간, 게즈카는 표정을 험악하게 일그러뜨리며 들고 있던 볼펜을 서류 위에 내던졌다.

"대량 복사인 경우, 사무효율화를 위해 총무팀에서 하게 돼 있잖습니까?"

미키는 대답이 궁했다. 그런 이야기는 처음 듣는다.

"여태 그것도 몰랐습니까?"

게즈카는 칼날처럼 날카롭게 추궁하며, 분노가 담긴 눈길로 미키를 쏘아보았다.

발령을 받은 지 얼마 되지 않은 미키가 모르는 것은 당연했지만, 게즈카에게는 그런 변명이 통하지 않는다.

"그럼 다른 사람에게 시키겠습니다. 급하신가요?"

"당연하죠! 급하지 않으면 왜 이러겠습니까?"

매일 극도의 스트레스 상황에 놓여 있는 탓인지, 게즈카는 당장이라도 싸울 기세로 덤벼들었다.

"다른 사람에게 시키지 말고 미키 씨가 하세요!"

"내가요?"

미키가 되묻자 게즈카는 다시 단호하게 말했다.

"다들 바쁜 거 안 보입니까? 미키 씨는 아직 맡은 일이 없지요? 마침 잘됐군요."

게즈카의 얼굴에서 악의와 적의가 동시에 넘쳐흘렀다.

"나카시타, 어서 넘겨."

게즈카는 상황을 지켜보던 젊은 행원에게 명령하더니, 고작 이런 일 때문에 시간을 낭비했다는 얼굴로 다시 책상 위의 서류를 들었다.

"그럼 부탁하겠습니다."

젊은 행원이 내민 두터운 서류 다발을 받고, 미키는 맥없이 자리로 돌아오는 수밖에 없었다.

"다키자와 씨, 이거 급히 복사해줘."

바쁘게 돌아다니는 베테랑 행원에게 그렇게 말하면서 서류 다발을 내밀자, 다키자와는 한순간 꺼림칙한 표정을 짓더니 말없이 받았다.

"미키 씨, 그런 걸 받아오면 어떡해? 우리도 바쁘다고 거절해야지."

직속 상사인 가와키타 차장이 짜증이 잔뜩 묻은 얼굴로 주의를 준 것은 그때였다.

"대량 복사는 총무팀에서 하기로 되어 있다고 게즈카 차장이 그래서요."

미키는 자기도 모르게 반론을 시도했으나 "그게 무슨 대량 복사야?"라는 지적을 받고 할 말을 잃었다.

"겨우 2, 3백 장밖에 안 되잖아? 그런 것까지 총무팀에서 하면 아무리 일손이 많아도 부족하지. 그 정도는 본인이 알아서 판단하지 않으면 곤란해."

가와키타는 한숨이라도 쉬고 싶은 얼굴로 미키를 바라보았다. 가와키타의 입행 연도는 미키보다 1년이 빠르지만 차장이 된 것은 2년 전이다. 출세 면에서 보면 아직 조사역에 불과한 미키보다 아득한 앞쪽에서 달리고 있었다.

가와키타는 서류를 들고 있는 다키자와를 보면서 "됐어, 자네가 안 해도 돼"라고 말한 뒤, 미키에게 지시를 내렸다.

"그건 미키 씨가 받았으니까 미키 씨가 하지. 다키자와는 지금 하는 일만 해도 벅차니까."

다키자와는 말없이 미키의 책상에 서류 다발을 내려놓고 재빨리 자기 자리로 돌아갔다. 온몸에서 찬바람이 쌩쌩 불었다.

할 수 없이 서류를 들고 복사기 앞에 서자 미키는 목구멍까지 굴욕감이 솟구쳤다.

증권에서도 이런 허드렛일은 한 적이 없다.

맨 위의 서류를 트레이에 올리고 복사 버튼을 눌렀다. 세 장쯤 복사했을 때, 가와키타의 질책이 날아왔다.

"뭘 깨작깨작 한 장씩 복사하고 있어? 연속 복사를 하면 되잖아! 복사기 바뀐 지가 언제인데 아직도 그걸 모르면 어떡해!"

누군가가 웃음을 터트렸다. 황급히 복사기 작동 패널을 보았지만 어떻게 해야 하는지 알 수 없었다.

"다키자와 씨, 미안하지만 어떻게 하는지 가르쳐주겠어?"

가와키타가 그렇게 말하자 다키자와는 성가시다는 얼굴로 미키 곁으로 다가갔다. 그리고 말없이 서류를 받아들고는 트레이 위쪽에 있는 슬롯에 넣은 뒤 시작 버튼을 누르고 돌아갔다. 복사 하나도 제대로 못하는가? 그녀의 옆얼굴에는 미키에 대한 경멸감이 배어 있었다.

내가 원한 건 이런 게 아니었다.

미키는 부조리한 상황에 저항하지도 못한 채, 멍한 얼굴로 생각에 잠겼다.

빌어먹을. 나를 이렇게 무시하다니. 두고 보자······.

부장실에서 나와 느긋하게 걸어가는 이사야마를 발견한 것은 그때였다.

그의 뒤를 따라가자 마침 엘리베이터 홀에 있는 사람은 이사야마 한 사람뿐이었다.

"안녕하십니까."

미키가 인사를 하자 이사야마는 "그래, 수고가 많군"라고 내키지 않는 얼굴로 대답했다. 새로운 환경으로 이동한 미키를 배려하는 말은 한마디도 없었다.

미키는 마음먹고 말을 꺼냈다.

"부장님, 총무팀이 아니라 라인으로 보내주시지 않겠습니까?"

라인, 즉 영업의 최전선으로 가고 싶다는 뜻이다. 이사야마는 자신의 구두 끝을 내려다본 뒤, 엘리베이터 층수 표시를 올려다보았다.

이윽고 그의 입에서 나온 것은 냉정한 대답이었다.

"자네는 안 돼."

"하지만 이건 약속이 다르고······."

"다시 은행으로 돌아오게 해줬으면 됐잖아? 약속한 대로 증권 영업부로 말이야."

이사야마에게는 짜증나는 이야기인지, 태도가 거만하기 이를 데 없었다.

"하지만 총무팀은 제 바람과 다릅니다. 영업부로 보내주실 수 없겠습니까?"

"자네에게 그만한 능력이 있다고 생각하나? 일단 영업부에 타진해보았는데, 자네를 데려가겠다는 사람이 한 명도 없더군. 어린애도 아니니까 무슨 말인지 알아듣겠지?"

이사야마는 뾰족한 송곳으로 가슴을 깊숙이 찌르는 말을 거침없이 했다.

하지만 미키는 그 말을 받아들일 수 없었다.

엘리베이터가 도착하자 이사야마는 재빨리 올라탔다.

엘리베이터 홀에 혼자 남겨진 미키의 가슴속에서는 낙담과 실망이 소용돌이쳤다.

4

"전뇌에 대한 지원이 승인된 모양이야. 1500억 엔이나 말이야."

11월의 첫 월요일. 도마리에게서 그런 전화가 걸려왔다.

"별 문제 없이 정해졌어?"

한자와가 마음에 걸려서 물어보았다.

"아니, 예상한 대로 옥신각신한 것 같아. 나카노와타리 은행장님은 내켜하지 않았다는 말을 들었어."

"행장님께선 합리적이지 않은 일을 싫어하시니까."

왜 지원해야 하는가. 왜 지원할 필요가 있는가. 왜 우리가 아니면 안 되는가.

은행장이 신경 쓰는 점은 여신 부문에서 리스크를 짊어지기 전에, 현재 상황을 확실히 확인하고 나서 논의하는 것이었다. 그뿐만 아니라 백전노장인 은행장에게는 독특한 후각이 있었다.

한자와는 혼잣말처럼 중얼거렸다.

"물론 이제 와서 백지로 돌리라고 할 수는 없겠지."

이미 자문사 계약을 체결했다. 그 시점에서 거액의 대출을 절반쯤 승인한 것이나 마찬가지였다. 그때 도마리가 뜻밖의 말을 했다.

"행장님께선 전략에도 난색을 표하셨다고 하더군. 그렇게 해도 되겠냐고 하시면서."

"그래서 그 전략은 결국 승인을 받았어?"

"내용은 극비라서 알 수 없지만 부행장님과 증권영업부에 일임한 것 같아. 그 전략대로 할지 말지, 그들의 판단에 맡긴 거지."

"요컨대 그 전략이 세상에 발표될 때까지는 아무도 모른다는 건가?"

도마리의 목소리가 한층 작아졌다.

"내일 뭔가 있나 봐. 홍보실에서 기자회견을 준비하고 있거든."

"곤도의 정보야?"

곤도 나오스케는 한자와와 도마리의 입행 동기로, 지금은 홍보실 차장이다.

"빙고! 우리 은행 안에서 기자회견을 하게 해달라고, 증권영업

82

부에서 요청한 것 같아. 노자키 녀석이 어떻게 나올지, 솜씨를 구경해볼까?"

"도쿄스파이럴의 주가를 모니터링하면서 움직임이 있으면 보고해줘. 오늘 많이 움직일 거니까."

다음 날 오전 9시가 되기 전, 한자와는 모리야마에게 도마리의 정보를 전해주면서 자신도 컴퓨터를 켜고 IT 양대 기업인 전뇌잡기집단과 도쿄스파이럴의 주가를 모니터에 불러냈다.

전뇌가 도쿄스파이럴의 주식을 사들이면 그 즉시 주가는 상한가까지 뛰어오를 것이다.

그와 동시에 도쿄스파이럴도, 어느 기업이 특별한 목적을 가지고 자사주를 사들이고 있다는 사실을 알게 될 것이다. 그리고 그 기업이 전뇌잡기집단라고 밝혀지는 것은 시간문제다.

그런데…….

정각 9시가 지나도 주식시세 현황판에서는 작은 움직임만 있을 뿐, 대량의 매수 주문이 들어오는 낌새는 없었다. 움직임이 있을 만도 한데 아예 기척이 없는 것이다.

그대로 오전장이 끝났다.

어떻게 된 거지? 한자와가 고개를 갸웃거렸을 때, 노크 소리가 들렸다. 모리야마였다.

"계속 모니터링했습니다만 별다른 변화는 없었습니다. 부장님, 정말로 오늘 움직입니까?"

그렇게 물어보는 것도 무리는 아니다.

"왜 움직임이 없는 거지? 어떤 경우를 생각할 수 있을까?"

한자와의 질문을 받고 모리야마는 생각에 잠겼다.

"전뇌잡기집단은 도쿄스파이럴의 주식을 최대한 빨리 손에 넣고 싶겠지만, 지금 상황에서 살 수 있는 주식의 숫자는 한정되어 있습니다. 장외거래로 매수한다고 해도 3분의 1이 넘는 주식을 사들이는 경우에는 공개매수*를 진행해야 합니다. 그렇다면 1500억 엔이나 지원을 받는다고 해도 전액을 한꺼번에 사용하는 게 아니라 일단 3분의 1 이하로 매수한다고 생각해야 하지 않을까요?"

"그렇더라도 주가는 상당히 움직일 텐데."

한자와의 지적을 받고 모리야마도 고개를 끄덕였다.

"그렇다면 지원받은 자금으로 아직 주식을 사지는 않았다는 겁니다."

모리야마는 그렇게 결론을 내렸다.

한자와도 같은 생각이었다.

"그렇겠지. 일단 오후장도 계속해서 모니터링 해주게."

모리야마는 트레이드마크인 부루퉁한 얼굴을 주억거리고 한자와의 집무실에서 나갔다. 하지만 아무런 움직임 없이 오후장도 끝났다.

• 기업의 지배권을 취득하거나 강화할 목적으로 미리 매수 기간, 매수 가격 등 매수 조건을 공시하여 유가증권시장 외에서 불특정 다수로부터 주식 등을 매수하는 제도.

"도대체 뭐였지……."

오후 3시가 지나고, 집무실 모니터로 거래의 종료 화면을 지켜 보던 한자와가 나지막하게 중얼거렸다.

혹시 앞으로 열릴 기자회견에서 공개매수를 발표하고, 모든 것은 그때부터 시작하려는 걸까? 그렇게 생각하고 있을 때 한자 와의 휴대폰이 울렸다.

도마리다.

한자와는 통화 버튼을 누르자마자 다급히 말했다.

"오늘은 아무 일도 없었어. 어떻게 된 거지?"

"움직임이 있었어."

한자와는 한순간 자신의 귀를 의심했다.

"뭐라고?"

도마리는 똑같은 말을 반복했다.

"움직임이 있었다고. 지금 기자회견에서 발표했어. 전뇌잡기 집단이 도쿄스파이럴 주식을 30퍼센트가 조금 안 되게 매수한 모양이야."

"어떻게?"

움직임을 멈춘 화면에 시선을 고정한 채 한자와는 숨을 들이 마셨다.

"시간외거래˙야."

상상도 못한 대답이었다.

˙ 주식시장의 정규 거래 시간이 종료된 이후에도 주식을 거래할 수 있도록 한 제도.

"시간외거래? 시간외거래로 주식을 약 30퍼센트나 사들였다는 거야?"

"자세한 건 아직 몰라. 하지만 확실한 것도 있어. '전뇌잡기집단은 앞으로 도쿄스파이럴을 산하에 두기로 결정했다. 따라서 주식을 과반수 취득하기 위해 공개매수를 실시하겠다'고 하더군. 한자와, 내 말 듣고 있어?"

3장

화이트나이트

1

"아까 TV 뉴스에서 허를 찌른 기습 작전이라고 하더군. 아주 절묘했어."

기자회견의 내용을 자세하게 듣기 위해 한자와가 도마리를 만난 것은 그날 밤이었다.

월초라 바쁘기도 해서 두 사람이 신바시에서 만난 것은 밤 9시 반이었다. 그들은 전철역과 가까운 꼬치구이 집에 들어가 한쪽 구석에 자리를 잡은 뒤, 언제나 그렇듯이 맥주를 주문하고 목소리를 낮추었다.

오후 기자회견이 끝나고 다섯 시간이 넘어가면서, 전뇌잡기집단의 주식 매수 수법이 적나라하게 밝혀졌다.

시간외거래라는 상상을 초월한 기습 작전에 대해서는 찬반양론이 팽팽했다. 그와 동시에 공개매수 기간은 다음 날 11월 3일부터 연말까지 58일간이라고 발표했다. 이날의 시간외거래로 30퍼센트가 조금 안 되는 주식을 취득한 만큼, 대량 매수 기간에

20퍼센트가 넘는 나머지 주식을 취득해서 도쿄스파이럴을 산하에 둘 계획이라고 했다.

도마리가 말했다.

"방법이 옳으냐 그르냐는 둘째 치고, 우리 은행으로 보면 이점이 아주 많아. 아무리 기업 윤리를 따져도 목적을 달성하지 못하면 소용이 없으니까. 앞으로 어려운 M&A를 검토하는 기업 쪽에서 봤을 때 우리에게 의논하면 재미있는 조언을 해준다는 좋은 홍보가 됐을 거야. 그러기 위해 전뇌의 본사가 아니라 일부러 우리 은행에서 기자회견을 한 것도 탁월한 선택이었고. 이건 이사야마 부장의 아이디어 같더군."

"이사야마 부장과 노자키의 주가가 올라가겠군."

한자와의 말이 끝나기가 무섭게 도마리가 대꾸했다.

"바로 그거야. 반면에 네 주가는 바닥까지 떨어졌고."

"그건 그렇고 전뇌에 주식을 판 대주주는 누구야?"

"그건 개인정보라면서 기자회견에서도 밝히지 않더군."

"인원수도?"

"히라야마 사장은 '여러 명'이라고만 말했어. 자세한 건 나도 몰라. 이제 문제는 도쿄스파이럴이 어떻게 나오느냐지."

뉴스에 따르면 도쿄스파이럴의 세나 사장이 오후 7시가 지나 기자회견을 열어, M&A에 단호하게 대항하겠다고 강한 어조로 말했다고 한다.

흥분으로 도마리의 눈이 반짝였다.

"드디어 전면전이 펼쳐지는군. 과연 전뇌가 스파이럴 주식의 과반수를 살 수 있느냐! 진정한 승부는 지금부터지."

기자회견을 마치고 사장실로 돌아온 세나 요스케는 녹초가 된 몸을 응접세트의 팔걸이의자에 묻었다.

"사장님, 괜찮으십니까?"

홍보부장이 걱정스러운 얼굴로 물었다.

"괜찮아."

IT 벤처기업들이 모여 있는 시부야 사쿠라가오카초의 한 건물에 입주해 있는 도쿄스파이럴의 사장실이었다.

전뇌잡기집단이 일방적으로 발표한 M&A 기자회견을 보고 급히 기자회견을 연 것은 오후 7시가 지나서였다. 기자회견 자리에는 세나 혼자 참석했다.

본래 그런 자리에 함께 참석해야 할 재무이사도, 전략이사도 없었다.

지금 세나를 깊은 피로의 늪으로 몰아넣은 것은 시간외거래라는 황당한 수법으로 30퍼센트에 가까운 주식을 매수당했다는 사실에 대한 부조리함보다, 이런 사태에 혼자 고군분투해야 하는 현실이었다.

"빌어먹을!"

그는 바지 주머니에서 휴대폰을 꺼내 기요타 마사노부의 전화번호를 찾아 통화 버튼을 눌렀다.

신호가 가기 시작했다. 그리고 한참을 기다린 끝에, 지금은 전화를 받을 수 없으니 음성 메시지를 남기라는 목소리가 나오자 전화를 끊었다.

"염병할!"

전뇌의 기자회견 소식을 듣고 재무이사였던 기요타에게 전화를 건 게 벌써 몇 번째일까.

3분의 1에 가까운 주식을 팔 만한 사람은 기요타와 전략이사였던 가노 가즈나리밖에 생각할 수 없었다.

극단적인 확대 노선을 주장했던 두 사람과는 경영방침을 둘러싸고 치열하게 대립한 끝에 지난달부터 각자의 길을 가기로 했기 때문이다.

가노에게 건 전화도 역시 자동응답으로 넘어가자 세나는 휴대폰을 탁자에 내던졌다.

"젠장! 히라야마 녀석."

세나의 입에서 욕설이 튀어나왔을 때, 노크 소리가 들리고 한 남자가 안절부절못하며 들어왔다.

신임 재무이사인 모치즈키였다.

이사라고 해도 아직 20대에 불과하고 경험도 별로 없다. 지금까지 재무 관련 업무는 거의 기요타가 처리했고, 그 밑에 있던 모치즈키는 단순한 사무 일만 했을 뿐이다.

예상한 대로 모치즈키는 안으로 들어와서 "수고하셨습니다"라고 말한 뒤, 입을 다문 채 세나의 지시를 기다렸다. 기요타라면 세나가 입을 열기도 전에 자신의 의견을 확실하게 주장했을 텐데. 차이가 나도 너무 난다.

기요타와 가노는 세나와 같이 도쿄스파이럴을 만든 창업 멤버였다. 사장인 세나에게도 주눅 들지 않고 거침없이 자기 의견을 말했다.

"그놈들, 주식을 판 돈으로 새 회사라도 차릴 건가?"

세나가 토해내듯 말하자 모치즈키가 조심스럽게 입을 열었다.

"그것 말씀인데요, 몇몇 사원들에게 같이 하지 않겠냐고 했답니다."

"뭐야? 왜 즉시 내게 보고하지 않았지?"

세나의 입에서 날벼락이 떨어지자 모치즈키의 얼굴이 창백해졌다. 모치즈키는 온몸을 웅크리고 겁먹은 눈으로 세나를 쳐다보았다.

"죄송합니다."

그런 눈으로 보지 말고 말을 해, 말을!

세나는 조바심을 억제하지 못하고 천장을 올려다보았다. 그가 가장 싫어하는 게 반응이 없는 상대였다.

좀 더 기개가 있는 녀석은 없나?

비서가 얼굴을 내밀고 다이요증권 담당자가 왔다고 말한 것은 그때였다.

"이런이런! 사장님, 얼마나 힘드셨습니까?"

여느 때처럼 약삭빠르게 나타난 니무라 히사시는 그렇게 말하더니, 권하지도 않았는데 맞은편 의자에 앉았다.

다이요증권과 도쿄스파이럴의 관계는 약 1년 전으로 거슬러 올라간다. 상장할 때 주관사였던 사쿠라증권과 자본 전략으로 신경전을 벌일 때, 당시 재무이사였던 기요타가 데려온 사람이 니무라였다.

"아닌 밤중에 홍두깨도 유분수지. 히라야마 녀석, 콱 목 졸라 죽여버릴까?"

세나가 그의 성격답게 과격하게 말하자 니무라가 교묘하게 대꾸했다.

"그건 범죄니까 합법적인 방법을 사용하는 게 좋겠지요. 사장님, 이번 M&A에 어떻게 대응하실 생각입니까?"

"이제 막 느닷없이 선전포고를 받았는데, 대응책을 생각할 시간이 어디 있습니까? 그런 건 없어요."

니무라가 살짝 눈을 치켜뜨며 말했다.

"그러면 이러는 게 어떻겠습니까? 저희를 자문사로 삼으시지 않겠습니까?"

"그건 어떻게 제안하느냐에 달렸겠죠. 공개매수의 대응책으로 어떤 전략이 있는지 제안서를 가져오세요."

니무라가 깊숙이 고개를 숙였다.

"감사합니다. 즉시 직원들과 함께 제안서를 쓰겠습니다."

"그럼 내일까지 가져오시죠."

"내일까지 말입니까?"

니무라가 깜짝 놀란 표정을 지으며 눈을 깜빡거렸다.

"무슨 문제라도 있습니까?"

세나가 퉁명스럽게 말하자 니무라는 즉시 송구스러운 표정을 지었다.

"알겠습니다. 바로 회사로 돌아가서 검토해보겠습니다."

허둥지둥 나가는 니무라의 뒷모습을 보며 세나는 혀를 찼다.

"가벼운 녀석 같으니……."

세나는 고개를 옆으로 돌려서 모치즈키를 바라보았다.

"너는 무슨 대책 있어?"

하지만 돌아온 것은 모치즈키의 당황하는 표정뿐이었다.

"너 말이야, 전뇌가 우리 회사를 사려고 한다는 건 알고 있지? 그걸 어떻게 생각해? 내가 거기에 찬성하리라고 생각해?"

"아뇨, 그건……."

"그러면 이런 경우에 재무이사로서 어떤 대책을 세워야 할지 생각해야 하잖아!"

세나는 울분을 토해내면서 눈앞에서 바들바들 떨고 있는 모치즈키를 노려보았다.

"어떻게 하면 전뇌의 공개매수에 대항할 수 있는지, 그걸 생각하는 게 네 일 아니야? 지금까지 몇 시간 동안 뭘 했지?"

"죄송합니다."

반론하는 대신에 모치즈키는 창백한 얼굴로 고개를 조아릴 따름이었다.

한심한 녀석.

세나는 조바심이 머리끝까지 솟구쳤지만, 새하얘진 머리로 혀를 차는 수밖에 없었다.

세나가 도쿄스파이럴을 창업한 것은 5년 전인 25세 때였다.

회사를 창업하기 7년 전. 고등학교를 졸업하고 집안 사정으로 대학을 포기한 뒤, 그가 입사한 곳은 도쿄에 있는 작은 소프트웨어 개발회사였다.

원래 컴퓨터를 좋아했고 취미는 프로그래밍이었다. 더구나 한번 빠지면, 철저하게 해야 직성이 풀리는 성격이었다. 타고난 밝은 성격에 좋은 머리까지 겸비한 덕분에, 세나는 영업 계약직으로 입사한 그 회사에서 선배들을 제치고 엄청난 실적을 올려 최고의 영업맨이 되었다.

그 이후 영업 일을 하는 한편, 시스템 엔지니어로서 프로그래밍 실력을 연마하면서 마차를 끄는 말처럼 한눈팔지 않고 3년간 열심히 일했다. 하지만 회사는 어이없이 도산하고, 세나는 실업자 신세가 되고 말았다. 다른 회사에 취직하려고 해도 거품이 꺼지며 경제는 차갑게 얼어붙어, 대학을 졸업한 사람도 취직을 할 수 없는 취업 빙하기에 부딪혔다.

회사도, 세상도 믿을 수 없었다.

세나는 그런 사실을 통감한 뒤, 같은 회사에 다녔던 두 사람과 손을 잡고 직접 회사를 차리기로 했다.

인터넷 시대에 최첨단 웹 기술을 바탕으로 그가 창업한 회사는 소프트웨어 온라인 쇼핑몰이었다. 그리고 곧바로 도쿄스파이럴이 비약적으로 발전하는 원동력이 된 포털 사이트를 만들었다.

자본금은 겨우 1백만 엔.

회사에 다니며 한 푼 두 푼 모은 돈을 몽땅 털어 창업자금으로 사용했다. 세나가 사장이 된 것은 단지 발기인이었기 때문만이 아니라 새 회사의 강점인 포털 사이트 프로그램 기술을 가지고 있었기 때문이다. 옛 직장에서 경리 직원으로 일했던 기요타가 재무부장이 되고, 영업부에서 세나의 선배였던 가노가 영업부장이 되었다. 본사는 당시 세타가야에 있던 세나의 원룸이었다.

미국에서 들어온 검색 사이트의 일본어판이 활개를 치는 가운데, 그들의 모험에 대해 사람들은 하나같이 부정적이었다.

"사람들이 그런 걸 사용하겠어? 아마 금방 망할 거야."

창업한 본인들을 제외하면 모두 그렇게 생각했고, 실제로 세나에게 직접 충고한 사람도 적지 않았다.

하지만 모든 충고를 뿌리치고 세나가 만든 검색 엔진인 '스파이럴'은 편리하다는 소문이 나면서 눈 깜짝할 사이에 사용자를 늘려나갔다.

처음에 멀찌감치 떨어져 지켜보던 클라이언트들도 점차 주목하기 시작하더니, 창업 2년만에 검색 엔진 이용률에서 1위로 뛰어오르며 도쿄증권거래소 1부에 상장된 대기업들을 클라이언트로 가진 유망 기업으로 성장했다.

그 이후 당당하게 주식시장에 상장하고 나서는 멈출 줄 모르는 쾌속 전진을 통해 세나에 대한 세간의 평가는 더욱 확고해지고, IT 기업의 성공한 창업자로 손꼽히게 되었다.

실제로 도쿄스파이럴의 실적은 급성장을 이어갔다. 주가도 급격히 상승하면서 1백억 엔에 가까운 창업자이득을 얻은 세나의 장래는 탄탄대로처럼 보였다.

그런데 작년에 처음으로 급성장에 브레이크가 걸리면서, 그때까지 하나가 되어 일했던 기요타, 가노와의 관계에도 금이 가기 시작했다.

투자와 금융이라는 새로운 분야로 사업을 확대해야 한다는 두 사람의 주장과, 포털 사이트 기술 개발에 투자하고 서비스를 확충하는 기존 노선을 견지해야 한다는 세나의 주장이 정면으로 부딪치면서 치열하게 대립한 것이다.

세 사람의 마음속에 조바심이 깃들기 시작했다. 성장세가 둔화되기 시작하고 주가가 요동치면서 매스컴에서는 연일 멋대로 떠들기 시작했다.

'경영이 벽에 부딪혔다' '세나 신화가 붕괴되는가!' 신문과 잡지에는 이런 표제들이 늘어섰다.

승리에 익숙해진 관객들은 항상 승리를 추구하는 법이다.

하지만 기요타와 가노는 주변의 그런 소음을 차단하지 못했다. 동요하고 허둥지둥하면서 새로운 사업에 고개를 들이밀고, 잘 모르고 관심도 없었던 분야에까지 진출을 검토하기 시작했다.

임원회의에서 세 사람이 큰소리로 싸운 것도 한두 번이 아니었다.

세 사람이 결정적으로 틀어진 요인은 기요타가 제안한 벤처기업 투자 건 때문이었다.

장래가 유망한 벤처기업에 투자해서 그 기업이 상장할 때, 주식 가격 상승으로 얻는 차익인 자본이득으로 회수하는 비즈니스 모델이다.

세나는 사업 계획을 듣자마자 그 자리에서 일축했다.

"이런 건 안 돼."

그러자 기요타는 여느 때와 달리 격앙된 모습으로 소리쳤다.

"이유도 말해주지 않고 왜 안 된다는 거야!"

임원회의 자리였다.

참석한 사람은 회사의 부장급 이상 스무 명. 전원이 숨을 들이마시고 사태를 주목하는 가운데, 세나가 설명하기 시작했다.

"그걸 몰라서 물어? 우리에게는 투자 노하우도, 벤처기업을 키우는 노하우도 없잖아!"

기요타가 반박했다.

"노하우는 있어. 우리는 네 단칸방에서 여기까지 성장했어. 이게 노하우가 아니면 뭐야?"

세나가 냉소를 지었다.

"너, 뭔가 착각하는 거 아니야? 우리가 이렇게 성장할 수 있었던 이유는 최첨단 웹 기술을 가지고 있었기 때문이야. 성장의 노하우? 웃기지 마. 그런 게 있다면 한 가지는 있지. 다른 회사에 없는 기술과 경쟁력! 상대의 기술력을 확인하는 눈이 없는 사람이 무슨 투자를 한다고 그래? 네가 기술에 대해서 뭘 알지? 아무것도 모르잖아?"

"물론 나 혼자 확인하는 게 아니야. 평가는 제3자에게 맡기면 돼. 경쟁력이 있지만 돈이 없는 회사에 돈을 대주는 건 의미 있는 일이잖아! 성공하면 돈도 엄청나게 벌 수 있고. 우리가 처음에 창업했을 때를 생각해봐. 그때 우리에게 천만 엔이라도 자본금을 대주는 회사가 있었다면 그렇게 죽을 만큼 고생하지는 않았을 거야."

"어디서 굴러먹던 개뼈다귀인지도 모르는 회사, 기술이 성공할지 실패할지도 모르는 회사에 돈을 들이붓는다고?"

세나는 머리를 절레절레 흔들며 덧붙였다.

"그렇게 간단하지 않다는 건 너도 알잖아? 애초에 너는 경리 출신이잖아? 그런데 왜 이렇게 허세를 부리는 거야? 그렇게 위험한 이야기가 어디 있어!"

경리 출신이라는 말을 들은 순간, 기요타의 얼굴이 삶은 문어처럼 시뻘게졌다.

기요타는 그렇게 불리는 것을 가장 싫어했기 때문이다. 그 이면에는 세나에 대한 라이벌 의식도 작용했다. 세상에서는 회사를 상장시킨 것은 오직 세나의 능력이라고 평가했다. 재무이사라는 소박한 역할을 맡은 기요타에게는 스포트라이트를 받는 세나의 뒤에서 묵묵히 회사의 뼈대를 지켜왔다는 자부심이 있었다.

역할은 소박해도 기요타의 성격은 과격했다. 내가 없으면 도큐스파이럴은 이렇게까지 성공하지 못했다고 직원들을 이끌고 술을 마실 때마다 입버릇처럼 말할 정도다.

"기요타, 잘 들어. 가노도, 다른 사람들도 마찬가지야. 너희들, 우리 경쟁력이 뭐라고 생각해?"

세나는 회의 테이블을 둘러싸고 있는 면면들을 차례로 바라보면서 물었다.

"돈이 있는 것? 상장한 것? 아니면 대형 클라이언트가 많다는 것? 물론 그런 것도 강점이고 경쟁력이라고 할 수 있겠지. 하지만 경쟁력의 원천은 그런 게 아니라 최첨단 웹 기술이야. 그 기술이 있기 때문에 다른 검색 사이트보다 큰 이익률을 유지해왔어. 즉, 이 웹 기술에 필적할 만한 경쟁력이 없으면 다른 사업에 고개를 들이밀어봐야 돈만 털릴 거야. 그런 건 우리 특기도 아니고, 그렇다고 우리가 성공의 냄새를 잘 맡는 것도 아니잖아. 그런 업계로 진출해서 성공할 만큼 세상은 만만치 않아. 사업을 확대하고 매출을 늘리기 위해 우리가 할 일은 잘 모르는 업계에 고개를 들이미는 게 아니라 본업을 특화하는 거야. 그것 말고 살아남을 길은 없어!"

세나의 말이 끝나기가 무섭게 전략이사인 가노가 반론을 제기했다.

"그걸로 주주를 납득시킬 수 있겠어? 지금 우리의 특기 분야의 성장이 둔화되고 있어. 지금이라면 아직 안 늦었어. 보험을 들어야 해. 사업을 다각화하고 장래의 성장 분야를 모색하는 데 이 투자 사업은 최고의 밑받침이 될 거야. 유망한 회사라면 우리가 매수하면 되고."

다음 순간, 세나의 눈에서 분노의 불길이 활활 타올랐다. 세나가 가노를 노려보면서 비난하듯 말했다.

"지금 진지하게 말하는 거야?"

예전에 도쿄스파이럴의 성장 가능성이 보이자, 한 IT 기업이 접근해온 적이 있었다.

돈이 없던 시절이었다.

세 사람의 비위를 맞추고 듣기 좋은 말을 늘어놓으며 수천만 엔을 투자하겠다고 한 그 회사의 목적은 장래가 유망한 도쿄스파이럴을 자기 회사 밑에 두는 것이었다.

자금을 투자한 뒤 세 사람을 대신할 대표를 뽑는 계획이 진행되고 있다는 이야기를, 그 회사와 가까운 다른 경영자로부터 들었다. 즉, 보기에는 그럴 듯하지만 사실상 기업 탈취다.

그때 느낀 격렬한 분노를 세나는 아직도 잊지 못하고 있었다.

기요타와 가노도 분명 세나와 똑같은 분노를 느꼈을 텐데, 지금 그 회사와 똑같은 짓을 하려고 한다. 이건 결코 용납할 수 있는 사안이 아니다.

가노가 내뱉듯이 말했다.

"진지하게 말하는 거냐고? 당연하지! 우리가 지금 장난하는 줄 알아? 기요타도 그렇고 나도 그렇고, 지금 이 상태론 곤란하다고 생각해. 아무것도 하지 않으면 이 위기를 극복할 수 없어. 그렇기 때문에 우리가 할 수 있는 일이 없는지 머리를 쥐어짜고 있는 거잖아? 그런데 검토해보지도 않고 일언지하에 거부하다니! 그러면 사장에게는 대안이 있어?"

세나가 차갑게 말했다.

"대안이라고? 지금까지 뭘 들었어? 내 주장은 처음부터 지금까지 똑같아. 전문지식이 없는 곳에는 돈을 들이붓지 않아. 내 목표는 본업인 웹 기술을 확충하는 것, 오직 그것뿐이야."

가노가 세나의 말꼬리를 잡으며 추궁했다.

"웹 기술을 어떻게 확충할 생각이지? 문제는 그거야. 사장이 그걸 제대로 보여준다면 우리도 따라갈게. 어디 한번 말해보시지."

"포털 사이트의 기능을 더욱 충실하게 만들고, 검색 기능과 스피드를 지금보다……."

가노가 재빨리 세나의 말을 가로막았다.

"그렇게 한다고 과연 사용자가 늘어날까? 전략이사로서 한마디하겠는데, 사양을 변경하려면 막대한 개발비가 필요해. 반면에 투자 효과는 쥐꼬리만 하지. 투자한 만큼 매출이 올라가지 않는다는 뜻이야. 그렇다면 매출을 올리는 방법론 자체가 틀린 거 아니야?"

예전 회사에서 세나의 영업부 선배였던 만큼, 가노 역시 세나에게 거침없이 말했다.

세나가 목소리에 힘을 주었다.

"사이트 정비와 확충은 반드시 해야 하는 일이잖아! 그걸 게을리하면 눈 깜짝할 사이에 사용자가 떠난다고! 물론 초기에는 효과가 미미할지도 몰라. 하지만 우리는 그 분야에서 감(感)이 있어. 그러면 그곳에서 다음 단계로 이어지는 힌트를 발견할 수 있지 않겠어? 성장률이 둔해졌다고 허둥지둥하면서 쥐뿔도 모르는 신사업에 돈을 들이붓자고? 좀 더 냉정하게 대응하는 게 어때?"

가노가 침을 튀기며 달려들었다.

"사장은 위기감도 없어? 지금 IT 업계는 눈이 팽팽 돌 만큼 빠르게 발전하고 있어. 앞으로 어떻게 할지, 지금 대책을 세워야 해. 뭐라도 하지 않으면 주주도 받아들이지 않는다고!"

세나가 뿌리치듯 말했다.

"주주는 현재 상황에 겁을 먹고 새로운 사업에 손을 댄 끝에 실패하는 걸 더 받아들이지 않을 것 같은데? 회사가 조금 커졌다고 억만장자가 된 기분으로 다른 곳에 투자하자는 거야? 그런 건 말이지, 상장하고 돈을 쓸 곳 없는 회사의 놀이이자 취미 생활이야. 주변을 한번 둘러봐. 투자 사업에서 실적을 올리는 회사가 어디 있지? 세상에는 덩치가 크고 돈이 있으면 노하우까지 있지 않을까 착각하는 사람들이 여기저기 널려 있는데, 그런 녀석들은 모두 바보야!"

기요타가 낮은 목소리로 으름장을 놓았다.

"사장, 그 말 취소하지 못해? 바보가 뭐야, 바보가! 그게 상장

회사 임원회의에서 할 말이야?"

가는 말이 곱지 않은데 오는 말이 고울 리가 만무하다.

"바보를 바보라고 했는데 뭐가 어때서! 상장기업이라고? 덩치가 좀 커졌다고 그렇게 거드름을 피우다니! 이런 멍청한 사업 계획밖에 만들지 못하는 녀석이 그렇게 큰소리쳐도 돼?"

창업 당시부터 세나와 두 사람이 말다툼하는 일은 종종 있었다. 멱살잡이 직전까지 간 적도 있었다.

하지만 다시 반박하리라고 예상했던 기요타는 그대로 시선을 내리깔고 입을 다물었다.

참 이상한 일도 다 있군. 세나는 갑자기 맥이 빠지며 그렇게 생각했을 정도였다.

기요타와 가노가 임원에서 물러나고 싶다고 말한 것은 그다음 날이었다.

세나가 일축한 투자 사업 계획은 아무렇게나 만든 것이 아니었다. 기요타와 가노가 중심이 되어 몇 번이나 회의를 거듭하며 꼼꼼히 준비했다고 한다.

세나가 그 사실을 안 것은 한참 뒤의 일이었다. 그와 동시에 두 사람의 가슴속에 어느새 세나에 대한 불만이 강해졌다는 사실도 알게 되었다.

"그 사업 계획을 걷어차면 사표를 낼 생각이었어."

그만두겠다고 말하러 온 기요타의 말이 지금도 세나의 마음에 남아 있었다.

기요타는 이렇게 덧붙였다.

"넌 너밖에 안 믿어. 항상 너 혼자만 옳다고 생각하지. 넌 벌거 벗은 임금님과 똑같아."

2

세나가 고급 아파트가 즐비한 아오야마의 자택으로 들어서자, 어머니가 걱정스러운 얼굴로 거실 소파에 앉아 있었다.

"뉴스 봤는데, 괜찮니?"

"괜찮아요."

세나는 재킷을 소파에 던지고는 시든 배추처럼 늘어진 몸을 소파에 묻었다.

마음속의 조바심을 억누르며 눈을 감았다. 도쿄의 한복판에 있 는 아파트지만, 큰길에서 한참 떨어져 있어서 집 안은 조용했다.

세나는 이 아파트에서 어머니와 둘이 살고 있다.

아버지는 그가 고등학교 2학년 때 세상을 떠났다. 주식 투자에 실패하고 거액의 빚에 시달린 끝에 스스로 목숨을 끊은 것이다.

아버지가 세상을 떠나기 전, 집과 예금을 비롯해 재산이라고 할 수 있는 것은 빚을 갚기 위해 전부 내놓고 그의 가족은 작은 임대 아파트로 들어갔다. 더구나 월급의 일부도 차압당한 채 말

그대로 최악의 가난 속에서 아버지는 숨을 거두었다. 가족들끼리 간단한 장례식을 마친 뒤, 어머니와 아들의 조촐한 생활이 시작되었다.

아버지가 돌아가시기 전까지 전업주부였던 어머니는 낮에 슈퍼마켓에서 일하고, 밤에는 가까운 음식점에서 한밤중까지 일하면서 생활비를 벌었다. 그런 어머니를 조금이라도 도와주기 위해 세나도 수업이 끝나면 가까운 편의점에서 일하고, 주말도 거의 아르바이트를 하면서 보냈다. 아르바이트 비용은 한 푼도 쓰지 않고 어머니에게 드렸는데, 어머니는 그 돈과 당신이 번 돈을 합쳐 집세와 식비, 전기세와 세나의 학비를 가까스로 충당했다. 유일한 사치는 어머니와 가끔 가까운 라면가게에서 라면을 먹는 것 정도였다.

아버지가 돌아가시고 한 가지 좋은 점은 그때까지 끊임없이 찾아왔던 채권자의 독촉이 끊어졌다는 것이었다.

죽음을 선택하기 전, 아버지는 빚쟁이에게 시달리느라 예민해져서 그런지 사소한 일에도 세나와 어머니에게 화풀이를 하곤 했다.

전화벨이 울릴 때마다, 문에서 노크 소리가 날 때마다 새하얗게 질려서 벌벌 떠는 아버지에게 1억 엔에 가까운 빚은 아무리 발버둥쳐도 기어오를 수 없는 개미지옥이었다.

그러는 사이에 거품 경제로 흥청망청했던 세상은 서서히 가라앉기 시작했다. 주가는 다시 오를 것이라는 세상 사람들의 안이

한 생각과 기대를 배신하고, 속도를 잃은 행글라이더처럼 급격히 추락했다. 아버지가 일하던 부동산 회사의 실적에 어두운 그림자가 드리우기 시작한 것도 그 무렵이었다.

처음 들어본 '구조조정'이라는 말이 텔레비전만 틀면 나오는 평범한 단어가 되었다. 그리고 아버지가 구조조정 대상자였다는 사실을 안 것은 당신이 돌아가신 다음이었다.

세나는 지금도 가끔 생각한다. 결국 아버지의 인생은 무엇이었을까?

군마 현의 시골에서 상경한 아버지는 도쿄에서 대학을 나와, 꿈과 희망을 안고 회사에 취직했다. 어머니와 결혼해 아들을 낳고 행복한 가정을 만들었다. 그런 아버지의 인생을 어긋나게 만든 것은 과연 무엇이었을까.

세나에게 항상 "남에게 민폐를 끼치지 말라"라고 가르쳤던 아버지는 결국 마지막까지 개인파산을 신청하지 않은 채 죽음을 선택했다. 빚을 탕감받으면 남에게 민폐를 끼치게 되니까 평생이 걸리더라도 조금씩 갚고 싶다—아버지는 어머니에게 그렇게 말했다고 한다. 하지만 세나에게는 그런 사정을 한마디도 말해주지 않았다.

나중에 그 이야기를 들었을 때, 세나의 머릿속에는 물음표가 잔뜩 떠올랐다.

아버지는 돈 때문에 자신들과 영원히 이별한 것인가?

아버지의 유언장에는 생명보험금이 나오면 어느 회사에 얼마를 갚아주라고 꼼꼼하게 쓰여 있었다.

왜 그렇게까지 빚에 얽매였던가.

왜 그렇게까지 빚을 갚아야 했던가.

'아버지의 인생은 무엇이었나?'라는 의문은 이내 '돈이란 무엇인가?'로 바뀌었다.

왜 돈 때문에 죽어야 하는가.

하지만 요즘 세상에 돈이 없으면 얼마나 살기 힘든지는 자신이 온몸으로 경험하지 않았던가.

그는 돈 때문에 일해야 했고, 돈 때문에 대학 진학도 포기했다.

그런 그들 모자에게 도움의 손길을 내밀어준 사람은 아무도 없었다. '많이 힘들지?'라든지 '힘내'라고 격려해주는 사람은 몇몇 있었지만, 친척을 포함해 돈을 빌려주겠다고 말한 사람은 한 명도 없었다. 아들의 대학 입학금을 빌려달라고 어머니가 친정 식구들에게 말했다가 거절당한 순간, 자기 인생은 자기 스스로 개척하는 수밖에 없다는 사실을 처절하게 깨달았다.

그때 어머니의 목소리에 의해 세나는 현실로 돌아왔다.

"전뇌라는 회사 사장과는 아는 사이니?"

"만난 적은 있지만 친하진 않아요. 생각만 해도 화가 치밀어 올라요."

짙은 피로가 온몸을 뒤덮고 있는 세나에게 어머니는 따뜻한 차를 가져다주었다.

"저 때문에 이 시간까지 주무시지도 못하고……. 잘 마실게요.

어머니는 이제 주무세요."

이미 자정이 지났다.

"네가 이렇게 힘든데, 난 아무것도 해줄 수 없구나. 내가 해줄 수 있는 건 네 옆에 있어주는 것뿐이야."

어머니는 그렇게 말하며 세나가 앉아 있는 소파의 옆자리에 앉았다.

세나도 알고 있다. 어머니가 불안해한다는 걸. 그리고 이날 있었던 주식 매수 사건에 대해 말해주기를 바란다는 걸.

도쿄스파이럴을 창업한 세나가 회사를 상장해 거액의 창업자 이득을 얻었을 때부터 어머니는 입버릇처럼 말했다.

"네 아버지가 살아 계셨다면 얼마나 좋아했을까?"

세나도 그렇게 생각한다. 하지만 죽음을 선택함으로써 아버지는 그 기회를 포기했다.

"다짜고짜 남의 회사를 사려고 하다니. 네 의견도 듣지 않고 왜 자기들 마음대로 하는지 모르겠구나. 어떻게 이토록 무례한 짓을 할 수 있지?"

파트타임과 아르바이트 경험밖에 없는 어머니는 화난 목소리로 말했다.

"눈 감으면 코 베어가는 세계니까 어쩔 수 없어요. 기요타와 가노가 전뇌에 주식을 판 것 같아요."

"기요타 씨와 가노 씨가?"

눈을 동그랗게 뜬 어머니의 얼굴에서 당황스러움이 번져나갔다. 당연하다. 도쿄스파이럴을 설립한 지 얼마 되지 않았을 무렵, 어머니가 가끔 도쿄에 오면 그의 집에서 음식을 만들어주었다. 그 음식을 셋이 나눠 먹으며 밤늦게까지 일한 날들이 어제 일처럼 생생하게 떠올랐다. 지금까지 어머니에게는 두 사람과 헤어졌다고 말하지 않았다.

"참 좋은 사람들이었는데."

"그동안 이런저런 일이 있었어요. 녀석들도 나름대로 생각이 있었겠지요. 그래도 주식을 팔려면 한마디 정도는 해줬으면 좋았을 텐데요."

어머니는 미간을 찡그리며 말했다.

"앞으로 어떻게 될까?"

어머니의 눈동자가 불안하게 흔들렸다.

"회사를 팔 생각은 없지?"

세나는 어금니를 악물고 단호하게 말했다.

"없어요. 반드시 박살내겠어요! 어머니는 걱정하지 마세요. 제가 알아서 할게요."

"이런 경우에 어떻게 해야 한다는 규칙 같은 게 있니?"

"규칙은 잘 모르지만 대응 방법은 여러 가지가 있을 거예요."

세나는 그렇게 대답했지만 구체적으로 어떤 방법이 있는지는 모른다.

"증권사의 조언을 참고해서 진행할 거예요. 어쨌든 시간은 좀 걸릴 것 같아요. 하지만 어떻게 해서라도 전뇌의 히라야마에게 회사를 넘기지는 않을 거예요. 우리 회사를 사려고 한 걸 반드시 후회하게 해주겠어요!"

"너라면 잘 헤쳐나가겠지만, 히라야마란 사람은 왜 네 회사를 사려고 하는 걸까?"

어머니는 가장 기본적인 의문을 제기했다.

"그야 우리 포털 사이트가 욕심나기 때문이겠지요."

"그 포털 사이트가 있으면 전뇌라는 회사에게 좋아?"

"아마 그럴 거예요."

그렇게 대답했지만, 세나는 히라야마가 무슨 사업을 위해 자기 회사를 사려고 하는지 이해할 수 없었다. 전뇌는 무엇 때문에 도쿄스파이럴을 사려고 하는가.

"네가 상대 기업의 사장이었다면 똑같은 일을 했을까?"

아주 좋은 질문이다.

"솔직히 말하면 잘 모르겠어요. 하지만 전뇌가 우리 회사를 사면 히라야마란 사람은 IT 업계에서 가장 높은 곳에 오르게 돼요. 생각해보면 그게 목적일지도 모르겠네요."

그런 하찮은 것 때문에 순순히 회사를 내줄 수는 없다. 세나의 투쟁심이 활활 타오르기 시작했다.

3

"가끔은 밥이라도 같이 먹는 게 어때?"

전뇌잡기집단이 도쿄스파이럴 공개매수 계획을 발표한 지 며칠이 지났다. 마침 퇴근하려던 한자와는 사무실에서 나온 오니시와 모리야마를 보고 말을 걸었다.

젊은 직원들의 마음속에 갖가지 불만이 소용돌이치고 있다는 사실은 한자와도 알고 있었다. 기회가 있으면 의견을 듣고 싶은 마음도 있었다.

"마침 저희도 밥 먹으러 가려던 참입니다."

오니시는 '어떡할래?' 하는 얼굴로 모리야마를 돌아보았다.

"저도 괜찮습니다."

한자와가 두 사람을 데려간 곳은 간다에 있는 오래된 이자카야였다.

가볍게 건배한 뒤, 세 사람의 이야기는 이내 전뇌의 시간외거래로 옮겨갔다. 도쿄중앙은행의 M&A 수법이 충격적이었던 점은 부정할 수 없는 사실이었다.

"그런 방법을 사용할 줄은 꿈에도 몰랐습니다."

오니시는 진저리를 내며 말하더니, 숨을 깊게 토해냈다.

"어떻게 그런 전략을 생각해냈는지……. 어쨌든 이걸로 전뇌의 판단이 맞았다고 할 수 있겠네요."

"무슨 말이지?"

한자와는 종업원이 가져온 탕두부를 입에 넣으면서 물었다.

"우리 프로젝트에서는 그런 대담한 방법을 상상도 못 했을 겁니다. 다들 머리가 굳은 사람만 있으니까요. 더구나 미키 씨가 팀장이라면 그런 아이디어는 꿈에서도 나오지 않았을 겁니다."

"너무 무시하는 거 아닌가?"

한자와는 나무라지 않고 미소를 지었다. 미키에 대한 젊은 직원들의 평가가 낮다는 것은 이미 알고 있었다.

"부장님께서도 미키 씨를 인정했다면 죄송합니다."

오니시는 빈정거림을 담아서 말한 뒤, 말없이 듣고 있는 모리야마를 슬쩍 쳐다보면서 덧붙였다.

"이렇게 중요한 프로젝트라면 실력 위주로 팀을 짜야 하지 않았을까요? 전뇌는 모리야마 담당이니까 모리야마를 팀에 넣어야 했습니다. 그랬다면 그렇게 비참하게 계약 파기를 당하는 일도 없었을 테고, 이 녀석이라면 이번 같은 기습 작전도 생각해냈을지도 모르고요."

모리야마가 오른손으로 맥주잔을 든 채 테이블의 한곳을 바라보면서 말했다.

"그렇진 않습니다. 제가 그 팀에 있었어도 그런 전략은 생각 못 했을 겁니다. 정보도 없었고요."

"주주 정보 말인가?"

한자와의 말에 모리야마가 고개를 끄덕였다.

"도쿄스파이럴의 주주 구성은 저도 조사해서, 대주주가 누구인지는 금방 알았습니다. 하지만 도쿄중앙은행은 그곳에서 한 걸음 더 들어가, 대주주 중 누군가가 주식을 매각할 의향이 있다는 사실을 파악했습니다."

한자와는 말없이 소주잔을 기울이며, 패배감에 젖어 있는 모리야마를 바라보았다.

"우리 회사의 계약을 가로챈 수법은 용서할 수 없지만, 전뇌의 히라야마 사장은 도쿄중앙은행으로 바꾸기를 잘했다고 생각할 겁니다. 저라도 그렇게 생각했을 테니까요."

오니시가 빈정거리면서 말했다.

"미키 씨에게 이번 건을 어떻게 생각하냐고 물어보고 싶군요."

"이번 M&A가 성공할 거라고 생각하나?"

한자와의 기습 질문에 두 사람은 동시에 입을 다물고 생각에 잠겼다.

잠시 후, 먼저 대답한 사람은 오니시였다.

"그건 도쿄스파이럴이 어떻게 나오느냐에 달려 있지 않을까요? 그쪽에도 자문사가 붙을 테고, 그들이 어떤 수단을 쓰느냐에 따라서……."

도쿄스파이럴의 기자회견에서는 세나 사장이 M&A 거부 의사를 명확히 밝히면서, 대항책을 강구하겠다고 선언했다.

"그곳은 다이요증권과 관계가 있지?"

다이요증권은 중견 증권회사로, 적대적 M&A의 노하우가 풍부하다곤 할 수 없다. 반면에 도쿄중앙은행의 노자키는 예전에 런던에서 M&A를 담당한 적이 있고, 그 분야에서는 국내에서 손꼽히는 뱅커였다.

"다이요증권은 자문사로서 좀 약하지 않을까요?"

모리야마의 대답에 오니시가 가볍게 대꾸했다.

"세나 사장도 말은 그렇게 해도 금방 두 손 들고 항복할지도 모르죠. 전뇌잡기집단의 밑으로 들어가겠습니다, 하면서요."

"세나는 그렇게 약해빠진 사람이 아닙니다!"

모리야마가 갑자기 소리치듯 단호하게 말해서, 한자와는 그의 얼굴을 빤히 쳐다보았다.

"모리야마, 왜 그래? 세나 사장을 잘 아는 말투잖아?"

오니시가 놀리자 모리야마는 웃지도 않고 뜻밖의 말을 했다.

"세나에 관해선 누구보다 잘 알고 있어요."

"정말이야?"

오니시는 눈을 동그랗게 뜨고 몸을 조금 뒤로 젖혔다.

"어떻게 아는데? 같은 대학이야?"

"대학이 아니라 중학교와 고등학교를 같이 다녔어요. 당시에 가장 친한 친구였지요. 성이 아니라 '요스케'라는 이름으로 부를 정도로요. 세나가 아버지 사정으로 전학을 간 후에 소식이 끊어졌는데, 그런 식으로 세상에 나올 줄은……."

"진짜? 그런데 친구라고 해도 벌써 몇 년 전이잖아? 지금쯤 사람이 달라지지 않았을까?"

오니시가 살짝 고개를 갸웃거렸다.

116

"옛날과 똑같았어요. 뉴스에서 기자회견하는 걸 봤는데, 하나도 변하지 않았더군요. 유난히 지기를 싫어했던 내 친구, 세나 요스케. 그때와 똑같았습니다."

"그런데 좀 이상해. 그렇게 친한 친구인데 왜 소식이 끊어졌지? 유명해지면 그 사람을 잘 안다는 친구가 늘어난다던데, 너도 그런 친구 아니야?"

독설가인 오니시가 모순을 파고들자 모리야마의 얼굴에 슬픈 표정이 깃들었다.

"요스케의 아버지가 주식 투자에 실패했거든요."

그 말을 듣자 독설가인 오니시도 입을 다물지 않을 수 없었다.

"요스케의 아버지는 부동산 회사에 다니셨는데, 주식신용거래로 빚을 지는 바람에 집을 팔아야 했지요. 당시에 우리는 사립 고등학교에 다녔는데, 요스케는 학비도 낼 수 없을 정도였습니다. 그런 사정이 있어서 요스케도 나나 친구들에게 연락하기 힘들었을 겁니다. 자존심도 상했을 테고요."

오니시가 숙연한 표정으로 말했다.

"세나라는 사람, 생각보다 고생을 많이 했나 보군. 그런 친구가 그렇게 성공해서 짠 하고 나타나는 바람에 깜짝 놀랐겠네?"

"도쿄스파이럴의 세나 요스케라는 이름은 신문이나 잡지에서 몇 번 봤는데, 처음에는 같은 사람이라곤 상상도 못 했어요. 그러던 어느 날, 열차 안에서 전철역 가판대에서 산 잡지를 펼쳤더니, 거기에 사진이 큼지막하게 실려 있더군요. 말 그대로 뒤통수를 얻어맞은 것처럼 '아! 요스케잖아?' 하고 깜짝 놀랐어요."

"연락은 안 했나?"

한자와의 질문에 모리야마는 테이블로 시선을 떨어뜨렸다.

"축하한다고 말하고 싶어도 개인 메일주소는 모르고, 그렇다고 도쿄스파이럴의 대표전화로 연락해 사장님을 바꿔달라고 하면서 제 이름을 말하는 것도 왠지…… 더구나 이제 와서 옛날친구가 나타나면 요스케가 곤란해하지 않을까 해서요."

젓가락으로 두부를 들어 입으로 가져가면서 오니시가 말했다.

"그럴지도 모르지. 성공한 후에 친구가 많이 생겼을 테니까."

"더구나 그동안 녀석이 얼마나 고생했을지 생각하면 '나 따위가 이제 와서' 하는 마음도 있고요. 잡지에서 요스케의 인생 스토리를 읽었거든요. 거기엔 아버지가 주식에서 실패한 것도, 어머니와 단둘이 가난하게 살았던 것도 숨김없이 쓰여 있더군요. 어머니를 도와주기 위해 고등학교 때부터 아르바이트를 했다는 것도, 대학 진학을 포기하고 취직한 것도 전부 다요. 요스케가 그렇게 고생할 때 저는 별다른 고생 없이 평범하게 살아왔는데 말이지요. 그동안 요스케는 인생의 밑바닥에서 고생하고 또 고생하면서 세상의 거친 파도를 온몸으로 뒤집어썼습니다. 아무리 옛날에 친하게 지냈어도, 편안하게 대학을 나와 회사에서 썩고 있는 저 같은 사람이 어떻게 그런 사람 앞에 얼굴을 들이밀 수 있겠습니까?"

한자와는 종업원이 가져온 술잔을 입으로 가져갔다.

"지나친 생각 아닌가? 그냥 마음 편하게 연락하면 되지 않나? 어렸을 때 친했다면 좋아할 텐데."

"이제 와서 새삼스럽다고 여기지 않을까요?"

뒷걸음질 치는 모리야마를 보고 한자와가 말했다.

"괜찮아. 특별한 속셈이 있어서 연락하는 게 아니니까. 나는 지금 이런 일을 하고 있다고 근황을 알려주면 돼. 세나 사장도 자네를 만나고 싶어할지도 모르고."

"아마 상대도 하지 않을 겁니다."

"그때는 어쩔 수 없지. 그런데 세나 사장이 자기가 유명해지고 부자가 되었다고 해서 옛 친구를 차갑게 대할 사람 같은가?"

모리야마는 골똘히 생각에 잠긴 채 대답하지 않았다.

4

다이요증권의 니무라가 도쿄스파이럴을 찾아온 것은 약속한 대로 기자회견을 한 다음 날 저녁이었다.

"이런이런! 대답이 늦어서 죄송합니다."

방문객은 두 명이었다. 또 한 명은 니무라의 상사인 히로시게 다카오 영업부장으로, 예전부터 세나가 알던 사람이었다.

"사장님, 저희에게 일을 맡겨주셔서 진심으로 감사드립니다."

히로시게는 평소의 저자세로 인사를 했다. 영업 부문의 수장

답게 상대방의 기분을 맞추는 재주는 니무라보다 뛰어나고, 보통 능구렁이가 아니라는 말을 결별한 기요타에게 들은 적이 있었다.

"저희 쪽에서 급히 대책을 검토했고, 오늘은 주요 전략을 제안하러 왔습니다."

"고맙습니다."

별로 기대가 되지 않아서, 세나는 감정이 담기지 않은 목소리로 대꾸했다.

"일단 이번 전뇌 측의 M&A에 대해, 무조건 방어하겠다는 생각은 확고하시지요?"

"당연합니다!"

목소리에 힘을 주어 강력하게 대답한 세나 앞에, 히로시게는 제안서라고 하면서 달랑 종이 한 장을 내밀었다.

"아주 간단하군요."

"간단한 게 당연합니다. 적대적 M&A의 방어책이라고 하면 다들 어렵다고 생각하는데, 복잡한 건 수많은 방어책 중 무엇을 선택하느냐 하는 거지요. 저희는 귀사를 잘 알기 때문에 복잡한 검토 작업은 충분히 했습니다. 오늘은 그중에서 최선이라고 판단되는 대책을 제안하려고 합니다."

"그게 이건가요? ……신주를 발행하라?"

세나가 제안서를 읽으면서 물었다.

"그렇습니다. 전뇌가 아무리 주식을 사들여도 과반수를 취득할 수 없을 만큼 주식을 발행하면 됩니다."

히로시게는 그렇게 말하더니 의미심장한 얼굴로 세나를 바라보았다.

"하지만 신주만 발행해서는 방어책이 되지 않기 때문에, 그것을 누군가가 가져가도록 해야겠지요."

"신주를 누군가가 가져가도록 한다고요? 그런 돈을 낼 사람이 어디에 있죠? 수백억 엔이 될 텐데요?"

"물론입니다."

제안서에는 간단한 그림이 그려져 있었는데, 신주 인수처는 비어 있었다.

"적대적이 아니라 협조적인 회사—즉, 백기사*를 인수처로서 제안하고자 합니다."

"거기가 어느 회사입니까?"

하지만 세나의 질문에 히로시게는 대답하지 않았다.

"이건 말하기는 쉽지만 실행하기 어려운 계획의 표본이 아닌가요? 탁상공론이라고 할까, 도저히 믿기지가 않군요."

회의적으로 말한 세나를 향해 히로시게는 의기양양한 표정을 지었다. 그러면서 선언하듯이 확실하게 말했다.

"있습니다."

히로시게는 몸을 앞으로 숙인 채 진지한 눈길로 세나를 보았

---

* 적대적 M&A에 처한 기업을 매수자에 대항해서 우호적으로 매수하거나 합병하려는 회사로 화이트나이트(White Knight)라고도 한다.

다. 세나는 말없이 상대의 얼굴을 바라보면서 제안서를 탁자에 내려놓고 의자 등받이에 몸을 기댔다.

히로시게가 몸을 앞으로 내밀면서 적극적으로 말했다.

"사장님, 어떠십니까? 저희에게 자문사를 맡겨주시지 않겠습니까? 전뇌잡기집단의 계획을 반드시 무너뜨리겠습니다."

"어느 회사인가요?"

히로시게가 사무적으로 딱딱하게 말했다.

"그건 계약하시지 않으면 말씀드릴 수 없습니다. 비장의 카드를 보여드릴 순 없지 않겠습니까? 이 전략의 핵심은 백기사의 선정이니까요."

"계약서를 보여주시지요."

그러자 니무라가 용의주도하게 미리 준비해왔던 계약서를 탁자 위로 내밀었다.

"계약금으로 3천만 엔을 주십시오. 그 후 적대적 M&A를 방어하면 성공 보수로 5억 엔…… 사장님, 어떻습니까?"

"만약에 백기사가 내 마음에 들지 않는 경우에는 어떻게 되죠? 다른 백기사를 찾아줄 건가요?"

히로시게가 한 박자 늦게 대답했다.

"물론입니다."

아마 다른 백기사를 쉽게 찾을 수 없기 때문이리라.

"하지만 애초에 백기사를 못 찾을 수도 있지 않습니까? 찾았다고 해도 내 마음에 들지 않을 수도 있고요. 그렇게 되면 이 계약이 물거품이 될 수도 있는데, 계약금 3천만 엔은 너무 많은 것 같은데요?"

세나가 흥정에 탁월한 모습을 보여주면서 덧붙였다.

"3천만 엔은 내 마음에 드는 백기사를 찾아주시면 그때 드리지요. 그렇게 한다면 계약해도 좋습니다."

잠시 입을 다물고 망설인 끝에 히로시게가 대답했다.

"백기사를 찾는 건 그렇게 쉬운 일이 아닙니다. 저희의 고객을 꼼꼼하고 자세히 조사한 다음, 도쿄스파이럴의 이름을 숨긴 채 그런 의향이 있는지 신중하게 확인해야 하지요. 이건 상당한 시간과 노력이 드는 작업입니다."

"그건 이해합니다. 그런데 부장님 월급이 얼마죠?"

세나가 재빨리 상대의 빈틈을 파고들었다.

"가령 그 작업에 꼬박 한 달이 걸린다고 해도 어떻게 계약금을 3천만 엔이나 달라고 하는지 이해할 수 없군요. 부장님의 월급이 그렇게 많은가요? 이런 걸 바가지 씌운다고 하지 않나요?"

"사장님, 지금은 도쿄스파이럴이 어떻게 될지 모르는 절체절명의 위기 상황입니다."

니무라가 옆에서 지원 사격을 하자 세나가 내치듯이 말했다.

"그래서요? 회사가 위기 상황에 있다고 그런 약점을 파고들어 내미는 이런 계약서에 다짜고짜 사인하라는 건가요? 그러면 아무리 돈이 많아도 부족하죠."

끈기 대결에서 패배한 히로시게가 말했다.

"그럼 얼마로 하면 만족하시겠습니까? 이런 조사를 하려면 인원이 필요하니까 그런 점을 이해해주시고……."

"계약금은 1백만 엔. 내 마음에 드는 백기사를 찾아주면 그때 3천만 엔을 드리지요. 그 이후 전뇌와의 교섭에서 효과적인 조언으로 적대적 M&A를 저지하면 3억 엔을 주겠습니다. 아무리 성공보수라고 해도 5억 엔은 너무 많으니까요."

대답이 돌아오지 않는 것을 보고 세나가 말을 이었다.

"솔직하게 말하면, 나는 댁들의 능력을 믿지 않습니다. 따라서 효과적인 조언을 얻지 못한 경우, 도중에 계약을 파기하는 일도 충분히 있을 수 있으니 그와 관련한 벌칙 조항은 넣지 마시기 바랍니다."

"사장님, 조건이 상당히 까다롭군요."

평소의 부드러운 웃음을 집어넣고, 히로시게는 바지 뒷주머니에서 손수건을 꺼내 이마의 땀을 닦았다.

"까다롭다고요? 이 정도는 당연하지 않습니까? 싫다면 계약하지 않겠습니다."

니무라가 안절부절못하며 몸을 움찔거렸다. 히로시게는 중대한 결단을 내려야 하는 사람처럼 미간에 주름을 깊이 새기며 고뇌하는 표정을 지었다.

이만한 정도의 계약금과 성공보수라면 반드시 계약을 따오라고 윗선의 지시를 받았음은 쉽게 상상할 수 있었다.

히로시게는 다시 한 번 말했다.

"사장님, 다시 한 번 생각해주실 수 없겠습니까? 이만한 규모의 M&A 프로젝트인 경우, 대형 증권사라면 성공보수를 몇 배는 요구할 겁니다."

세나가 눈을 빛내며 딱 부러지게 말했다.

"그쪽은 대형 증권사가 아니잖습니까? 그럼 몇몇 증권사와 얘기해보고 그쪽의 조건이 유리하면 그때 다시 얘기하는 게 어떻겠습니까? 그렇다면 나도 수긍할 수 있으니까요."

"그러지 마시고 저희를 선택해주십시오."

니무라가 탁자에 이마가 닿을 만큼 고개를 숙였을 때, 히로시게가 각오를 정한 듯이 조용하게 말했다.

"사장님의 제안대로 하겠습니다."

니무라가 깜짝 놀라며 황급히 말했다.

"부장님, 괜찮겠습니까?"

"괜찮아."

여유 있는 표정을 지은 히로시게의 얼굴에 다른 감정이 살짝 떠올랐지만, 그 감정은 순식간에 영업용의 비굴한 웃음 밑에 감추어졌다.

"세상의 시선이 집중된 이번 M&A에 저희 방어책이 높은 평가를 받으면 앞으로 비슷한 의뢰가 들어올 테니까요. 그걸로 충분합니다. 사장님께서 말씀하신 조건으로 계약하겠습니다."

그 자리에서 계약서 내용을 확인하고 날인까지 마친 뒤, 세나는 다음 이야기를 재촉했다.

"그런데 백기사는 어느 회사인가요?"

"폭스입니다."

깜짝 놀라는 세나를 바라보며 히로시게는 엄숙한 얼굴로 말을 이었다.

"은밀히 타진해 폭스에서 주식을 인수해도 좋다는 회답을 받았습니다. 고다 사장님께서도 꼭 그렇게 해달라고 하셨고요."

컴퓨터와 주변기기 판매회사 중에서 규모가 가장 큰 폭스는 대형 컴퓨터 회사에 근무했던 고다 유키나리가 40세에 창업한 회사였다. 그리고 지난 15년 동안 저렴하다기보다 거의 투매에 가까운 가격으로 제품을 팔면서 급성장한 회사이기도 하다.

최근에는 비슷한 회사가 늘어나면서 성장이 둔해지긴 했지만 절정기의 매출은 2500억 엔쯤 되었을 것이다. 고다는 '컴퓨터'라는 별명이 있을 만큼 치밀한 두뇌의 소유자로, IT 업계에서는 한 수 접어주는 존재다. 같은 업계라서 세나도 몇 번 말을 나눈 적이 있었는데, 성실한 인품과 인간성에 존경의 마음이 저절로 우러나오는 사람이었다.

히로시게가 설명을 덧붙였다.

"고다 사장님 말씀에 따르면 전뇌의 방법이 마음에 들지 않는다고 하시더군요. 도와줄 수 있다면 도와주고 싶다고 하시면서요. 고다 사장님께선 세나 사장님을 대단히 높이 평가하시면서, 신주를 발행한다면 꼭 인수하고 싶다고 하셨습니다. 어떠십니까? 결코 나쁜 이야기는 아니라고 생각합니다만."

"폭스가 우리 주주가 된다면, 그쪽에 어떤 메리트가 있지요?"

히로시게가 두 손을 활짝 펼치면서 과장스럽게 말했다.

"메리트는 한두 가지가 아닙니다. 폭스가 귀사의 주식을 소유하면 이른바 폭스-스파이럴이라는 IT 연합이 만들어지게 되지요. 포털 사이트와 컴퓨터 판매회사의 조합에 편승하고 싶어 하는 기업은 일일이 손꼽을 수 없을 정도입니다. 자본 제휴로 두 회사의 기업 가치는 당연히 높아질 것이고, 그에 따라 주가도 올라갈 겁니다. 그러면 전뇌의 공개매수 비용은 크게 높아지고, 어쩌면 그것만으로도 M&A를 단념시킬 수 있을지도 모릅니다."

세나는 대답하는 대신 커피를 한 모금 마셨다. 세나가 생각하는 동안 사장실에는 잠시 침묵이 찾아왔다.

"그렇군요."

세나의 입에서 그 말이 흘러나온 순간, 사장실에는 긴장감이 사라지고 안도의 분위기가 떠다녔다.

세나가 앞으로의 스케줄을 물었다.

"이제 어떻게 하면 되지요?"

"일단 귀사에서 신주 발행을 결의해주시기 바랍니다. 그런 다음에는 실제로 신주를 발행해서 폭스가 살 수 있도록 해주시면 됩니다. 빠르면 빠를수록 좋겠지요. 전뇌잡기집단의 공개매수를 좌절시키기 위해서라도 서둘러 발표하는 게 좋을 것 같습니다."

"단점은요?"

세나가 그렇게 물어본 순간, 그때까지 적극적인 모습을 보였던 다이요증권의 두 사람은 동시에 입을 다물었다.

"이 전략에도 당연히 단점이나 리스크가 있지 않겠습니까?"

"내부에서 검토한 바에 따르면, 이 전략에는 아무런 단점이나 리스크가 없었습니다."

니무라가 단언했지만, 세나는 대꾸하지 않았다. 도쿄스파이럴이라는 작은 회사를 상장할 만큼 성장시킨 경영자의 감이 뭔가 걸린다고 말해주었기 때문이다.

"일단 검토해보고 대답하겠습니다."

이윽고 세나가 그렇게 말하자 말허리가 잘린 듯한 어정쩡한 분위기가 되었다.

"그러면 대답을 기다리겠습니다. 다만 이번 일은 시간과의 싸움이라는 걸 잊지 마시기 바랍니다."

히로시게가 다시 한 번 못을 박았다.

불쾌한 녀석. 뱃속에서 솟구친 혐오감을 참지 못하고 세나의 표정이 일그러졌다.

증권사의 두 사람을 엘리베이터 홀까지 배웅하지도 않고 사장실에서 헤어진 세나는 바닥이 꺼질 듯이 한숨을 토해냈다.

비서가 전화가 왔다고 전한 것은 바로 그때였다.

"사장님, 모리야마 씨라는 분에게서 전화가 왔습니다."

온몸의 힘이 빠져 소파에 축 늘어진 채 세나가 물었다.

"모리야마? 어느 회사의 모리야마지?"

"중학교 동창이라고 하시던데요? 모리야마 마사히로라고 하셨어요."

"모리야마……."

그렇게 중얼거린 순간, 세나의 머리에 가느다란 눈에 붙임성 있는 얼굴이 떠올랐다.

"연결시켜줘."

비서에게 말하자마자 재빨리 책상의 수화기를 들었다.

"저기……, 호시노 중학교에서 같이 공부했던 모리야마라는 사람입니다만."

수화기 너머에서 긴장으로 딱딱해진 목소리가 들렸다. 세나의 뇌리에 불현듯 즐거웠던 중학교 시절이 되살아나면서 머릿속은 순식간에 15년 전으로 돌아갔다.

"마사?"

세나는 자기도 모르게 그렇게 불렀다.

모리야마가 당황한 것처럼 말을 더듬었다.

"아, 아아……. 요스케?"

"마사! 그동안 잘 지냈어?"

세나의 목소리에 반가움이 듬뿍 담겼다.

"그래. 그럭저럭 지내고 있어. 그보다 요스케, 정말 대단하더라. 축하해."

"운이 좋았을 뿐이야."

세나는 그렇게 말하고 나서 물었다.

"넌 뭐 해?"

모리야마가 씁쓸하게 웃으면서 대답했다.

"월급쟁이야. 도쿄센트럴증권에 다니고 있어."

"마사가 증권회사에 다녀?"

재미있고 유쾌하며 공상을 좋아하고……. 누구에게도 기죽지 않고 거침없이 말하는 성격이었는데. 그런 마사가 증권회사를 선택했을 줄은 상상도 못 했다. 정의감이 강한 마사와 치열한 전쟁터 같은 금융의 세계가 어울리지 않는다는 생각이 들었다.

"그래. 나도 안 어울린다고 생각해."

모리야마는 약간 쑥스러운 듯이 말한 뒤, 세나를 배려하면서 조심스럽게 말했다.

"바쁠 텐데 불쑥 전화해서 미안해. 더 일찍 축하한다고 말하고 싶었는데, 나 같은 건 까맣게 잊어버렸을 것 같아서……."

"이상한 곳에서 소심한 건 옛날과 똑같군."

"그럴지도 모르지."

전화기 너머에서 모리야마가 웃음을 터트렸다. 옛날과 똑같은 웃음소리였다.

"어쨌든 통화가 돼서 다행이야. 계속 연락을 하려다 망설이곤 했는데, 이제야 겨우 속이 후련하네."

"마사, 전화 잘해줬어. 고마워."

세나는 그렇게 말한 뒤, 재빨리 덧붙였다.

"시간 있으면 어디서 밥이라도 먹지 않을래?"

모리야마가 대답할 때까지 조금 시간이 걸렸다.

"그렇게 말해줘서 고마워. 나도 가고 싶긴 한데 요스케가 다니는 고급 레스토랑에는 간 적이 없어서……."

세나는 모리야마의 불안을 웃음으로 날렸다.

"하하하, 나는 이자카야밖에 안 가거든!"

"그렇다면 내 월급으로도 괜찮겠네."

모리야마의 말투가 편안해졌다.

"언제가 괜찮아?"

"네가 더 바쁘니까 네 시간에 맞출게."

세나가 날짜를 두세 개 말한 뒤, 두 사람은 만날 날짜를 정했다.

"세월이 많이 흘렀는데 알아볼까?"

세나의 걱정을 모리야마는 웃음으로 날렸다.

"넌 나를 못 알아볼 수도 있겠지. 하지만 세나 요스케의 얼굴은 모르는 사람이 없거든."

"정말 보고 싶다!"

숨 막히는 살벌한 상황 속에서 이때만은 세나의 마음속에 따뜻한 온기가 스며들었다. 세나는 부드러운 미소를 지으며 수화기를 내려놓았다.

5

그날 모리야마가 약속한 이자카야에 도착하자 세나가 먼저 와서 기다리고 있었다. 기다리게 하지 않으려고 서둘러 왔는데, 세나의 앞에 있는 재떨이에는 이미 담배꽁초가 두 개나 놓여 있었다.

"왜 이렇게 일찍 왔어?"

그것이 15년 만에 재회한 모리야마의 첫마디였다.

"워낙 한가하거든."

세나는 웃으면서 오른손을 내밀며 덧붙였다.

"오랜만이야."

세나가 정한 곳은 번화가인 유라쿠초의 이자카야였다. 손님들끼리 얼굴을 볼 수 없도록 개별실이 있어서, 세나 같은 유명인들도 마음 편히 이용할 수 있다.

"어쨌든 요스케, 네가 성공해서 정말 기분이 좋아."

가볍게 건배하고 나서 모리야마가 진심으로 말하자 세나는 약간 쑥스러운 미소를 지었다.

"성공했는지는 잘 모르겠지만, 지금은 간신히 숨이 붙어 있다고나 할까?"

겸손인지 스스로에 대한 비웃음인지 알 수 없는 말투였다. 항상 밝은 웃음을 잃지 않고, 사소한 일에 신경 쓰지 않았던 중학교 시절의 세나. 15년이라는 세월은 그 소년을 마음 한쪽에 그늘이 있는 어른으로 바꾸어놓았다.

"그렇지 않아. 대성공이야."

세나는 여전히 웃기만 할 뿐 대답하지 않았다. 그리고 "너도 알지? 요즘 여러모로 힘들거든"이라며 맥주를 한 모금 마시더니, 시선을 피한 채 담배에 불을 붙였다. 얼굴을 찡그리며 연기를 내뿜는 옆얼굴이 수수한 복장과 잘 어울려서, 바야흐로 나는 새도 떨어뜨리는 IT기업 경영자처럼 보이지 않았다.

"그래, 알고 있어. 하지만 너희 회사에도 우수한 브레인이 있을 거잖아."

세나가 한숨을 쉬면서 대답했다.

"브레인이라고 할 수 있을지 없을지……."

"그래?"

모리야마는 뭐라고 대답해야 좋을지 몰라서 곤혹스러운 표정을 지었다.

"어쨌든 M&A는 막아야지."

"당연하지!"

갑자기 세나의 목소리가 거칠어졌다. 전뇌의 적대적 M&A 사건으로 상당히 예민해진 것이다. 말을 하고 나서 거친 말투를 알아차렸는지, 세나는 흠칫 놀라며 사과했다.

"미안해. 요즘 신경이 바늘 끝처럼 예민하거든. 나도 모르게 작은 일에도 발끈하는 경우가 있어."

"괜찮아."

모리야마는 맥주잔을 입으로 가져가면서 마음에 걸렸던 일을 꺼냈다.

"솔직히 말하면 깜짝 놀랐어. 시간외거래로 주식을 대량 취득하다니."

"나도 마찬가지야."

세나는 솔직하게 말한 뒤, 담배를 재떨이에 비벼 끄자 생각지도 못한 말을 했다.

"하지만 너는 상대가 어떤 수법으로 나올지 처음부터 알고 있지 않았어?"

"뭐? 무슨 소리야?"

모리야마가 눈을 동그랗게 뜨고 물었다.

"도쿄센트럴증권은 도쿄중앙은행의 자회사잖아?"

세나의 목소리에 어렴풋이 조바심이 배어 있었다. 자신을 의심하는 목소리 같기도 해서 모리야마는 황급히 변명했다.

"자회사라고 해도 우린 어디까지나 별개의 회사야. 도쿄중앙은행과 정보를 공유하는 것도 아니고, 녀석들과 협력 관계에 있는 것도 아니야. 이번 일만 보면 오히려 그 반대지."

"반대라니, 무슨 뜻이야?"

세나가 관심 있는 얼굴로 물었다.

"전뇌의 자문사 말이야, 처음에는 우리가 맡기로 했거든."

"너희가?"

생각지도 못한 말을 듣고 세나의 눈이 크게 벌어졌다.

"전뇌의 히라야마 사장이 제안해서 계약까지 했는데, 은행 녀석들이 가로채 간 거야. 한심한 이야기지만."

"모회사가 자회사의 계약을 가로채?"

세나가 눈을 동그랗게 뜨고 황당한 표정을 지었다.

모리야마의 입술 끝에 비웃음이 매달렸다.

"안 믿겨지지? 나도 마찬가지야. M&A 분야에서 모회사와 우리는 라이벌 관계일 뿐이야. 솔직히 말해 전뇌의 자문사 자리를 차지한 도쿄중앙은행의 정보는 우리 회사까지 들어오지 않아서, 그런 전략으로 나오리라곤 뚜껑이 열릴 때까지 전혀 몰랐어. 물론 전뇌에 주식을 매도한 사람이 누군지도 모르고."

"주식을 판 사람은 우리 회사에 임원으로 있던 사람이야."

세나의 말을 듣고 모리야마의 입에서 괴상한 소리가 새어 나왔다.

"헉! 너희 회사 임원이었다고?"

세나가 분통을 터트리며 말했다.

"재무이사였던 기요타와 전략이사였던 가노. 그 두 사람이 얼마 전에 회사를 그만뒀거든. 두 사람의 주식을 합친 숫자가 이번에 전뇌가 사들였다는 숫자와 거의 일치해. 도쿄중앙은행 안에 그 두 사람과 내가 결별했다는 걸 아는 사람이 있어."

M&A는 이른바 정보 전쟁이다. 어떤 수단을 사용했든 도쿄중앙은행은 정보를 제압했다. 그리고 정보에서 우위에 있는 점을 최대한 이용했다.

세나는 벽에 기댄 채, 담배를 꺼내 불을 붙였다.

"그런데 그렇게 치사한 방법까지 동원해 자문사가 되고 싶을까? 물론 수수료를 많이 받긴 하겠지만."

"그것만이 아니야. 너에게 이런 말을 하기는 좀 그렇지만, 이번 M&A에 성공하면 인수자문사로서 높은 평가를 받을 거야. 그러면 앞으로 M&A 시장에서 우위에 설 수 있지."

"성공하면 그렇겠지."

세나의 말을 듣고 모리야마가 맞장구를 쳤다.

"그래, 성공하면 말이야. 하지만 실패하면 본전도 못 찾을 뿐만 아니라 경우에 따라서는 평가가 바닥까지 떨어질 거야."

"분명히 그렇게 될 거야."

세나는 지기 싫어하는 성격을 그대로 드러내며 맥주를 벌컥벌컥 들이켰다.

"그런데 요스케, 어떻게 대항할지 제안은 받았어?"

모리야마의 질문에 대답하려고 하다가 세나는 돌연 멍한 표정을 지으며 움직임을 멈추었다. 그리고 어깨를 들썩이며 숨을 내쉬더니 솔직하게 말했다.

"미안해. 한순간 너를 믿을 수 있을지 없을지 생각했어."

모리야마가 순순히 사과했다.

"참, 그렇지……. 미안해, 내 생각이 짧았어. 지금 그 말은 못 들은 걸로 해줘. 이제 안 물어볼게."

세나가 그렇게 생각하는 것은 당연하다. 아무리 중·고등학교

때 친하게 지냈어도, 모리야마에게 순순히 비밀을 털어놓을 수는 없다. 모리야마는 지금 상대편 자문사의 자회사에 다니고 있다. 아무리 은행과 협력 관계에 있지 않다고 주장해도 세나가 속사정까지 아는 것은 아니기 때문이다.

하지만 세나는 안주를 입에 넣으면서 태연하게 말했다.

"지금 우리 자문사는 다이요증권이야. M&A 방어책은 얼마 전에 제안을 받았어. 구체적으론 지금부터 움직이겠지만."

"좋은 제안이야?"

"솔직히 말하면 잘 모르겠어. 너라면 어떻게 하겠어?"

모리야마는 젓가락을 들다 손을 멈추었다.

"어려운 질문이네."

"네 솔직한 의견을 듣고 싶어."

세나의 얼굴은 더할 수 없이 진지했다.

모리야마가 곤란한 표정을 지으며 말했다.

"방어책은 그렇게 쉽게 나오지 않아. 그 회사의 깊은 속사정도 모르는 상황에서 순간적으로 떠오른 생각을 말해봐야 아무 의미도 없고. 오히려 더 혼란스럽지 않겠어?"

"그런가?"

세나의 얼굴에 낙담의 빛이 떠올랐다. 그 모습을 보고 모리야마는 입술을 깨물었다. 만약 자신에게 즉시 대답할 수 있는 실력이 있다면 요스케에게 힘이 될 수 있을 텐데…….

하지만 도쿄스파이럴에 관해서는 일반 투자가 정도의 정보밖에 가지고 있지 않고, 적대적 M&A의 방어책을 전부 꿰뚫고 있는 것도 아니다.

모리야마는 자기혐오를 뿌리치기 위해 고개를 가로저으면서 물었다.

"다이요증권에서는 뭐래?"

세나는 즉시 대답하지 않고 잠시 망설이는 표정을 지었다.

그도 그럴 것이 모리야마가 무심코 물어본 질문은 도쿄스파이럴의 대외비인 전략 정보였기 때문이다.

모리야마는 질문을 하고 나서 그런 사실을 알아차렸지만 질문을 취소하려 입을 열었다가 말을 집어삼켰다. 세나의 입에서 다음과 같은 말이 튀어나왔기 때문이다.

"백기사를 데려온다고 하더군. 신주를 발행해서 안전한 제3자에게 넘기는 전략이야."

모리야마는 자기도 모르게 묻지 않을 수 없었다.

"인수처는 정해졌어?"

"……폭스."

세나의 입에서 회사 이름이 나온 순간, 모리야마는 숨을 들이마셨다.

"전뇌가 아무리 우리 회사의 주식을 많이 사들여도 과반수에 도달하지 않도록 신주를 발행해서, 그 주식을 폭스에게 넘기는 것으로 이야기가 진행되고 있어."

"신주 인수 계약은 했어?"

"아직 안 했어. 우리 임원회의에서 신주 발행을 결의하는 게 먼저야. 폭스와는 그다음에 계약하게 되겠지."

"그래? 아무에게도 말 안 할 테니까 걱정 마."

"물론 그건 걱정 안 해. 그보다 어떻게 생각해? 전문가 의견을 들려줘. 나는 믿을 수 있는 세컨드 오피니언이 필요해."

"나를 믿을 수 있어?"

"이래 봬도 사람 보는 눈은 있어."

세나의 말투는 더할 수 없이 진지했다.

모리야마가 잠시 생각하고 나서 물었다.

"요스케, 폭스의 고다 사장과 친해?"

"친하다고 할 정도는 아니지만 성실한 사람 같아. 인상도 나쁘지 않아."

"이 거래가 폭스에게 무슨 메리트가 있지?"

"그건 나도 생각해봤는데……."

세나는 시선을 비스듬히 위로 올리며 덧붙였다.

"사업적으로는 우리 포털 사이트에 들어온 인터넷 사용자를 컴퓨터 판매로 유도할 수 있겠지. 그걸 제쳐두고라도 폭스와 도쿄스파이럴이 손을 잡으면 어느 정도 의미가 있을 거야."

"겨우 그거야?"

"겨우 그거면 안 돼?"

세나가 의외라는 표정으로 고개를 갸웃거렸다.

"우리 부장님에게 들었는데, 전너는 도쿄스파이럴의 주식 매입 자금으로 1500억 엔을 대출받는 것 같아. 그걸 막기 위해서는 적어도 1천억 엔 단위의 자금이 필요하지 않을까? 그런데 요즘 폭스의 실적은 결코 순조롭다고 할 수 없거든. 그런 회사가 투자하는 것치고는 목적도 모호하고 금액도 너무 커. 요스케, 내 생각엔 고다 사장을 직접 만나보는 편이 좋을 것 같아. 그 사람이 무슨 생각을 하고 있는지 직접 확인해봐. 어쩌면 증권사만의 생각일 수도 있으니까. 그리고 폭스는 이 전략을 실행하기 위해 금융기관에서 돈을 빌리지 않으면 안 돼. 자기 자금만으론 어림도 없을 테니까. 그것은 폭스에게도 부담이 되지 않을까? 요스케, 폭스가 신주 인수 자금을 어떻게 조달할지 물어봤어?"

세나가 머리를 옆으로 흔들었다.

"아직 안 물어봤어. 그걸 물어봐야 돼?"

"그래, 반드시 확인해야 돼. 고다 사장은 꼼꼼한 사람이니까 무리하지는 않겠지만, 이건 폭스가 쉽게 나설 수 있는 이야기가 아니야."

세나는 대답하지 않았다. 하지만 모리야마의 이야기를 받아들였다는 것은 표정만 봐도 알 수 있었다.

"마사, 고마워. 그렇게 쉽지 않을 거라고 생각했어. 참고할게."

"만약 마음에 걸리는 게 있으면 언제든지 물어봐. 내가 힘닿는 대로 최대한 도와줄게."

말은 하지 않지만 우울해졌을 세나를 위해, 모리야마는 일부러 밝은 목소리로 화제를 돌렸다.

"그보다 오랜만에 만났잖아. 경제 잡지에서 보긴 했는데, 그동안 어떻게 살았는지 말해줘. 너한테 직접 듣고 싶어."

6

가리타가 본부로 이동했으니 한잔하자—도마리로부터 그런 전화가 걸려온 것은 11월의 첫째 주말이었다. 가리타 고이치는 한자와의 입행 동기로, 그동안 간사이 법무실에서 근무했다.

"가리타의 영전을 축하하며! 건배!"

번화가인 유라쿠초에 있는 술집의 개별실이다. 선창을 하고 맥주잔을 치켜든 도마리를 보면서 가리타는 미소를 지었지만, 표정은 더할 수 없이 복잡해 보였다.

"가리타, 왜 그래? 기껏 차장으로 승진했는데, 마음껏 기뻐해도 돼."

도마리가 등을 가볍게 두들기자 가리타는 쓸쓸한 미소를 지었다.

"기쁘긴 뭐……."

"가리타는 오사카에 뼈를 묻을 생각이었거든. 가리타 마음은 충분히 이해해. 집을 사자마자 전근 가라고 하면 무조건 기쁘기만 하겠어? 마음이 복잡해지는 게 당연하지."

그렇게 말한 사람은 홍보실 차장인 곤도였다.

어딘지 모르게 숙연한 그들의 대화를 한자와는 말없이 듣고 있었다.

네 명이 모두 모인 술자리는 오랜만이었다. 거품 시대에 입행한 게이오대학 출신이라는 공통점으로 친해졌는데, 그 이후 현재에 이르기까지 17년간의 은행원 생활은 네 명이 모두 달랐다.

가리타는 지금까지 은행 법무부라는 외길을 걸어왔다. 오래전에 본부에서 간사이 법무부로 발령 난 뒤 한 번도 이동한 적이 없어서 그곳에 뼈를 묻을 각오로 있었는데, 이번에 갑자기 도쿄 법무부로 발령이 났다. 하지만 간사이에 집을 산 지 얼마 되지 않았다는 이유로 아내와 아이들은 오지 않는 바람에, 도쿄 출신이면서 도쿄에 혼자 부임하는 기묘한 상황에 놓인 것이다.

"계속 간사이에 있다가 오랜만에 본부로 돌아왔더니, 나 혼자 딴 세상 사람 같아."

가리타는 그렇게 말한 뒤, 한자와를 쳐다보며 덧붙였다.

"그나저나 한자와, 이게 웬 날벼락이야? 네가 다른 회사로 파견 나갈 줄은 꿈에도 몰랐어."

도마리가 대신 대답했다.

"행운의 여신한테 단단히 밉보인 모양이야. 요즘 들어 불운의 연속이거든. 아마 어딘가에서 버튼을 잘못 눌렀나봐. 한자와, 안 그래?"

"그러게."

한자와는 시큰둥하게 말하고, 남은 맥주를 단숨에 들이켰다.

"한자와, 무슨 일 있었어?"

곤도가 걱정스러운 얼굴로 물었다.

"약간 문제가 있었어."

한자와가 대답을 얼버무리려고 하자 도마리가 재촉했다.

"그냥 솔직하게 말해. 이미 지난 일이니까."

"그건 그래."

한자와는 한숨을 쉬고 나서, 전뇌잡기집단의 자문사 계약이 파기당한 경위를 말해주었다.

"내가 몸담고 있는 곳이긴 하지만 정말 지독한 짓을 하는군. 전뇌의 M&A는 성공할 것 같아?"

곤도의 말투는 어딘지 모르게 경박하게 들렸다.

전뇌잡기집단의 공개매수가 시작되고 사흘이 지났다. 그런데 당초의 예상과 달리 순탄치 않다는 소문이 돌았다. 이유는 두 가지다. 도쿄스파이럴에서 M&A를 단호하게 거부하겠다고 의견을 표명했고, 그와 동시에 도쿄스파이럴에 대한 실적 기대감으로 주가가 상승하면서 매수 가격이 처음 예상보다 올라갔기 때문이다.

한자와가 대답했다.

"글쎄. 이 상황에서 앞으로 도쿄스파이럴이 어떤 방어책을 취할지 몰라서……."

곤도가 다시 물었다.

"어떤 방어책으로 나올 것 같아? 너라면 어떻게 할 건데?"

한자와는 잠시 생각에 잠겼다.

"매수방어책에는 여러 가지가 있어. 예를 들면 신주를 발행해서 믿을 수 있는 제3자에게 주식을 넘기는 방법이라든지."

그러자 가리타가 즉시 이의를 제기했다.

"그건 조금 문제가 있어. 그런 목적으로 제3자에게 배정증자[•]를 하면 안 되거든."

한자와가 물었다.

"왜?"

"상법에 위반될 가능성이 있어."

법무부 밥을 오래 먹은 만큼 가리타는 역시 이런 분야를 훤히 꿰뚫고 있었다.

"신주를 발행하는 게 왜 상법 위반인데? 그런 게 상법 위반이라면 세상은 온통 상법 위반 천지잖아?"

그렇게 물은 도마리를 힐끔 보고 나서 가리타가 차분하게 설명했다.

"그렇지 않아. 물론 신주를 발행하는 것 자체는 법률에 위반되진 않아. 법률에 저촉되는 건 회사 지배를 유지할 목적으로 신주를 발행하는 경우지. 지금 한자와가 말한 게 거기에 해당하지 않을까?"

한자와도 순순히 인정했다.

"그래, 그건 생각도 못 했어. 가리타, 역시 대단해."

• 발행회사가 주주 이외의 제3자 중에서 특정한 자에게 신주인수권을 주는 것.

"법률 세미나처럼 되어서 미안한데, 그 방법의 문제점은 그것만이 아니야. 알고 있어?"

대답할 수 있는 사람이 없음을 확인한 가리타가 말을 이었다.

"방어책이 성공하기 위해서는 전녀가 시장에서 아무리 주식을 많이 매수해도 과반수가 되지 않을 만큼 신주를 발행해야 하잖아? 하지만 그만한 주식을 신뢰할 수 있는 회사에게 넘기면, 결과적으로 몇몇 주주가 주식을 많이 보유하게 되지. 그렇게 되면 상장이 폐지될 가능성도 있어."

2004년 현재, 도쿄증권거래소 규정은 다음과 같다. 한 기업의 주식 보유 비율에서, 상위 10곳의 주식 보유 비율이 전체의 80퍼센트가 넘으면 1년간 유예한 후에 상장이 폐지되고, 90퍼센트가 넘으면 즉시 상장이 폐지된다.

도마리가 감탄하며 말했다.

"그렇구나. 그러고 보니 나도 들은 적이 있어. 그럼 이런 경우에는 어떤 방어책이 효과적이지? 가리타, 가르쳐줘."

"그건 내 전문이 아니야."

가리타의 말을 듣고 세 사람은 맥이 탁 풀렸다.

"뭐야? 그냥 남의 의견에 트집을 잡은 거야?"

"트집을 잡은 게 아니라 법적인 의견을 말한 것뿐이야."

도마리가 어이없는 표정으로 말했다.

"요컨대 방어책은 아무도 모른다는 건가? 도쿄스파이럴이 어떤 수법으로 나올지 기대가 되는군. 자문사가 어딘지 모르지만 솜씨를 구경해볼까?"

곤도가 농담처럼 말했다.

"설마 진짜로 신주를 발행하는 거 아니야?"

도쿄스파이럴이 제3자의 신주인수권을 검토하고 있다고 발표한 것은 그 다음 날이었다.

4장

사다리가 없는 세대

1

"여어! 도쿄센트럴증권, 그동안 잘 있었나?"

회의실에 들어온 전뇌잡기집단의 미스기는 잘난 척이 특기인 40대 중반의 남성이었다.

툭 튀어나온 넓은 이마가 특징이고, 직책은 재무부 계장이다. 재무 관련 창구를 맡고 있지만 도쿄센트럴증권을 무시해 일다운 일은 한 번도 준 적이 없다.

"덕분에 잘 있었다고 말하고 싶지만 그렇지 않다는 걸 아시지 않습니까?"

짐짓 시치미를 떼는 미스기를 보면서 모리야마는 농담처럼 핵심을 찔렀다.

"저희가 기운이 날 만한 이야기는 없습니까?"

특별한 용건이 있어서 찾아온 것이 아니다. 담당자로서 혹시나 일을 줄까 해서 와본 것뿐이다.

"그쪽에 줄 만한 일은 없어. 일이 있다고 해도 우리 사장님이 워낙 그쪽 회사를 안 좋아해서 말이야."

마음속의 울분을 누르고 모리야마는 억지로 미소를 지었다.

"그렇게 차갑게 말씀하시지 마시고요. 오늘은 좋은 자금 운용 상품이 있어서 소개해드리러 왔으니까 얘기만이라도 들어주십시오."

미스기는 고개를 옆으로 휙 돌리면서 오른손을 하늘하늘 흔들었다.

"안 돼, 안 돼. 우리 회사는 그런 걸 안 해. 자네도 알고 있을 텐데? 부사장님께서 그런 걸 싫어하거든."

"리스크가 큰 상품을 싫어하시는 게 아닌가요? 오늘 가져온 것은 리스크가 거의 없는 상품입니다."

"관심 없다니까 그러네."

단호하게 말하는 미스기의 손을 보니 수첩도 들려 있지 않았다. 처음부터 모리야마의 이야기에 귀를 기울일 마음이 없었던 것이다.

"너무 그러지 마시고 가끔은 저희도 상대해주십시오."

미스기가 뿌리치듯 차갑게 물었다.

"미안하지만 그쪽을 상대해서 우리에게 어떤 이득이 있지?"

"우리 회사와 상장하실 때 주관사를 맡았던 인연이 있지 않습니까? 뭐라도 도와드릴 게 없을까요?"

미스기는 말도 붙일 수 없을 만큼 딱 잘라서 말했다.

"아무것도 없어. 주관사만 해도 도쿄중앙은행의 계열사라서 의뢰한 것뿐이야. 그쪽의 실력을 높이 사서 맡긴 게 아니란 뜻이지. 그쪽에는 우리 문제를 해결할 만한 능력이 없잖아? 그건 이번 M&A 프로젝트의 경위만 봐도 명백하고 말이야. 나도 얼마 전에야 들었는데, 우리 사장님께서 처음에 조언을 구한 곳이 자네 회사라면서? 그런데 그걸 그냥 방치해서 사장님의 역린을 건드리다니. 이 세상에 그런 바보가 어디 있어? 그따위 증권회사에는 볼일이 없어."

진실을 말해봐야 소용없기 때문에, 모리야마는 일단 고개를 숙였다.

"죄송합니다. 나태해서 그랬던 게 아니라 사장님께서 만족하실 만한 전략을 짜느라⋯⋯."

미스기가 끝까지 듣지도 않고 재빨리 말을 가로막았다.

"어설픈 변명은 그만둬. 오히려 비참해지기만 하니까. 결국 그게 그쪽의 실력 아닌가? 반면에 도쿄중앙은행의 증권영업부는 대단하더군. 어차피 그쪽이 이길 수 있는 상대가 아니야."

자존심은 상하지만 반박할 말이 없었다.

자기 회사를 이토록 무시하는 미스기 같은 사람을 상대로 오직 헤실헤실 웃을 수밖에 없는 자신에게 화가 났다.

"그 M&A 말인데요, 승산이 있습니까?"

"당연히 승산이 있고말고. 안 그러면 하겠어?"

그렇게 대답하는 미스기의 말에 노여움과 조바심이 배어 있었다.

모리야마는 의미 없는 어리석은 말이라는 것을 알면서도 다시 입을 열었다.

"그건 그렇고 도쿄스파이럴도 전면 대결을 펼치기로 마음먹었더군요."

도쿄스파이럴이 신주인수권을 발행하겠다고 발표한 것은 어제였다.

내용은 이미 세나에게서 들었지만, 어제 발표에는 그 신주를 폭스가 산다는 가장 중요한 말은 숨겨놓았다. 그로 인해 신주인수권 발행이 적대적 M&A의 효과적인 대항책이 되느냐는 논의가 여기저기서 나오고 있는 참이다.

예상한 대로 미스기는 한마디로 싹둑 잘라버렸다.

"그런 건 어린애 속이기야. 도쿄스파이럴의 자문사는 다이요증권이라고 하더군. 그렇게 코딱지만 한 증권회사로 우리를 상대하려고 하다니. 무슨 생각인지 모르겠다니까."

"하지만 그쪽에서 다른 대항책을 내세울 가능성도 있지 않습니까?"

백기사의 등장이라든지……. 모리야마는 그 말을 얼른 집어삼켰다.

"다른 대항책이라니, 그게 뭔데?"

반대로 미스기의 질문을 받고 모리야마는 말을 얼버무리는 수밖에 없었다.

미스기는 모리야마를 흘겨보더니, 이런 이야기를 듣고 있을 시간이 없다는 얼굴로 여봐란 듯이 시계를 보았다. 그리고 오른손으로 자신의 무릎을 한 번 두들기고 일어섰다.

"내 말을 알아들었겠지? 우리 회사에 뻔질나게 드나들어봐야 줄 건 아무것도 없어. 앞으로는 서로 시간을 절약하도록 하지. 그럼 그만 가봐. 정 필요하다면 계약해지통보서라도 써줄게. 우리는 그쪽과 거래가 끊겨도 곤란할 게 없으니까."

미스기는 그 말을 남기고, 허겁지겁 회의실에서 사라졌다.

수확 없는 회의를 마치고 배웅도 받지 못한 채, 모리야마는 엘리베이터를 타고 혼자 1층으로 내려왔다.

메이지도리의 스마트 빌딩 현관에는 기하학적인 아름다움이 자리하고 있었다. 이곳에서 일하는 사람에게는 자부심의 상징일지도 모르겠으나, 그곳에서 배제되어버린 모리야마 같은 사람에게는 낯설고 차가운 광경에 불과했다.

모리야마가 밖으로 나가려고 한 순간, 메이지도리에서 새카만 차가 한 대 들어와서 현관 앞에 멈추었다.

11월에 접어들면서 한층 차가워진 된바람을 맞고 모리야마는 목을 움츠렸지만, 그 차에서 내린 남자의 얼굴을 보고 걸음을 멈추었다.

뒷좌석에서 내린 사람은 키가 크고 당당해 보이는 50대 중반의 남성이었다. 몸에 딱 맞는 어두운 색 양복에 빨간색 넥타이, 가슴주머니에 넥타이와 똑같은 색의 행커치프를 끼운 모습은 순간적으로 시선을 끌 만큼 중후해 보였다. 모리야마는 그 남성을 본 적이 있었다.

"고다 사장이잖아?"

그는 혼잣말로 중얼거렸다. 폭스를 이끄는 고다 유키나리다. 이런 곳에서 만날 줄이야.

모리야마의 뒤쪽에서 젊은 남성 두 명이 맞이하러 달려오는 것이 보였다.

"기다리고 있었습니다."

말없이 오른손을 들고 그들과 합류한 고다는 엘리베이터를 향해 똑바로 걸어갔다.

모리야마는 우두커니 서서 남성들의 뒷모습을 눈으로 좇았다. 젊은 남성들이 입은 양복에는 'D'자를 디자인한 배지가 빛나고 있었다. 전뇌잡기집단의 배지였다.•

모리야마는 엘리베이터 홀로 돌아가서 그들이 탄 엘리베이터 가 멈춘 층수를 확인했다.

……7층.

전뇌잡기집단이 입주한 층이었다.

• '전뇌(電腦)'의 일본어 발음을 알파벳으로 표기하면 'Denno'가 된다.

2

아무래도 마음에 걸려서 모리야마는 회사로 돌아오자마자 고다가 이끄는 폭스에 관해 조사해보았다.

고다가 15년 전에 창업하고 8년 후에 주식 상장, 자본금 6백억 엔. 5년 전까지만 해도 연매출은 2500억 엔이었지만 경쟁이 치열해지면서 현재는 2천억 엔 정도까지 떨어졌다.

매출 하락에 발맞춰 급격한 구조조정을 단행하면서 가까스로 흑자를 유지한 것은 고다의 능력이었지만, 가격 경쟁이 치열한 컴퓨터 판매 업계에서 앞으로 어떤 활로를 찾을지, 폭스는 그 업계의 구조적 문제를 안고 있는 것처럼 보였다.

그래서 도쿄스파이럴의 신주인수권을 통해 실적 회복의 돌파구로 삼으려고 하는 걸까?

하지만…… 마음에 걸린다.

그때 등 뒤에서 오니시가 말을 걸었다.

"아까부터 뭘 그렇게 열심히 조사해?"

"폭스와 전뇌의 사업 성격이 맞나 해서요."

오니시가 의아한 얼굴로 물었다.

"폭스와 전뇌? 그런 걸 왜 조사해? 전뇌에서 무슨 말이라도 들었어?"

"그런 건 아니지만요, 아까 전뇌에 갔다가 폭스의 고다 사장이 들어가는 걸 봤거든요."

"비슷한 업종이니까 거래가 있는 게 아닐까?"

오니시가 그렇게 여기는 것은 당연하지만 그 생각은 틀렸다.

전뇌의 재무제표를 눈 씻고 들여다보아도 거래처에 폭스의 이름은 없었기 때문이다.

만일을 위해 미스기에게 전화를 걸어보았다.

모리야마는 일단 입에서 나오는 대로 아무 말이나 했다.

"부사장님의 마음에 들 만한 운용 상품이 있어서, 다음에 시간을 내주실 수 없을까 해서 전화를 걸었습니다."

"정말 찰거머리 같군. 관심 없다니까 그러네."

미스기는 내용을 듣지도 않고 그렇게 말한 뒤, "그럼 그렇게 알고……"라고 하면서 전화를 끊으려고 했다.

모리야마가 황급히 말했다.

"잠시만 기다리십시오. 한 가지 여쭤보고 싶은 게 있습니다. 혹시 폭스와 거래가 있습니까?"

"엉?"

미스기의 말꼬리가 뒤집어졌다. 재무부 계장인 미스기라면 전뇌의 거래처를 거의 알고 있을 것이다. 폭스와 거래가 있다면 미스기가 모를 리가 없다.

"그런 걸 왜 묻지?"

모리야마는 그럴듯하게 이유를 꾸며냈다.

"예전부터 폭스에 관심이 있었거든요. 만약 귀사와 거래가 있다면 창구가 될 만한 분을 소개해주실 수 없을까 해서요."

하지만 미스기의 대답은 차갑기 이를 데 없었다.

"그런 거라면 포기해. 우리도 거래가 없으니까."

"하지만 앞으로 거래가 생긴다든지, 그럴 수도 있지 않습니까? 아까 귀사에서 나오는 길에 고다 사장님이 방문하시는 걸 봤거든요."

전화기 너머에서 미스기의 어이없는 목소리가 들렸다.

"그런 건 재빨리도 봤군. 그건 우리 사장님께 인사차 방문한 거야. 뭐, 같은 업계니까 정보 교환이라든지 이런저런 일이 있어서 만나기는 하는 것 같더군. 단지 그것뿐이니까 아무리 기대해 봐야 국물도 없어. 그럼 그렇게 알고 끊을게."

그 말을 끝으로 미스기의 전화는 일방적으로 끊겼다.

인사차 방문? 고다는 전뇌가 적대적 M&A를 하려는 곳의 백기사가 될 사람이 아닌가? 그런 사람이 전뇌를 인사차 방문한다고?

모리야마가 고개를 갸웃거린 순간, 전화 내용을 듣고 오니시가 등 뒤에서 물었다.

"무슨 일이야? 폭스에 그렇게 관심이 많은 줄 몰랐군."

"관심이 많다고 해야 할까⋯⋯."

모리야마가 말을 얼버무리자 오니시가 뜻밖의 말을 했다.

"그렇다면 한자와 부장님께 물어봐."

"부장님께요?"

모리야마가 그렇게 말하며 무심코 돌아보았다.

"재무제표를 한번 봐. 폭스의 주거래은행이 어디인지 쓰여 있을 테니까."

모리야마는 황급히 해당 페이지를 펼치고, 쭉 늘어선 거래 은행의 맨 위에 있는 은행 이름을 보았다.

……도쿄중앙은행이었다.

3

"부장님, 잠깐 시간 좀 내주시겠습니까?"

모리야마가 집무실 문을 노크하고 얼굴을 내민 것은 한자와가 거래처를 돌아다니다 회사로 돌아온 직후였다.

11월의 오후 5시가 지난 시각. 금융회사들이 모여 있는 오테마치 부근은 이미 땅거미가 내려앉아 있었다. 한자와는 창밖에 펼쳐진 살풍경한 광경을 슬쩍 쳐다보고 블라인드를 내린 뒤, 기묘하리만큼 심각한 얼굴로 서 있는 부하직원을 새삼 쳐다보았다.

무슨 일이 있었군. 순간적으로 그렇게 생각한 한자와는 우물쭈물하는 모리야마에게 소파를 권한 뒤, 탁자를 사이에 두고 맞은편에 앉았다.

"마음에 걸리는 일이 있어서요. 전뇌의 적대적 M&A 건 때문입니다."

"새로운 정보라도 있었나?"

한자와를 똑바로 바라보며 모리야마는 일단 이렇게 말했다.

"이건 비밀로 해주시겠습니까?"

"무슨 일인데?"

그러자 모리야마의 입에서 생각지도 못한 말이 흘러나왔다.

"도쿄스파이럴의 내부정보입니다. 며칠 전에 세나 사장과 재회했을 때, 이런저런 이야기를 들었습니다. 다만 제가 비밀을 지킨다는 것을 전제로 들은 이야기라서, 본래 제3자에게 말할 수 있는 정보는 아닙니다."

한자와가 조용한 목소리로 모리야마의 말을 제지했다.

"잠깐만 기다리게. 무슨 말을 하려는지는 모르겠지만, 자네가 아는 사실을 나한테 말하면 세나 사장을 배신하는 게 아닌가?"

모리야마는 무릎 위에 올린 두 주먹을 움켜쥐더니, 두 어깨를 치켜올리며 한자와를 보았다.

"세나 사장에게는 조금 전에 전화를 걸어, 부장님 의견을 들어도 된다는 승낙을 받았습니다. 부장님을 신뢰할 수 있는 분이라고 말했습니다."

"그렇게 말해주는 건 고마운데, 무엇에 대한 의견인가?"

"도쿄스파이럴의 M&A 방어책에 대해서입니다. 어제 도쿄스파이럴은 신주인수권을 발행한다고 발표했는데, 백기사가 될 회사에 모든 주식을 넘길 계획입니다."

모리야마는 한자와가 생각지도 못한 말을 했다.

"한 회사에 모두 넘긴다고? 그건 문제가 있지 않나?"

한자와가 며칠 전에 가리타로부터 들은 이야기를 해주자 모리야마의 표정이 순식간에 어두워졌다.

"다이요증권에서 제안한 전략이라고 하던데요."

"그렇다면 법적 문제를 확인하지 않았을 리가 없는데……."

그것은 모리야마에게 하는 말이라기보다 한자와의 독백에 가까웠다. 모리야마는 "그건 잘 모르겠습니다"라고 고개를 옆으로 흔들었다.

"문제는 백기사가 어디냐 하는 거군."

모리야마는 망설이지 않고 "……폭스입니다"라고 대답해서 한자와를 놀라게 만들었다.

"틀림없습니다. 폭스에 대해 잘 아십니까, 부장님?"

"직접 담당한 적은 없어서 잘은 모르지만, 그 회사에 다른 회사의 적대적 M&A를 방어할 만한 금전적 여유가 있을까?"

폭스의 실적이 좋지 않다는 것은 한자와도 알고 있었다.

한자와의 생각이 자신의 생각과 일치한다는 것을 알고, 모리야마는 고개를 크게 주억거렸다.

"동감입니다. 그런데 그것과는 별도로 마음에 걸리는 일이 있습니다."

모리야마가 목소리를 더욱 낮추면서 덧붙였다.

"오늘 전뇌 본사에 갔다가 고다 사장을 봤습니다. 전뇌의 미스기 계장 말로는 히라야마 사장에게 인사차 방문한 것이라고 하더군요. 부자연스럽지 않습니까?"

"그건 그렇군."

한자와는 잠시 생각한 뒤, 그 자리에서 도마리의 휴대폰으로 전화를 걸었다.

"곧 회의가 있어. 짧게 부탁해."

도마리의 다급한 말을 듣고 한자와는 단도직입적으로 물었다.

"폭스를 어디에서 담당하는지 알아?"

여신 부문에 정통한 소식통인 만큼 도마리는 즉시 대답했다.

"폭스? 고다 사장 말이야? 법인영업부 담당이야."

메가뱅크*인 도쿄중앙은행에서는 자본 계열이나 회사 규모에 따라서 여신 분야가 몇 군데로 나누어져 있다.

"한 가지만 물어볼게. 최근에 법인영업부에서 폭스에 거액의 지원을 하기로 결정하지 않았어?"

말이 끝나기도 전에 도마리의 깜짝 놀라는 목소리가 들렸다.

"그걸 어떻게 알았어? 자세한 건 모르겠는데 뭐라더라, 자본 정책에 필요한 자금이라면서 조만간 1천억 엔 단위의 대출을 해 주기로 한 모양이야. 경영 안정화에 필요한 자금이라고 하더군. 정식으로 승인되기 전이지만, 이게 발표되면 폭스의 주가가 올라가겠지."

도마리는 그렇게 말하더니 고개를 갸웃거렸다.

"한자와, 설마 폭스 주식을 사서 시세 차익을 노리려는 건 아니겠지? 그건 안 돼. 이건 내부자 정보니까."

"그런 건 아니니까 안심해."

* 은행 간 인수합병을 통해 만들어진 초대형 은행.

한자와는 그렇게 말하고 재빨리 덧붙였다.

"폭스의 담당 차장은 누구야?"

"모토야마일 거야. 너도 알지?"

능력자라고 소문난 법인영업부 차장이지만, 한자와는 면식이 없어서 은밀히 정보를 받을 수는 없을 것 같았다.

"전뇌의 적대적 M&A 건은 진전이 있어?"

"유감스럽지만 나한테 정보가 들어오지 않아. 반대로 도쿄스파이럴의 방어책이 너무 허술하지 않냐는 이야기뿐이야. 무슨 일이 있어?"

"아니야, 다시 연락할게."

통화를 마친 한자와는 진지한 눈길로 모리야마를 쳐다보았다

"폭스에 거액을 지원하기로 정해져 있는 것 같아. 모리야마, 도쿄스파이럴의 세나 사장을 만날 수 있을까? 꼭 하고 싶은 말이 있어."

4

"이번에는 신세를 지겠습니다."

폭스의 본사로 찾아온 세나를 향해 고다는 미소를 지으며 "신세는 무슨. 일단 앉게"라며 소파를 권했다.

"솔직히 말해 다이요증권에서 처음 제안을 받았을 때는 깜짝

놀랐는데, 이야기를 듣다 보니 우리에게도 커다란 메리트가 있지 않을까 하는 생각이 들더군."

기분이 좋은지 고다는 환하게 웃으면서 탁자를 사이에 두고 반대편 소파에 앉더니, 지적이면서도 예리한 눈길로 세나를 보았다.

"무리한 부탁이 아닐까 했는데, 그렇게 말씀해주시니 마음이 편해집니다."

세나는 깊숙이 고개를 숙였다.

"도쿄스파이럴과 자본 관계를 바탕으로 업무를 제휴하는 건 우리에게도 전략상 큰 의미가 있지. 다이요증권이 상당히 좋은 전략을 만들었더군."

고다는 세나를 수행해온 히로시게에게 찬사의 눈길을 보냈다.

히로시게가 황송한 표정으로 고개를 숙였다.

"송구스럽습니다. 조금이라도 도움이 된다면 저희로서도 기쁜 일입니다."

세나가 단도직입적으로 물었다.

"업무 제휴 건 말입니다만, 어떤 생각을 가지고 계십니까? 구체적인 계획이 있으시면 즉시 검토하고 싶습니다."

고다는 미소를 지으면서 조용히 말했다.

"그래 주면 고맙지. 자세한 사항은 정리해서 나중에 한꺼번에 부탁할 생각이네. 서로 원원할 수 있는 방법이 있지 않겠나? 그나저나 우리가 신주인수권을 매수한다는 건 언제쯤 발표할 생각인가?"

"다음 주에라도 발표하려고 합니다. 단, 폭스의 사정을 듣고 나서 발표하고 싶습니다."

"우리 사정이라니?"

세나는 그렇게 묻는 고다에게 서류를 내밀었다. 발행주식 수와 주가, 취득가액이 대강 적힌 서류다.

"도쿄스파이럴이 이번에 발행할 신주인수권을 구입하시려면 자금이 약 1천억 엔 필요합니다. 그 자금을 어떻게 조달하실지 생각해야 하실 테니까 그걸 알고 나서 발표하고 싶습니다."

"자금 조달이라면 이미 끝냈으니까 걱정하지 말게나."

세나가 고다의 얼굴을 뚫어지게 쳐다보았다.

"이미 끝나셨다고요?"

모리야마가 지적한 대로 자금을 1천억 엔이나 조달하는 일은 쉽지 않았을 것이다. 그런데 이미 자금 조달을 마쳤다니, 생각보다 훨씬 빠르지 않은가.

고다는 오히려 어이없는 표정을 지었다.

"세나 사장, 이런 일을 하려면 당연히 자금부터 준비해야지. 자금 조달 얘기는 이미 끝내놓고, 그런 다음에 다이요증권의 제안을 승낙한 거네."

히로시게가 재빨리 고다를 추켜세웠다.

"역시 대단하십니다. 항상 빈틈이 없으시다니까요."

"이건 실패가 있어서는 안 되는 중요한 일이니까 말이야."

고다가 근엄한 목소리로 말했다. 그 말이 맞다. 상대는 전뇌다. 파고들 틈을 줄 수는 없다.

그때 문득 세나의 머릿속에 한 가지 의문이 떠올랐다.

"자금은 어디서 조달하셨습니까?"

모리야마의 조언을 듣고 폭스에 관해 조사했는데, 폭스의 주거래은행이 도쿄중앙은행이라는 점이 마음에 걸렸다. 자금을 조달하기 위해서는 자금 용도를 정확히 밝혀야 한다. 만약 도쿄중앙은행에 이번 전략이 새어나가면, 전뇌잡기집단에 비장의 카드를 보여주는 꼴이 된다.

"하쿠스이은행에 부탁해놓았다네."

고다의 대답을 듣고 세나는 가슴을 쓸어내렸다.

"우리에게는 제2의 주거래은행인데, 사정을 설명했더니 기꺼이 협조해주겠다고 하더군. 도쿄스파이럴과 폭스가 제휴했을 때의 폭발력을 기대한다면서 말이야."

세나의 입에서 안도의 숨이 새어 나왔다.

"그러십니까? 그런데 대출이 실행되는 시기는 언제입니까?"

"그건 귀사의 결정에 달렸다네. 오히려 내가 언제쯤으로 생각하면 되냐고 묻고 싶군. 그 전에 우리가 주주가 되는 것에 대해 어떻게 생각하는지 말해줄 수 있겠나? 오늘은 그걸 들을 수 있는 좋은 기회라고 생각하고 있다네."

"지당하신 말씀입니다. 저도 그럴 생각으로 왔습니다."

세나는 준비해온 회사 소개 자료를 고다에게 내밀었다.

"신주인수권의 매매가 성립되기 전에 폭스에 대해 자세하게 알아보겠지만, 그 전에 도쿄스파이럴의 경영이념과 중요한 회사 정보에 대해 말씀드리겠습니다."

프레젠테이션은 세나의 특기 중 하나다. 폭스에 대한 의문이 풀리고 이미 자금도 조달되어 있다면, 다이요증권이 제안한 방어책이 그대로 진행될 가능성이 높다.

백기사가 될 고다에게 세나가 설명한 것은 원룸 아파트에서 창업한 세 젊은이가 그 꿈을 이룰 때까지의 성공 스토리였다.

"참 감동적인 이야기군."

약 한 시간에 걸쳐 이야기가 진행되는 동안, 고다는 한 번도 끼어들지 않고 조용히 듣기만 했다.

"나도 그렇게 빛났던 때가 있었는데……."

혼잣말처럼 중얼거린 고다의 얼굴이 왠지 슬퍼 보였다.

그러자 히로시게가 큰 소리로 뜨겁게 말했다.

"사장님, 지금도 찬란하게 빛나고 계시지 않습니까? 이번 자본 제휴를 통해 더 크게 도약할 수 있을 겁니다."

고다는 그 말에 대답하지 않고 세나를 물끄러미 바라보았다.

"살다보면 이런저런 일이 있게 마련이지만, 우리 같은 경영자는 신념을 잃어버리면 끝이라네. 그런 때는 어딘가에 해결책이 있다고 믿고, 포기하지 않는 용기가 필요하지."

그 말은 기묘하리만큼 세나의 마음에 걸려서 한동안 머릿속을 떠나지 않았다.

5

"시간을 내달라고 해서 미안해."

모리야마가 그렇게 말하며 고개를 숙였다.

"아니야. 이런 시간밖에 낼 수 없어서 오히려 내가 미안하지."

세나는 그렇게 대답한 뒤, 손에 든 명함지갑에서 명함을 꺼내 한자와와 명함을 교환했다.

투명한 유리로 되어 있는 사장실에서는 밤 10시 반이 지났음에도 열심히 일하고 있는 수많은 직원들의 모습이 잘 보였다.

"모리야마로부터 귀사의 방어책을 들었습니다. 주제넘긴 하지만 그것에 관해 말씀을 드리는 게 좋을 것 같아서요."

"감사합니다. 그런데 그 건 말인데요……."

세나가 모리야마를 보면서 말을 이었다.

"네가 말했던 폭스의 자금 조달 건, 오늘 고다 사장님을 만나 직접 이야기를 들었어. 자금 조달에 관해서는 이미 은행과 합의가 되었다고 하더군."

"얼마인데?"

"자세한 금액은 묻지 않았는데, 그쪽도 1천억 엔 가까이 필요하다는 걸 알고 있으니까 그 정도가 아닐까?"

한자와가 물었다.

"어느 은행인지 들으셨습니까?"

"하쿠스이은행이라고 들었습니다만."

한자와가 무의식중에 되물었다.

"하쿠스이요? 본인 입으로 그렇게 말했습니까?"

"네, 그런데요. ……그게 무슨 문제라도……."

"이건 사장님만 알고 계십시오."

한자와는 그렇게 운을 띄우고 말을 이었다.

"폭스는 어느 금융기관에서 1천억 엔 단위의 자금을 지원받기로 되어 있는데, 상황으로 볼 때 그 돈이 이번 신주인수권의 매입 자금 같습니다. 문제는 그 금융기관이 어디냐 하는 겁니다만……."

세나가 황급히 물었다.

"하쿠스이가 아닙니까?"

"아닙니다."

한자와는 고개를 천천히 가로저으면서 덧붙였다.

"……도쿄중앙은행입니다."

세나의 얼굴에 경악의 표정이 퍼져나갔다.

"하지만 고다 사장님은……."

"한번 알아볼 필요가 있다고 생각하지 않습니까? 다이요증권이 제안한 이번 전략이 정말로 믿을 만한 가치가 있는지도 포함해서요."

세나의 얼굴에 다른 감정이 스며들었다.

"어떻게 하면 됩니까?"

"신주인수권은 아직 이야기만 나온 것뿐이지요? 폭스와 계약은 하셨습니까?"

"그건 아직······."

세나의 대답을 듣고 한자와는 고개를 끄덕였다.

"이 건의 법적 리스크는 알고 계십니까?"

"법적 리스크요?"

이 질문에 대해서는 모리야마가 대답했다.

"다이요증권의 전략은 상법에 위반될지도 몰라. 그뿐만이 아니라 회사의 상장 기준에 저촉될 가능성도 있어."

모리야마가 여기에 오기 전에 한자와로부터 들은 내용을 말해주자 세나의 얼굴이 순식간에 어두워졌다.

"진짜야? 그런 이야기는 처음 들었어. 다이요증권에서는 왜 그런 걸 말해주지 않았지? 몰랐을까?"

조바심이 나는지 담배에 불을 붙이는 세나의 손끝이 가늘게 떨렸다.

한자와가 대답했다.

"몰랐을 리가 없습니다. 그들에게는 분명히 의도가 있습니다."

"의도요?"

세나의 눈동자에 깊은 의혹이 번져나갔다.

도쿄스파이럴이 입주한 빌딩에서 나오자마자 한자와는 택시를 잡기 위해 손을 들었다.

모리야마가 물었다.

"어디 가십니까?"

"은행의 지인을 만나기로 했어. 폭스에 관련된 정보를 얻기로 했는데, 같이 가겠나?"

"물론입니다."

모리야마는 즉시 대답하고, 한자와와 함께 눈앞에 멈춘 택시에 올라탔다.

행선지는 아오야마도리였다. 그곳의 어느 빌딩 지하에 있는 술집에서 만나기로 했다는 것이다.

두 사람이 술집 안으로 들어가자 4인용 테이블 자리에서 도마리가 태평하게 말했다.

"한자와, 왔어? 밥은 먹었어?"

테이블에는 도마리 이외에 한 사람이 더 있었다. 불콰한 얼굴로 술안주를 보고 있는 사람은 곤도였다.

"아니, 아직 못 먹었어."

한자와가 곤도 옆에 앉고, 도마리가 모리야마를 위해 가방을 치우고 옆자리를 마련해주었다. 한자와는 서로를 간단하게 소개하고 모리야마에게 메뉴판을 내밀었다.

"신경 쓰지 말고 먹고 싶은 건 뭐든지 먹어."

그리고 즉시 도마리를 향해 물었다.

"뭔가 알아냈어?"

"전뇌의 히라야마 사장과 폭스의 고다 사장의 관계는 아직 몰라. 그런데 이것저것 조사하는 사이에 마음에 걸리는 정보를 들었어. 폭스가 회사를 판다는 소문이 있는 것 같아."

모리야마가 깜짝 놀라서 물었다.

"그건 어디서 나온 정보입니까?"

모리야마가 이렇게 놀라는 것도 무리가 아니다. 회사를 팔아 넘길 기업이 다른 쪽에서는 1천억 엔 단위의 주식을 취득한다? 도저히 말이 안 되는 이야기였기 때문이다.

"도쿄경제신문의 아는 기자에게 들었어. 폭스를 담당하는 우리 행원으로부터 들었다면 이런 곳에서 말할 수 없지. 상대가 아무리 자회사 사람이라도 비밀유지의무란 게 있으니까."

도마리는 그렇게 말하고 나서 덧붙였다.

"그 기자가 어디서 소문을 듣고 내게 확인하러 왔더군. 녀석도 나름대로 저널리스트라서 그런지 소문의 출처는 밝히지 않았지만, 내 느낌엔 고다 사장이 누군가에게 타진한 내용이 흘러나온 것 같아. 더구나 그런 소문이 나도 이상하지 않을 만큼 요즘 폭스의 실적은 신통치 않아. 유가증권보고서•의 숫자 이상으로 재무상황도 심각하고."

잠재 손실이나 회수하기 힘든 채권은 모든 사람들이 볼 수 있는 결산보고서에 전부 반영되었다곤 할 수 없다.

한자와가 단언했다.

"실적이 바닥을 헤매고 있는 폭스에 은행이 아무 근거도 없이

• 상장회사 등에서 주주총회가 끝나고 금융감독기관에 제출하도록 의무화되어 있는 서류.

1천억 엔이 넘는 자금을 지원해줄 리가 없어. 분명히 무슨 이유가 있을 거야."

"혹시 뒤에 전뇌잡기집단이 있다고 생각하는 거야?"

도마리는 그렇게 물으면서 한자와와 모리야마를 향해 의미심장한 시선을 던졌다.

"아직은 가설에 불과해."

한자와의 대답을 듣고 곤도가 끼어들었다.

"잠깐만, 전뇌는 지금 도쿄스파이럴의 M&A로 정신이 없을 거야. 그런 상황에서 거기까지 손을 쓸 수 있을까? 기자회견을 봤는데, 히라야마 사장은 겉으로 보기에 성실함으로 똘똘 뭉친 사람 같았거든."

한자와가 서늘한 얼굴로 말했다.

"겉으로 보기에는 그렇지. 하지만 속은 악착같은 장사꾼이야. 비열하고 지독한 방법으로 살아남은 사람이지."

도마리가 이해가 된다는 얼굴로 고개를 주억거렸다.

"하긴 그렇게 뻔뻔하지 않으면 회사를 그토록 크게 만들 순 없었겠지. 그런데 그 악착같은 장사꾼이 무슨 일을 꾸미는 거야?"

"이건 내 추측인데……."

한자와는 그렇게 운을 띄우고 즉시 말을 이었다.

"폭스와 전뇌 사이에 뒷거래가 있을지도 몰라."

모리야마가 흠칫 놀라며 얼굴을 들었다.

"설마!"

곤도는 경악한 얼굴로 눈을 휘둥그레 뜨고, 도마리는 생각에 잠긴 표정으로 술잔을 응시했다.

"폭스의 고다 사장은 도쿄스파이럴의 신주인수권 매입 자금을 하쿠스이은행에서 조달했다고 말했다더군."

도마리가 깜짝 놀라며 무슨 말인가 하려고 입을 벌렸다가 그대로 다물었다.

"고다 사장은 도쿄중앙은행과의 관계를 의심받을까봐 일부러 그렇게 말했겠지. 그렇다면 그건 세나 사장을 안심시키기 위한 방편이잖아?"

"그렇다면 다시 말해……."

다음 말을 집어삼킨 도마리를 대신해 한자와가 말을 이었다.

"그래. 그게 도쿄중앙은행의 다음 전략일 거야."

6

한자와가 모리야마를 데리고 회사를 나온 것은 도마리와 곤도를 만난 며칠 후의 일이었다.

저녁 8시가 지났다. 늦가을의 밤공기는 목이 움츠러들 정도로 싸늘했지만, 신바시에서도 가장 번화가인 이곳은 추위를 아랑곳하지 않는 사람들로 북적거리고 있었다.

한자와와 나란히 걸으면서 모리야마가 입을 열었다.

"며칠 전에 하신 말씀을 나름대로 생각해봤습니다만 도쿄중앙
은행에서 폭스에게 거액의 지원을 하기로 결정할 때, 혹시 전뇌
가 보증을 선 건 아닐까요?"

"가능성은 충분해. 그런데 그걸 어떻게 확인하지?"

"전뇌의 미스기 계장에게 물어보면 뭔가 알아낼 수 있을지도
모릅니다."

한자와가 의문을 제기했다.

"미스기 계장이 그런 걸 알고 있을까? 일개 계장이 M&A의 중
요한 정보를 알고 있다면, 그것도 큰 문제가 되겠지."

히라야마는 정보를 철저하게 관리하기로 유명한 사람이다. 따
라서 아무리 재무부 직원이라도 계장 정도의 사람이 회사의 최
고 기밀사항을 알고 있다곤 생각할 수 없다.

"그것 말곤 확인할 도리가 없잖습니까?"

"과연 그럴까? 자네도 잘 아는 정보원이 한 명 있잖나?"

모리야마는 자기도 모르게 걸음을 멈추고 고개를 갸웃거리며
중얼거렸다.

"나도 잘 아는 정보원이라고?"

한자와는 개의치 않고 가드레일의 옆길을 계속 걸었다. 모리
야마가 황급히 뒤를 따라와서 물었다.

"부장님, 무슨 말씀이십니까?"

"곧 알게 될 거야."

한자와는 어느 이자카야 앞에서 걸음을 멈추었다. 꼬치구이를

전문으로 하는 곳으로, 입구 옆에 있는 환풍기에서는 연기가 자욱하게 뿜어나오고 있었다.

한자와가 가끔 들르는 단골 가게였다. 안으로 들어가자 종업원들이 힘찬 목소리로 맞이해주었다. 한자와는 미리 예약한 안쪽의 개별실로 들어가 좌탁을 사이에 두고 모리야마와 마주앉았다.

"누가 오기로 했습니까?"

옆자리에 놓인 또 한 벌의 젓가락을 보고 모리야마가 물었다.

"그 정보원이 올 거야. 자네도 만나두는 편이 좋을 것 같아서."

긴장으로 모리야마의 뺨 주변이 딱딱하게 굳었다.

"한잔하면서 기다리지."

주문한 병맥주가 나오자 두 사람은 가볍게 맥주잔을 들었다. 기본 안주는 문어와 오이 초무침이었다.

"부장님, 만약 폭스와 전뇌 사이에 뒷거래가 있다는 사실을 알게 되면 어떻게 하실 생각이십니까?"

"자네는 어떻게 하고 싶나?"

반대로 질문을 받고 모리야마는 깊게 숨을 들이마시면서 천장을 올려다보았다.

"개인적으로는 세나의 힘이 되어주고 싶습니다. 우리 회사는 전뇌와 거래가 있어서 그렇게 간단하지 않을 것 같습니다만……."

"하긴 자네는 전뇌 담당이니까."

모리야마가 부루퉁한 얼굴로 고개를 끄덕였다.

"일단은요. 하지만 계좌만 있지 거래한 적은 한 번도 없습니다."

"전뇌는 처음에 그런 거래도 없는 증권회사에 M&A 건을 의뢰했어. 이유가 뭐라고 생각하나?"

한자와의 질문을 받고 모리야마는 고개를 갸우뚱했다.

"저도 그게 이상한데, 아무리 머리를 쥐어짜도 이유를 모르겠습니다. 부장님 생각은 어떻습니까?"

"철저한 장사꾼인 히라야마 사장이 일부러 우리를 지명한 데에는 분명히 이유가 있을 거야. 상장할 때 주관사였다는 표면적인 이유 말고 필연적인 이유……."

"저도 그렇게 생각합니다. 그 필연적인 이유는 우리 회사에서 도쿄중앙은행으로 갈아탐으로써 충족되었을까요?"

모리야마가 예리한 곳을 파고들었다.

"그건 좀 미심쩍어. 도쿄중앙은행이 계약을 가로챈 건 대출의 힘이니까. 그것을 차치하고라도 도쿄중앙은행의 전략은 대단했지만 말이야."

"방법이 아무리 비열해도 말인가요?"

모리야마가 빈정거리자 한자와가 짧게 탄식했다.

"은행은 원래 그래. 세상 사람들 앞에선 신사인 척 폼을 잡지만, 은행의 현실은 조직폭력배와 다를 게 없어."

은행이라는 조직의 생리를 잘 아는 사람이 은행을 조직폭력배라고 말한다.

"모리야마, 이번에 진실을 알고 나면 세나 사장의 힘이 되어줘. 회사는 신경 쓸 것 없어."

그때 이자카야의 출입문이 열리고 손님이 한 사람 들어왔다.

"안쪽에서 기다리십니다."

종업원의 복소리를 듣고 뒤를 돌아본 순간, 모리야마의 안색이 달라졌다.

"늦어서 죄송합니다."

가방을 든 채 고개를 숙인 사람은 분명히 모리야마도 아는 남자였다. 하지만 이 자리에 나타날 거라고는 상상도 못 했던 상대였다.

미키다.

"아닙니다, 우리도 방금 왔습니다. 우선 거기에 앉으시죠."

한자와는 그렇게 말하며 모리야마의 옆을 가리켰다. 그리고 미키가 자리에 앉자 맥주를 따라주면서 물었다.

"새로운 곳은 어떤가요?"

"덕분에 그럭저럭 지냅니다."

"총무팀이라고 하더군요."

채워진 맥주잔을 보면서 미키는 고개를 주억거렸다. 도쿄센트럴증권 시절에 비해 음침하게 보이는 것은 기분 탓일까?

"좋은가요?"

숨을 깊이 들이마신 뒤 미키의 입에서 나온 것은 모범생 같은 대답이었다.

"앞으로 열심히 하려고 합니다."

하지만 "도저히 이해가 안 되네요"라는 한자와의 한마디에 미키의 시선이 테이블로 떨어졌다.

"이사야마 부장이 직접 미키 씨를 달라고 했다더군요. 그렇게까지 해서 데려간 사람을 총무팀에 앉히다니. 이건 노골적으로 무시하는 것이나 마찬가지 아닌가요?"

"죄송합니다."

미키가 얌전한 얼굴로 말했다.

"미키 씨가 사과할 건 없지요. 아니면, 사과할 일이라도 있는 건가요?"

모리야마가 숨을 죽이고 미키의 표정을 살펴보았다.

"아닙니다……."

미키의 입에서 짧은 대답이 흘러나왔다.

"오늘은 바쁜데 불러내서 미안하군요. 일단 한잔하시지요."

몇 가지 안주를 주문하고 잠시 어색한 대화가 이어졌다. 한자와가 이야기를 다시 원점으로 돌린 것은 이런저런 잡담을 한 다음이었다.

한자와가 조용하게 말을 꺼냈다.

"그건 그렇고…… 실은 전뇌의 자문사를 은행에 빼앗긴 사건은 우리에게 아직 응어리로 남아 있지요. 직원들의 사기는 땅에 떨어지고, 전뇌와의 거래는 끊어지기 일보 직전이고요. 왜 이렇게 되었는지 검증할 필요가 있다고 생각합니다."

미키는 당황한 얼굴로 들고 있던 술잔을 테이블 위에 내려놓다가 큰 소리를 냈다. 그리고 무릎에 두 손을 올려놓고 고개를 숙였다.

"그때는 최선을 다했지만 결과적으로 일이 이렇게 되어서 죄송합니다."

"미키 씨, 지금 진심으로 하는 말인가요?"

한자와의 말투에는 불신감이 짙게 배어 있었다.

"무슨 말씀이십니까?"

갑자기 미키가 안절부절못한 모습으로 시선을 좌우로 돌렸다.

"이야기를 빙빙 돌리는 건 내 성격에 맞지 않으니까 단도직입적으로 말하지요. 전뇌의 정보를 은행에 유출한 사람이 미키 씨 아닙니까?"

한자와가 직접적으로 질문하자 미키가 표정을 바꾸었다.

"아, 아닙니다. 전 그러지 않았습니다……."

미키는 즉시 부정하면서 고개를 옆으로 흔들었다.

"이사야마 부장이 미키 씨를 달라고 했을 때 인사부도 고개를 갸웃했지요. 그 사람이 그렇게까지 미키 씨를 필요로 한 이유는 어디에 있을까요?"

"전 아닙니다!"

완고하게 부정하는 미키를 뚫어지게 보면서 한자와는 다시 물었다.

"그러면 누구지요?"

모리야마가 놀란 것은 그 질문이 갑작스러웠기 때문이 아니라 미키가 입술을 꽉 깨물고 고개를 숙였기 때문이었다.

"미키 씨, 그 사람이 누군지 알고 있습니까?"

모리야마가 엉거주춤 일어나면서 물었다.

하지만 미키는 대답하지 않았다.

"미키 씨, 정보를 유출한 사람이 누구입니까!"

"그건……."

이윽고 미키의 입에서 나온 이름을 들은 순간, 한자와와 모리야마는 얼굴을 마주보았다.

"……모로타 차장입니다."

미키의 입에서 나온 이름을 듣고 한자와는 잠시 침묵했다.

"자세히 말씀해주십시오."

미키는 어깨를 움츠리더니, 당장이라도 꺼질 듯한 목소리로 이야기를 시작했다.

"전뇌잡기집단의 히라야마 사장이 M&A를 제안하고 나서 며칠 지났을 때였습니다. 모로타 차장이 부르더니 어떤 전략으로 대처할 생각이냐고 묻더군요. 아직 정리돼 있지 않아도 상관없으니까 제 생각을 전부 말해달라고 하면서요. 그래서 제 나름대로 생각한 전략을 몇 가지 말했습니다. 모로타 차장은 말없이 듣고 나서 그 정도론 성공하지 못할 거라고 하더군요."

"이유는요?"

한자와가 물어보자 미키는 더욱 몸을 웅크렸다.

"전략이 너무 안이하다면서, 더 획기적인 전략이 필요하다고 했습니다. 만약 이번 프로젝트가 성공하면 그 실적으로 은행으로 돌려보내주겠다고 하면서요."

"그래서 어떻게 하셨습니까?"

모리야마가 파고들 듯 미키의 옆얼굴을 바라보며 물었다.

미키가 간신히 목소리를 짜냈다.

"솔직히 말해서 고민했어. 어떻게든 성공시켜야 한다는 조바심도 났고. 하지만 획기적인 아이디어 같은 게 쉽게 나올 리가 없잖아? 그러는 사이에 모로타 차장이 은행의 이사야마 부장과 연락하고 있다는 사실을 알았어."

한자와가 물었다.

"그걸 어떻게 알았나요?"

"팀에서 만든 새로운 전략을 가지고 모로타 차장실로 보고하러 갔을 때였습니다. 서류를 책상의 미결재함에 넣는 순간, 누군가에게 메일을 보낸 컴퓨터 화면이 보였는데……. 모로타 차장의 개인용 노트북이었습니다. 들여다볼 생각은 없었지만 제목에 있는 '전뇌'라는 글자가 눈에 들어와서……."

"어떤 내용이었나요?"

한자와의 목소리가 날카로워지자 미키가 마른침을 꿀꺽 삼키며 말했다.

"'전뇌잡기집단에 관한 중요한 정보가 있다, 협의를 하고 싶다'라고 그렇게 쓰여 있었습니다."

"왜 그때 말을 하지 않았습니까?"

모리야마가 이글이글 타오르는 눈길을 미키에게 향하며 달려들 듯이 물었다.

미키는 모리야마와 똑같이 자신을 노려보는 한자와를 향해 변명했다.

"모로타 차장이 내부정보를 은행에 유출하리라곤 생각도 못 했습니다. 상대는 은행이었고요. 그런데 도쿄센트럴증권이 취급하는 중요한 프로젝트를 가로챌 줄이야. 그런 일을 저지를 줄은 꿈에도 몰랐습니다. 정말입니다! 부장님, 믿어주십시오!"

눈물을 흘리면서 호소하는 미키를 한자와는 물끄러미 바라보았다. 그리고 그 말에 대답하지 않은 채 다음 이야기를 재촉했다.

"그래서요?"

"그래서…… 그때는 아무 일도 없이 지나갔습니다. 그런데 그 후에 전뇌에서 계약 파기를 선언하고 정보가 유출된 게 아닐까 하는 이야기가 나왔을 때, 모로타 차장에게 직접 물어봤습니다."

"모로타 차장은 뭐라고 하던가요?"

한자와는 최대한 감정을 억제하며 조용히 물었다.

"아무에게도 말하지 말라고, 나쁘게 하지는 않을 테니까 자기를 믿고 기다려달라고요. 일단 그 말을 듣고 물러났습니다만, 그날 오후에 다시 부르더니 '증권영업부의 이사야마 부장과 이야기를 했다. 이 이야기를 잊어준다면 증권영업부로 보내주겠다, 어떠냐?'라고 묻더군요."

"그래서 모로타 차장의 교환 조건을 받아들인 건가요?"

미키가 표정을 일그러뜨리더니 비통한 목소리로 말했다.

"제게는 그 길밖에 남아 있지 않았습니다. 전뇌와의 계약이 파기되면서 증권에서 제가 설 자리는 없어졌으니까요. 그대로 증권에 남는다고 해서 제게 장래가 있을까요? 자회사의 한쪽 구석에서 다른 곳으로 파견될 때까지 가슴을 졸이며 기다리는 것밖에 없죠. 하지만 모로타 차장의 조건을 받아들이면 은행으로 돌아갈 수 있습니다. 더구나 증권영업부라는 화려한 부서로 돌아가서, 지금까지 있었던 일은 백지로 돌리고 처음부터 다시 시작할 수 있다……. 저는 그렇게 할 수밖에 없었습니다."

"돌아갈 곳이 있는 사람은 참 좋겠네요."

모리야마가 내뱉듯이 말했다. 미키를 바라보는 눈에는 분노의 불길이 소용돌이치고 있었다.

"결국 미키 씨에게 우리 회사는 잠시 머무는 곳에 지나지 않았군요. 은행에서 파견 나가라고 해서 어쩔 수 없이 나온, 하찮기 짝이 없는 회사라고 생각했겠지요. 하지만 우리 증권파 사람들에게 도쿄센트럴증권은 유일하게 있을 곳입니다. 우리는 실패해도, 미래가 없어도 이 회사에 있을 수밖에 없어요. 미키 씨는 자신의 출세를 위해서 우리 회사를 팔았습니다!"

미키는 입을 다문 채 옆얼굴로 그 말을 듣고 조용히 사죄했다.

"미안해."

모리야마가 원한이 깃든 목소리로 말했다.

"결국 같은 직장에서 책상을 나란히 하고 일해도, 미키 씨는 우리 동료가 아니었던 거네요. 은행에 자문사 계약을 빼앗겼을 때, 모로타 차장이 정보를 유출했기 때문이라고 폭로했다면 미키 씨는 우리 회사에서 당당하게 있을 수 있었을 겁니다. 그런데 그렇게 하지 않았지요. 왜지요? 왜 그렇게까지 은행으로 돌아가고 싶었습니까? 미키 씨에게 은행은 뭐지요?"

대답은 없었다. 이윽고 돌아온 말은 "미안해……"라는 한마디뿐이었다.

"그건 대답이 되지 않잖아요!"

한자와가 흥분한 모리야마를 제지했다.

"이제 그만하게. 은행이 무엇인지, 그건 미키 씨가 지금 자기 자신에게 가장 묻고 싶은 질문일 테니까."

한자와의 말을 듣고 미키는 입술을 깨물었다.

"여기에서만 하는 말인데, 며칠 전에 모로타에게 인사이동 이야기가 있었습니다."

말이 떨어지기가 무섭게 미키와 모리야마가 동시에 얼굴을 들었다.

"내일 발령이 날 겁니다."

"어디입니까?"

모리야마가 몸을 앞으로 내밀며 물었다.

"미키 씨와 같은 증권영업부야."

모리야마가 눈을 동그랗게 떴다.

"증권영업부의 부장대리. 그게 우리 회사를 팔아서 얻은 모로타의 새로운 직책이지. 모로타는 미키 씨의 전략을 듣고 승산이 없다고 판단했을 거야. 그리고 손쉽게 은행으로 돌아갈 수 있는 방법을 생각해냈지. 바로 우리 정보를 유출하고, 그 대가로 은행으로 복귀하는 거야. 그나저나 미키 씨, 부탁할 게 있습니다."

한자와는 그렇게 말하더니, 예전에 부하직원이었던 남자를 노려보았다.

"은행의 M&A 전략을 알고 싶습니다. 폭스에 관한 정보도요."

"하지만 그건 내부정보라서요……."

어쩔 줄 몰라 쩔쩔매는 미키를 보면서 한자와는 냉정하게 말했다.

"미키 씨는 우리의 내부정보가 유출되는 걸 못 본 척했습니다. 그리고 은행은 그걸 이용해서 자문사 자리를 차지했고요. 미키 씨가 그런 말을 할 자격이 있습니까? 아니면 당신들이 어떤 짓을 했는지, 은행장님 귀에 들어가도 좋은가요?"

미키는 새파랗게 질린 얼굴로 반박할 말을 집어삼켰다.

7

다음 날 오전 9시, 모로타에 대한 인사발령이 났다.

증권 자회사의 차장에서 은행 부장대리로 이동하는 것은 그렇게 영전이라고 할 수 없을지도 모른다. 하지만 다시는 은행으로 복귀할 수 없다고 여겼던 모로타 쪽에서 보면 이번 인사발령은 경사스러운 일임이 틀림없다.

예상한 대로 그의 속마음은 사장에게서 임명장을 받았을 때 만면에 웃음으로 나타났다.

"감사합니다."

깊숙이 고개를 숙이고 임명장을 받아든 모로타에게 사장인 오카는 "뭐, 열심히 하게"라고 탐탁지 않게 말하면서 짧은 의식을 마쳤다.

동석한 인사부장과 헤어져 영업기획부로 돌아온 모로타는 한자와에게 깊숙이 고개를 숙였다.

"그동안 신세 많이 졌습니다."

"모로타 차장, 당신에게 한 방 제대로 먹었군요."

모로타의 얼굴에 어안이 벙벙한 표정이 떠올랐다. 사무실 안쪽에 있는 모로타의 책상 앞이었다. 두 사람의 대화는 모리아마를 비롯해 부하직원들의 귀에도 잘 들렸다.

"네? 무슨 말씀이신지요?"

모로타가 눈을 치켜뜨고 물었다.

"내가 무슨 말을 하는지, 모로타 차장이 가장 잘 알고 있지 않나요?"

그제야 모로타의 얼굴에 경계심이 배어 나왔다.

"무슨 말씀이신지 도무지……."

"어제 미키 씨를 만났습니다."

대답은 없었다.

"미키 씨는 뒤늦게나마 후회하고 있더군요. 당신을 믿은 결과, 비참한 지경에 처했다고 하면서요."

모로타가 얼굴에 남은 표정을 지우고 한자와를 뚫어지게 바라보았다.

한자와가 계속 말을 이었다.

"그런 일을 하려면 마무리를 깨끗하게 했어야지요. 미키 씨를 어떻게 평가했는지는 모르겠지만, 인사이동을 조건으로 입막음을 하려면 그에 걸맞은 직책을 줘야 하지 않나요? 미키 씨는 지금 불만덩어리입니다. 그런 사람이 과연 당신의 비밀을 끝까지 지켜줄 수 있을까요?"

"부장님, 지금 무슨 말씀을 하시는지 잘 모르겠습니다만."

부하직원들의 시선을 힐끔 쳐다보면서 모로타는 입술 끝에 일그러진 웃음을 담았다.

"전뇌의 정보를 누가 유출했냐는 이야기를 하고 있습니다."

모로타는 뻔뻔스러운 얼굴로 고개를 갸웃거렸다.

"전뇌의 정보요? 글쎄요⋯⋯. 누가 그런 짓을 했는지, 저는 통⋯⋯."

"당신입니다."

한자와가 그렇게 말하자 모로타는 과장스럽게 놀라는 표정을 지으며 천연덕스럽게 반문했다.

"제가요? 부장님, 잠시만요. 미키가 그렇게 말했습니까? 그건 오해입니다. 제가 그런 일을 했을 리가 없잖습니까? 증거가 있습니까?"

"물론 증거는 없습니다. 하지만 미키 씨가 거짓말을 했다고 생각하지 않습니다. 즉, 나는 당신이 정보를 유출했다고 확신하고 있지요. 나만이 아닙니다. 모든 직원들이 다 마찬가지입니다."

자기 자리에서 두 사람의 대화를 듣고 있던 모리야마가 분노와 불신이 섞인 눈길로 모로타를 노려보았다. 오니시와 다른 직원들도 자리에서 일어서서 모로타를 쏘아보았다.

"부장님, 미키가 무슨 말을 했는지는 모르겠지만 그 말을 믿습니까? 자네들도 그런가?"

한자와가 조용히 말했다.

"미키 씨는 사죄했습니다. 당신도 이 자리에서 모든 직원들에게 사죄해야 하지 않나요?"

하지만 모로타는 한자와의 말을 뿌리쳤다.

"내가 왜 사과해야 합니까? 쓸데없는 말 하지 마십시오!"

"모로타 차장, 이게 마지막 기회입니다. 안 그러면 후회하게 될 겁니다."

모로타가 돌연 태도를 바꾸더니 음침한 미소를 지었다.

"이거 재미있군요. 부장님, 나는 이미 은행 사람입니다. 여러분이 어떻게 생각하든 나하곤 아무 상관이 없거든요!"

"끝까지 인정하지 않겠다는 겁니까?"

모로타가 의뭉스러운 얼굴로 시치미를 뗐다.

"무슨 말씀을 하는지 당최 알아들을 수가 없군요. 무슨 생각인지 모르겠지만, 왜 떠나는 사람에게 괜한 트집을 잡는 거죠?"

모로타는 자신을 쏘아보고 있는 부하직원들을 둘러보며 말을 이었다.

"다들 잘 들어. 이 세상에서 가장 중요한 건 결과야. 그리고 자네들은 은행에 졌고. 왜 졌는지, 이제 와서 파헤쳐봐야 얻는 건 아무것도 없어. 좀 더 겸손해지는 게 어때?"

한자와가 말했다.

"미안하지만 우리는 가장 중요한 게 결과라고 생각하지 않아! 당신이 한 일은 절대로 용서할 수 없어! 이 빚은 반드시 갚아줄 거야!"

모로타가 여유 있는 미소를 지었다.

"오호, 그러신가요? 그거 기대되는군요. 한자와 부장님, 기다릴 테니까 얼마든지 해보십시오. 이건 제가 드릴 말씀은 아닐지도 모르겠지만, 어차피 마지막이니까 충고 한마디하죠. 언제까지 본부의 차장인 줄 착각하면 조만간 땅을 치고 후회하게 될 겁니다. 난 이제 은행에 인사하러 가야 해서……, 이만 실례하지요."

모로타는 그 말을 남기고는 재빨리 모습을 감추었다.

8

미키와는 도쿄 역과 가까운 야에스 뒷골목의 바에서 만났다.
한자와가 가끔 가는 곳이다. 카운터 자리가 비어 있었지만 "안쪽
에 앉아도 될까요?"라고 한자와가 말하자 종업원이 개별실로 안
내해주었다.

한자와와 모리야마는 곧바로 희석한 싱글몰트 위스키를 두 잔
주문했다.

"모로타 차장이 정보를 유출한 것이 확실해도, 어떤 처벌도 할
수 없겠지요?"

불쾌한 얼굴로 술잔을 입으로 가져가면서 모리야마가 불만스
럽게 말했다.

"증거가 없으니까. 더구나 그 녀석은 이제 우리 회사 사람이
아니야."

"은행에서는 절대로 징계하지 않겠지요?"

"그렇겠지."

모리야마가 달려들 듯이 물었다.

"그렇다면 부장님, 이 빚은 언제 갚죠? 그런 짓을 저질렀는데
도 징계하지 않는다면, 앞으로 은행에서 파견 나온 사람을 어떻
게 믿겠습니까?"

"원래도 믿었던 건 아니잖아?"

한자와의 말을 듣고 모리야마는 발끈했다.

"제가 믿지 않는 건 은행에서 파견 나온 사람만이 아닙니다."

"회사라는 조직도, 이 세상도 안 믿는다는 건가?"

한자와의 말에 모리야마는 살짝 힘 빠진 표정을 지었다.

"저희는 위로 올라갈 수 있는 사다리가 없는 세대니까요."

"취업 빙하기 때문인가?"

"그렇습니다……."

"다들 힘들었겠군."

모리야마는 잠시 입을 다물고 위스키가 든 술잔을 입으로 가져갔다.

"사회나 회사에 의지하지 않고 자기 힘으로 어떻게든 해보겠다는 생각은 잘못되지 않았어. 그건 어떤 세대든 마찬가지지."

"거품 세대는 그래도 여유가 있지 않나요?"

모리야마의 반론을 듣고 한자와는 술잔을 바라본 채 작게 웃었다.

"그렇게 보이나?"

"네, 그렇게 보입니다. 굉장히 편하게 취직하고, 아무런 특기도 없으면서 대기업에서 여유롭게 지낸다고 할까……."

"그래서 밑의 세대가 고생하고 있다고 생각하는군."

모리야마는 침묵으로 긍정을 나타냈다.

"우리 때도 있었어."

모리야마가 고개를 들었다.

"있었다니, 뭐가 말입니까?"

"세대론 말이야. 윗세대는 우리를 신인류라고 불렀지. 우리를 그렇게 부른 사람들은 이른바 단카이 세대[•]야. 세대론으로 말하자면 그들이 거품 경제를 만들고 붕괴시킨 장본인일지도 몰라. 좋은 학교를 나와 좋은 회사에 들어가면 평생 편하게 살 수 있다는 것은 그들 세대까지의 가치관이자 척도인데, 그들이 유명무실하게 만들었지. 실제로 그들은 회사가 시키는 대로 종업원 지주회[•]에 가입해 자사 주식을 사들인 뒤, 가격이 올랐을 때 팔아서 집을 구입할 때 계약금으로 낼 수 있었을 거야. 나 같은 거품 세대의 눈에 단카이 세대는 한마디로 말해 악당이지. 자네들이 거품 세대를 지긋지긋하게 여기는 것처럼 우리는 그들이 지긋지긋해서 견딜 수 없어. 하지만 단카이 세대라고 해서 모두 믿을 수 없는가 하면 꼭 그렇지는 않아. 반대로 취업 빙하기에 입사한 직원이라고 해서 모두 우수한가 하면 또 그렇지도 않고. 결국 세대론이란 건 아무런 근거가 없다는 뜻이야. 위쪽이 나쁘다고 화를 내봐야 자기 자신만 비참해질 따름이니까."

"부장님은 조직이나 회사를 어떻게 생각하십니까?"

"나는 계속 싸워왔어. 세상과 싸운다고 하면 막연한 이야기로 들리겠지만, 조직과 싸운다는 건 눈에 보이는 사람과 싸우는 거야. 그거라면 나도 할 수 있잖아? 잘못되었다고 생각하면 끝까지

• 2차 세계대전 직후인 1947~1949년 사이에 태어난 일본의 베이비붐 세대. 다른 세대에 비해 인원수가 많다.
• 직원이 회사의 주식을 받아 보유하는 제도로, 제3자에게 팔 수 없는 등 주주로서의 권리는 행사할 수 없다.

잘못되었다고 말했고, 입씨름을 통해 몇 번이나 상대를 박살내 왔지. 어떤 세대든지 회사라는 조직에 틀어박혀 그곳에 안주하는 녀석은 적이야. 끼리끼리의 친목질을 통해 자기 식구 챙기기에 혈안이 되어 종종 본래의 목적을 잃어버리는 사람도 있지. 그런 녀석이 회사를 썩게 만드는 거야."

"모로타 차장처럼 말인가요?"

"바로 그거야."

한자와가 술잔을 입으로 가져갔을 때, 인기척이 났다.

"제가 좀 늦었습니다."

입구 쪽에 자리 잡은 미키는 어떤 술인지 묻지도 않고 종업원에게 "같은 걸로"라고 말한 뒤, 술이 도착하기를 기다렸다. 표정이 너무나 어두워서 술집 내부의 어두운 조명 밑에서 더욱 음울하게 보였다.

미키가 자료를 내밀며 말했다.

"전뇌잡기집단이 폭스를 매수한다는 이야기가 거의 마무리 단계인 모양입니다."

모리야마가 얼굴을 치켜들고 물었다.

"그렇다면 폭스에게 지원하는 자금도 역시?"

"전액이 도쿄스파이럴의 신주인수권 매입 자금입니다."

한자와의 예상이 맞았다. 폭스에 얼마를 지원하든, 전뇌가 폭스를 매수함으로써 도쿄스파이럴을 지배하면 은행으로서는 성공이다. 결국 폭스를 거쳐 돈이 돌아오기 때문에 대출금도 회수할 수 있다.

한자와가 물었다.

"다이요증권과의 관계는요?"

"이번 M&A 전략에 협조함으로써 자문사 수수료뿐만 아니라 최종적으로 이런저런 수수료를 받는 구조인 것 같습니다."

모리야마가 못마땅한 얼굴로 입을 다물었다. 미키가 한층 목소리를 낮추며 덧붙였다.

"그리고 폭스의 실적에 관해 흥미로운 이야기를 들었습니다."

증권영업부 안에서 들은 정보였다.

미키의 이야기를 끝까지 들은 한자와는 잠시 생각에 잠긴 채 입을 열지 않았다. 모리야마는 계속 부루퉁한 얼굴로 입을 다물고 있었다.

"요컨대 그게 회사를 넘기는 원인이 된 거군요."

한자와는 그렇게 말하고 화제를 바꾸었다.

"모로타가 그쪽으로 인사하러 갔겠지요?"

"거래처를 담당하는 부장대리라고 합니다. 도쿄스파이럴 인수 팀과 연계해 전뇌잡기집단과의 교섭 창구를 맡는다고 하더군요."

"그럴 수가……."

모리야마가 아연한 얼굴로 한자와를 쳐다보며 울분을 토했다.

"이건 말이 안 됩니다! 우리에게 온 프로젝트를 은행에 팔고, 자신이 담당하다니!"

한자와가 미소를 지으면서 대꾸했다.

"모로타치곤 제법 머리를 썼군."

"부장님, 그렇게 느긋하게 말씀하실 때가 아닙니다!"

한자와는 분통을 터트리는 모리야마를 향해 "그만 가시"라고 말하면서 미키와의 짧은 만남에 마침표를 찍었다.

"저기…… 저는 이제 어떻게 하면 좋을까요? 이대로 증권영업부에 있어봐야……."

걸음을 내딛던 한자와가 차가운 눈길로 미키를 바라보았다.

"그건 미키 씨가 선택한 길이잖습니까? 총무팀이 싫다면 실력으로 일을 따내는 수밖에 없습니다. 그렇게 할 수 없다면 불평하지 말고 지금 맡은 일을 해내세요. 일은 주어지는 게 아닙니다. 빼앗는 겁니다!"

한자와는 바에서 나오자마자 모리야마에게 말했다.

"세나 사장을 만나고 싶어. 당장 약속을 잡아주게."

모리야마가 즉시 세나에게 전화를 걸었다.

"지금 아오야마에 있다고 합니다. 자기 회사에서 만나는 게 어떠냐고 하는데요?"

"지금 간다고 전하게."

한자와는 그렇게 말하자마자 전철역을 향해 걸음을 내딛었다.

"이런 시간에 만나자고 해서 죄송합니다."

세나는 약간 불그스레한 얼굴로 소파에 앉아 있었다. 알코올 기운이 몸에 배어 있기는 서로 마찬가지였다.

"저에게는 아직 초저녁입니다."

세나는 그렇게 말하고 한자와 옆에 앉은 모리야마에게 물었다.

"요전의 건이야?"

"그래."

한자와가 미키에게서 들은 이야기를 하자 세나의 얼굴에서 표정이 사라졌다. 한자와를 바라보는 세나의 눈은 한겨울의 호수처럼 차갑게 얼어붙었다.

"고다 사장은 백기사가 아니라 전뇌잡기집단에서 보낸 자객입니다."

한자와가 그렇게 말하자 세나의 눈이 허공에서 방황했다.

"그렇군요."

이때 세나의 얼굴에 떠오른 것은 비웃음처럼 보였다. 세상의 부조리를 조롱하는 웃음이다. 그 웃음은 이내 시들더니 슬프고 고독한 표정으로 바뀌었다.

"요스케, 믿을지 안 믿을지는 네 판단에 맡길게."

모리야마가 그렇게 말해도 세나는 한동안 대꾸하지 않았다.

이윽고 세나가 담배를 꺼내 불을 붙였다. 그리고 다리를 꼬더니 마치 재미없는 소설을 억지로 읽어야 하는 문학평론가 같은 눈으로 허공을 바라보며 천천히 연기를 토해냈다.

그의 입에서 메마른 말이 튀어나왔다.

"참 재미있군. 직원이 천 명이나 되는 회사를 경영한다고 세상에서는 그럭저럭 성공했다고 하는데, 실제론 믿을 수 있는 파트너가 한 명도 없어. 창업 멤버에게 배신당하고, 증권회사에 속고, 마음속으로 존경하며 대단하다고 생각했던 상대는 사기꾼으로 드러나고. 어떻게 이럴 수 있지? 안 좋은 일은 한꺼번에 몰려온다더니."

모리야마가 위로하듯 말했다.

"네 마음은 이해해. 하지만 불평해봤자 소용없어. 지금은 정신 바짝 차리고 대처해야 돼."

세나가 자포자기한 것처럼 말했다.

"정말 기가 막혀서 말이 안 나오는군. 그렇게까지 우리 회사를 갖고 싶을까? 무엇 때문이지? 사람의 마음을 짓밟으면서까지 그렇게 해야 해? 그러면 뭐가 남지? 그렇게까지 돈을 벌고 싶나?"

세나는 짧은 웃음을 날리더니 재채기를 했다. 다시 얼굴을 들었을 때는 눈에 눈물이 고였다. 그 눈물은 재채기 때문만은 아니었다.

그런 세나를 보면서 한자와가 말했다.

"세상에는 이런 녀석도 있고, 저런 녀석도 있습니다. 그게 현실이지요. 그런 놈들로부터 눈을 돌려서는 자신만의 인생을 만들어나갈 수 없습니다. 회사의 장래도 마찬가지고요. 그래서 싸우는 수밖에 없습니다. 우리가 도와드리겠습니다."

"한자와 부장님, 도와준다니요? 그쪽은 도쿄중앙은행의 자회사가 아닙니까?"

어이가 없는지 쓴웃음을 짓더니 세나는 카펫으로 시선을 돌렸다. 다시 한자와를 바라보는 시선에는 연민의 기색이 깃들었다.

"이건 모회사가 만든 M&A 전략이지요? 자회사가 반대편 회사를 도와주겠다니, 그게 말이 됩니까? 또 저를 속이려는 겁니까? 저는 이제 어느 누구도 믿을 수 없습니다."

한자와가 단호하게 말했다.

"이번 프로젝트에서 도쿄중앙은행은 우리의 경쟁사이자 적입니다. 저희는 귀사의 자문사가 되어서 그자들에게 되갚아주겠습니다. 전뇌잡기집단의 M&A 공작을 박살내고, 도쿄센트럴증권의 실력을 보여주고 싶습니다."

"마사, 전뇌와 관계가 있다고 하지 않았어?"

"계좌는 있지만 거래는 없어. 해약하기 직전이야. 요스케, 우리 같이 싸우자. 응?"

세나가 눈을 감고 생각에 잠겼다. 기나긴 침묵이 흐르고, 이윽고 그의 입에서 한마디가 흘러나왔다.

"알았어."

5장

여우 꼬리 밟기

1

"달리 하실 말씀은 없습니까?"

진행자 역할을 맡은 하나하타 영업부장이 차분한 얼굴로 회의실을 둘러보았다.

부장 이상이 참석하는 경영회의 자리다. 중앙에는 지금 막 영업 예상 목표를 낮추어야 한다는 말을 들은 오카 사장이 언짢은 얼굴로 팔짱을 끼고 있었다. 조금 떨어져 있는 간바라 전무의 얼굴에 고뇌의 주름이 깊게 새겨지면서, 회의실 전체에 어색한 분위기가 감돌고 있었다. 간바라 전무는 비관주의자로, 회의에서 웃는 얼굴은 한 번도 본 적이 없었다.

"제가 한 말씀 드려도 되겠습니까?"

한자와가 손을 들자 하나하타가 긴장된 얼굴로 펜을 흔들었다.

"하십시오."

"영업기획부에서 하고 싶은 신규 프로젝트가 있습니다. 원칙대로라면 품의서를 올리는 게 정상이지만 시간이 없으므로 이

자리에서 결재를 받고 싶습니다."

하나하타가 오카를 슬쩍 처다보면서 말없이 판단을 구했다.

남에게 지기 싫어하는 오카는 전뇌잡기집단을 놓친 이후 틈만 나면 한자와를 비난했고, 지금도 불쾌감이 잔뜩 깃든 눈길로 처다보았다.

"한자와 부장, 전뇌 건도 있으니까 구멍을 메워주지 않으면 곤란해."

예상한 대로 오카는 최근의 회의에서 입버릇처럼 하던 말을 입에 담았다.

"어떤 프로젝트인데?"

"적대적 M&A에 처해 있는 어떤 기업에서 M&A 방어책의 자문사가 돼달라는 요청이 있어서, 보고할 겸 의논하고 싶습니다."

하나하타가 확인했다.

"요전처럼 매수하려는 쪽이 아니라 매수당하는 쪽이란 거군."

"그렇습니다."

그러자 오카가 난폭하게 말했다.

"일일이 품의를 올릴 게 뭐 있어? 그런 건 그냥 알아서 하도록 해. 안 그래도 우리는 지금 수익이 바닥이니까. 대형 적대적 M&A인가?"

"세상에서도 싱딩히 주목하고 있습니다. 방어책의 자문사로서 M&A를 막을 수 있다면, 우리 회사가 M&A 분야에서 높은 평가를 받을 것은 확실합니다."

오카가 의자의 등받이에서 몸을 일으키며 비아냥거림을 섞어서 말했다.

"그거 꿩 먹고 알 먹고군. 은행에 빼앗기기만 하지 말고 그런 프로젝트를 가져오란 말이야. 이번엔 꼭 성공시켜서 은행에게 여봐란 듯이 보여주고."

입버릇이 또 나왔다. 은행에 지기 싫어하는 오카의 성격을 적나라하게 보여주는 말이었다.

"그럼 이 프로젝트를 진행하겠습니다."

"그런 이야기는 크면 클수록 좋아. 세상의 주목을 받고 있다면 더욱 좋고."

오카는 그렇게 말하더니 문득 생각난 것처럼 물었다.

"그런데 회사 이름이 뭐지?"

"도쿄스파이럴입니다."

한자와가 대답한 순간, 오카의 입이 턱 밑까지 벌어졌다. 회의에 참석한 전원의 얼굴이 동시에 귀싸대기라도 맞은 것처럼 일제히 한자와를 향했다.

"뭐야?"

오카는 발작을 일으킨 사람처럼 숨을 크게 들이마시더니, 의자 등받이에 기대어 천장을 올려다보았다. 회의실이 소란스러워지면서 어디선가 "제정신이야?"라는 말이 들렸다.

"도쿄스파이럴의 세나 사장과는 어젯밤에 이야기를 끝냈습니다. 꼭 하게 해주십시오."

영업 분야를 총괄하는 하나하타 부장이 몹시 당황한 얼굴로 말했다.

"한자와 부장, 잠깐만! 은행을 적으로 만들 생각인가?"

"무슨 말씀이시죠?"

한자와가 짐짓 시치미를 떼자 하나하타가 표현을 바꾸며 다시 물었다.

"은행과 사전 조율을 했냐는 말이야."

한자와가 재빨리 되받아쳤다.

"은행은 전뇌의 자문사가 될 때 저희에게 미리 알렸습니까? 이건 사전에 이야기할 만한 일이 아니라고 생각합니다. 전뇌의 계약을 가로채간 건 은행이 먼저입니다. 절차를 지킬 필요는 없다고 생각합니다만."

"그래도 그건 좀 곤란하잖아?"

하나하타가 난감한 표정을 지었다. 하나하타는 은행의 증권 부문에 있을 때 이사야마의 밑에서 일했던 적이 있다. 약삭빠른 점은 영업 일에 맞지만 뼛속부터 소심한 겁쟁이다.

"뭐가 곤란하죠?"

"그걸 몰라서 묻나? 은행이 싫어할 거야. 은행은 모회사고 우리는 그곳의 자회사야. 모회사의 적인 도쿄스파이럴의 자문사가 되겠다니. 이해 상충의 문제가 발생할 수도 있어."

"도쿄스파이럴의 세나 사장은 상관없다고 했습니다. 은행에 신경 쓸 일은 하나도 없고, 은행이 주도하는 적대적 M&A를 막으면 도쿄센트럴증권의 실력을 보여줄 수도 있습니다. 이거야말로 오카 사장님께서 항상 말씀하시는, 은행에게 되갚아줄 수 있는 천재일우의 기회라고 생각합니다만."

"하지만 공개매수가 시작되고 벌써 2주가 지났어. 매수가 상당히 진행됐을 텐데, 아무리 봐도 우리가 불리하잖아."

하나하타는 당연한 우려를 입에 담았다.

"그건 괜찮습니다. 매수 가격을 낮게 잡은 탓에 전뇌잡기집단의 공개매수는 생각처럼 원만히 진행되지 않고 있습니다. 승기는 아직 충분합니다. 승인해주시기 바랍니다."

모두의 시선이 오카에게 쏠렸다.

오카의 진심을 알 수 있는 시금석이다.

평소에 입버릇처럼 은행에게 되갚아주라고 말했는데, 과연 어디까지 진심인가? 은행에 등을 돌려야 하는 이 프로젝트는 오카의 진심을 테스트하는 잣대가 될 수도 있다.

오카가 붉으락푸르락한 얼굴로 물었다.

"이길 전망은 있나? 은행은 증권영업부와 증권기획부가 연계해서 이 프로젝트를 추진하고 있어. 자네가 그들에게 대항해 이길 수 있겠냔 말일세."

한자와는 눈에 힘을 주고 단호하게 대답했다.

"이길 수 있습니다. 반드시 전뇌의 M&A 공작에서 도쿄스파이럴을 지켜내겠습니다."

하나하타가 말했다.

"한자와 부장, 지금 진심으로 말하는 건가? 상대는 도쿄중앙은행 증권영업부야. 실력도 노하우도 있어. 그들에게 대항해서 이길 수 있겠어?"

"하게 해주십시오."

오카는 팔짱을 낀 채, 옆에 앉아 있는 간바라 전무에게 물었다.

"전무, 어떻게 생각하나?"

"처음에 들었을 때는 간이 철렁 내려앉았습니다만 해봐도 좋지 않을까요? 저는 찬성입니다."

한자와는 간바라가 히죽 웃는 모습을 처음 보았다.

간바라가 반대하리라고 여겼던 모양이다. 오카는 눈을 희번덕거리더니 긴장한 얼굴로 헛기침을 했다.

"알았네. 자네 생각대로 해보게. 단……."

오카는 번들거리는 눈으로 한자와를 노려보며 덧붙였다.

"이번에야말로 실패는 용서 못해. 반드시 은행의 적대적 M&A를 분쇄하게. 알겠나?"

2

"그 후에 어떻게 됐어? 전뇌 쪽 정보는 파악했어?"

도마리에게서 한잔하지 않겠냐는 전화가 걸려온 것은 도쿄스파이럴 자문사 건을 결재받은 날 밤이었다.

한사와와 도마리가 만난 곳은 고지마치 역 근처에 있는 곱창
전골 가게였다. 카운터의 작은 화로 위에는 백된장으로 맛을 낸
곱창전골이 보글보글 끓고 있었다.

"덕분에 조금은."

국자로 곱창이 익었는지 확인하던 도마리는 손길을 멈추고 한
자와를 보았다.

"어떻게? 전뇌 쪽에서 들었어?"

"아니, 너희 은행에 약간의 빚이 있는 사람한테서."

"정말이지, 너를 누가 말리냐!"

도마리는 과장스럽게 어이없는 표정을 짓다가 즉시 목소리를
낮추었다.

"그런데 어떤 이야기였어?"

도마리의 온몸에서는 억제할 수 없는 호기심이 배어 나오고
있었다.

한자와는 얼굴에 미소를 담고 말했다.

"증권영업부에 물어보면 되잖아?"

"한자와, 너무 그러지 마. 녀석들이 말해줄 것 같아? 요전에도
말한 것처럼 이번 프로젝트에 관해선 철의 장막을 치고 있어. 우
리에게는 정보가 한 조각도 들어오지 않아."

은행의 정보통임을 자처하는 도마리 쪽에서 보면 부아가 치미
는 상황이리라.

"도대체 어떻게 되고 있어? 나도 융자부에 있는 만큼, 거대한

자금의 움직임은 미리 알아두고 싶어."

"시시한 이유는 붙이지 마. 한마디로 말해서 그냥 녀석들의 비밀을 알고 싶은 것뿐이잖아?"

한자와가 자신의 속마음을 정확히 꿰뚫어보자 도마리는 술을 마시면서 순순히 인정했다.

"그건 그렇지."

"뭐, 이건 은행의 내부정보니까 너에게 말해도 괜찮겠지."

한자와는 미키로부터 들은 증권기획부의 M&A 전략을 전부 말해주었다. 단, 도쿄센트럴증권이 도쿄스파이럴의 자문사가 된다는 말은 덮어놓았다. 아직 말할 단계가 아니기 때문이다.

도마리는 가끔 놀라거나 신음 소리를 내면서 끝까지 듣더니, 감탄한 얼굴로 말했다.

"녀석들이 그렇게까지 했어? 그야말로 예의도 의리도 없군."

"은행에 예의나 의리가 있었던가? 오히려 있던 사다리도 치우는 게 특기지."

도마리는 아무래도 상관없다는 듯이 말했다.

"그럴지도 모르지. 그나저나 이사야마 아저씨도 보통 악당이 아니군."

한자와가 입술 끝을 일그러뜨리며 빈정거렸다.

"은행원의 거울이라고나 할까? 도마리, 너도 한 수 배우는 게 어때?"

"왜 이래? 난 착한 은행원의 표본 같은 사람이야. 이렇게 해서 전뇌의 M&A 전략은 대성공을 거두겠군."

도마리가 그렇게 말하고 천장을 올려다보았다.

"그래, 잘되면 좋겠지만."

"왜 그래? 어째 말투가 좀 걸리는데?"

"별다른 의미는 없어."

한자와는 곱창전골을 보면서 말을 돌렸다.

"이 정도 끓었으면 먹어도 되지 않나?"

하지만 도마리는 몸을 45도 각도로 비스듬히 한 다음, 진지한 얼굴로 한자와를 바라보았다.

"한자와, 또 뭔가 있어?"

"조만간 알게 될 거야."

앞접시에 곱창전골을 뜨는 한자와를 처다보면서 도마리가 말했다.

"한 가지만 말할게. 네가 무슨 생각을 하는지는 모르겠지만, 은행을 너무 자극하지 않는 편이 좋아. 안 그래도 위쪽에선 너를 눈엣가시처럼 여기는 자들이 한둘이 아니야. 여기서 또 이상한 짓을 하면 그때는 정말로 편도 티켓이 될 거야."

편도 티켓이란 말은 증권 자회사로 파견된 채 은행으로 돌아갈 수 없음을 뜻한다.

한자와는 태연하게 대꾸했다.

"그래도 상관없어. 난 지금껏 하고 싶은 대로 해왔고, 이번 일도 그렇게 할 거야."

도마리는 여느 때와 달리 진지한 표정을 지었다.

"그게 네 나쁜 버릇이야. 지금까지 그런 식으로 적을 만들어왔잖아. 네가 왜 증권 자회사로 파견 나가게 됐는지 생각해봐. 상대를 철저하게 때려눕히는 것만이 정답은 아니야. 가끔은 그냥 물 흐르듯 흘러가게 놔두는 게 좋지 않을까? 지금은 몸을 웅크리고 시기를 기다릴 때야."

한자와가 웃음을 터트렸다.

"충고 고마워. 하지만 내게는 내 방식이 있어. 오랜 은행원 생활에서 반드시 지켜온 나만의 스타일 같은 거지. 인사 문제 때문에 그걸 바꾸는 건 조직에 굴복하는 거야. 조직에 굴복한 사람은 결코 조직을 바꿀 수 없고. 그렇게 생각 안 해?"

도마리는 입을 꾹 다물고 한자와를 물끄러미 바라보다가 이윽고 힘없이 시선을 내렸다. 그 대신 입에서 흘러나온 것은 탄식이었다.

"알았어. 네가 그렇게까지 말한다면 더는 아무 말도 안 할게. 자, 먹자."

3

"이번 일을 다이요증권이나 고다 사장에게는 어떻게 전하면 되겠습니까?"

도쿄스파이럴 사장실. 세나는 팔걸이의자에 몸을 깊이 묻은 채 물었다. 탁자에는 지금 막 체결한 계약서가 놓여 있었다. 도쿄 센트럴증권이 도쿄스파이럴의 자문사가 된다는 내용의 계약서였다.

"딱히 전할 필요는 없습니다."

한자와는 아무렇지도 않게 대답했다. 세나뿐만 아니라 옆에 있던 모리야마도 얼굴을 들고 한자와를 쳐다보았다.

"우리가 새로 자문사가 된 것도 아직 말씀하지 마십시오. 적에게 이쪽 카드를 보여줄 필요는 없습니다."

"어떤 전략으로 할지, 좋은 방안이 있습니까?"

"오늘은 그걸 의논드리러 왔습니다. 적대적 M&A의 방어책에는 여러 가지가 있습니다. 그것을 법적으로 검토한 후에 최적의 전략을 선택하고 싶습니다."

"요스케, 구체적으로 제안하기 전에 적대적 M&A의 방어책에 대해 잠시 일반론을 말해도 될까?"

모리야마는 그렇게 말한 뒤 준비해온 자료를 세나에게 주었다. 그로부터 약 한 시간에 걸쳐 국내외의 방어책을 설명한 뒤 세나에게 물었다.

"질문 있어?"

"대강 알겠어."

모리야마의 설명에 열심히 귀 기울였던 세나가 본론을 꺼냈다.

"그런데 그중에서 우리에게 최적의 방법은 뭔데?"

그 질문에 대답한 사람은 한자와였다.

"여러모로 검토한 결과…… 우리가 제안하고 싶은 것은 역매수입니다."

세나가 숨을 들이마셨다.

"우리더러 전뇌를 매수하라는 겁니까?"

"우리가 매수할 건 전뇌가 아닙니다."

한자와의 대답을 듣고 세나의 얼굴에 의문이 떠올랐다. 한자와의 옆에서는 모리야마가 진지한 얼굴로 두 사람의 대화를 지켜보고 있었다.

"이 회사가 실제로 우리가 들은 만큼 궁지에 몰려 있을까요?"

며칠 전에 내부 회의에서 말한 모리야마의 말이 이번 전략의 계기가 되었다. 그때까지 모리야마는 며칠 동안 그 회사에 대해 철저하게 분석했다.

무슨 뜻이냐고 물어보자, 모리야마는 한자와도 간과했던 사실을 지적했다.

그것에 주목한 것은 그야말로 모리야마의 감이라고밖에 표현할 도리가 없었다. 그것이 도쿄센트럴증권의 M&A 방어 전략에 새로운 문을 열었다.

지금 세나의 질문을 받고 한자와는 모리야마와 같이 세운 작전을 입에 담았다.

"우리가 노리는 건 전뇌가 아니라…… 폭스입니다."

4

이사야마가 고다를 초대한 곳은 신주쿠의 작은 가게였다. 이즈의 어부 출신 요리사가 경영하는 이곳의 장점은 반투명할 정도로 신선한 오징어였다. 음식을 입에 넣는 순간, 바다의 향이 온몸으로 퍼지는 신선한 생선 요리가 주특기인 숨은 맛집이었다.

"사장님, 이번 프로젝트에서는 여러모로 신세를 지겠습니다."

이사야마는 그렇게 말한 뒤, 종업원이 가져온 생맥주를 들고 건배했다.

"나야말로 신세를 지겠습니다."

고다는 그렇게 대꾸했지만 표정은 밝지 않았다.

"물론 그 일을 생각하면 마음이 편치 않으시겠지만, 그 타이밍에 이런 이야기를 할 수 있었다는 건 확실히 인연이라고밖에 설명할 길이 없습니다."

이곳을 선택한 것은 은행 내부에서 미식가로 소문난 이사야마였다. 고다는 미식 잡지에 나온 적도 있을 만큼 뛰어난 미식가다. 고급 레스토랑은 질릴 만큼 다녔을 테니까 오히려 신선한 식재료를 즐길 수 있는 서민적인 가게가 좋지 않을까? 이것은 이사야마의 자신감이라고 할 수도 있었다.

"그쪽 준비는 어떤가요? 잘 진행되고 있습니까?"

이사야마의 질문에 고다가 대답했다.

"임원회의에서 신주인수권 발행을 결의했다는 말까지는 세나 사장에게 직접 들었습니다. 며칠 전에는 우리 회사에 인사하러 왔길래, 이쪽은 자금 조달이 되었으니까 언제든지 좋다고 말했지요."

"세나 사장은 뭐라고……."

이사야마의 말투에는 어딘지 모르게 조급함이 배어 있었다. 도쿄스파이럴의 움직임이 예상보다 둔해서, 왜 그렇게 둔한지 이유를 알고 싶은 것이다.

"조금 놀란 것 같더군요. 백기사가 되겠다고 나선 것까지는 좋지만, 자금 조달이 어렵다고 생각한 게 아닐까요? 물론 귀 은행에서 조달했다는 말은 하지 않았습니다."

이사야마는 옆에 앉은 노자키와 시선을 나눈 뒤, 미소를 지으면서 고개를 숙였다.

"포인트를 잘 잡아주셔서 감사합니다. 그게 이번 전략의 중요한 부분이거든요. 상대가 경계라도 하면 곤란하니까요."

"알고 있습니다."

고다가 씁쓸한 얼굴로 대답했다.

이번 일에 마음이 내키지 않는다는 것은 표정만 봐도 알 수 있었다.

자금 운용 실패로 인해 거액의 손실이 날 가능성이 있다—고다가 재무부장로부터 그런 보고를 처음 받은 것은 8개월 전이었다. 대량으로 보유했던 펀드 가격이 계속 하락하더니, 어느 나라의 재정 위기를 계기로 대폭락하기 시작했다. 하지만 너무도 갑

214

작스러운 일이라서 대처할 도리가 없었다.

정신을 차렸을 때는 자력 회생의 길이 막히고, 그의 앞에 남은 것은 구해줄 상대를 찾는 길뿐이었다.

좋은 방법이 없는지 의논했던 도쿄중앙은행에서 구제 상대로 소개해준 곳이 전뇌잡기집단이었다.

거액의 손실을 메울 방법이 없어 전전긍긍하던 고다에게, 파산의 절벽 끝에 서서 안절부절못하던 고다에게, 도쿄중앙은행의 제안은 눈이 번쩍 뜨일 만큼 반가운 일이었다.

"이번 일은 히라야마 사장의 자본 참여를 받아들이겠다고, 용기 있는 결단을 내려주셨기 때문에 가능했습니다. 다시 한 번 진심으로 감사의 말씀을 드리겠습니다."

이사야마는 이미 M&A가 성공이라도 한 것처럼 만면에 미소를 지었다.

자본 참여…… 고다는 그 말을 가슴 안쪽에서 허무하게 곱씹었다. 아무리 용기 있는 결단이라고 입에 침을 튀기며 추켜세워도, 이사야마가 고다에게 경영자 자격이 없다는 낙인을 찍은 것은 분명했다.

하지만 한마디도 반박할 수 없었다.

본업에서 회생할 타이밍을 놓치고, 실적 부진을 만회하기 위해 리스크가 큰 자금 운용에 손을 댄 사람은 다름 아닌 고다 자신이었다. 업계에서 컴퓨터 두뇌라는 찬사를 받은 고다가 잘못 판단한 순간이었다.

고다는 한숨을 쉬면서 진심을 털어놓았다.

"이 업계는 참 어렵네요. 한 가지 사업으로 10년, 아니 5년을 살아남기도 힘든 곳이지요. 이런 식으로 M&A를 수용하는 것도 업계의 섭리일지도 모르겠군요."

이사야마가 남의 일처럼 말했다.

"여러분은 그렇게 치열한 전쟁 속에서 살고 계시는군요. 고다 사장님이 이렇게 솔직하게 인정하고 말씀해주시니 오히려 사장님의 그릇의 크기가 얼마나 큰지 알 수 있는 것 같습니다."

꼬리나 살살 흔들며 알랑방귀 뀌지 마!

그렇게 말하고 싶은 것을 참고 고다는 맥주를 입으로 가져가며 말했다.

"그릇의 크기라니. 이사야마 부장님, 또 은근히 빈정거리시는군요."

이사야마가 과장스럽게 놀라는 표정을 지었다.

"빈정거리다니요? 경영자들은 유난히 자존심이 센데, 가끔 그 자존심 때문에 중요한 순간에 잘못 판단할 때가 있지 않습니까? 그런데 고다 사장님께선 히라야마 사장의 제안을 받아들이셨습니다. 벤처기업 경영자에게 M&A를 받아들이느냐 마느냐는 가장 어려운 판단이겠지요. 저는 그 순간 경영자의 그릇을 본 것 같습니다."

씁쓸한 미소를 지었을 뿐, 고다는 대답하지 않았다.

그때……

"좋은 자금 운용 이야기가 있는데요."

재무부장의 그 말에 고다는 넘어가고 말았다. IT 기업 경영자로서 오랫동안 업계를 이끌던 리더였던 고다에게 과당경쟁에 따른 실적 하락은 오랜 고민거리였다. 그 사태를 타개하기 위해 발버둥치고, 조금이라도 실적을 끌어올릴 재료를 찾는 와중에 들어온 투자 제안이었다.

업계의 리더라는 쓸데없는 자존심 때문에 자금 운용을 허락한 것이다.

IT 업계는 약육강식의 세계다. 최강의 포식자가 되느냐, 그들의 먹이인 피식자가 되느냐. 경영자의 판단 하나로 어느 쪽이 될지 정해진다. 고다는 그렇게 중요한 순간에 자칫하면 목숨을 빼앗길 수 있는 최악의 판단 실수를 저질렀다.

전뇌의 산하에 들어가는 것이 최선이라곤 여기지 않는다. 하지만 공격적 경영에서 마지막 순간에 방어적 경영으로 돌아선 고다에게 다른 선택지를 찾을 만한 시간적 여유가 없었다.

그와 동시에 전뇌의 자문사인 도쿄중앙은행에서 제안한 '사업 협조'를 거부할 만한 용기도 없었다. 그리하여 이번 M&A에서 그런 역할을 맡을 수밖에 없었던 것이다. 그리고 지금……

"히라야마 사장이 하도 간곡하게 부탁하는 바람에 어쩔 수 없이 하겠다고 했지만, 솔직히 말해 찬사를 받을 만한 방법은 아니지요."

고다의 완곡한 비판에도 두 은행원은 주눅 들지 않았다.

"고다 사장님의 말씀이 맞을지도 모르지요. 어려운 역할을 부탁드려서 죄송합니다."

이사야마는 말과 반대로 히죽히죽 교활한 미소를 지으면서 덧붙였다.

"하지만 이 업계에 예의나 의리 같은 건 없으니까요."

"분명히 그런 업계일지도 모르지요. 하지만 그게 좋으냐 나쁘냐는 건 별개 문제입니다. 할 수만 있다면 사회통념상 허용되는 범위 안에서였으면 합니다. 이번 일은 조금 도가 지나치다는 생각이 드는군요."

노자키가 사무적으로 대꾸했다.

"전략에는 세심한 주의를 기울이고 있으니까 걱정하지 마십시오. 고다 사장님이든 히라야마 사장님이든 나중에 비난을 받는다면 이번 프로젝트가 성공했다고는 할 수 없으니까요."

고다는 말없이 맥주잔을 입으로 가져갔다.

"실은 히라야마 사장도 상당히 신경이 쓰이는지 되도록 빨리 결론을 내리고 싶어 합니다."

"하지만 세나 사장을 설득하는 건 내가 아니라 다이요증권의 일이잖습니까? 자문사는 그곳이니까요."

노자키가 코웃음 쳤다.

"다이요증권이요? 그자들은 믿을 수 없다고 할까요. 일단 역할은 맡겨 놨지만 단지 재주를 부리는 원숭이에 불과해서 이렇게 수준 높은 이야기는 따라올 수 없습니다. 지금은 사장님께서 재촉해주셨으면 합니다."

"해보기는 하겠지만 너무 기대하지는 마십시오."

"부탁합니다. 그게 끝나지 않으면 귀사의 문제도 진행되지 않으니까요."

노자키가 의미심장하게 말했다. 불쾌한 남자다. 고다는 노자키를 볼 때마다 가슴속을 파고드는 혐오감을 억지로 밀어냈다.

"고다 사장님께서 지금 갖고 계신 문제도 그렇게 오래 숨길 수 있는 일은 아닙니다. 이번 전략은 귀사의 자금 융통 면에서 봐도 충분히 메리트가 있는 이야기입니다."

"알겠습니다. 내일이라도 세나 사장에게 연락을 해보죠."

고다의 대답을 듣고 노자키가 음흉한 미소를 지었다.

5

전뇌잡기집단의 다마키 가쓰오가 도무라 이쓰키에게 같이 저녁을 먹자고 제안한 것은 11월 중순의 금요일이었다.

두 사람은 신주쿠 역에서 가까운 건물의 최상층에 있는 초밥집으로 향했다.

쓰키치 수산시장에 본점이 있는 초밥집으로, 몇 년 전에 이곳에 분점을 낸 이후 손님의 발길이 끊이지 않는다. 영업부장인 도무라가 가끔 접대에 이용하는 곳이다.

"둘이 밥을 먹는 건 오랜만이군."

다마키는 그렇게 말하고, 종업원이 가져온 병맥주를 도무라에게 따라주었다.

도무라는 이곳에 올 때마다 카운터 자리에 앉는다. 하지만 재무부장인 다마키가 웬일로 밥을 먹자고 한 만큼 심각한 이야기일지도 모른다고 생각해 구석 테이블에 자리를 잡았다. 여기라면 자신들의 이야기가 다른 사람의 귀에 들어갈 우려도 없다.

가볍게 건배한 뒤, 다마키는 일단 일상적인 화제부터 꺼냈다.

이야기가 회사 업무로 들어간 것은 맥주에서 청주로 바꿨을 때였다.

그때까지 말없이 이야기를 듣고 있던 도무라가 입을 열었다.

"그 얘기가 나와서 말인데, 자네도 그걸로 좋다고 생각하는 건 아니겠지?"

다마키는 술잔을 바라보며 조용히 대답했다.

"당연하지. 내가 설마 좋다고 생각하겠어? 수익의 기둥을 만든다면 다른 방법을 생각해야 해. 그런데 사장의 머리는 M&A로 굳어져서 생각을 바꿀 여지는 거의 없었어."

"과연 그걸로 좋을까? 사장에게 의견을 말할 수 있는 사람은 우리 둘밖에 없잖아? 이번 이야기는 어떻게든 미리 막았어야 했어. 사장은 재무에 관한 지식은 별로 없지만, 어떻게든 이유를 대면 설득할 수는 있었을 거야."

다마키의 뇌리에 보름 전의 대화가 되살아났다.

"영업부장으로서 말씀드리자면, 솔직히 이번 일은 받아들이기 힘듭니다."

도무라가 그렇게 말한 순간, 임원들은 모두 얼음조각이 된 것처럼 얼어붙었다.

전원이 얼굴을 들고 도무라를 바라본 뒤, 조심스럽게 히라야마 사장과 미유키 부사장에게 시선을 옮겼다.

전뇌잡기집단은 창업자인 히라야마와 그의 아내인 미유키가 이인삼각으로 쌓아올린 제국이었다. 절대군주제인 이 회사에서 경영방침을 둘러싸고 직원이 반대 의견을 말하는 것은 극히 이례적인 일이다. 말을 한 도무라 자신도 그런 사실을 알고 있어서, 굳은 표정으로 두 경영자를 바라보았다.

거의 사이를 두지 않고 앙칼진 목소리로 반박한 사람은 미유키였다.

"지금 영업부장의 의견을 묻는 게 아니에요! 이렇게 하라고 말하는 거예요!"

전원의 시선이 도무라에게 집중되었다.

전뇌잡기집단의 모든 영업을 총괄하는 사람이다. 그렇다고 직책만큼 권한이 있는 것도 아니다. 도무라가 하는 일은 오직 창업자 부부가 정한 미션을 일벌레처럼 수행해내는 것뿐이다. 거기에 일의 내용이 옳으냐 그르냐는 판단은 포함되지 않는다.

지금까지는 그렇게 해도 별 문제가 없었다.

전뇌잡기집단은 히라야마 부부가 온갖 고생을 극복하고 밑바닥부터 쌓아올린 회사다. 그런 사실은 사내 사람이라면, 아니 사외 사람이라도 모르는 사람이 없다. 그와 동시에 창업한 이후, 이 조직이 계속 성장해왔다는 사실도. 그것은 곧 히라야마의 아이디어와 방향성이 올바르고 효과적으로 작동해왔다는 명백한 증거이기도 했다.

그런데 입을 다물 것이라고는 예상을 깨고 도무라가 반론을 제기했다.

"지금 도쿄스파이럴을 매수할 이유랄까 필요성이랄까, 그런 게 보이지 않습니다. 아무리 생각해도 기존 사업과의 시너지를 기대하기 힘듭니다. 이런 시기에 일부러 매수할 필요는 없다고 생각합니다."

"시너지는 저절로 생기는 게 아니라 만드는 거야."

미유키를 대신해 냉정하게 말한 사람은 히라야마 본인이었다. IT 기업 중에는 사풍이 자유로운 곳이 많은데, 전뇌잡기집단은 그렇지 않았다. 모두 양복을 입고 딱딱한 모습으로 원탁을 둘러싼 모습은 고지식한 은행의 임원회의를 방불케 했다. 이제는 IT 업계에서도 유명해진, 월급쟁이 출신의 히라야마식 조직이었다.

"공격할 때는 공격해야지. 은행에서도 자금을 지원해준다고 했으니까, 이런 때 단숨에 일을 추진하는 게 좋아."

"사장님……"

도무라가 다시 손을 들고 발언을 요구했다. 히라야마의 표정에는 변화가 없었지만 미유키는 생각지도 못한 영업부장의 반론에 불쾌함을 감추지 않았다. 진지함을 뛰어넘어 노여움이 깃든 얼굴은 지금이라도 폭발할 것 같았다.

미유키의 친정은 오사카 시내에서 장사를 크게 한 장사꾼 집안으로, 어릴 때부터 종업원들에게 둘러싸여서 자랐다. 수습 종업원에서 시작해 분점을 차려 크게 성공한 아버지는 종업원들을 잘 돌봐주긴 했지만, 세상을 떠나는 순간까지 종업원들에게 공적인 목적을 위해 사적 이해관계를 포기하는 멸사봉공(滅私奉公)을 요구하는 사고방식에서 벗어나지 못했다. 그런 아버지를 보고 자란 미유키는 그것이 케케묵은 방식이라는 사실을 머리로는 알면서도, 자신이 성장한 환경에서 벗어나지 못했다.

'내가 먹여 살리고 있다.' 이것이 미유키의 본심으로, 도무라를 비롯해 아랫사람을 무시하는 데에는 그런 사고방식이 깊게 뿌리박혀 있었다.

그런 사정은 도무라도 알고 있었다. 그래도 의견을 굽히지 않는 것은 그의 위기의식이 경계경보를 뛰어넘어 비상사태를 외치고 있었기 때문이다.

"지금까지 전무가 선택해온 경영전략 자체는 옳다고 생각합니다. 그래서 지금의 전무가 있는 것이겠지요. 하지만 이번에 도쿄스파이럴을 매수하는 건 지나친 의욕이 아닐까요? 도쿄스파이럴을 매수할 자금이 있다면, 그보다 더 효과적인 곳에 투자하는 게 좋다고 생각합니다. 당사는 몇 년 전부터 개발비를 줄여온 탓에, 고객만족도 조사에서 좋은 결과를 얻지 못하고 있습니다. 그로 인해 고객이 이탈하기 시작하면서 경쟁사의 치열한 공세에 시달리고 있습니다. 지금 본업에 힘을 쏟지 않으면 몇 년 후, 아니 다음 회기의 영업 목표도 축소할 수밖에 없습니다."

"도무라 부장, 그렇게 되지 않도록 하는 게 당신의 역할 아닌가요?"

말투는 가까스로 냉정함을 유지하고 있지만 분노로 인해 미유키의 뺨이 파르르 떨렸다.

미유키는 평소 직원들을 잘 챙기고 잘 다독거리지만, 너무 열심히 일한 나머지 가끔 냉정함을 잃을 때가 있었다. 지금이 바로 그때였다.

도무라는 가까스로 인내심을 유지하면서 대답했다.

"물론 지금까지 그렇게 해왔습니다. 하지만 경쟁사의 공세와 과당경쟁으로 인해, 사내 네트워크 구축 사업의 수익이 이번 회기에 들어 10퍼센트 가까이 떨어졌습니다. 통신 속도냐, 보안 강화냐, 또는 새로운 차원의 하드웨어냐? 다른 부가가치를 만들어내지 않으면 수익률은 계속 떨어질 것입니다. 지금은 경영방침을 수정하는 쪽이 좋지 않겠습니까?"

도무라는 불과 30세의 나이에 대형 컴퓨터 회사의 영업부장이 되는 등 지금까지 놀라운 실력을 발휘해온 사람이다. 5년 전에 스카우트되어서 전뇌잡기집단으로 왔는데, 컴퓨터와 네트워크 시장을 누구보다 잘 알고 있고, 이 시장에 대한 객관적인 평가와 판단력은 그를 능가할 사람이 없다. 그런 만큼 그의 이 발언은 충격적이었다.

"본업이 허술해졌다는 건 나도 알아. 하지만 이 업계는 이미 과당경쟁에 들어갔고, 새로운 기술을 개발해도 투자비를 회수하기 힘들어. 이런 상황에서 본업에 재투자하는 것이 정답은 아니지 않나?"

아내인 미유키에 비해 히라야마의 말투는 냉정함을 유지하고 있었다.

하지만 이런 토론은 도무라의 주특기였다.

"상황이 좋지 않다는 건 저도 알고 있습니다. 하지만 이 분야에서 저희는 많은 강점을 가지고 있습니다. 고객도 있고, 선두기업으로서 지명도도 있고요. 경쟁사가 많이 뒤쫓아왔다곤 하지만 노하우도 뒤지지 않고, 애프터서비스까지 포함하면 우위성도 있습니다. 그런데 여기서 아무것도 하지 않으면 점차 우위성은 빛을 잃고, 가까운 장래에 도태될 것입니다. 물론 경쟁이 치열하긴 하지만 상황은 경쟁사도 똑같습니다. 우리 회사는 이 분야에서 세상에 공헌하면서 성장해왔는데, 조금 힘들다고 아무런 조치도 하지 않고 도망치려고 하고 있습니다. 과연 그래도 좋을까요? 저는 본업을 무시하고 M&A 전략으로 나가는 건 시기상조라고 생각합니다."

"이건 경영적 판단이에요!"

입을 열려고 하는 히라야마를 대신해 토해내듯 말한 사람은 미유키였다. 평소보다 더욱 고압적인 말투였다. 하지만 그 살기

등등한 모습을 보고 도무라의 마음속에서 고개를 치켜든 것은 분노나 두려움이 아니라 의아함이었다. 무엇이 미유키를 이렇게 화나게 만들었는지 이해할 수 없었다.

도무라는 감정을 억제하면서 말했다.

"그건 잘 알고 있습니다. 저는 단지 다시 생각해보시는 게 어떻겠냐고 말씀드린 것뿐입니다."

"그럴 순 없어요. 이미 정한 거니까요."

미유키는 그렇게 말한 뒤, 사람들을 둘러보면서 "다른 의견은 없나요?"라고 일방적으로 토론을 중단하려고 했다.

그런 미유키를 바라보며 도무라가 황급히 입을 열었다.

"부사장님, 이건 중요한 문제입니다. 전뇌잡기집단의 장래를 좌우할 수도 있는 문제입니다. 지금 이미 정했다고 말씀하셨는데, 이런 건 밀실에서 정하지 말고 임원회의에 상정해주시겠습니까?"

미유키가 험악한 표정을 지으며, 도무라에게 짙은 노여움의 눈길을 보냈다.

"지금 우리 방식이 불만이란 건가요?"

험상궂은 얼굴로 말하는 미유키를 바라보면서, 도무라는 끝까지 냉정함을 잃지 않았다.

"불만이라는 게 아니라 절차를 말씀드리는 겁니다. 우리 전뇌잡기집단은 지금 어려운 시기에 접어들었습니다. 공격적인 경영을 통해 급성장하던 시기는 이미 지났습니다. 본업에서 수비를 견고히 하면서 치열한 경쟁에서도 승리를 거두어야 합니다. 그런데도 회사의 규모가 작던 시절의 방법을 답습해서, 중요한 문제를 임원회의에 상정하지도 않고 은밀하게 정하고 있습니다. 이제는 그런 밀실 경영에서 벗어나야 하고, 지금이 바로 그 시기라고 생각합니다."

미유키가 반론을 제기했다.

"지금 밀실이라고 했는데, 임원회의는 계속 열었잖아요? 반대 의견이 있으면 그 자리에서 말하면 돼요. 도무라 부장, 당신도 임원회의에서 반대 의견을 말한 적이 한 번도 없었잖아요! 그동안 반론이 많았던 것도 아니면서, 이제 와서 방법이 이러니저러니 따지는 건 이상하지 않나요?"

"제 경우에는 임원회의를 열기 전에 참고 의견으로 말할 기회가 많았습니다. 그런데 이번 일은 완전히 사후 통보지 않습니까? 임원회의라는 정식 자리가 아니라도 좋으니까 이런 일은 사전에 의논해주셨으면 합니다."

"그래서 당신은 반대라는 건가요?"

도무라는 확실하게 대답했다.

"네, 반대입니다. 도쿄스파이럴의 매수는 철회하고, 본업으로 복귀하는 편이 좋다고 생각합니다."

"도무라 부장의 의견은 잘 알았어요. 하지만 이건 이미 결정한 사항이에요."

그때 딱딱하게 말한 미유키를 히라야마 사장이 손으로 제지했다. 그리고 숨을 한 번 내쉰 뒤, 도무라를 똑바로 쳐다보았다.

"이번 M&A는 꼭 추진하고 싶네."

히라야마는 엄숙하게 말한 뒤, 회의용 탁자를 둘러싸고 있는 임원들을 빙 둘러보았다.

"달리 반대 의견이 있다면 지금 이 자리에서 말해주게."

하지만 반대 의견을 말하는 사람은 아무도 없었다.

"그러면 이번 M&A를 승인하는 사람은 손을 들어주시기 바랍니다."

진행자의 한마디에 자신을 제외한 모든 사람들의 손이 올라가는 것을, 도무라는 팔짱을 끼고 지켜보았다. 미유키가 손을 들지 않는 도무라를 지긋지긋하다는 얼굴로 쏘아보았다.

"유감스럽게도 만장일치는 아니지만 다수의 찬성으로 승인이군. ……다른 안건이 없으면 여기서 회의를 마치지."

히라야마의 말을 끝으로 형식뿐인 회의가 끝났다.

다마키가 말했다.

"그 전략 뒤에는 도쿄중앙은행이 붙어 있었어. 내가 나설 자리는 없었지. 내가 알았을 때는 이미 은행에서 대출을 받아 옴짝달싹할 수 없더군."

도무라가 입술을 깨물었다.

"돈이라면 돌려주면 되지 않아? 자문사 계약의 위약금을 지불한다고 해도, 우리 회사의 리스크를 생각하면 싼 편이지. 자네도 내 생각과 똑같지 않나?"

"내 생각 같은 건 아무 의미가 없어. 결국 사장이든 부사장이든 우리를 소중한 브레인이라곤 생각하지 않으니까. 우린 그저 자신들이 정한 일을 승인하고 보증해주는 도장 같은 거야. 솔직히 말하면 이제 그런 건 지긋지긋해."

다마키치고는 드물게 말투가 거칠었다.

도무라가 재빨리 다마키를 쳐다본 이유는 그의 말투에서 특별한 감정을 알아차렸기 때문이다.

"다마키, 괜찮아?"

도무라가 물어보자 다마키는 들고 있던 술잔을 내려놓고 정식으로 말했다.

"난 이제 그만두겠어."

생각지도 못한 말을 듣고 도무라는 숨을 들이마셨다.

"그만두다니……. 다마키, 진심이야?"

"그래, 진심이야."

"헤드헌팅이야?"

"설마."

다마키는 부정했지만 그 이상은 말하지 않았다.

도무라가 다마키를 뚫어지게 바라보면서 물었다.

"이미 정했나?"

다마키가 망설이지 않고 대답했다.

"그래, 정했어. 이번 주 중에 사장에게 말할 생각이야."

도무라는 가슴속에 솟구친 부조리한 생각을 말로 표현했다.

"왜지? 지금 네가 없어지면 전뇌는 어떻게 되는데?"

"글쎄, 어떻게 될까?"

다마키는 도무라의 어깨 너머로 공허한 시선을 던지면서 덧붙였다.

"전뇌가 어떻게 되든 그건 히라야마 부부의 책임이 되겠지."

"다마키, 우리 회사를 버릴 생각이야?"

다마키는 술잔을 입에 대려고 하다가 눈을 살짝 치켜뜨며 말했다.

"그럴지도."

그러고는 일부러 취하려는 것처럼 단숨에 술을 털어 넣었다.

"그래, 자네 말이 맞아. 나는 회사를 버렸어. 이 회사는 이제 틀렸어."

6

"요즘 한창 바쁠 텐데 시간을 내달라고 해서 미안하네."

그렇게 말하면서 도쿄스파이럴 사장실로 맨 처음 들어온 사람은 폭스의 고다였다. 다이요증권의 영업부장인 히로시게와 니무라가 그 뒤를 따랐다.

우선 히로시게가 도화선에 불을 붙였다.

"바쁘신데 죄송합니다. 그 이후 사내에서 어떻게 조정하셨는지 알고 싶어서 왔습니다."

"아직 검토 중입니다."

세나가 굳은 표정으로 대답하자 히로시게의 표정이 흐려졌다.

"무엇을 검토하시는지…….'"

"법률 면에서 검토하다가 다른 의견이 나왔습니다. 그쪽의 전략대로 하면 상법에 위반되지 않느냐는 의견 말이지요."

히로시게의 얼굴에서 표정이 사라졌다.

"상법에 위반된다고요?"

"세나 사장, 그게 무슨 말인가?"

고다의 목소리에 놀라움이 스며들었다.

"상법에 지배권 유지를 목적으로 한 신주 발행은 인정하지 않는다는 조항이 있습니다. 지금까지 나온 판례를 보아도, 이번 같은 신주인수권이 인정될지는 의문이라고 합니다."

"그런가?"

고다가 다이요증권의 두 사람을 향해 물어보았다. 그 즉시 대답이 돌아오지 않았다. 아픈 곳을 찔렸기 때문이다. 그것이 다이요증권의 전략…… 아니, 실제로는 도쿄중앙은행이 세운 전략의 가장 큰 약점이었다.

세나가 말을 이었다.

"즉, 지금의 방어책대로 하면 상법 규정에 따라 전뇌잡기집단에서 신주인수권 발행을 저지할 가능성이 높습니다. 그러면 우리로서는 문제가 되겠지요."

"어떤가?"

고다의 질문을 받고 히로시게가 간신히 대답했다.

"그럴 가능성이 전혀 없지는 않습니다만, 전뇌가 저지할지는 해보지 않으면 모르지요."

"해보지 않으면 모른다는 걸로는 곤란합니다."

세나가 히로시게를 차갑게 노려보았다. 지금 이 세 사람은 자신을 속이려고 여기에 왔다. 그렇게 생각하자 오장육부가 뒤틀리는 심정이었다.

그때 히로시게가 반론을 제기했다.

"상법 규정에 예외가 있습니다. 예를 들어 전뇌가 도쿄스파이럴을 초토화하기 위해 M&A에 나선 경우에는 지배권 유지를 목적으로 신주를 발행하는 것이 인정됩니다."

고다가 물었다.

"초토화한다고? 그게 무슨 뜻인가?"

"구체적으로 말하면 도쿄스파이럴의 경영에 필요한 노하우와 지적 재산, 거래처 등을 전뇌로 옮기고 아무것도 남지 않은 상태로 만들기 위해 매수하려고 하는 겁니다."

세나가 물었다.

"전뇌가 그런 목적으로 우리를 매수한다는 겁니까?"

"그럴 가능성이 높다고 생각합니다."

이 녀석, 뻔뻔스럽게 말은 잘하는군⋯⋯. 세나는 분노를 숨기고 히로시게를 뚫어지게 바라보았다.

"가능하면 그런 식으로 싸우고 싶지 않습니다. 재판까지 가게 되면, 그것도 진흙탕에 빠지는 일이니까요. 그런 사태는 피하고 조기에 해결하고 싶습니다."

히로시게가 목소리에 힘을 주어 말했다.

"사장님, 그건 힘듭니다. 여기까지 온 이상, 아무리 애를 써도 간단하게 끝나지는 않으니까요. 길게 내다보고 침착하게 대응할 필요가 있다고 생각합니다."

"다른 방법은 없습니까? 예를 들면 우리가 전뇌를 역매수한다 든지, 우리의 중요한 경영자원을 다른 회사로 옮기고 도쿄스파 이럴을 빈껍데기로 만든다든지……. 그런 전략도 있지 않을까 요? 그런 건 검토해보셨습니까?"

두 증권맨의 얼굴에 희미한 놀라움이 깃들었다. 어느새 세나 가 이렇게까지 적대적 M&A에 대한 방어책을 알게 되었을까 하 는 놀라움이었다.

히로시게가 대답했다.

"물론 그런 방법도 검토했습니다만 그런 전략에는 문제가 있 습니다. 역매수를 하려면 거액의 자금이 필요합니다. 애초에 세 나 사장님은 전뇌를 매수해봐야 메리트가 없다고 생각하실 테 고, 그런 것에 거액을 투입하는 건 어리석은 일입니다. 다음은 도 쿄스파이럴을 빈껍데기로 만드는 방안입니다만, 여기에는 본업 에 지장을 초래하는 이런저런 문제점이 생기는 것 말고도 다른 회사의 자금을 어떻게 조달하느냐는 문제가 발생합니다. 결국 신뢰할 수 있는 고다 사장님이 이끄는 폭스에 백기사를 부탁하는 방안이 가장 효과적이라고 판단했습니다."

"여러모로 검토해봤는데 솔직히 말해……."

세나는 살짝 불신감을 내비치며, 눈앞의 세 사람을 힐끔 쳐다보았다.

"내게는 그렇게 생각되지 않더군요. 이건 폭스에게도 별로 좋은 방안이 아닙니다. 쓸데없이 부담만 안겨줄 따름이지요. 고다 사장님, 안 그렇습니까?"

세나가 고다에게 시선을 고정하며 덧붙였다.

"저희를 도와주기 전에 사장님께서는 달리 하실 일이 있지 않을까 합니다만."

원래 거침없이 말하는 성격이다. 더구나 도쿄스파이럴이라는 회사를 성장시키는 과정에서 체득한 제왕학이 세나의 성격을 더욱 저돌적으로 만들었다.

고다는 신사답게 온화한 태도로 물었다.

"세나 사장, 그게 무슨 뜻인가? 내게 달리 할 일이 있다니?"

세나는 말하기 힘든 부분을 콕 찍어서 말했다.

"본업의 실적이 별로 좋지 않은 것 같던데요? 하쿠스이은행이 대출해준다고 하셨는데, 그때 그들은 뭐라고 하던가요?"

고다는 대답을 얼버무렸다.

"그건 말이지…… 이번 전략을 잘 이해하고 있으니까……."

세나가 노골적으로 의문을 드러냈다.

"그런가요? 이번 전략을 이해한다고 해도, 폭스의 경영 상황을 이해한다고 할 수는 없지 않습니까?"

고다가 흠칫 놀라며 말을 집어삼켰다. 그러자 히로시게가 재빨리 끼어들었다.

"세나 사장님께서 걱정돼서 그러시는 모양인데, 폭스의 실적에는 아무 문제도 없습니다."

세나가 고개를 갸웃거리며 말했다.

"그런가요? 우리 회사에 오는 은행 사람들은 입만 떼면 주식투자를 하지 말라고 잔소리를 하던데, 하쿠스이은행은 안 그런가 보죠?"

히로시게가 영업용 미소를 지으며 말했다.

"실례를 무릅쓰고 말씀드리자면, 귀사와 폭스는 신뢰도에 차이가 있으니까요. 고다 사장님의 경영방식은 업계에서 유명할 정도로 빈틈이 없잖습니까? 반면에 세나 사장님은 아직 젊으셔서, 은행에선 아직 능력이나 경영방식을 잘 모르기 때문에 그렇게 말하는 겁니다. 그보다 사장님……."

히로시게가 소파에서 몸을 앞으로 내밀며 말을 이었다.

"구체적인 절차는 자문사인 저희를 믿어주십시오. 저희로서는 전뇌의 공개매수가 더 진행되기 전에 서둘러 신주인수권 발행 절차에 들어가고 싶습니다."

"그건 지금 사내에서 검토 중입니다."

머리를 위아래로 흔들지 않는 세나를 보며 히로시게는 몸이
달았다.

"문제가 뭡니까?"

"문제는 지금 내가 말한 거지요."

"그러니까 그건……."

세나가 재빨리 히로시게의 말을 가로막았다. 더는 듣고 싶지
않을 만큼 진절머리가 났다.

"이건 우리에게 매우 중요한 문제입니다. 신중해지는 게 뭐가
나쁘지요?"

니무라도 간절한 목소리로 매달렸다.

"사장님, 이런 일은 시간과의 싸움입니다."

"그건 나도 알고 있습니다. 그보다 조바심을 낸 나머지, 빈틈
이 있는 전략을 채택하는 편이 문제 아닌가요? 처음부터 이런 법
적인 이야기를 했다면 이제 와서 이런 일은 없었을 겁니다."

"필요한 정보와 전략만을 엄선해서 전하는 게 좋을 것 같아서
그랬습니다."

세나가 히로시게의 말을 슬쩍 받아넘겼다.

"필요가 있는지 없는지는 내가 판단합니다. 아무튼 지금 여기
서 결론을 내리지는 않을 테니까 그걸 기대하고 왔다면 포기하
세요."

히로시게의 얼굴에 낙담이 퍼져나갔다. 그 옆에서 고다는 말
없이 생각에 잠긴 표정을 지었다.

무거운 침묵 끝에 히로시게가 물었다.

"그러면 사장님, 언제까지 결정하실 겁니까? 적어도 예정일이라도 말씀해주십시오."

세나는 적당히 얼버무렸다.

"구체적으로 언제까지라곤 대답할 수 없습니다. 결정하면 우리 쪽에서 연락하지요. 고다 사장님, 그래도 되겠습니까?"

고다가 생각에 잠긴 얼굴을 들었다.

"세나 사장이 그렇게 하겠다면 어쩔 수 없지. 최대한 도와주겠다고 했으니까 그때까지 기다리는 수밖에."

"정말 감사합니다. 역시 관대하시군요."

그렇게 말하면서 고개를 숙인 사람은 세나가 아니라 히로시게였다. 히로시게는 세나에게 고개를 돌리더니, 마치 기본예절을 모르는 어린아이를 타이르듯 말했다.

"고다 사장님께서는 도쿄스파이럴을 위해 백기사를 자처하셨습니다. 그게 얼마나 고마운 일인지 생각해보시기 바랍니다."

"할 말은 그것뿐인가요?"

세나의 차가운 대꾸를 듣고 히로시게는 황당하다는 표정을 지었다. 그는 부루퉁한 얼굴로 입술을 삐죽 내밀었지만 회의는 그것으로 끝났다.

"뭐야? 지금 장난해?"

세나 비서의 배웅을 받고 엘리베이터에 올라탄 뒤, 문이 닫히자마자 니무라가 거칠게 토해냈다.

"세나 사장은 도대체 무슨 생각을 하는 걸까요?"

고다가 혼잣말처럼 중얼거렸다.

"혹시 특수한 후각을 가지고 있는 게 아닐까?"

히로시게가 물었다.

"후각이라뇨?"

"우리의 진짜 목적까지는 몰라도, 우리 이야기에 숨어 있는 거 짓을 간파하는 후각 말이야. 그는 보통 사람에게는 없는 뭔가를 가지고 있는 것 같더군."

히로시게가 한숨을 쉬며 말했다.

"그렇게 대단한 사람 같지는 않던데요? 그나저나 고다 사장님 께 그런 식으로 말하면 안 되잖습니까? 선배 경영자에게 너무 무 례하더군요. 불쾌한 상황에 처하게 해서 죄송합니다."

히로시게는 그렇게 말하며 깊숙이 고개를 숙였지만, 배려 있 는 말과 달리 표정은 너무도 태연했다. 이렇게 할 수밖에 없는 고 다의 사정을 알고 있기 때문이다.

고다는 너그럽게 말했다.

"아닐세. 오늘 같이 와달라고 부탁한 사람은 나니까. 어쨌든 세나 사장은 아직 젊더군."

히로시게가 심술궂게 말했다.

"오기가 장난이 아니더군요. 지기 싫어하는 건 이해하지만, 아 무튼 앞으로 좋은 구경을 하게 됐네요. 조만간 빨리 신주인수권을 가져가달라고 울며불며 매달릴 게 뻔합니다. 결국 우리 전략에 끌려올 수밖에 없는 운명이니까요."

옆에서 이야기를 듣고 있던 니무라도 교활하게 웃었다.

"그날이 기대되는군요. 고다 사장님도 그때 동석하시는 게 어떠세요? 세나 사장에게도 사죄할 기회를 줘야 하니까요."

고다는 냉정한 얼굴로 정면을 똑바로 바라보았다.

"나는 괜찮네. 전략에 끌려다니는 건 나도 마찬가지니까."

히로시게가 여유만만한 얼굴로 단언했다.

"이건 털끝만큼도 빈틈없는 완벽한 전략입니다. 이번엔 도쿄 중앙은행이 잔머리를 잘 썼다고 할 수 있겠지요. 은행의 증권 부문도 많이 성장했더군요."

거래처를 방문한 히로시게에게 니무라로부터 긴급 전화가 걸려온 것은 다음 날 오후 2시가 조금 지난 시각이었다.

"부장님, 바쁘신데 죄송합니다. 문제가 발생해서 그런데, 급히 회사로 돌아와주시겠습니까?"

신바시에 있는 거래처에서 막 나온 히로시게가 길을 걸으면서 물었다.

"문제라니, 무슨 문제인가?"

"실은…… 폭스의 재무 정보가 유출됐습니다."

전철역을 향해 걸어가던 히로시게는 무의식중에 걸음을 멈추었다.

"뭐야? 그게 무슨 말인가?"

"펀드에서 거액의 손실이 났다고, 도쿄경제신문에서 특종으로 보도했습니다."

히로시게의 눈에 보였던 길거리의 색채가 순식간에 사라지고, 머릿속이 부글부글 끓어올랐다.

"알았어. 금방 가겠네."

황급히 회사로 돌아가자 니무라가 창백한 얼굴로 기다리고 있었다.

"어떻게 된 건가?"

부장실로 들어가면서 뒤에서 따라오는 니무라에게 물어보자, 니무라는 인터넷에 실린 속보 기사를 내밀었다. 기사를 본 순간, 히로시게는 할 말을 잃었다.

폭스의 운용 실패와 거액의 손실 은폐에 관해 자세하게 쓰여 있었기 때문이다.

"누가 이런 정보를……? 고다 사장에게 연락해봤나?"

"연락을 하긴 했습니다만 이야기는 거의 나눌 수 없었습니다. 대응하느라 정신이 없는 것 같았습니다."

'자력 회생은 거의 불가능.' 히로시게는 속보의 그 부분을 보고 날카롭게 혀를 쳤다.

니무라가 쥐어짜듯이 말했다.

"거액의 손실이 이런 식으로 드러나다니……. 이거 난감하게 됐군요."

240

"이건 의도적인 유출이야. 그렇게밖에 생각할 수 없어."

히로시게는 그렇게 단정하고 입술을 깨물었다.

"세나 사장에게는 연락했나?"

"아직 안 했습니다. 부장님께서 오시면 하려고요."

"약속을 잡아줘. 내가 직접 다녀올게."

7

급히 찾아뵙겠다는 연락이 오더니, 히로시게는 약속 시간보다 10분쯤 일찍 나타났다.

"오늘은 이번 사태에 대해 설명해드리러 왔습니다. 미리 말씀 드리지만 사태가 이렇게 되어도 이번에 진행하는 전략에는 아무런 지장이 없으니까 안심하십시오."

말이 끝나기도 전에 세나의 입에서 어이없는 목소리가 튀어나왔다.

"흥! 그게 정말인가요? 폭스는 자력으로 회생할 수 없을 만큼 재무 상태가 엉망이라고 하던데요? 그런데 우리에게 1천억 엔이나 투자할 수 있나요? 무슨 말인지 이해할 수가 없군요."

"자금 조달은 이미 끝났고, 고다 사장님도 이번 일은 계획대로 진행하겠다고 하셨습니다."

히로시게가 그렇게 말했을 때, 비서가 얼굴을 내밀고 손님이 왔음을 알렸다.

"들어오시라고 해."

세나의 말과 동시에 한자와와 모리야마가 안으로 들어왔다.

"이쪽은 도쿄센트럴증권의 한자와 부장님과 모리야마 씨입니다. 모리야마 씨는 내 친구이기도 합니다."

세나가 그렇게 소개하자 히로시게의 얼굴에 경계심이 퍼져나갔다. 뭐가 뭔지 모르는 상황에서 명함 교환을 마친 뒤, 히로시게가 이마에 주름을 잡으며 물었다.

"도쿄센트럴증권이요? 여기는 무슨 일로 온 거지요?"

"세컨드 오피니언을 부탁하기 위해 오시라고 했습니다."

세나가 그렇게 말한 순간, 경계하던 히로시게의 얼굴이 딱딱하게 굳었다.

한자와가 입을 열었다.

"일단 확인할 게 있습니다만, 하쿠스이은행이 폭스에 거액을 대출해준다는 게 사실입니까? 폭스의 주거래은행은 도쿄중앙은행이지요? 제2의 주거래은행인 하쿠스이은행에서 이 정도 자금을 지원해줄 리는 없을 텐데요."

히로시게가 불쾌한 표정을 지으며 미간에 주름을 잡았다.

"그건 내가 대답할 일이 아닌 것 같군요. 고다 사장님께서 직접 그렇게 말씀하셨으니까요. 그건 그렇고 세나 사장님……."

히로시게가 세나를 보면서 말을 이었다.

"세컨드 오피니언을 두고 싶은 마음은 이해하지만, 그 말은 곧 저희를 믿을 수 없다는 뜻인가요? 갑자기 일방적으로 이러시니까 곤혹스럽군요."

히로시게의 말투에서 가벼운 분노가 느껴졌다.

세나를 대신해서 대답한 사람은 한자와였다.

"곤혹스러운 분은 오히려 세나 사장님입니다. 실적이 부진하다는 걸 알면서도 폭스에게 신주를 인수하게 해서 백기사를 만들다니. 이렇게 어리석은 전략은 처음 봅니다."

히로시게가 격앙하면서 한자와에게 달려들었다.

"당신에게 말하는 게 아니야! 세나 사장님에게 말씀드리고 있잖아!"

"내 생각은 한자와 부장님과 똑같습니다."

세나가 사이를 두지 않고 말하면서 히로시게를 차갑게 노려보았다.

다시 한자와가 빈정거리듯이 말했다.

"하쿠스이은행에선 대출해주겠다고 약속한 적이 없을 거야. 그렇게 막무가내로 아무렇게나 말하면 곤란하지. 안 그런가, 다이요증권?"

"무슨 근거로 그렇게 말하지?"

히로시게가 눈에 살기를 띠며 한자와를 노려보았다.

한자와는 얼굴색 하나 변하지 않고, 히로시게가 감추고 있던 진실을 입에 담았다.

"그 돈을 대출해주는 곳은 하쿠스이가 아니라 도쿄중앙은행이니까."

히로시게는 한자와의 말에 반론하지 않고, 세나를 향해 설득하기 시작했다.

"사장님, 이 사람의 말은 아무런 근거가 없습니다. 도쿄센트럴증권은 도쿄중앙은행의 계열사잖습니까? 이 사람의 목적은 우리의 방어책을 방해하는 겁니다. 이런 작자의 의견을 들으면 전략이 엉망이 됩니다. 그래도 좋습니까?"

한자와가 주위가 떠나가라 웃음을 터트렸다.

"입에 침도 안 바르고 뻔뻔스럽게 거짓말을 하는군. 이 가짜 전략은 어디서 생각해냈지?"

히로시게가 득달같이 달려들었다.

"뭐? 가짜 전략? 지금 말 다했어? 이건 우리가 생각해낸 우리 전략이야! 그 말 취소하지 못해?"

"폭스 같은 누더기 회사를 백기사로 내세워서 전뇌의 적대적 M&A를 방어한다, 이런 조잡한 전략이라면 댁이 생각해냈다는 것도 납득이 가는군."

한자와는 멸시하는 눈길로 히로시게를 쳐다보았다.

히로시게의 목소리가 거칠어졌다.

"당신들, 대체 뭐야? 아무 근거도 없는 말을 해서 세나 사장님을 혼란스럽게 만들다니! 당장 그만두지 못해!"

"지금 진심으로 말씀하시는 겁니까? 당신의 말은 하나에서 열까지 온통 거짓말이잖습니까?"

그렇게 말한 사람은 지금까지 입을 다문 채 옆에서 지켜보고 있던 모리야마였다.

"뭐야?"

히로시게가 안색을 바꾸며 쏘아보았지만 모리야마는 털끝만큼도 물러서지 않았다.

"하쿠스이은행이 자금을 지원해주었다는 둥 전략은 그쪽이 생각해냈다는 둥, 자문사가 그렇게 거짓말을 해도 됩니까?"

"입 닥치지 못해!"

히로시게가 분연한 얼굴로 세나를 향했다.

"세나 사장님, 저희는 귀사를 전뇌의 적대적 M&A에서 지키기 위해 최선을 다하고 있습니다. 그런데 생뚱맞은 사람을 데려와 일방적으로 거짓말쟁이로 몰아붙이다니요? 이 두 사람의 목적은 분명합니다. 이런 식으로 우리의 전략을 폄하해 자문사 자리를 차지하겠다, 그런 속셈이 뻔히 보입니다."

"당신, 지금 그 말에 책임질 수 있어? 거짓말이 아니었다고 증언할 수 있겠냐고!"

한자와의 입에서 갑자기 다그치는 말이 쏟아졌다.

"당연하지. 얼마든지 할 수 있어!"

그러자 한자와가 양복 안쪽에서 뭔가를 꺼내 탁자 위에 올려놓았다. IC 녹음기였다.

"지금까지 한 말은 전부 녹음했어. 히로시게 씨, 다시 한 번 묻겠는데 당신이나 다이요증권에서 세나 사장님께 한 설명에 한

치의 거짓말이 없었다고 단언할 수 있나?"

"똑같은…… 똑같은 말을 몇 번씩이나 하게 하는 거야?"

말과는 반대로 히로시게의 입술이 가늘게 떨렸다. 눈으론 녹음기와 한자와를 정신없이 번갈아보았다.

"이렇게 교활한 짓을 하다니, 도대체 속셈이 뭐지?"

"폭스를 백기사로 만들면 최종적으로 도쿄스파이럴이 불이익을 당한다는 사실을 알면서 이번 일을 추진했다면, 이건 명백한 범죄야. 자문사라는 지위를 이용해 자기가 맡은 회사를 속이는 거니까 말이야. 이렇게 하라고 지시한 배후가 있나?"

"그런 게 있을 리가 없잖아!"

히로시게는 강력하게 부인했다.

한자와가 다시 한 번 확인했다.

"지금 분명히 없다고 했지? 경우에 따라선 소송도 불사할 거야. 그걸 알면서 하는 말인가?"

"소, 소송이라고? 이봐, 지금 무슨 말을 하는 거야?"

히로시게의 얼굴에 당황스러운 표정이 떠올랐다.

"그럼 됐어. 이거나 보시지."

한자와는 그렇게 말하고 히로시게 앞으로 서류철을 내밀었다.

서류를 본 순간, 히로시게의 표정이 산산이 부서졌다. 그리고 피줄 판에서 퍼즐 조각이 떨어지듯 얼굴에서 감정의 조각이 후두둑 떨어졌다.

"이건 어느 루트를 통해 입수한 도쿄중앙은행의 서류야. 제목은 '도쿄스파이럴 M&A 계획'. 전녀, 은행, M&A 대상인 도쿄스파이럴. 이것만이 아니야. 폭스, 그리고 다이요증권……. 돈의 움직임과 역할이 전부 여기에 쓰여 있어. 당신이 지금 그랬지? 자신의 말에는 한 치의 거짓말도 없다고. 그렇다면 이 서류는 어떻게 된 건지 설명해주겠나? 지금 여기서 경찰을 불러도 좋아."

히로시게의 입술이 벌어지면서 무슨 말인가 중얼거린 것처럼 보였지만, 알아들을 수 있는 말은 나오지 않았다.

허세를 부린 남자의 표정이 흔들리더니, 이윽고 가느다란 숨소리와 함께 시선이 발밑으로 떨어졌다. 도쿄스파이럴 사장실에 기나긴 침묵이 찾아왔다.

"무슨 말이라도 하는 게 어때?"

"이 자료가 어떻게……."

히로시게는 당황한 얼굴로 그렇게 말하더니, 이어지는 한자와의 말을 듣고 경악했다.

"은행 사람이 우리에게 내부 고발을 했지."

히로시게의 표정은 궁지에 몰린 생쥐처럼 초라해졌다. 죽을힘을 다해 반론할 말을 찾는 눈이 불안하게 좌우로 흔들렸다. 이윽고 도망갈 길이 없음을 깨달은 순간, 히로시게의 얼굴은 창백해지고 눈동자에는 절망이 스며들었다.

"죄송합니다."

마침내 그의 입에서 패배 선언이 흘러나왔다.

세나는 천천히 담배를 꺼내 불을 붙이고, 모리야마는 구멍이

뚫릴 만큼 히로시게의 옆얼굴을 노려보았다.

"우리가 듣고 싶은 건 사죄가 아니라 설명이야."

한자와의 냉정한 말을 듣고 히로시게는 겁먹은 얼굴을 들었다.

"그러니까 그게…… 모든 건 도쿄중앙은행이 계획하고, 저는 그저 그쪽에서 시키는 대로 이렇게 설명하러 온 겁니다."

"댁은 그 기획에 동의했겠지. 다른 회사 탓으로 돌리지 마!"

한자와의 지적을 히로시게는 필사적인 얼굴로 부정했다.

"아, 아닙니다! 이건 제 뜻이 아닙니다. 처음에 회사의 윗선으로 제안이 와서……."

한자와가 그의 말을 가로막았다.

"댁이 한 일은 어엿한 범죄야. 변호사와 의논하겠지만 배임이나 사기로 피해신고서를 낼 수도 있어."

"그러지 마십시오!"

자존심을 벗어던진 히로시게는 당장이라도 울 것 같은 표정을 지었다.

"저도 하고 싶어서 한 게 아닙니다. 정말입니다! 믿어주세요!"

애원하는 히로시게를 바라보며 한자와가 말했다.

"그렇다면 이 이야기가 어떤 형태로 들어왔고, 어떤 뒷거래가 있는지 하나도 빼놓지 말고 말해주실까? 시간과 장소, 그리고 누가 어떤 말을 했는지 전부 말이야."

히로시게는 모든 걸 포기하고 어깨를 떨구었다.

얼마나 침묵이 이어졌을까. 이윽고 히로시게의 입에서 띄엄띄

엄 말이 흘러나왔다.

도쿄중앙은행의 전략이 무너지는 순간이었다.

8

"도쿄센트럴증권이? 설마……!"

안타까울 만큼 초췌해진 얼굴로 히로시게가 보고하자 노자키는 얼굴을 든 채 꼼짝도 하지 않았다.

노자키의 얼굴에 자리한 경악의 표정이 순식간에 의문으로 바뀌고, 다시 분노로 바뀌는 데는 그렇게 시간이 걸리지 않았다.

"어떻게 이런 일이! 어떻게 센트럴증권이 스파이럴과 이어져 있지? 어떻게 우리 전략이 그쪽에 새어 나갔냐고! 어떻게 대외비 자료가 유출된 거야? 어떻게……."

펄펄 뛰며 거칠게 말한 사람은 노자키가 아닌 이사야마였다.

"내부 고발이 있었다는군요."

히로시게의 대답을 듣고 이사야마는 입을 다물지 못했다. 노자키가 경계하는 눈으로 이사야마를 쳐다보았다.

"그럴 리가 없습니다……."

노자키는 그렇게 말한 뒤, 은테 안경의 안쪽으로 엘리트 의식을 가득 담은 채 히로시게를 노려보았다.

"우리의 정보 관리는 완벽합니다. 팀원들의 성향은 한 사람도 빠짐없이 다 알고 있고요. 내부 고발을 할 사람들이 아닙니다. 당신이 함정에 빠진 거 아닌가요?"

"하지만 그림까지 완벽하게……."

"그런 일은 있을 수 없습니다."

노자키는 사이를 두지 않고 단언한 뒤, 오히려 히로시게를 힐문했다.

"정보를 어디서 입수했는지, 왜 묻지 않았지요?"

"내게 책임을 전가하지 마십시오!"

이제 와서 자존심이 생각난 것처럼 히로시게의 말투에도 분노가 스며들었다. 하지만 그것이 누구에 대한 분노인지, 히로시게 본인도 알 수 없었다. 자신을 아랫사람처럼 대하는 노자키에 대해서인지, 자기 자신에 대해서인지. 아니면 갑자기 찾아온 이 상황에 대해서인지.

"한마디 덧붙이자면 상대는 소송도 불사하겠다고 했습니다. 그런 상황에서 정보를 어디서 알아냈냐고 무턱대고 물어볼 수는 없잖습니까!"

이사야마가 탁한 눈으로 히로시게를 바라보았다.

"소송? 도쿄센트럴증권 직원이 그런 말까지 했나요?"

"그렇습니다. 배임이나 사기로 피해신고서를 낼 수도 있다고 하더군요. 그쪽 죄도 우리와 똑같잖습니까? 어떻게 할 겁니까? 책임을 지십시오!"

히로시게가 갈라진 목소리로 고함을 쳤다.

그때 이사야마가 물었다.

"도쿄센트럴증권의 담당자 이름이 뭐죠? 이름을 들었나요?"

히로시게가 양복 안주머니에서 명함을 꺼내 탁자 위에 놓았다.

"한자와인가? 쯧……."

명함을 본 순간 이사야마가 얼굴을 일그러뜨리며 날카롭게 혀를 찼다. 노자키는 불쾌하기 짝이 없다는 얼굴로 탁자의 한곳을 뚫어지게 노려보았다.

"아는 사람입니까?"

"우리 쪽에서 증권으로 파견 나간 사람입니다."

히로시게는 눈을 동그랗게 떴다.

"은행에서 증권으로 파견 나가요? 그렇다면 은행원이잖습니까? 같은 은행 사람이 반대편을 자문하는 게 말이 됩니까?"

이사야마가 저주스러운 듯이 말했다.

"그런 상식이 통하는 상대가 아닙니다."

"도대체 한자와란 자는 뭐 하는 인간입니까?"

두 은행원이 서로 얼굴을 마주보고 대답할 때까지 잠시 침묵이 흘렀다.

이윽고 이사야마가 인정했다.

"최악의 상대지요. 트러블메이커라고나 할까요? 여기저기서 문제를 일으킨 끝에 증권으로 파견 나갔습니다. 악당이란 딱지가 붙은 놈이지요."

히로시게는 한자와와의 대화를 떠올리면서 대답했다.

"분명히 보통 녀석은 아니더군요. 그런 문제 은행원이었을 줄이야. 아무튼 은행 쪽에서 강력하게 말하면 적어도 소송 운운하는 이야기는 쏙 들어가겠군요."

"말하지 않아도 그렇게 할 생각입니다. 다만……."

이사야마는 분통을 터트리고는 노자키를 돌아보며 말을 이었다.

"이걸로 이번 전략을 밀고 나가는 건 불가능해졌군."

유난히 승부욕이 강한 노자키가 눈에서 분노의 빛을 내뿜으며 앞쪽을 향했다. 험악한 옆얼굴이 사태의 심각성을 말해주었다.

이윽고 노자키의 입에서 가늘고 긴 한숨이 새어 나왔다.

"이 전략은 포기할 수밖에 없을 것 같습니다."

이사야마가 짜증이 가득한 얼굴로 혀를 차면서 물었다.

"이제 어떡하지?"

"공개매수로 나가는 수밖에 없습니다. 다만, 이번 전략이 날아가면서 도쿄스파이럴도 다시 M&A 방어책을 세우고 있을 겁니다."

그 즉시 이사야마가 판단을 내렸다.

"그쪽의 방어책이 백지라면 자금 조달이 끝난 우리가 더 유리하겠군."

노자키가 히로시게를 보면서 물었다.

"도쿄스파이럴이 어떤 수법으로 나올지, 방어책에 관한 정보는 있습니까?"

히로시게가 거북한 얼굴로 대답했다.

"유감스럽지만 아무것도……."

노자키는 히로시게를 보면서 아무짝에도 쓸모없는 녀석이라는 표정을 지었다. 하지만 지금은 그게 문제가 아니다. 이번 사태를 전뇌에 어떻게 설명할 것인가.

"부장님, 히라야마 사장에게 말해야 할 것 같습니다."

이사야마가 얼굴을 찡그렸다. 히라야마는 이런 일을 순순히 납득할 상대가 아니기 때문이다.

"히라야마 사장에게는 모로타가 설명하라고 해. 문제는……."

이사야마가 다음 말을 집어삼켰다.

'이 전략을 높이 평가했던 미카사 부행장의 반응도 문제야.'

그렇게 말하고 싶었지만 외부자인 히로시게 앞에서 할 말은 아니었다. 그 대신 이사야마는 히로시게를 보면서 사무적으로 말했다.

"어쨌든 이번 전략은 여기서 끝내기로 하죠."

"어쩔 수 없지요 뭐."

히로시게는 마지못해 대답한 다음, 약삭빠른 영업맨의 일면을 내비쳤다.

"단, 이번 전략이 실패로 끝난 건 우리 과실이 아니었으니까 수수료를 일부 청구하겠습니다."

히로시게의 말이 채 끝나기도 전에 이사야마가 딱 잘라서 거절했다.

"농담하지 마십시오. 성공보수로 하기로 했잖습니까? 더구나 그쪽은 도쿄스파이럴에서 수수료를 받았으니까 그걸로 충분하지 않나요?"

하지만 히로시게는 포기하지 않고 물고 늘어졌다.

"이러면 약속이 다릅니다. 애당초 배임이다. 사기다 하는 말을 들은 건 맥의 전략에 문제가 있었기 때문이 아닙니까? 실컷 이용만 해놓고 그다음에 모르는 척 외면하면 안 되죠."

이사야마가 여유 있는 표정으로 일어서면서 말했다.

"지금 그런 이야기는 관두지요. 소송이 신경 쓰이는 건 우리도 마찬가지니까요. 도쿄스파이럴의 신뢰를 얻지 못해, 하필 가장 멀리해야 할 한자와의 개입을 허용한 건 그쪽이란 사실을 잊지 마십시오. 그쪽이 제대로 컨트롤했다면 이렇게 되진 않았을 겁니다."

반론하려던 히로시게의 말을 가로막으며 이사야마가 다시 덧붙였다.

"우선 이쪽에서 센트럴증권에게 압력을 가해보겠습니다. 그러면 되겠지요?"

"그건 꼭 부탁하고 싶습니다."

히로시게가 그렇게 대답하자 이사야마가 손뼉을 한 번 치고 이야기를 마무리했다.

"그럼 전략에 협조해준 수수료는 소송을 무마해주는 걸로 통치도록 하지요."

엘리트로 소문난 도쿄중앙은행의 증권영업부장은 그렇게 말하고는 상대의 대꾸도 듣지 않고 재빨리 그 자리를 뒤로했다.

9

"10년 묵은 체증이 싹 내려갔습니다. 그런데 정말로 고소할 겁니까?"

그날 밤 영업기획부 직원들과 같이 이자카야에 갔을 때, 모리아마가 히죽거리면서 한자와에게 물었다.

한자와도 그때의 일을 떠올렸는지 웃음을 참으면서 말했다.

"설마 고소하겠어? 홧김에 고소해봐야 귀찮기만 할 뿐이지. 그건 세나 사장도 알고 있어. 그냥 협박한 것뿐이야. 은행 녀석들도 지금쯤 새파랗게 질려서 벌벌 떨고 있을 거야."

모리아마가 웃음을 참지 못하고 키득키득 웃었다.

"그 히로시게라는 인간, 당황하는 모습이 볼만하던데요? 거짓말이 탄로 났을 때 경악하던 모습은 지금 생각해도 속이 후련합니다."

"그 녀석은 잔챙이야."

한자와는 태연한 얼굴로 말했다.

"그럼 더 거물이 있다는 건가요?"

모리아마는 생맥주잔을 손에 든 채, 머리를 갸웃하면서 덧붙였다.

"은행의 증권영업부 말인가요?"

한자와가 고개를 끄덕였다.

"그래."

그러자 마시던 생맥주잔을 테이블에 내려놓고 모리아마가 물었다.

"한 가지 마음에 걸리는 게 있는데요. 이 전략 말입니다, 도쿄 중앙은행에서 정식으로 승인했다고 생각하십니까?"

"물론이야. 단, 나카노와타리 행장님 스타일은 아니니까 행장님께서 지시하시진 않았을 거야. 아마 미카사 부행장이나 증권 영업부에 전략을 일임하셨겠지. 미카사 부행장은 증권 부문 출신이고 더구나 옛 T의 우두머리야. 전략이 마음에 들지 않아도 은행 내부의 균형을 생각했을 때 일단 해보라고 하셨을 수는 있어. 그리고 결과를 지켜본다. 전략가인 행장님이라면 그 정도는 하실 수 있어. 좋은 것은 물론이고 나쁜 것까지 전부 받아들이는 타입이시니까."

한자와는 팔짱을 끼고 이자카야의 벽을 노려보았다.

"녀석들은 지금쯤 머리를 맞대고 대책을 짜고 있을 거야. 이대로 잠자코 있을 녀석들이 아니야. 분명히 조치를 취할 거야."

"어떤 조치를 취할까요?"

"가장 쉽게 생각할 수 있는 건 우리 윗선에 압력을 넣는 거겠지."

모리야마가 침이라도 뱉듯이 말했다.

"정말 비열하군요. 우리 프로젝트를 가로채놓고!"

"그런 논리가 통하는 상대가 아니야. 자신의 행동을 정당화하는 건 은행원이 특기니까."

"또 조직의 논리인가요?"

모리야마는 불쾌한 표정을 지으며 미간에 주름을 잡았다.

"자네는 그런 걸 싫어하는군."

한자와가 그렇게 말하자 모리야마는 확실하게 대답했다.

"네, 싫어합니다. 저희는 여태껏 그런 데 휘둘려온 세대니까요."

"그럴지도 모르지. 조직에도 휘둘리고 세상에도 휘둘리고. 하지만 때로는 그런 것과 정면으로 싸워야 할 때도 있어. 힘 앞에 굴복하기만 하는 건 시시하지 않나? 조직의 논리쯤이야 얼마든지 덤비라고 해! 이 세상에 압력이 없는 일은 없어. 일뿐만 아니라 뭐든지 마찬가지지. 폭풍우가 있으면 가뭄도 있어. 일을 제대로 하려면 그런 걸 극복하는 힘이 있어야 해. 모리야마, 세상의 모순이나 부조리에 물러서지 말고 철저하게 싸워. 나도 그렇게 해왔으니까."

마시던 맥주잔을 두 손으로 움켜쥔 채, 모리야마는 잠시 멍한 얼굴로 한자와를 보았다.

그리고 "알겠습니다"라고 말한 뒤, 움켜쥔 맥주잔을 소리가 날 만큼 힘차게 테이블에 내려놓았다.

"부장님께서 그렇게 말씀하신다면 저도 싸우겠습니다."

"일단은 내일이야."

그때 한자와를 보면서 "무슨 일이 있습니까?"라고 물은 사람은 두 사람의 대화를 듣고 있던 오니시였다.

한자와를 대신해 모리야마가 대답했다.

"승부에 나설 겁니다."

"승부?"

"기대하세요. 내일이면 아실 테니까요."

모리야마는 어안이 벙벙해진 오니시에게 그렇게 말한 뒤, 의연한 얼굴로 허공을 노려보았다.

10

"이번 전략을 계속 진행할 수 없게 됐다? 별안간 그게 무슨 말이죠?"

미카사 요이치로 부행장은 정중한 말투와 달리 날카로운 눈길로 이사야마를 쏘아보았다.

이사야마는 아침에 출근하자마자 부행장의 비서를 통해 면담을 요청했다. 종일 일정이 채워져 있어서 저녁때가 되어야 연락이 오리라고 예상했는데, 점심시간이 지나자마자 호출 전화가 걸려와서 깜짝 놀랐다. 아무래도 일정을 변경해서 일부러 시간을 낸 모양이다. 그만큼 이번 일에 미카사의 관심이 높다는 반증이었다.

"죄송합니다. 실은 도쿄스파이럴이 M&A 전략을 눈치챈 것 같습니다. 그래서 폭스를 백기사로 내세운 처음의 전략을 계속 진행할 수 없게 되었습니다."

미카사는 말없이 다음 이야기를 재촉했다. 조용하고 침착하긴 하지만 결코 온화한 사람이 아니라는 사실을, 미카사 밑에서 오랫동안 일해온 이사야마는 뼈저리게 알고 있었다.

예상대로 미카사가 예리하게 추궁했다.

"도쿄스파이럴이 M&A 전략을 알아차렸다? 어떻게요?"

"도쿄스파이럴이 새로운 자문사를 임명했는데, 그 자문사에서 간파했습니다. 그야말로 아닌 밤중에 홍두깨 같은 일이라서……."

"그 자문사가 어디입니까?"

평소에 거침없이 행동하는 이사야마도 그 질문에는 선뜻 대답하지 못하고 우물거렸다. 직접 만나서 말하는 쪽이 좋을 것 같아서 면담요청서에는 그 내용을 쓰지 않았다. 예상은 했지만 미카사의 온화하면서도 냉정한 얼굴을 보고는 더욱 대답하기 힘들었다.

"도쿄센트럴증권입니다."

한동안 대답이 돌아오지 않았다.

미카사의 책상 앞에서 차렷 자세로 서 있는 이사야마의 눈에, 미카사는 진짜와 똑같이 만들어진 차가운 마네킹처럼 보였다. 이사야마를 바라보는 감정이 없는 눈길은 등줄기가 서늘할 정도로 무서웠다.

"아무래도 도쿄센트럴증권이 자문사가 되면서 함정을 파놓고 기다렸던 것 같습니다."

"언제부터죠?"

미카사의 입에서 겨우 말이 흘러나왔다.

"그건 잘 모르겠습니다. 어제 다이요증권 담당자가 도쿄스파이럴의 세나 사장을 만났을 때, 처음 알았다고 합니다. 다이요증권 쪽에 따르면 새로운 자문사 계약을 체결한다는 이야기는 그 전까지 없었다고 합니다."

"그런 이야기가 갑자기 나왔을 리가 없잖습니까?"

미카사의 지적은 항상 정론이다. 그리고 대부분의 경우에 반론할 여지가 없다. 이사야마는 손가락으로 식은땀이 솟구치는 이마를 문질렀다.

"다이요증권 쪽에는 세나 사장을 확실히 지켜보라고 지시해두었는데, 담당자가 좀 안이했던 모양입니다."

이사야마는 이번 전략의 실패 원인이 다이요증권에 있다고 에둘러 말했다. 하지만 그렇게 말한다고 완벽주의자인 미카사의 노여움이 가라앉을 리는 만무했다.

이번 일을 성공시키기 위해 임원들을 일일이 찾아다니며 설득한 사람이 바로 미카사였다. 이번 M&A가 도쿄중앙은행 증권 부문에 막대한 기여를 할 것이라고 주장하면서 떨떠름해하는 은행장을 설득하기도 했다. 그런 주장이 전뇌잡기집단에 대한 거액의 지원을 통과하게 만드는 원동력이 된 것도 사실이었다.

만에 하나 전뇌가 도쿄스파이럴 매수에 실패하기라도 하면 거액 지원은 공중에 뜰 뿐만 아니라 미카사의 얼굴에도 먹칠을 하게 된다. 또한 자문사인 도쿄중앙은행의 체면도 땅에 떨어지게 될 것이다.

"도쿄센트럴증권에선 우리 전략을 어떻게 간파했습니까?"

이사야마가 얼굴을 찡그리며 불쾌한 표정으로 말했다.

"다이요증권 쪽에 따르면 내부 고발이 있었다고 합니다."

미카사의 눈길에 의혹이 깃들었다.

"내부 고발이요? 그건 말도 안 됩니다. 도쿄센트럴증권에 고발해서 무슨 이득이 있지요? 범인은 누구입니까?"

"이 프로젝트 팀 멤버들은 제가 다 알고 있습니다. 그런 짓을 할 만한 사람은 없습니다."

"그렇다면 팀 외부에서 전략이 새어 나갔다는 겁니까?"

미카사의 송곳처럼 예리한 질문을 받고 이사야마의 얼굴이 일그러졌다.

"그럴 가능성이 있습니다. 하지만 정보를 철저하게 관리하고 있어서, 프로젝트 팀 외부에서 새어 나갔다곤 생각할 수 없습니다. 그건 지금부터 철저하게 조사하겠습니다."

"정말 한심하기 짝이 없군요."

미카사의 반응은 차갑기 이를 데 없었다.

"그런데 다이요증권 쪽에 따르면 상대의 태도가 워낙 강경하다고 합니다. 소송도 불사하겠다는 말까지 나왔다고……."

다음 사태를 예상하고 이사야마는 얼굴의 땀을 닦았다.

그 즉시 기대했던 대답이 돌아왔다.

"그렇게 하도록 내버려두지 않겠습니다. 오카 사장에게 잘 말해두지요. 누가 그렇게 말했는지, 담당자 이름을 아십니까?"

이사야마는 말하기 곤란한 얼굴로 우물쭈물하면서 말했다.

"그게…… 우리 쪽에서 파견 나간 사람으로……."

미카사가 힐끗 쳐다보며 다시 물었다.

"파견 나간 사람이요? 누구입니까?"

"한자와입니다. 영업 2부 차장이었던……."

미카사의 미간에 새겨진 깊은 주름에서 혐오감이 배어 나왔다. 그리고 보기 드물게 노골적으로 불쾌한 감정을 드러냈다.

"이건 중대한 문제군요. 자회사인 증권사가 모회사인 도쿄중앙은행의 프로젝트를 방해한 것도 모자라 소송을 들먹이다니, 이건 언어도단입니다!"

"지당하신 말씀입니다. 하지만 일이 너무 커져서 행여 행장님 귀에라도 들어가면 곤란하니까……."

미카사가 심각한 얼굴로 대답했다.

"알고 있습니다."

"부디 현명한 조치를 부탁드립니다."

이사야마가 고개를 깊숙이 숙였을 때, 노크 소리가 들렸다.

얼굴을 내민 사람은 모로타였다. 무슨 일인지 표정이 딱딱하게 굳어 있었다.

"마, 말씀하시는 도중에 죄송합니다."

모로타는 고개를 숙이고 사과하더니 황급히 안으로 들어왔다.

"실은 지금 막 정보가 들어왔는데, 도쿄스파이럴이 공개매수를 통해 폭스를 매수하기로 결정했다고 합니다."

"뭐야?"

너무나 놀란 나머지, 이사야마의 목소리가 뒤집어졌다.

"상대의 속셈을 잘 모르겠습니다. 도대체 무슨 생각을 하는지……."

모로타는 당황함이 역력한 얼굴로 고개를 갸웃거렸다.

냉정함을 유지하는 사람은 미카사뿐이었다. 미카사가 냉정한 목소리로 물었다.

"폭스의 고다 사장에게는 이야기를 들어봤습니까?"

모로타가 곤혹스러워하면서 대답했다.

"몇 번 전화를 걸어봤지만 아직 통화하지는 못했습니다."

무엇이 어떻게 되고 있는 것일까? 이사야마의 귀에 정체를 알 수 없는 무언가가 다가오는 발자국 소리가 들리는 듯했다.

이사야마가 핏발 선 눈으로 모로타를 바라보며 말했다.

"잠시 후에 히라야마 사장을 만나기로 했지? 나도 같이 가지."

"알겠습니다."

모로타와 같이 미카사 앞에서 물러난 이사야마는 부행장 집무실 문이 닫히자마자 토해내듯 말했다.

"한자와 녀석, 도대체 무슨 꿍꿍이속이야!"

6장

장기의 말

1

"믿고 맡겼는데, 일을 이렇게 망치면 어떡합니까?"

전뇌잡기집단의 히라야마는 언제나 그렇듯 월급쟁이 같은 외모에 어울리지 않게, 칼날 같은 눈으로 차갑게 노려보았다.

"진심으로 죄송합니다."

모로타는 일단 이사야마와 함께 고개를 숙인 뒤 준비해온 변명을 입에 담았다.

"도쿄스파이럴의 자문사였던 다이요증권의 실수로……."

다음 순간, 신경질적으로 모로타의 말을 끊은 사람은 히라야마가 아니라 옆에 있는 미유키 부사장이었다.

"말은 똑바로 하셔야죠! 다이요증권을 중간에 넣은 곳은 그쪽이 아닌가요? 그런데 이제 와서 그런 핑계를 대다니, 너무 무책임하네요!"

"죄송합니다."

대꾸할 말이 없어서 모로타는 다시 고개를 조아리는 수밖에 없었다.

"어쨌든 이렇게 된 이상, 폭스를 이용하는 전략은 포기할 수밖에 없습니다. 정통적인 방법이지만 공개매수 형태로 추진할 수밖에 없을 것 같습니다."

이사야마가 말을 이어받았다.

"히라야마 사장님, 그 폭스 말입니다만 조금 전에 도쿄스파이럴이 매수 의사를 발표했습니다. 공개매수로 주식의 과반수를 취득하겠다고 했는데, 혹시 들으셨습니까?"

히라야마는 놀라지도 않고 담담하게 대꾸했다.

"조금 전에 인터넷 속보로 봤습니다. 무슨 속셈인지 이해하기 힘들더군요. 성공 가능성은 있습니까?"

"투자 실패로 거액의 손실이 발생했다는 뉴스가 나온 이후, 폭스의 주가는 폭락을 거듭하고 있습니다. 매수 가격에 따라서 과반수를 취득할 가능성이 높습니다. 폭스를 사신다면 이 타이밍이 좋지 않을까 합니다만 어떠십니까?"

그러자 히라야마는 신기한 생물이라도 보는 듯한 눈으로 이사야마를 보았다.

"무슨 뜻이죠?"

히라야마의 질문에 이사야마는 당혹함을 감출 수 없었다. 예전에 폭스를 지원해줄 곳을 찾는 와중에 전뇌잡기집단 쪽에서 먼저 손을 내밀었기 때문이다.

"약속하신 대로 폭스를 구제해주실 거라면 이 타이밍에 발표하셨으면 좋겠다는 말씀입니다. 폭스는 전뇌의 구제를 바라고 있으니까요."

"상황이 달라졌지 않습니까?"

히라야마는 차갑게 대답해서 이사야마의 기대를 보기 좋게 배신했다. 겉으로 보기에는 성실한 월급쟁이처럼 생겼지만, 한 꺼풀 벗기면 산전수전을 모두 겪은 벤처기업 경영자다. 그런 합리주의자의 본질이 지금 가면 밑에서 고개를 내밀었다.

"M&A 전략에 이용할 수 있다면 몰라도, 그 전략은 이미 쓰레기통에 버려야 하잖습니까? 그렇다면 우리로서는 매수에 신중해지지 않을 수 없지요."

놀라우리만큼 빨리 돌변하는 모습을 보고 이사야마의 겨드랑이에서 식은땀이 촉촉이 배어났다. 시선을 옆으로 돌리자 모로타도 아연한 표정으로 히라야마를 바라보았다.

"아시다시피 우리 업계는 생존 경쟁이 치열합니다. 고다 사장과는 친하게 지내고 있지만, 온정으로 구제해줄 만큼 상황이 녹록지 않습니다."

이사야마가 당황하며 서둘러 말을 꺼냈다.

"하지만 사장님, 고다 사장님은 이미 전뇌의 산하로 들어온다고 여기고 계십니다. 지금의 생각을 고다 사장님께 말씀하셨습니까?"

히라야마는 태연하게 받아넘겼다.

"아직 말하진 않았습니다. 하지만 고다 사장님도 이해하실 겁니다."

큰일 났다! 난감한 상황이 됐다.

도쿄중앙은행에서 지금까지 폭스에 빌려준 자금은 3백억 엔 정도다. 폭스가 전뇌의 산하로 들어가면 그 자금을 무사히 회수할 수 있을 거라고 생각했는데, 지금 그 계획이 어이없이 무너지려고 하고 있다.

"폭스를 구제해준다는 전제가 있었기 때문에, 도쿄스파이럴의 M&A 공개매수 자금을 지원하기로 한 겁니다. 그 점 이해해주시기 바랍니다."

히라야마가 냉정한 눈길로 이사야마를 바라보았다.

"이사야마 부장님, 그 반대가 아닌가요? 우리가 폭스를 구제해주겠다고 한 건 도쿄스파이럴에 대한 M&A 전략에 이용할 수 있다는 제안에 끌렸기 때문입니다. 그것 말고는 아무런 매력이 없는 회사니까요. 그런데 전략 자체를 사용할 수 없게 된 지금, 폭스를 산하에 넣을 이유가 있을까요? 지금 말씀은 이해하기 힘들군요."

"사장님, 그러면 저희로서는 조금……."

모로타가 곤혹스러워하면서 미간에 깊은 주름을 잡아도, 히라야마는 움찔하는 기색조차 보이지 않았다.

"조금이요? 조금 뭔가요?"

고슴도치의 바늘처럼 뾰족하게 물은 사람은 히라야마가 아니라 미유키였다.

이사야마가 허둥지둥 말을 받았다.

"저희는 전뇌의 공개매수 자금과 폭스 구제를 한 세트로 생각하고 있습니다. 두 가지를 한 세트로 생각하고 일을 추진한 만큼, 처음의 계획대로 진행해주셨으면 합니다."

지원 조건이 바뀌면 다시 임원회의에 품의를 올려 판단을 받아야 한다는 내부 사정도 있다. 조건이 바뀐다는 것은 품의를 올린 증권영업부의 예측이 안이했다는 말이나 마찬가지다. 그렇게 쉽게 양보할 수 없었다.

히라야마는 우선 이사야마의 말을 인정했다.

"한 세트라는 건 우리도 알고 있습니다. 하지만 폭스를 이용한 M&A 전략이 무너진 지금, 그곳을 산하에 넣을 의무도 없어졌잖습니까?"

"도쿄스파이럴의 공개매수 프로젝트는 이미 시작됐습니다."

이사야마는 고개를 숙인 채 눈을 치켜뜨고 히라야마를 쳐다보았다.

"부디 배려해주실 수 없겠습니까? 폭스는 기업 가치에 비해 그렇게 비싸지 않습니다."

하지만 히라야마 부부는 눈썹 하나 까딱하지 않고 그 말을 묵살했다.

미유키가 이해할 수 없다는 듯이 물었다.

"부장님, 왜 그렇게 폭스에 집착하시죠? 도쿄스파이럴이 산다면서요? 그렇다면 고다 사장님도 구제가 되고, 은행의 채권도 지킬 수 있지 않나요?"

이사야마가 인내심을 갖고 차근차근 설명했다.

"부사장님, 은행 거래란 건 그런 게 아닙니다. 돈에는 색깔이 없다고들 하는데, 무색투명한 돈에 색깔을 입히는 게 바로 은행의 일이지요. 이번에 지원하는 1500억 엔에 도쿄스파이럴의 공개매수 자금이자 폭스의 구제자금이라는 색깔을 입힌 이상, 이번 자금은 그 용도에 맞게 사용해주셨으면 합니다."

하지만 히라야마는 이사야마의 말을 단호하게 뿌리쳤다.

"거절하겠습니다. 이사야마 부장님, 계속 그렇게 주장하시겠다면 자문사 자리를 내놓으셔도 상관없습니다. 우리 쪽에서 먼저 부탁한 것도 아니고요."

상황을 지켜보던 모로타의 안색이 바뀌었다.

이사야마는 조용히 숨을 들이마시고 히라야마를 정면으로 바라보았다.

이제 와서 자문사 자리를 잃으면 도쿄중앙은행의 체면은 진흙밭에서 나뒹굴게 된다. 그와 동시에 은행 내부에서 두 사람에 대한 평가도 회복할 수 없을 것이다.

"저희 은행과는 상장한 이후, 아니 그 이전부터 인연이 있지 않았습니까? 지원은 이번 한 번만이 아닙니다. 미래도 생각해 보십시오. 항상 좋은 때만 있는 건 아닙니다."

이사야마의 얼굴에 짙은 그림자가 드리우고 눈빛이 거칠어졌다. 말투는 정중해도 태도에서는 '우리가 돈을 빌려주고 있다'라는 오만함이 배어 나왔다.

다시 이사야마의 설득이 이어졌다.

"이번 프로젝트만 보시지 말고 종합적으로 생각해주실 수 없겠습니까? 서로 상부상조하면서 어려울 때 손을 내밀어주는 것도, 지금까지 친밀한 관계를 이어왔기 때문이잖습니까?"

듣기에 따라서는 협박으로 들릴 수 있는 말에 히라야마는 말없이 귀를 기울였다.

"히라야마 사장님, 공개매수는 이제 막 시작되었습니다. 도쿄스파이럴을 산하에 넣으면 그때는 운전자금이 필요해지실 텐데요. 이런 일로 옥신각신하는 건 전뇌에도 좋은 일이 아니라고 생각합니다."

"정 그렇게 말씀하신다면 한번 검토해보지요."

히라야마가 그렇게 대답하자 두 은행원의 얼굴에 희미한 안도감이 감돌았다.

"영단을 기대하겠습니다."

이사야마가 정중하게 말하며 고개를 숙였다.

그러자 히라야마가 화제를 바꾸며 불만을 표시했다.

"그나저나 도쿄센트럴증권 사람들은 지금 제정신입니까? 우리와의 관계를 쓰레기통에 던져넣었을 뿐만 아니라 모회사인 은행의 의견까지 무시하다니. 이건 자회사의 폭주이자 은행의 관리 문제가 아닙니까?"

도쿄센트럴증권이 도쿄스파이럴의 자문사가 된 것을 참을 수 없었는지, 히라야마는 울화통을 터트렸다.

이사야마는 두 손을 무릎에 대고 형식적으로 머리를 숙였다.

"그 점에 대해서는 진심으로 사과드리겠습니다. 말씀하신 것처럼 발칙하기 짝이 없는 일이라서 저희도 사태를 심각하게 받아들여 상응하는 조치를 취하려고 합니다. 그룹 전체를 놓고 볼 때, 이해가 상충되는 일은 결코 좌시하지 않을 생각입니다."

"정말 황당한 사람들이군요. 아무튼 일이 뒤죽박죽되지 않도록 부탁합니다."

히라야마가 몸서리치며 혀 차는 것을 끝으로 면담은 끝났다.

2

"급히 만나서 이야기를 하고 싶습니다."

미카사 부행장이 그렇게 말하면서 도쿄센트럴증권의 오카 사장을 호출한 것은 도쿄스파이럴이 폭스 공개매수 계획을 발표한 다음 주의 일이었다.

은행의 부행장이 증권 자회사 사장을 직접 호출하는 것은 이례적인 일이지만, 용건은 들을 필요도 없다. 오카가 한자와에게 따라오라고 지시한 것도 당연했다.

책상에서 서류를 보고 있던 미카사는 천천히 일어나 몸짓으로 소파를 권하고, 자신은 반대편 팔걸이의자에 앉았다.

서로 적대시하는 파벌의 우두머리로서 은행원 시절부터 잘 아는 사이다.

미카사는 갑자기 폭발하는 타입은 아니지만 그렇다고 말수가 적은 사람도 아니다. 그런데 지금 오카와 한자와가 들어온 이후, 한마디도 하지 않았다. 온몸에서는 불쾌해서 견딜 수 없다는 기운이 뿜어 나오고 있었다. 그때 노크 소리와 함께 안으로 새로 들어온 사람이 있었다. 예상대로 이사야마 증권영업부장이었다.

이사야마는 조바심 나는 눈길로 한자와를 흘겨보고 나서, 비어 있는 맞은편 자리에 앉았다.

"도쿄스파이럴의 자문사를 맡았다니, 무슨 속셈인지 설명해주십시오."

겨우 입을 연 미카사의 말은 지금 막 제빙실에서 나온 얼음처럼 차갑고 단단했다.

"정상적인 영업 활동의 일환입니다."

그렇게 대답한 오카의 얼굴은 긴장으로 굳어 있었다. 평소에 은행에 대해 강한 대항 의식을 불태우고 있지만, 상대가 부행장이라면 무턱대고 큰소리칠 수는 없는 노릇이다.

"그쪽 영업 활동의 대전제는 그룹 전체의 이익이 아닌가요?"

"물론입니다."

뺨을 움찔거리면서 오카가 대답했다.

"그렇다면 이번에 하신 일은 그것에 모순되는 것 같은데요?"

미카사가 오카 옆에 앉은 한자와에게 시선을 주며 덧붙였다.

"그럼 이쯤에서 손을 떼주겠습니까? 한자와 부장, 어떤가요?"

한자와가 천천히 입을 열었다.

"외람된 말씀입니다만 아무리 자본이 이어진 모회사와 자회사라도 양쪽에 똑같은 일을 하는 증권 부문이 있는 이상, 이런 사태는 충분히 예상할 수 있다고 생각합니다."

"지금 그게 그룹의 이익에 맞다는 겁니까?"

"당장 눈앞의 이익을 말씀드리는 게 아닙니다. 저희 회사도 이런 대형 M&A 프로젝트에 관여해 경험을 쌓으면, 장기적으로 증권 부문의 강화로 이어진다고 생각합니다. 그러면 먼 미래를 내다보았을 때 그룹 전체의 이익에 기여한다는 점은 말씀드릴 필요도 없겠지요."

미카사는 감정을 읽을 수 없는 눈으로 한자와를 응시했다.

"참 이해할 수 없는 말을 하는군요. 지금 장기적이라고 했는데, 어느 정도의 기간을 말하나요? 5년인가요? 아니면 10년인가요? 요즘 같은 스피드 경영 시대에 그렇게 오랜 기간을 염두에 두고 경영하는 게 맞다고 생각하나요?"

한자와는 당황하지 않고 침착하게 반론을 펼쳤다.

"저희 회사는 아직 젊고 실적도 없습니다. 이런 회사가 성장하기 위해서는 눈앞의 이익만 좇지 말고 멀리 내다보면서 노하우를 쌓을 필요가 있습니다. 또한 그룹의 이익이라고 말씀하셨는데, 전뇌잡기집단과 처음에 자문사 계약을 체결한 곳은 저희입니다. 그런데 그 계약을 일방적으로 파기시키고 새로 계약을 체결한 곳은 은행이 아닙니까? 그것이 어떻게 그룹의 이익으로 이어지는지 설명해주실 수 있겠습니까?"

미카사는 언짢은 표정을 지었지만 반론할 말이 없었다.

"한자와, 그런 말은 부행장님께 실례잖아!"

이사야마가 재빨리 반박했지만 한자와는 그 말을 무시하고 계속해서 대답을 기다렸다. 옆에서 오카가 숨을 죽이고 상황을 지켜보았다.

"증권 부문은 우리 은행에 매우 중요한 부서입니다. 따라서 이렇게 큰 프로젝트는 증권 자회사에서 하기보다 모회사인 은행에서 하는 편이 좋겠지요. 그렇게 생각하지 않습니까? 이건 어디까지나 비즈니스 효율의 문제입니다."

미카사의 대답을 듣고 한자와는 다부지게 말했다.

"부행장님, 저는 도쿄센트럴증권 사람입니다. 제 일은 도쿄센트럴증권을 성장시키고 이익을 내는 것이죠. 그러기 위해서 전뇌의 자문사는 놓칠 수 없었습니다. 만약 은행에서 비즈니스 효율을 생각해 전뇌의 자문사를 맡고 싶었다면, 정식으로 말씀해주셨어야 하지 않을까요? 은행이 한 일은 이치에 맞지 않습니다."

그러자 이사야마가 거칠게 콧김을 내뿜으며 되받아쳤다.

"전뇌의 자문사로 어울리는 건 증권이 아니라 우리야! 실력을 봐도 우리 증권 부문이 몇 단계는 뛰어나니까 완벽한 서비스를 제공할 수 있지. 그걸 알기 때문에 히라야마 사장은 우리를 자문사로 선택했어. 즉, 어디까지나 고객이 판단한 거지. 이보다 이치에 맞는 이야기가 어디에 있지? 그런 걸 사전에 일일이 보고해서 허락을 맡을 필요가 있을까?"

한자와도 지지 않고 되받아쳤다.

"저희도 처지는 똑같습니다. 도쿄스파이럴에서 자문사가 되어 달라는 의뢰가 있었고, 저희는 그것을 수락한 것뿐입니다. 이사야마 부장님, 그게 뭐가 문제인지 말씀해주시겠습니까?"

이사야마가 노골적으로 조바심을 드러내며 고함을 쳤다.

"조금 전에 말했잖아! 그룹의 이익에 반한다고!"

"지금 부장님께서는 은행 증권 부문의 실력이 몇 단계 위라고 말씀하시지 않았습니까? 그렇다면 저희가 도쿄스파이럴의 자문 사가 되어도 아무런 문제가 없지 않습니까?"

이사야마가 생각에 잠기며 반론할 말을 찾았다.

"나는 그쪽이 걱정되어서 그래. 그쪽의 어설픈 방식이 드러나 면 이 업계에서 도쿄센트럴증권의 평가가 어떻게 되겠어? 그러 면 은행의 증권 전략에도 영향이 미칠 수 있고 말이야."

"이사야마 부장님, 지금 중요한 걸 잊으신 것 같은데요. 나카 노와타리 행장님께서 내세우는 슬로건은 고객제일주의입니다. 각각의 고객이 최선이라고 생각한 상대에게 자문사가 되어달라 고 의뢰했습니다. 그렇다면 그것에 대응하는 게 우리의 사명이 아닌가요? 같은 그룹이라도 고객은 다릅니다. 그룹의 논리를 내 세우며 고객의 요구에 대응하지 않는 건 행장님의 신념에 반한 다고 생각합니다. 게다가 행장님께서는 평소에도 도쿄중앙은행과 도쿄센트럴증권은 같은 업종의 라이벌 관계라고 말씀하셨습니다. 행장님께서 본 건에 대해 어떻게 생각하시는지 말씀해주시겠습니까?"

다음 순간, 이사야마는 할 말을 잃었다. 미카사가 배 위에 깍지 낀 두 손을 얹은 채 한자와를 정면으로 노려보았다. 대답하지 못하는 것은 증권 본부가 도쿄센트럴증권으로부터 자문사 자리를 가로챘다고 은행장에게 보고하지 않았기 때문이다.

한자와가 다시 파고들었다.

"이사야마 부장님, 이치를 따져볼까요? 같은 그룹의 계열사니까 손을 떼라고 말씀하신다면, 자회사의 계약을 한마디 말도 없이 가로채는 일은 하지 말았어야겠지요. 아닙니까?"

반론하기 위해 입을 열던 이사야마를 제지한 뒤, 미카사가 손뼉을 한 번 치면서 말했다.

"알겠습니다. 한자와 부장의 말을 요약하면, 이 일은 은행과 증권이 각각 독자적인 영업 활동으로 얻어낸 계약이라는 거죠. 맞습니까?"

"그렇습니다."

미카사가 옆에서 망연자실한 표정을 짓고 있는 이사야마에게 말했다.

"그렇다면 이사야마 부장, 당신도 적당히 봐줄 필요는 없습니다. 양쪽 고객이 이런 상황을 받아들인다면, 각각 자신에게 주어진 일을 열심히 하면 되니까요. 오카 사장님, 그렇지 않습니까?"

평소의 호기는 어디로 갔는지, 부행장 앞에서 얌전히 상황을 지켜보고 있던 오카가 "네, 그렇지요"라고 짤막하게 대답했다.

미카사가 소파에서 일어나면서 말했다.

"바쁘신데 여기까지 오시라고 해서 죄송합니다. 그렇다면 부끄럽지 않도록 최선을 다해주시기 바랍니다. 우리도 자회사라고 적당히 봐주지 않겠습니다. 또한 실패해도 변명은 듣지 않겠습니다. 한자와 부장, 그건 각오하고 있겠지요?"

"물론입니다. 바라는 바입니다."

한자와는 옹골차게 대답하고 오카와 같이 부행장 집무실에서 나왔다.

3

"부장님, 괜찮겠습니까? 그렇게 하면 앞으로 은행으로 돌아가시기 힘들어지실 텐데요."

은행에서 벌어진 한판 대결을 들은 모리야마가 주눅 든 표정으로 물었다.

"그런 건 생각할 필요 없어. 내가 지금 생각해야 할 건 어떻게 하면 도쿄센트럴증권의 이익을 올리느냐는 것뿐이야. 돌아가느니 돌아가지 않는다느니, 그런 시시한 건 인사부에서 판단하면 돼. 주어진 일에 최선을 다한다. 그게 월급쟁이의 사명이잖아?

뭐가 이상하지?"

한자와는 모리야마의 우려를 웃음으로 날린 뒤, 찜찜한 표정을 짓는 그에게 되물었다. 모리야마의 얼굴에는 당황한 표정이 역력했다.

"그렇게 생각하는 게 당연하지만요. 하지만 지금까지 은행에서 파견 나온 사람의 머릿속엔 은행으로 돌아가는 것밖에 없는 것 같았거든요. 모로타 부장대리나 미키 씨도 그랬고요."

"은행으로 돌아가는 편이 좋다는 건 착각일 따름이야. 월급쟁이는…… 아니, 월급쟁이만이 아니라 사람은 누구나 자신을 필요로 하는 곳에서 일하고, 그곳에서 활약하는 게 가장 행복하지. 회사가 크냐 작으냐는 관계없어. 지명도도 관계없고. 우리가 추구해야 할 건 간판이 아니라 알맹이니까."

"알맹이요?"

모리야마가 혼잣말처럼 중얼거렸다.

"자네도 조만간 알게 될 거야."

한자와는 그렇게 말하고 이야기를 본론으로 돌렸다.

"그나저나…… 고다 사장에게 면담을 요청하려는데, 세나 사장님도 참석했으면 좋겠어."

"고다 사장이 만나줄까요?"

"글쎄. 어쨌든 그 회사를 사면 같이 일하게 될 수도 있으니까 인사는 해둬야지."

한자와는 책상 위의 전화기로 손을 뻗어 직접 세나에게 전화를 걸었다.

  꼭 직접 인사를 하고 싶고 그렇게 해야 한다─이것이 세나의
의견이었다.

  물론 그 이면에는 고다에게 하고 싶은 말이 있기 때문이리라.

  며칠 전까지만 해도 도쿄스파이럴을 구제해주겠다고 큰소리
친 남자의 가면이 벗겨진 것이다.

  도쿄중앙은행, 다이요증권과 한패가 되어 사기 연극에 동참한
남자에게 정면으로 도전장을 내밀겠다─세나에게는 이런 속셈
이 있었을지도 모르겠다.

  고다로부터 만나겠다는 연락이 온 것은 그날 오후였다.

  폭스 본사로 가는 도중에 모리야마가 자신의 의견을 말했다.

  "고다 사장이 면담 신청에 응한 것은 조금 의외였습니다."

  "아니, 나는 가능성이 있다고 생각했어. 아무리 도망치고 싶어
도 끝까지 피할 수는 없으니까. 사죄할 건 사죄하는 편이 좋다고
생각했겠지. 그건 옳은 판단이야."

  시나가와에 있는 폭스 본사 앞에서 세나를 만나 접견실로 들
어가자 즉시 고다가 긴장한 얼굴로 들어왔다.

  "고다 사장님, 바쁘실 텐데 귀한 시간 내주셔서 감사합니다."

  세나의 말투에는 빈정거림이 잔뜩 묻었고, 눈에는 분노가 감
돌았다.

  "아닐세. 본래라면 내가 사죄하러 갔어야 하는데……."

고다는 세나에게 깊숙이 고개를 숙이며 사과했다.

"이번 일은 진심으로 사과하겠네."

몇 번이고 거듭 사죄하는 고다를 향해 세나가 물었다.

"왜 그러셨지요? 왜 그런 거짓말을 하셨는지 이유나 말씀해주시지요."

도쿄중앙은행의 비열한 전략이 쓰레기통으로 들어간 뒤, 고다로부터는 한동안 아무런 연락이 없었다. 속임수가 드러났다는 이야기가 고다의 귀에도 들어갔음이 틀림없었다. 한편 세나도 고다에게 연락하지 않았는데, 그것은 폭스를 공개매수하겠다는 새로운 전략 때문이었다.

고다의 얼굴이 처참하게 일그러졌다.

"내가 나약했어. 모든 건 그것 때문이네."

"무슨 말씀인지 모르겠군요."

세나는 미간에 주름을 잡으며 노골적으로 혐오감을 드러냈다.

"투자 실패에 따른 거액의 손실로, 자금 사정이 벽에 부딪혔네. 자력 회생은 거의 불가능해서, 회사를 사줄 곳을 찾는 수밖에 없었지. 그때 전뇌의 히라야마 사장이 우리 회사를 사겠다고 하지 않았다면 그대로 무너졌을 거네. 그런 사람의 부탁이라 도저히 거절할 수 없어서……."

"그걸 지금 변명이라고 하십니까?"

세나의 비난을 듣고 고다는 고개를 숙이는 수밖에 없었다.

"고다 사장님, 당신이 한 일은 한마디로 말해서 사기입니다.

사기! 돈을 위해서라면 무슨 짓이든지 하실 겁니까? 사장님이 조직폭력배라도 됩니까?"

"내가 겁쟁이였네. 도산해서 길거리에 나앉을까 봐 두려웠지. 히라야마 사장에게 버림받으면 우리를 살려줄 곳은 어디에도 없다……, 그렇게 생각했네."

고다의 말에는 궁지에 몰린 경영자의 처참한 심정이 배어 있었다.

하지만 세나의 분노는 쉽게 가라앉지 않았다.

"아무리 그래도 보통 사람은 자신을 지키기 위해 남을 속이진 않습니다. 고다 사장님, 그건 정상이 아닙니다. 인간으로서도, 경영자로서도요. 입으론 본업에 최선을 다한다고 하면서 실적이 조금 나빠지면 투자에 손을 대고. 그래서 실패하는 겁니다. 이런저런 변명을 내세우지만 결국 지위나 명성을 내놓기 싫었던 게 아닙니까?"

"어쩌면 그럴지도 모르지."

"그럴지도 모르는 게 아니라 그런 겁니다!"

세나는 어린아이를 야단치듯 말하고 몸을 앞으로 내밀었다.

"이번 건은 절대로 용서할 수 없습니다! 그건 미리 말해두겠습니다."

그 말에도 고다는 작은 목소리로 "면목이 없네"라고 사죄할 뿐이었다.

적당한 타이밍을 보고 한자와가 끼어들었다.

"오늘 저희가 찾아뵌 것은 사죄를 받기 위해서가 아닙니다. 이번에 도쿄스파이럴에서는 폭스를 공개매수하기로 결정했습니다. 그것에 대해 고다 사장님의 의견을 듣고, 가능하다면 찬성해주실 수 없을까 해서 왔습니다."

고다는 탁자의 한곳에 시선을 고정한 채 잠시 생각에 잠겼다. 그렇게 얼마나 있었을까, 시선을 들었을 때는 "그럴 수는 없습니다"라는 대답이 돌아왔다.

"조금 전에 말한 것처럼 히라야마 사장에게서 이미 구제해주겠다는 약속을 받았습니다. 백기사인 척하면서 도쿄스파이럴을 속인 건 미안하지만, 공개매수에는 찬성할 수 없습니다. 내게 먼저 손을 내밀어준 사람은 히라야마 사장님이니까요."

한자와가 의문을 제기했다.

"고다 사장님, 이게 빠르고 늦고로 결정할 문제입니까? 사장님에게, 아니 폭스에게 어디가 더 어울리는 상대냐는 관점에서 검토하셔야 하지 않습니까? 전뇌의 산하로 들어가면 잘될 것이라고 생각하십니까?"

"솔직히 말해 나는 지금 숨도 쉴 수 없을 만큼 곤경에 처해 있습니다. 히라야마 사장님은 그런 내게 도움의 손길을 내밀어주었지요. 그 은혜를 배신할 수는 없습니다."

한자와가 반론을 제기했다.

"외람된 말씀이지만 제가 본 경영자 중에 히라야마 사장만큼 냉철한 사람은 없습니다. 즉, 인정으로 다른 회사를 구제해줄 분은 아니란 뜻이지요. 전뇌는 철저히 계산으로 움직일 뿐입니다. 매수한 후에 어떻게 할지, 히라야마 사장과 의논해보셨습니까? 경영진은 어떻게 구성할지, 경영방침은 어떻게 할지, 직원들의 고용 문제는 어떻게 할지…… 전뇌가 매수하면 지금 폭스의 문화는 완전히 바뀌겠지요. 상상도 못할 만큼 완전히 말입니다. 사장님이 키운 회사는 간판만 남고 전부 전뇌의 뱃속으로 들어간다고 생각하셔야 할 겁니다. 아니, 어쩌면 필요한 것만 빼앗아가고 나머지는 버릴지도 모릅니다. 폭스의 고객과 서비스의 노하우, 목적은 그것뿐일지도 모르니까요. 그렇다면 구제라는 건 명목뿐이고, 그다음엔 아무것도 남지 않겠지요."

대답은 돌아오지 않았다. 고다는 손을 깍지 끼고 고개를 숙인 채, 심사숙고하는 표정을 지었다. 이윽고 그의 입에서 다음과 같은 말이 흘러나왔다.

"나는 히라야마 사장을 믿습니다. 컴퓨터와 그 주변기기를 판매하는 우리 회사와 비슷한 업종이기는 하지만, 우리와 전뇌는 고객층이 다르니 두 회사가 손을 잡으면 어느 정도 시너지가 날 수 있겠지요. 그러면 다시 일어설 수 있을 겁니다."

"폭스가 컴퓨터나 주변기기를 제조하는 회사라면 그럴 수도 있겠지요. 하지만 폭스와 전뇌는 모두 판매회사로 같은 위치에 있습니다. 전뇌는 지금도 컴퓨터를 싸게 구입할 수 있는데, 구태여 폭스를 통해 구입할 필요가 있을까요? 전뇌에게는 폭스를 매수한다 해도 메리트가 거의 없습니다. 이런 말씀은 실례인 줄 알지만, 히라야마 사장에게 폭스는 도쿄스파이럴을 사들이는 데 필요한 도구에 지나지 않습니다. 지금에 와서는 그것도 의미가 없어졌지만요."

옆에서 듣고 있던 모리야마가 고개를 번쩍 들었다. 그의 얼굴에 경악으로 물들었다. 한자와의 말을 듣고 지금에서야 전뇌의 진의를 깨달았다는 표정이었다.

고다가 조바심이 깃든 말투로 대꾸했다.

"히라야마 사장이 어떻게 생각하는지, 여기서 추측해봐야 소용없겠지요. 아무튼 히라야마 사장으로부터 먼저 제안을 받은 이상, 내 생각은 바뀌지 않습니다."

고다는 거기까지 말하고 세나를 향해 덧붙였다.

"공개매수를 하려면 하게. 세나 사장, 그건 자네의 판단에 맡기겠네. 하지만 우리가 거기에 찬성하는 일은 없을 거야. 자네에게는 미안한 일을 했지만 이 일은 절차에 따라 처리하겠네."

"이제 와서 절차 타령입니까? 알겠습니다."

세나가 오른손으로 무릎을 한 번 치고 나서 덧붙였다.

"어쨌든 우리는 폭스의 매수를 추진할 테니까 그렇게 아십시오. 더 말해봐야 결론이 날 것 같지도 않으니 그만 가보겠습니다."

고다와의 면담은 아무런 소득이 없는 상태에서 막을 내렸다.

4

"이렇게 해서 공개매수로 돌입인가?"

한자와의 말을 들은 도마리는 그렇게 말한 뒤, 넙치초밥을 입 안에 집어넣었다. 번화가인 긴자 코리도가 지하에 있는 도마리 의 단골 초밥집이다.

"고다 사장이 워낙 완고하더군. 어쩔 수 없지 뭐. 처음부터 쉽 게 풀리리라곤 생각도 안 했어."

"같은 세대인 히라야마 사장이라면 몰라도, 서른 남짓의 젊은 녀석에게 항복하고 싶지 않다고 생각하는 거 아니야?"

한자와가 생선회를 집으면서 말했다.

"그런 점도 작용했을 수 있겠지. 하지만 가장 큰 문제는 지금 경영자로서 고다 사장의 눈이 흐려져 있다는 점이야. 계속 잘못 판단하고 있어. 자금을 운용하다가 거액의 손실을 낸 것도 그렇 고. 이번 건만 해도 조금만 생각해보면 전뇌 측에 메리트가 없다 는 걸 한눈에 알 수 있는데, 잘못된 절차론에 집착해 그걸 무시하 려고 하고 있어. 일종의 현실 도피라고 할 수 있겠지."

그 점은 도마리도 인정했다.

"반면에 스파이럴이 인수하면 메리트가 있을 것 같군. 고다 사 장이 그런 식이라면 거침없이 밀고 나가! 이렇게 말하고 싶지만 우리 은행이 얽혀 있어서 그런지 마음이 복잡해."

도마리는 눈썹을 살짝 찡그리더니 화제를 바꾸었다.

"그나저나 부행장이 호출했다면서?"

역시 은행 최고의 정보통인 만큼 귀가 밝다.

"너에게 이런 말을 하면 번데기 앞에서 주름 잡는 꼴이지만, 너무 자극하지 않는 편이 좋지 않을까? 그러다 정말로 편도 티켓이 되면 어쩌려고 그래?"

"증권은 생각보다 편해."

한자와의 말이 끝나기도 전에 도마리가 무서운 표정을 지어 보였다.

"말이면 다인 줄 알아? 네가 그렇게 되면 실망할 녀석들이 한둘인 줄 아냐고! 이사야마 부장과 한판 떴다면서?"

한자와가 코웃음으로 대꾸했다.

"한판 떴다고 할 것까지도 없어. 말도 안 되는 이야기를 하길래 살짝 바로잡아줬거든."

"그렇게 생각하는 건 너 하나뿐이야."

이미 맥주잔을 비우고 따뜻한 청주로 바꾼 도마리는 불그스레한 얼굴로 덧붙였다.

"미카사 부행장이 효도 부장에게 넌지시 손을 쓰고 있는 것 같아. 네 이름을 들먹이며 '참 골치 아픈 사람이더군요'라고 말하면서 말이야. 그 자리에 있었던 녀석이 말해줬어."

효도 히로토는 은행의 인사부장이다.

"효도 부장은 한 귀로 듣고 한 귀로 흘렸다고 하던데, 실제로 도쿄센트럴증권이 도쿄스파이럴의 자문사가 됐다는 이야기를 듣고 이맛살을 찌푸리는 사람도 많거든."

한자와가 비아냥거리며 되받아쳤다.

"그자들에게 은행이 한 짓을 말해주지 그랬어? 그러면 다들 내 행동을 이해할걸."

"방귀 뀐 놈이 성낸다고 하겠지만, 그걸 알면서도 네가 나쁘다고 주장하는 사람들도 있거든. 누구라곤 말하지 않겠지만."

미카사 부행장을 비롯해 이사야마와 노자키 등이리라.

"그래서?"

"그래서 그놈들이 네가 다시는 은행으로 돌아올 수 없도록 이런저런 손을 쓰기 시작했다, 그 말씀이지."

도마리가 깊은 탄식과 함께 덧붙였다.

"지금 증권 본부 안에서 전략 정보를 유출한 범인을 찾기 시작한 것 같아. 누군가가 네게 정보를 넘겨주었다고 의심하고 있어. 한자와, 지난번에 누군가에게 정보를 입수했다고 했지?"

한자와는 고개를 갸웃하며 시치미를 뗐다.

"내가 그랬던가? 애초에 정보를 훔쳐간 건 그쪽이 먼저잖아?"

"그런 이야기가 통할 것 같아?"

도마리는 어이없는 표정을 짓더니, 진지한 눈길로 덧붙였다.

"지금 은행 안에서는 한자와 포위망이 조금씩 좁혀지고 있어. 센트럴이 편하다고? 물론 그건 좋은 일이야. 하지만 한자와, 너는 자회사에 있을 사람이 아니야. 도쿄중앙은행의 심장에 있어야 할 인재지. 그 점을 잊지 말라고!"

5

"히라야마 사장님, 이번에 폐를 끼쳐서 정말 죄송합니다."

"아닙니다, 많이 힘드셨지요?"

고개를 숙인 고다를 보며 히라야마는 그렇게 말했지만 어딘지 모르게 태도가 차가웠다.

폭스를 이용한 도쿄스파이럴 매수 계획의 실패에 조바심이 난 것은 분명하지만, 책임을 어디다 물어야 좋을지 모르는 것처럼 보였다.

고다는 여기에 오기 전에 은행의 증권영업부에 들렀는데, 그곳에서는 이번 전략의 실패를 다이요증권 탓으로 돌리면 된다고 말했다. 하지만 폭스의 거액 손실이 신문에 실린 것은 고다의 책임이다. 모든 잘못을 증권사 탓으로 돌리고 모르는 척할 수는 없었다.

"도쿄스파이럴이 도쿄센트럴증권을 자문사로 선택하게 만든 건 다이요증권의 실수일지도 모르겠지만, 그 이전에 당사의 투자 실패가 신문에 난 건 유감스럽게 생각합니다. 전부 제가 미흡해서 생긴 일입니다. 지금 어디서 정보가 새어 나갔는지 밝히기 위해⋯⋯."

히라야마가 불쾌한 얼굴로 고다의 말을 가로막았다.

"고다 사장님, 그건 됐습니다. 이제 와서 원인을 밝혀봐야 아무런 의미도 없으니까요. 도쿄스파이럴의 자문사가 어디였어도,

그 기사를 보면 이상하게 생각했겠지요. 그 시점에서 이 전략은 실패한 겁니다. 다시 말해, 그건 절대로 유출되어서는 안 되는 정보였습니다."

고다는 맥이 빠진 얼굴로 순순히 인정했다.

"맞는 말씀입니다. 죄송합니다."

"그나저나 정말 기발하고 창조적인 대응책이더군요. 솔직히 말해 그렇게 나오리라곤 상상도 못 했습니다."

도쿄스파이럴의 폭스 공개매수 선언을 가리키며 히라야마는 그렇게 말했다.

고다는 차분한 얼굴로 대꾸했다.

"그것 말씀입니다만, 어제 세나 사장이 찾아와서 정식으로 제안하더군요."

"이제 와서요? 그런 제안을 하려면 공식 발표를 하기 전에 해야 하지 않나요? 순서가 완전히 뒤바뀌었군요. 일단 고다 사장님께 제안을 해서 합의가 되지 않는다면 공개매수를 하는 게 예의라고 생각하는데요. 요즘 젊은 사람들의 머릿속에는 뭐가 있는지 이해하기 힘들군요."

자신이 한 일은 뒤로 제쳐두고 히라야마는 그렇게 말했다.

"아마 히라야마 사장님과 제 관계를 알고 나서, 화를 참지 못해 순간적으로 결정한 게 아닌가 합니다만."

"그래서 사장님께서는 뭐라고 대답하셨나요?"

그렇게 물은 사람은 미유키 부사장이었다.

"물론 거절했습니다."

그러자 히라야마는 왼손으로 관자놀이를 누른 채 눈만 움직여 고다를 훔쳐보고, 미유키는 똑바로 앞만 보며 입을 다물었다.

어색한 공기가 흐르는 가운데 고다가 말을 이었다.

"매수를 먼저 제안해주신 곳은 전뇌라서, 저희는 그럴 생각으로 내부 조정을 마쳤습니다. 오늘은 그 건에 관해 구체적인 일정을 협의하고 싶어서 왔습니다."

그런데 히라야마에게서 생각지도 못한 말이 돌아왔다.

"그래요? 사장님 마음은 알겠지만, 기왕 이렇게 된 거 우리가 아니라 도쿄스파이럴의 산하로 들어가도 괜찮지 않습니까?"

고다는 히라야마의 얼굴에 시선을 고정한 채, 잠시 할 말을 잃고 멍한 표정을 지었다.

"무슨 말씀이십니까?"

"이런 말씀을 드리기는 좀 그렇지만, 우리가 폭스를 매수하려고 한 건 도쿄스파이럴 매수 전략에 기여하는 부분을 높이 평가했기 때문이었습니다. 그런데 그 전략이 실패로 돌아간 이상, 이야기가 달라져야 하지 않겠습니까. 만약 도쿄스파이럴이 폭스를 매수할 의향이 있다면 그쪽으로 추진하는 게 좋지 않을까요?"

고다의 얼굴에는 당황한 기색이 역력했다.

"히라야마 사장님, 잠시만요. 지금까지 저희 내부에서는 전뇌의 산하에 들어갈 생각으로 일을 추진해왔고, 그건 귀사도 마찬가지일 겁니다."

293

이미 두 회사의 기획부 직원들로 합병팀을 만들어, 앞으로 어떤 사업을 할지 모색하는 중이었다.

하지만 히라야마는 말도 안 되는 논리를 입에 담았다.

"그건 알고 있지만, 우리도 지금 난감해하고 있습니다. 상황이 이렇게 달라질 줄은 몰랐으니까요. 더구나 가장 중요한 건 이 점인데, 가령 도쿄스파이럴이 폭스를 매수해도 우리가 도쿄스파이럴을 매수하면, 결국 돌고 돌아서 똑같이 되지 않습니까? 그런 쪽이 우리에게는 경제적이기도 하고요."

생각지도 못한 말을 듣고 깜짝 놀란 나머지, 고다의 눈이 접시처럼 커졌다.

"경제적이요?"

"기업 매매에 따르는 골치 아픈 사무 절차가 한번에 끝난다는 뜻이에요. 그편이 싸게 치잖아요?"

이어진 미유키의 말은 시장에서 찬거리를 살 때의 느낌처럼 들렸다.

고다의 얼굴이 처참하게 일그러졌다.

"지금 저에게 도쿄스파이럴에 매수되라고 하는 겁니까? 히라야마 사장님, 아시다시피 기업을 사고파는 건 간단한 일이 아니잖습니까? 전뇌가 도쿄스파이럴을 매수한다고 해도 언제가 될지도 모르고, 성공할지 실패할지도 알 수 없습니다. 그렇다면 당초의 계획대로 저희와 좋은 관계를 구축하는 편이 메리트가 있지 않겠습니까?"

히라야마가 넌더리가 난다는 듯이 말했다.

"메리트라고요? 내 말을 제대로 이해하지 못하셨나 본데, 죄송하지만 내 말은 현시점에서 폭스에 투자해봐야 메리트가 있을 거라는 생각이 들지 않는다는 뜻입니다."

고다가 창백한 얼굴로 몸을 앞으로 내밀었다.

"그러면 얘기가 다르지 않습니까? 얼마 전까지만 해도 저희를 산하에 두면 시너지가 발생한다고 말씀하셨잖습니까? 도쿄스파이럴 매수 계획에 차질이 생겼다고 해서 메리트가 없다고 하시다니. 저는 사장님 말씀을 믿고 있었습니다."

히라야마가 태연하게 대꾸했다.

"그건 죄송하게 됐습니다. 다만, 이건 어디까지나 비즈니스입니다. 물론 폭스를 산하에 두면 어떤 방식이든 시너지가 발생할 것이고, 정확하게 말하면 메리트가 전혀 없지는 않습니다. 하지만 그것만으론 매력이 부족합니다. 폭스만이라면 일부러 살 정도는 아니고……."

"은행에선 그렇게 여기지 않을 겁니다. 이사야마 부장에게는 아무 말도 못 들었습니다."

고다는 참담한 현실을 눈앞에 두고, 차라리 눈을 감고 싶었다. 하지만 지금 히라야마의 입술에 떠오른 것은 연민과 비슷한 비웃음이었다.

"물론 은행에서는 처음의 계획대로 폭스를 구제해달라고 했습니다. 당연합니다. 그들 쪽에서 보면 폭스의 미래가 불투명해지는 일은 피하고 싶을 테니까요. 하지만 돈을 내는 건 우리입니다. 아무리 비정하고 야멸차다고 말해도, 회사를 위해서는 철저하게 비즈니스로 생각해야 합니다. 그것이 내가 할 일이니까요."

히라야마의 태도는 너무나 단호해서, 설득할 여지가 털끝만큼 도 보이지 않았다.

"히라야마 사장님, 그건 정식 결정입니까?"

생각지도 못한 상황에 동요하면서 고다는 가까스로 목소리를 짜냈다.

"물론입니다."

"임원 여러분의 의견은 어떻게 됩니까? 다마키 재무부장은 뭐 라고 했지요?"

고다 쪽에서 보면 그것은 마지막 희망이 담긴 질문이었다.

매수 이야기가 나오고 합병팀이 만들어진 이후, 수차례에 걸 친 회의를 통해 고다는 다마키의 실력과 인품을 인정했다. 독재 자인 히라야마의 뒤에 있어서 눈에 띄지는 않지만 신뢰할 수 있 는 사람이었다.

하지만 미유키의 다음 대답을 듣고 고다는 아연실색하지 않을 수 없었다.

"그 사람은 이번 일과 관계가 없어요."

"관계가 없다고요?"

"아직 발표하지 않았지만 다마키 부장은 곧 그만둘 거예요."

말도 안 돼! 아닌 밤중에 홍두깨도 유분수지, 다마키가 그만두다니.

"왜죠?"

고다의 얼굴에 놀라움이 자리했다. 다마키만큼 실력 있는 사람은 쉽게 만날 수 없다. 그런 사람이 그만둔다는 것은 전뇌에 굉장히 중대한 사태가 일어나고 있음을 뜻한다.

"나름대로 생각이 있겠지요. 우리는 가는 사람을 잡지 않아요. 대신할 사람은 얼마든지 있으니까요."

미유키의 말투는 너무도 태연했다. 고다는 무심코 그녀의 얼굴을 물끄러미 쳐다보았지만, 그것이 본심인지 일부러 태연하게 말하는 것인지는 알 수 없었다.

하지만 대신할 사람은 얼마든지 있다는 말은 날카로운 칼날이 되어 고다의 가슴에 깊숙이 박혔다.

이 부부 쪽에서 보면 다마키뿐만 아니라 고다도 마찬가지가 아닐까? 모든 사람을 잠깐 사용했다가 버리는 장기의 말로 보는 것이다.

고다는 거칠게 파도치는 속마음을 감추고 다시 히라야마와 마주했다.

"유감이군요. 저희 회사를 구제해줄 곳은 처음에 제안해준 귀사 외에는 없다고 생각했습니다. 마지막으로 묻겠습니다. 다시 생각해주실 순 없겠습니까?"

히라야마로부터 돌아온 것은 깊은 한숨이었다.

"다시 생각할 만한 재료가 있으면 그렇게 하겠지만, 지금으로

선 그런 재료는 어디에도 없습니다."

히라야마는 그렇게 말하고 고개를 돌렸다.

구세주라고 생각했던 남자가 보여준 것은 생판 모르는 타인의 옆얼굴이었다.

히라야마와의 미팅이 끝나고 본사로 돌아가는 차 안에서 고다는 깊은 절망의 늪에 빠졌다.

마흔 살에 창업해 15년이 흘렀다. 그동안 위기에 몰린 적이 한두 번은 아니었으나 지금만큼 절망적인 상황은 처음이었다.

회사 실적이 계속 상승하는 상황에서 맞이한 위기라면 어딘가에 해결책이 있었다. 실적이 좋아지고 이익이 많아지면 대부분의 위기는 해결할 수 있기 때문이다.

하지만 지금은 다르다.

창업 15주년을 맞이한 폭스는 이미 정점을 지나 쇠퇴 국면으로 접어들었다. 다른 회사와 경쟁하면서 상처를 입는 바람에 체력은 약해졌고, 예전에 번영을 누렸던 비즈니스 모델은 누더기로 변하면서 여기저기에 구멍이 나기 시작했다.

새로운 사업거리를 생각해내야 새로운 성장을 기대할 수 있지만, 그렇게 할 수 있는 돈도 없고 시간도 없다. 예전에는 IT계의 스타 창업자라는 찬사와 함께 '컴퓨터'라는 별명을 얻었을 정도였지만, 문득 정신을 차리고 보니 컴퓨터의 CPU는 녹슬고 시대에 뒤처져 있었다.

전뇌잡기집단의 구제의 손길은 사면초가에 빠진 고다에게 남겨진 유일한 희망이었다.

"난 지금 뭘 하고 있는 걸까?"

지나가는 차창 밖의 풍경을 멍하니 바라보면서 그는 스스로를 비웃었다.

창업한 지 얼마 되지 않았을 무렵, 그의 걱정거리는 오직 돈이었다.

이번 달 말에 펑크를 내지 않고 제대로 결제할 수 있을까. 은행은 상대해주지 않고 거래처도 아직 믿어주지 않는 상황에서 어떻게 하면 자금을 끌어올 수 있을까.

회사가 커지면 그런 고민에서 벗어나게 될 거라고 믿었다. 하지만 연매출 1700억 엔의 회사로 성장한 지금도 똑같은 고민에서 헤어나지 못하고 있다. 이뿐만 아니라 지금의 고민은 예전의 고민과는 비교도 할 수 없을 만큼 심각하다.

하지만 팔짱 끼고 구경만 해서는 문제를 타개할 수 없다. 지금해야 할 일은 시시한 감상에 젖는 게 아니라 행동하는 것이다.

"은행으로 가주겠나?"

회사 근처까지 왔을 때, 고다는 운전사에게 말했다. 차는 우회전하려고 했던 다음 교차로에서 직진해, 경제 1번지인 마루노우치를 향해 도로를 날리기 시작했다.

6

"전뇌가 거절했다고? 우리와 한마디도 의논하지 않고?"

모로타의 보고를 받은 이사야마는 거칠게 혀를 차더니, 주위가 떠나가라 소리쳤다.

"아까 고다 사장님께서 오셔서 히라야마 사장님으로부터 직접 들었다고 하시더군요."

이사야마의 집무실에서 모로타는 집무용 책상 앞에 서서 갑작스러운 사태에 당황한 표정을 지었다. 비지땀이 솟구친 이마는 번들번들 빛나고 있었다.

"누구 마음대로 거절해? 우리가 그걸 받아들일 것 같아? 히라야마 사장은 도대체 무슨 생각이야? 이야기는 해봤나?"

"조금 전에 급히 찾아가 이야기를 했습니다. 은행의 상황을 설명하면서 아무리 설득해도, 경제적으로 볼 때 합리적이지 않은 판단은 내릴 수 없다는 주장만 되풀이하더라고요."

이사야마의 이마에서 굵은 핏줄이 꿈틀거렸다.

"웃기지 말라고 그래! 뭐? 경제적으로 볼 때 합리적이지 않다고? 앞으로 우리 은행과 계속 함께한다고 생각하면 이보다 합리적인 게 어디 있어? 회사를 경영하다 보면 실적이 좋을 때만 있는 게 아니잖아? 돈이 필요할 때만 우리에게 기대면 곤란하지. 그렇게 말해!"

모로타는 괴로운 듯 창백한 얼굴을 일그러뜨렸다.

"물론 그렇게 설명했습니다만, 그 말이 부사장님의 노여움을 사는 바람에⋯⋯."

이사야마가 발끈한 얼굴로 다음 말을 기다렸다.

"계속 그렇게 말하면 거래 은행을 바꾸겠다고⋯⋯."

이사야마의 분노가 마침내 머리를 뚫고 나왔다. 그는 들고 있던 볼펜을 책상에 내던지며 고함을 질렀다.

"뭐야? 좋은 게 좋은 거라고 넘어가니까 우리를 물로 보는 거 아냐? 말이면 다인 줄 알아? 전뇌가 지금처럼 성장할 때까지 참고 지원해준 건 우리야, 우리! 그 은혜를 잊은 거야?"

마치 자신이 야단맞는 것처럼 모로타는 몸을 웅크렸다.

"히라야마 사장은 그런 사정을 이해하지 못하는 것 같았습니다. 제 말은 아예 들으려 하지도 않는다고 할까요? 이건 최종 결정이니까 부장님께 전해달라고 하면서⋯⋯."

"최종 결정 좋아하시네! 철회시켜!"

사람을 무시하는 거만한 표정을 지으며 이사야마는 거칠게 명령했다.

모로타는 말하기 곤란한 얼굴로 단어를 선택하며 말했다.

"저도 끈질기게 버텨보았지만⋯⋯ 죄송합니다."

"정말 사람 환장하게 만드네."

화를 내면서도 이사야마의 가슴 한쪽에서는 조바심이 치밀어 올랐다. 증권영업부장으로 취임한 이후, 최대의 위기라고 할 수 있었다.

전뇌잡기집단의 자문사가 된 깃까지는 좋았다. 증권의 일을 강제로 빼앗았다고 이의를 제기하는 사람들에게는 미카사 부행장이 미리 손을 써놓은 것도 있어서 은행의 수익이 더 중요하다는 말로 넘어갔다.

시간외거래로 도쿄스파이럴 주식을 대량 매수해 세상을 깜짝 놀라게 만들고, 업계의 주목을 받은 것까지는 계산대로 되었다. 그 이후 계속 주식시장에서 주식을 공개매수하는 것처럼 위장하면서 도쿄스파이럴의 백기사인 폭스를 사들여 주식의 과반수를 취득하는 울트라 C 작전은 업계에 강렬한 인상을 안겨줄 것이라고 예상했다.

그런데 지금 그 전략이 처참하게 무너지면서 보기 흉한 잔해를 드러냈다.

도쿄스파이럴을 매수함과 동시에 폭스도 구제하고, 또한 M&A 분야에서 도쿄중앙은행의 위상을 몇 단계 끌어올린다―그야말로 일석삼조의 훌륭한 계획이 아닌가. 그런데 이게 뭔가! 이제 도쿄스파이럴은 공개매수를 하지 않을 수 없게 되고, 폭스를 구제하는 방안도 물 건너가게 되었다. 또한 전뇌와의 관계도 뒤틀리기 시작했다.

이게 전부 빌어먹을 한자와 때문이다.

이사야마는 증오스러운 상대의 얼굴을 떠올리며 난폭하게 혀를 찼다. 그리고 땡감이라도 씹은 얼굴로 책상의 수화기를 들고 인사부 차장인 무로오카 가즈토에게 전화를 걸었다.

무로오카는 마침 자리에 있었다. 이사야마가 긴히 할 말이 있다고 하자 눈치 빠르게 "지금 그쪽으로 가겠습니다"라고 말하고는 총알처럼 날아왔다. 몇 년 전까지 증권 본부에서 이사야마 밑에 있었기 때문이다.

"자네도 얼마 전까지 영업 2부 차장이었던 한자와를 알지?"

"물론입니다. 가끔 차장 모임에서 만나기도 했습니다."

그렇게만 말하고 무로오카는 조용히 다음 말을 기다렸다.

"자네에게만 하는 말인데, 증권 본부에서 극비리에 진행했던 프로젝트가 있거든."

"전뇌 프로젝트 말씀인가요?"

단박에 알아맞히다니. 무로오카의 감은 여전히 예리하다.

이사야마는 고개를 끄덕이며 말을 이었다.

"도쿄센트럴증권이 하필 도쿄스파이럴의 자문사가 되어 우리 전략을 무너뜨렸지 뭔가? 정말 골치 아픈 작자야. 미카사 부행장님이 화가 나서 본부로 오라고 했더니, 천연덕스러운 얼굴로 억지를 쓰더군. 그런 작자들은 어디 멀리 보내버릴 수 없나?"

"실은 미카사 부행장님도 뒤에서 저희 부장님께 똑같은 말씀을 하신 것 같습니다."

"정말인가? 부행장님이 뭐라고 하셨는데?"

뜻밖의 정보를 듣고 이사야마는 자기도 모르게 몸을 앞으로 내밀었다.

"이건 부장님께만 드리는 말씀인데요, 한자와를 증권에서 빼내 다른 자회사로 보내는 게 좋지 않겠냐고 하셨답니다."

"그래서 효도 부장은 뭐라고 했는데?"

"일단 말씀은 잘 들었습니다, 하고 대답하더군요."

이사야마의 얼굴이 실망으로 바뀌는 것을 보고 무로오카가 재빨리 덧붙였다.

"효도 부장은 한자와를 꽤 높이 평가하거든요."

이유라면 알고 있다. 한자와가 한때 효도 밑에서 일한 적이 있었기 때문이다.

"옛 S의 친목질인가?"

이사야마가 단정적으로 말하자 무로오카가 차분히 설명했다.

"그건 아닙니다. 지금 상황에서 다른 자회사로 보낼 명분이 없는 건 사실이니까요. 효도 부장도 부행장님의 의향을 거역하고 싶지는 않을 겁니다. 하지만 한자와는 증권으로 파견 나간 지 얼마 안 됐잖습니까? 이런 상황에서 당장 다른 곳으로 보낼 수는 없지요."

이사야마가 불쾌한 얼굴로 말했다.

"지금 그런 말을 할 때야? 그런 작자가 마음대로 설치고 다니도록 내버려두면 은행에 막대한 손해를 끼칠 거야. 아니, 이미 충분히 손해가 나고 있어."

"하지만 그쪽도 나름대로 대의명분이 있으니까요."

무로오카의 말에 담긴 미묘한 뜻을 알아차리고 이사야마는 부루퉁한 얼굴로 입을 다물었다. 전뇌와의 자문사 계약을 가로챈 수법에 문제가 있지 않았냐는 뜻이었기 때문이다. 균형 감각이 뛰어난 사람이다.

그렇다고 이대로 수긍하고 넘어갈 수는 없었다.

"무로오카, 자네도 한번 생각해 봐. 물론 전뇌와 처음에 계약한 건 증권이야. 하지만 증권에 이렇게 중요한 프로젝트를 감당할 노하우가 있겠어? M&A에 실패해 체면이 땅에 떨어지기 전에 우리가 떠맡는다, 그게 가장 현실적인 선택이 아니겠어?"

무로오카가 재빨리 맞장구를 쳤다.

"그 말씀엔 동감입니다. 운동선수로 치자면 증권은 아직 실력이 없는 어린 선수에 불과합니다. 어떤 경위로 그렇게 되었는지는 모르겠지만 도쿄스파이럴의 자문사 역할도 성공하지 못할 겁니다. 즉, 부장님께서 진행하시는 M&A가 결말이 났을 때, 한자와 건도 결말을 보실 수 있을 겁니다. 건방지게 부행장님께 큰소리를 친 이상, 한자와에게 미래는 없습니다."

"무로오카, 그때는 절대 봐주지 마!"

이사야마가 눈에서 강렬한 빛을 내뿜으며 말하자 무로오카도 진지하게 대답했다.

"물론입니다. 그때는 아무도 한자와를 감쌀 수 없습니다. 부장님께서는 안심하고 이번 프로젝트를 진행하시면 됩니다."

그 말을 듣고서야 겨우 이사야마의 기분이 풀렸다.

7

그 무렵, 고다는 홀로 집무실 창밖에 펼쳐진 야경을 멍하니 바라보고 있었다.

밤에 잡혀 있던 접대 약속은 비서에게 말해 취소하라고 했다. 거액의 손실이 드러나기 전에 잡은 하청업자의 접대였는데, 취소 전화를 받은 하청업자도 안도했음이 틀림없다.

지금 그가 해야 할 일은 당면한 현안을 차분히 검토하는 것이었다.

어떻게 하면 살아남을 수 있을까…….

믿었던 전뇌는 도움의 손길을 거두었다. 전뇌와의 면담 내용을 전한 지 이틀이 지났는데 은행 쪽에서는 아무런 연락이 없다. 즉, 은행도 히라야마를 설득하는 데 실패했거나 난항을 거듭하고 있다는 증거다.

더구나 그렇게까지 탐탁지 않아 하는 상대에게 구제를 받아봐야 좋은 결과로 이어질 리가 없다. 전뇌라는 선택지는 이제 버려야 한다.

과당경쟁, 덤핑전쟁으로 인한 수익 악화, 그리고…… 본업에서의 적자. 지금 폭스가 껴안고 있는 것은 구조적인 문제다. 아무리 대출을 받아도, 그것만으론 미래가 열리지 않는다.

이런 상황을 타개하기 위해서는 새로운 전략이 필요하다. 하지만 젊은 시절에 샘물처럼 솟아났던 아이디어는 이제 아무리 머리를 쥐어짜도 나오지 않았다. 어느덧 유연한 발상이 사라지고, 바싹 마른 치즈처럼 뇌는 딱딱하게 굳었다.

"나도 이제 늙었군."

고다가 나지막하게 중얼거렸다. 스스로도 깜짝 놀랄 만큼 입에서 갈라진 목소리가 나왔다.

어느새 이렇게 나이를 먹었을까? 눈도 돌리지 않고 앞만 바라보며 열심히 달려왔는데, 문득 정신을 차리자 처음의 목표와는 다른 곳에 있는 자신을 발견했다.

그는 고개를 돌려 사장실을 빙 둘러보았다.

넓은 공간에 화려한 집기들이 놓여 있었다. 자산보다 부채가 많은 지금, 그것은 모두 자신의 목줄을 조이는 빚덩이로 보였다.

그에게는 이제 아무것도 남지 않았다.

"알몸 하나밖에 없던 옛날로 돌아간 것뿐이잖아?"

그렇게 생각하려고 했지만 입술 사이로 기나긴 한숨이 새어나왔다.

아니다. 그래도 옛날에는 젊었다. 하지만 지금은…….

어떻게 하면 살아남을 수 있을까? 다시 그 명제로 돌아온 그는 자신에게 남은 선택지가 모두 사라졌음을 인정하지 않을 수 없었다. 단 한 가지를 제외하고는.

다음 순간, 고다는 잠시도 망설이지 않고 휴대폰을 꺼내 어느 전화번호를 눌렀다. 그리고 유리창에 비친 늙은 자신의 모습을 바라보면서 상대가 전화를 받기를 기다렸다.

"네."

들은 적이 있는 목소리였다.

"지난번에는 실례가 많았습니다. 사장님의 매수 제안을 받아들이고 싶습니다."

세나가 대답할 때까지 그는 세차게 방망이질치는 자신의 심장 소리를 듣고 있었다.

7장

정면 승부

1

전뇌가 도쿄스파이럴의 공개매수를 시작한 지 한 달쯤 지난 어느 토요일, 고다가 도쿄스파이럴의 본사로 세나를 찾아왔다.

"바쁘신데 시간을 내주셔서 감사합니다."

회의실 안으로 들어온 고다는 그렇게 말하고 깊숙이 고개를 숙였다.

"아닙니다. 여기까지 와주셔서 감사합니다."

세나는 냉담하게 말한 뒤, "앉으십시오"라고 회의실의 안쪽 자리를 권하고 자신은 맞은편 자리에 앉았다. 열 명쯤 앉을 수 있는 임원회의용 원탁이다. 세나의 연락을 받고 참석한 한자와 모리야마는 말석에 앉아, 숨을 죽인 채 지금부터 시작될 이야기의 향방을 지켜보았다.

고다는 의자에 앉자마자 고개를 숙이며 정중하게 사과했다.

"지난번에는 대단히 실례를 범했습니다. 우선 세나 사장님께 사과부터 하고 싶습니다. 오늘은 정식으로 귀사의 매수 제안에 관해 이야기를 나누고 싶어서 왔습니다."

세나는 가볍게 대꾸했다.

"감사합니다. 그런데 왜 갑자기 마음이 바뀌셨는지……."

고다는 약간 고개를 숙이고 힘겹게 목소리를 짜냈다.

"지금은 무슨 말씀을 드려도 변명처럼 들리실 겁니다. 사장님을 속이려고 한 데다 매수 제안도 거절해놓고, 이제 와서 이런 말씀을 드리자니 부끄럽기 그지없습니다. 그 이후, 히라야마 사장을 만나 귀사의 매수 제안에 대해 이야기했습니다. 전 히라야마 사장이 처음 약속한 대로 우리 회사를 구제해주리라고 믿었는데, 그 사람 생각은 조금 달랐던 것 같습니다.……한자와 부장님, 결국 당신 말이 맞았습니다."

고다는 솟구치는 분노를 참기 위해 어금니를 깨물며 세나에게 시선을 돌렸다.

"솔직히 말씀드려서 지금 내게 남은 선택지는 한 가지밖에 없습니다. 도쿄중앙은행의 지원도 기대할 수 없고, 전뇌를 대신해 구제해줄 회사도 없습니다. 여러모로 검토해봤지만 내게 남은 유일한 길은 귀사의 매수 제안을 받아들이는 것밖에 없다고 생각합니다."

모리야마가 한자와를 슬쩍 쳐다보았다. 한자와의 예상이 맞았다. 한자와는 작게 고개를 끄덕였지만 세나는 굳은 얼굴을 풀지 않았다.

세나의 말투는 생각보다 훨씬 차가웠다.

"말씀은 잘 들었습니다. 하지만 고다 사장님, 사장님께서 모르시는 게 있습니다. 자력 회생이 불가능한 상태에서 여러 선택지를 찾으신 건 충분히 이해할 수 있습니다. 자신의 신념이나 가치관을 잃어버린 채, 히라야마 사장의 입발림에 넘어간 것도 어쩔 수 없다고 생각합니다. 하지만 지금 하신 말씀은 전뇌를 대신해 구제해줄 회사가 없으니까, 공개매수를 선언한 우리로 결정해 이번 사태를 매듭짓겠다는 소리로 들립니다. 너무 안이한 생각이 아닙니까?"

세나의 조용한 분노에 고다는 할 말이 없었다.

"다른 선택지가 없으니까 매수에 찬성하다니, 이건 말이 안 되지 않습니까? 사장님의 공격적인 경영은 어디로 갔습니까? 사장님의 신념은 적극 경영이 아니었습니까?"

할 말을 잃은 고다의 얼굴에서 표정이 사라졌다.

"사장님께서는 어떻게 생각하실지 모르겠지만, 제가 폭스를 매수하려는 것은 저희 포털 사이트와 강력한 시너지효과를 낼 수 있다고 믿기 때문입니다. 누구처럼 폭스를 다른 목적에 이용하려는 게 아닙니다. 폭스를 매수함으로써 우리도, 그리고 폭스도 새로운 성장을 이룰 수 있다! 그렇게 생각하기에 매수하기로 결정한 겁니다. 그런 면에서 볼 때는 저도 히라야마 사장과 마찬가지로 철저한 손익계산으로 움직이고 있지요. 벽에 부딪혀 어쩔 수 없이 매수에 합의하시는 거라면 차라리 합의하지 않으시는 편이 낫습니다."

세나는 선언하듯 단호하게 말했다.

"저는 무슨 일이 있어도 공개매수를 통해 귀사의 주식을 과반수까지 살 겁니다. 그때 사장님께서 싸울 의사가 없다면 회사에서 떠나셔야겠지요."

몸을 앞으로 바싹 내밀고 고다가 물었다.

"세나 사장님, 그럼 말씀해주시겠습니까? 귀사에선 왜 우리 회사를 매수하려고 하시죠? 우리 회사를 일부러 매수할 만한 가치가 있습니까?"

고다를 똑바로 응시한 채 세나는 잠시도 망설이지 않고 대답했다.

"있습니다."

"어떤 가치가 있나요?"

세나가 차갑게 대꾸했다.

"그건 말해드릴 수 없습니다. 기업 비밀이니까요. 더구나 이제 사장님을 전적으로 믿을 만큼 저도 바보는 아닙니다."

고다가 고개를 숙이며 사과했다.

"지금까지 있었던 일은 입이 열 개라도 할 말이 없습니다. 하지만 폭스의 사장으로서 우리 회사의 어느 부분이 귀사에게 매력적인지, 그 정도는 알아두고 싶습니다. 임원회의에서 이번 매수에 대해 찬성 결의를 할 때, 그것도 모르고 있으면 꼴이 우스워지니까요."

"그건 우리의 전략에 관한 일입니다. 알고 싶으시면 NDA로 말씀해드리겠습니다."

NDA는 'Non-Disclosure Agreement'의 약자로, '비밀유지계약'을 가리킨다.

"물론 상관없습니다."

고다가 그렇게 말하자 세나의 비서가 즉시 계약서를 가져왔다. 고다는 망설이지 않고 사인하고 나서 다시 세나를 향했다.

"이제 말씀해주시겠습니까?"

"좋습니다. 기본적으론 폭스가 취급하는 상품을 우리 포털 사이트를 통해 판매하는 것만으로도 매수 효과는 충분하다고 생각하지만, 그보다 우리가 관심을 가지는 것은 폭스의 자회사입니다. 구체적으로 말하면…… 코페르니쿠스입니다."

세나의 말을 듣고 고다는 한순간 멍한 표정을 지었다.

"네? 코페르니쿠스라면, 샌프란시스코의……?"

"그렇습니다. 그 코페르니쿠스입니다."

"분명히 우리 자회사이긴 합니다만, 거긴 학생들이 운영하는 작은 온라인 쇼핑몰인데……."

"급격히 성장하고 있습니다."

세나는 그렇게 말한 뒤, 모리야마와 시선을 맞추었다. 코페르니쿠스의 성장성에 처음 주목한 사람은 모리야마였다.

"그곳에 우리 포털 사이트의 판매 노하우를 접목하면 몇 단계 도약할 가능성이 있습니다. 그 온라인 쇼핑몰 사이트를 미국 시장 진출의 발판으로 삼을 계획입니다."

"그런가요?"

고다는 얼이 빠진 표정으로 의자의 등받이에 몸을 기댔다.

그때 한자와가 끼어들었다.

"이제 본론으로 들어가시겠습니까? 거액의 운용 손실이 보도 되면서 폭스의 주가는 매수자인 우리 쪽에 유리하게 계속 떨어지고 있습니다. 우리로서는 되도록 빨리 매수하고 싶습니다."

모리야마가 탁자 위에 서류 한 장을 내밀었다.

"공개매수를 선언한 지 일주일 만에 도쿄스파이럴은 귀사의 주식을 이미 35퍼센트 취득했습니다. 임원회의에서 도쿄스파이럴의 매수에 찬성하겠다고 결의해주시겠습니까? 되도록 신속하게 마무리 짓고 싶습니다."

"만약 고다 사장님께서 우리와 같이 일할 생각이 있으시다면 부탁하겠습니다."

세나는 창 쪽으로 향했던 의자를 돌려 고다를 정면으로 마주 보았다.

"전뇌와 도쿄중앙은행의 M&A 전략을 때려 부술 수 있도록 도와주십시오."

2

존경하는 주주 여러분

폐사는 지난 11월 29일에 개최한 임원회의에서 (주)도쿄스파이럴의 매수 제안에 찬성함과 동시에, 주주 여러분께 도쿄스파이럴의 공개매수에 응하도록 권장하기로 의결했기에 이 사실을 알려드리는 바입니다.

이번 매수를 통해 폐사는 도쿄스파이럴의 산하에 들어가게 되었습니다. 앞으로 동 회사와의 협력을 통해 강력한 시너지 효과를 얻음으로써 더욱 발전하리라고 믿어 의심치 않습니다.

부디 폐사의 결의에 찬성해주시기를 부탁드리겠습니다.

(주)폭스 대표이사 고다 유키나리 배상

3

"이건 또 뭐야?"

이사야마는 폭스에서 보낸 안내문을 탁자에 내던지고, 미간에 주름을 잡으며 불쾌한 표정을 지었다.

"산하로 들어가려면 조용히 들어갈 것이지, 우리가 조금 차갑게 대했다고 그 길로 쪼르르 달려가 적의 말로 갈아타다니. 벤처 기업의 영웅이란 작자가 채신머리없게 이게 무슨 짓이야?"

감정이 격해져 화를 내는 이사야마와는 반대로 노자키는 냉정하게 분석했다.

"아마 지금쯤 정상적으로 판단할 수 없을 겁니다. 자신을 구해줄 사람이라면 누구와도 손잡을 수밖에 없겠지요. 돈이 떨어지면 인연도 떨어지는 법이니까요."

"이렇게까지 천박할 줄이야. 임원회의에서 그렇게 의결했단 말이지?"

노자키는 여유 있는 모습을 보였다.

"화내실 것 없습니다. 우리 의도대로 되고 있으니까요. 지금 도쿄스파이럴의 주가가 가까스로 유지되고 있는 건 이번 매수에 특별한 의미가 있는 게 아닐까 하는 근거 없는 기대감 때문이지요. 세나가 멋진 마술을 보여주지 않을까 하는 그런 기대감 말입니다. 하지만 그런 마술이 있을 리가 없잖습니까? 이건 속임수일 뿐이라는 사실이 드러나면 주가는 급락할 겁니다."

도쿄스파이럴의 주가가 전뇌잡기집단의 공개매수 가격을 웃도는 상황이 계속되면서 주식시장을 통한 주식 매수는 정체되고 있지만, 노자키는 크게 신경 쓰지 않았다.

이사야마가 코웃음을 쳤다.

"그때 녀석들의 얼굴을 보고 싶군. 눈앞에 거진 폭풍우가 디가오고 있는데, 느긋하게 매수 놀음이나 하고 있을 건가? 참 태평하시군. 이 일에 대해 히라야마 사장에게는 연락이 왔나?"

그것은 노자키가 아니라 모로타에게 한 질문이었다.

"상황을 지켜본다고 할까, 냉정하게 대응하는 것 같았습니다."

왠지 석연치 않은 모로타의 말을 듣고 이사야마가 눈썹을 치켜올렸다.

모로타가 재빨리 말을 이었다.

"실은 이 일과는 관계가 없지만 임원 이동이 있다는 말을 들었습니다. 다마키 재무부장이 회사를 그만둔다고 하더라고요."

"왜지?"

다마키의 퇴사에는 이사야마도 관심이 생기는 모양이었다. 재무부장은 은행 거래의 창구임과 동시에 경영의 중심이다. 그런데 이런 상황에서 갑자기 그만둔다는 것이 왠지 꺼림칙했다.

"히라야마 사장도 자세한 말은 하지 않았는데, 다마키 부장이 먼저 그만두겠다고 했답니다. 서로 의견이 맞지 않았던 게 아닐까 합니다."

이사야마가 지긋지긋하다는 표정을 지었다.

"의견이 맞지 않을 리가 있어? 히라야마 사장은 애초에 직원의 의견에 귀를 기울이지 않아. 덧붙여서 말하면 은행의 의견도 마찬가지고."

폭스 구제의 약속을 쓰레기통에 던져버린 것에 대해 아직도 꽁하고 있는 모양이다.

"보기엔 샌님처럼 생겼지만 본성은 무서운 독재자니까요."

모로타는 포기한 것처럼 말했지만, 이사야마는 울화통이 치밀어 견딜 수 없다는 표정을 지었다.

"아무리 그래도 재무부장이 그만둔다면 우리 쪽에 한마디해주는 게 예의 아닌가? 정식 발표는 언제야?"

"다음 주에 열리는 임원회의에서 정식으로 발표한다고 합니다. 후임은 다다 부부장이 승진하는 걸로 정해져 있습니다. 다다 부부장은……."

모로타가 눈짓으로 묻자 이사야마는 다다에 대해 솔직하게 평가했다.

"다다라면 나도 잘 알아. 무능력한 좀팽이지. 재무 분야의 경험도 없고, 다마키 부장만큼 머리가 잘 돌아가지도 않아. 아부는 잘하는 것 같으니까 사장의 예스맨이 한 사람 늘어난 것뿐이야."

그것이 바로 이번 인사의 목적일지도 모른다고 이사야마는 생각했다.

"그나저나 다마키 부장이 도저히 참을 수가 없었나 보군. 이런 대형 M&A 프로젝트가 진행되는 도중에 그만두다니."

노자키가 태연하게 대꾸했다.

"다마키 부장이 그만둔다고 달라질 건 없습니다. 이럴 때를 위해 우리 자문사가 있는 거니까요. 어쩌면 오히려 좋은 기회일지도 모릅니다. 다마키 부장처럼 바른 말을 잘하는 사람이 떠나면, 히라야마 사장이 은행의 가치를 재인식하게 될 수도 있으니까요. 이번 M&A는 반드시 성공시키겠습니다."

노자키는 자신만만한 표정이었다.

4

한자와가 도쿄센트럴증권 접견실로 들어가자 그곳에서 기다
리던 남자가 일어섰다. 창백한 얼굴에 눈빛이 예리한 젊은 남자
였다.

"오랜만에 뵙습니다. 이쪽 밥맛은 어떠십니까?"

"아주 꿀맛이야. 일단 앉게."

소파에 앉은 남자는 안경 안쪽의 예리한 눈을 굴리며 한자와
를 바라보았다.

"안 그래도 연락드리려고 했습니다만 왠지 조심스러워서요."

한자와와는 옛날부터 잘 아는 사이다.

"그쪽은 파견자 따위를 상대하는 잡지사가 아니니까."

한자와가 냉소적으로 말하자 남자는 "그게 무슨 말씀입니까?"
라고 말하며 얼굴 앞에서 오른손을 하늘하늘 흔들었다. 그의 이
름은 다나카 노리오. 《주간 플래티나》란 경제잡지사의 민완 기자
다. 풍요로운 자연을 자랑하는 이바라키 출신으로, 느긋해 보이
지만 머리 회전도 빠르고 판단력도 뛰어나다.

"바쁘시지 않을까 해서 일부러 연락을 안 드렸습니다. 지금 엄
청난 일을 하시는 중이니까요."

도쿄스파이럴 건을 말하는 것이리라.

"주모자는 한자와 부장님이죠?"

"그걸 어떻게 알지?"

"증권 자회사가 모회사인 은행에 정면으로 싸움을 걸다니, 내가 아는 한 그렇게 재미있는 생각을 할 사람은 한자와 부장님밖에 없으니까요. 오늘은 그 건으로 만나자고 했나요?"

다나카가 눈치 빠르게 물었다.

"이미 알겠지만 우리가 자문을 하고 있는 도쿄스파이럴이 고다 사장이 이끄는 폭스를 매수하기로 했어. 자네한테만 특별히 말하는 건데, 목적은 폭스 산하에 있는 코페르니쿠스야."

다나카가 의아한 표정을 지었다.

"코페르니쿠스? 그게 뭔데요?"

"샌프란시스코에 있는 온라인 쇼핑몰이지. 이걸 보게."

한자와는 코페르니쿠스에 관한 자세한 자료를 펼쳤다. 소재지와 대표자 이름, 자본금 같은 기본 자료를 비롯해 창업 후부터 지난달까지 고객수의 추이와 매출, 그리고 수익 등이 적혀 있었다.

"급성장하고 있는 IT 자회사인가요?"

그렇게 묻는 다나카의 시선을 뚫어지게 쳐다보며, 한자와는 말없이 페이지를 넘겨보라고 눈짓을 했다.

페이지를 넘긴 다나카의 표정이 바뀌는 모습을 한자와는 조용히 지켜보았다. 경악으로 크게 벌어진 눈이 한자와에게 향하기까지는 그렇게 오래 걸리지 않았다.

"이 전략, 정말 굉장하네요!"

다나카가 들고 있는 것은 도쿄스파이럴의 사업계획서이자, 오른쪽 위에 '대외비'라고 빨간 글자가 찍혀 있는 극비 문서이기도 했다. 안에는 코페르니쿠스와 도쿄스파이럴이 새로 전개할 사업에 대해 자세하게 적혀 있었다.

도쿄스파이럴의 검색 엔진인 '스파이럴'의 미국판을 전면 쇄신함과 동시에, 새로 개발한 검색 기술을 도입한다. 이것과 코페르니쿠스를 연동해 미국 최대의 온라인 쇼핑몰로 성장시킨다—자료에는 이런 장대한 그림이 그려져 있었다. 어쩌면 환상으로 보일 수 있는 이 계획에 신빙성을 안겨주는 것은 세계 최대의 소프트웨어 회사인 마이크로 디바이스의 3억 달러 투자와 제휴다. 세나와 마이크로 디바이스 창업자인 존 하워드의 개인적인 친분이 낳은 국제적인 사업인 것이다.

"한자와 부장님, 이 이야기는 다른 곳에는……."

바지 뒷주머니에서 손수건을 꺼내 이마의 진땀을 닦은 다나카의 목소리는 흥분으로 인해 파르르 떨렸다. 이 사업 계획이 움직이기 시작하면 IT 업계에 새로운 거인이 탄생할 가능성이 있다. 코페르니쿠스라는 이름의 거인이다.

한자와가 가볍게 미소를 지으면서 대답했다.

"아직 아무에게도 말하지 않았어. 외부인이 이 서류를 보는 건 자네가 처음이지."

"가져가도 되나요?"

"물론이야."

특종이다. 《주간 플래티나》의 기사는 신뢰성에서 독보적인 위치를 차지하고 있다. 신문만큼 신속성은 없지만 지면을 충분히 할애해서 자세하고 정확한 정보를 제공하는 데에 주간지만큼 좋은 매체는 없다.

"잠시 실례하겠습니다. 미리 편집부의 양해를 얻고 싶어서요."

다나카는 주머니에서 황급히 휴대폰을 꺼내 전화를 걸더니, 상대에게 지금 한자와와 나눈 이야기의 대강을 전했다. 다나카의 말투로 볼 때 상대는 이케다 나오후미 편집장이란 사실을 알수 있었다. 이케다는 업계 최고라는 말이 있을 만큼 능력 있는 편집장으로, 뉴스의 가치를 한순간에 간파하는 판단력은 타의 추종을 불허했다.

다나카가 통화를 마치고 긴장한 얼굴로 한자와를 향했다.

"지금 이케다 편집장과 의논해, 다음 주에 발매할 잡지의 지면 일부를 바꾸기로 했습니다. 그러기 위해서는 내일 중으로 원고를 써야 합니다. 자세한 전략은 한자와 씨에게 듣기로 하고, 세나 사장의 인터뷰를 할 수 있을까요? 이번 기사에 다른 매체가 따라올 수 없는 정보를 넣고 싶습니다."

"세나 사장과는 이미 얘기가 돼 있어. 다나카 기자가 편한 시간을 말해주면 우선적으로 시간을 내주기로 했지."

다나카에게 말을 하기 전에 이미 세나 사장과 이야기를 끝내놓은 것이다.

"고맙습니다!"

다나카는 수첩을 펼치더니 이날 오후 4시 이후가 좋겠다고 말했다. 한자와는 즉시 세나에게 연락해서 오후 4시 반에 약속을 잡았다. 원고 마감 직전의 특종은 스피드로 승부한다.

"그럼 시작할까요?"

다나카는 그렇게 말한 뒤 가방에서 꺼낸 IC 녹음기를 탁자 위에 놓았다.

녹음 중이라는 빨간 불이 켜지는 것을 보고, 한자와는 장대한 사업 계획을 천천히 말하기 시작했다.

5

이사야마, 노자키와 회의를 마친 모로타는 자리로 돌아오자마자 물었다.

"오늘 도쿄스파이럴의 주가는?"

"전일 대비 1백 엔 오른 2만 4300엔입니다."

게즈카의 대답을 듣고 모로타의 표정이 흐려졌다. 자신들이 정한 공개매수 가격보다 3백 엔 높은 가격이었다. 도쿄스파이럴이 폭스 매수를 발표한 뒤, 세상에서 말하는 '세나 매직'을 기대해 주가는 단숨에 수백 엔 뛰어올랐다. 아직 하락할 기미는 보이지 않는다.

심각한 얼굴로 한숨을 내쉬는 모로타를 바라보며 게즈카가 물었다.

"매수 가격 인상은 검토하셨습니까?"

"아니. 노자키 차장은 이제 곧 주가가 내려간다고 보고 있어."

그 말에 대해 게즈카는 대꾸하지 않았다. 그렇게 여기지 않는다는 사실은 표정만 봐도 알 수 있었다. 예상한 대로 신중한 의견이 나왔다.

"노자키 차장의 의견은 그렇다고 치고, 사전에 다양한 가능성을 검토해둘 필요가 있다고 생각합니다. 최소한 전뇌에 얼마까지 지원할 수 있는지 미리 검토해두지 않아도 되겠습니까? 히라야마 사장도, 주식 매수가 너무 저조하다고 걱정하고 있고요⋯⋯."

게즈카의 말이 맞다. 노자키가 아무리 이론적으로 자신의 견해를 말한다고 해도, 지금은 상대가 있지 않은가. 히라야마에게도 나름대로 생각이 있으므로, 매수 가격을 올리고 싶다고 하면 검토하지 않을 수 없다. 물론 검토한다고 해서 쉽게 결론이 나올 만한 문제는 아니다. 그렇기 때문에 모로타도 머리를 껴안고 고민하고 있는 것이다.

"지난번 전략이 실패하면서, 히라야마 사장님은 우리를 상당히 불신하거든요."

위가 쿡쿡 쑤셨다. 한자와가 쓸데없는 짓만 하지 않았다면 지금쯤 도쿄스파이럴은 전뇌에게 백기를 들었을지도 모르는데. 그나저나 전략이 어떻게 제3자에게 유출됐을까? 그 문제는 아직도 이해되지 않은 채 머리의 한쪽 구석에 매달려 있었다. 자신의 팀원이 그런 짓을 했을 리는 없다. 그것만은 자신이 있다.

게즈카가 별안간 목소리를 낮추었다.

"내부정보 유출에 관해 드릴 말씀이 있는데요, 조금 수상한 인물이 있습니다……."

모로타가 눈썹을 올리며 다음 말을 재촉했다.

"미키입니다."

"미키?"

생각지도 못한 이름에 모로타는 자기도 모르게 되물었다.

"하지만 그놈은 우리 팀원이 아니잖나? 그걸 어떻게 알지?"

게즈카가 뜻밖의 말을 했다.

"복사입니다."

"그게 무슨 말인가?"

"미키에게 자료 복사를 맡긴 사람이 있는데, 그 자료에 이번 전략이 포함되어 있었던 것 같습니다."

모로타가 끌끌 혀를 차면서 얼굴을 찡그렸다.

총무팀에서 푸대접 받고 있는 미키를 보고도 못 본 척했다. 모로타 자신이 미키의 실력에 물음표를 찍었기 때문이다. 그런데 그런 곳에서 발목을 잡히다니.

게즈카는 딱 부러지게 말했다.

"미키는 지금 하는 일에 만족하지 않고, 불만으로 똘똘 뭉쳐 있습니다."

모로타는 일단 원칙론을 입에 담았다.

"은행원이 인사 문제에 불만을 가지면 어떡해? 우리는 시키는 대로 하는 수밖에 없잖아!"

게즈카가 고개를 끄덕이며 맞장구를 쳤다.

"맞는 말씀입니다. 하지만 미키는 그렇게 생각하지 않습니다. 미키를 추궁해봐야 합니다."

모로타는 마음이 내키지 않았다. 미키가 정보를 유출한 범인이라고 해도 그것을 추궁하면 이사야마와의 뒷거래까지 드러날 가능성이 높았다. 그런 일은 최대한 피해야 한다.

그때 모로타가 번쩍 고개를 들었다. 좋은 생각이 떠올랐기 때문이다.

미키와 한자와가 뒤에서 이어져 있다면, 반대로 그걸 이용할 수 있지 않을까?

6

그 전화는 하루의 일이 끝나기를 기다렸던 것처럼 정확한 타이밍에 걸려왔다.

밤 10시. 대기업 본사가 즐비한 고탄다의 사무실에서 나가려던 고다는 액정 화면에 나타난 상대의 이름을 보고 멈추어 섰다.

전뇌의 재무부장이었던 다마키였다.

"여어, 오랜만이군. 요즘 어떻게 지내나?"

"보고가 늦어서 죄송합니다. 들으셨겠지만 회사를 그만두게 됐습니다."

매우 조심스러워하는 목소리였다.

"안 그래도 그 말을 듣고 깜짝 놀랐네."

고다는 휴대폰을 귀에 댄 채 사무실을 가로지른 뒤, 집무용 책상에 기대어 창밖의 야경을 바라보았다.

다마키는 오늘까지 후임자에게 인수인계를 마쳤다고 하면서 정중하게 인사했다.

"그동안 감사했습니다."

전뇌와의 합병팀에서 놀라운 실력을 발휘했던 다마키는 고다가 전뇌 사람 중에 유일하게 인정한 사람이었다.

"그랬군. 내게 하기 힘든 말도 있겠지만 자네 의견을 듣고 싶네. 언제 시간 있으면 같이 밥이라도 먹지 않겠나?"

전화 건너편에서 자조적인 대답이 돌아왔다.

"내일 이후라면 시간은 얼마든지 있습니다. 사장님 시간에 맞추겠습니다."

고다가 책상의 스케줄 노트를 들여다보았다.

"모레 저녁은 어떤가? 저녁 8시쯤. 장소는 비서에게 연락하라고 하겠네."

"그럼 그때 뵙겠습니다."

통화를 마친 뒤 고다는 잠시 휴대폰을 바라보았다. 그리고 살짝 안도의 한숨을 내쉬고 휴대폰을 바지 주머니에 넣었다.

비서가 예약한 곳은 고다가 가끔 이용하는 긴자의 초밥집이었다. 약속 시간 5분 전에 초밥집에 들어서자 다마키가 먼저 와서 차를 마시며 기다리고 있었다.

"시간을 내주셔서 감사합니다."

고다가 들어가자 다마키가 의자에서 일어나서 고개를 숙였다.

"딱딱한 말은 하지 말고 편하게 얘기하세."

고다는 친근하게 말한 뒤, 카운터 자리에 앉아 말을 이었다.

"그나저나 깜짝 놀랐네. 예전부터 그만두려고 생각하고 있던 건가?"

건배한 뒤에 고다가 물어보자 다마키는 정식으로 사과했다.

"본의 아니게 폐를 끼쳤습니다. 도중에 일을 내던지는 모양이 되어서 죄송합니다. 다만 매일매일 한계에 부딪혀 어쩔 수 없었습니다."

그 말을 듣고 고다는 가슴이 아팠다. 다마키가 말하는 '일'은 폭스와의 합병을 전제로 경영전략을 짜는 것이었다. 그런데 폭스와의 합병이 물 건너가면서 그 경영전략은 사라지게 되었다.

"문제가 뭐였나? 결정적인 이유가 뭐지?"

자작으로 컵에 맥주를 따르면서 고다가 물었다.

"글쎄요. 할 말은 많지만 가장 이해할 수 없었던 일은 도쿄스파이럴을 매수하겠다고 한 것입니다."

생각지도 못한 대답이었다.

기다란 L자형 카운터 자리에는 그들 이외에 손님이 두 팀 있었는데, 자리가 떨어져 있어서 말소리가 들릴 우려는 없었다. 게다가 주방장은 고다와 알고 지낸 지 20여 년이나 되어서, 소문이 새어 나갈 걱정 역시 하지 않아도 되었다.

"그런 곳에 거액을 사용할 바에야 본업에 투자해야 했습니다. 그런데 히라야마 사장은 그런 말에 귀도 기울이지 않고, 무작정 매수로 돌진해버렸지요."

"그렇군. 그런데 왜 그러면 안 되지? 도쿄스파이럴을 매수하는 게 그렇게 큰 문제인가?"

고다는 고개를 갸웃거리며 물었다.

다마키는 자신의 생각을 솔직하게 털어놓았다.

"전뇌가 매수하기에는 덩치가 너무 큽니다. 물론 덩치가 큰 것만이라면 상관없습니다. 가장 큰 문제는 히라야마 사장에게 매수한 이후의 명확한 그림이 없다는 겁니다. 전뇌가 하는 사업들과 어떻게 조화를 이룰지 생각도 하지 않고 무작정 돌진하고 있지요. 지금 그 사람에게는 조바심밖에 없습니다."

"왜 그렇게 조바심을 내는데?"

"본업에서 위기를 느끼고 있으니까요. 고다 사장님 앞이라서 하는 말이 아니라, 저는 반대로 폭스의 매수는 나쁘지 않다고 생각했습니다. 본업에서의 과당경쟁으로 상황이 힘들기는 하지만,

자회사까지 포함하면 시너지 효과가 날 만한 자산이 꽤 있으니까요."

"시너지 효과라……. 도쿄스파이럴의 매수에는 그게 없다는 건가?"

다마키가 고개를 주억거렸다.

"있는지 없는지 아직 모릅니다. 이렇게 안개가 긴 것처럼 모호한 상황에서 거액을 쏟아붓는 건 문제 아닌가요? 회사가 지금 중대한 기로에 서 있는데, 제 의견은 들으려고 하지도 않습니다. 그 순간, 그 회사에 있어 봐야 아무런 의미가 없다는 사실을 깨달았지요."

이제야 이해가 된다는 듯이 고다는 고개를 끄덕였다.

"그런 사정이 있었군. 참, 얘기가 늦었지만 실은 도쿄스파이럴 밑으로 들어가기로 했네."

"저도 들었습니다."

다마키는 앞을 바라본 채 맥주잔을 옆으로 기울였다.

고다가 스스로를 비웃듯이 말했다.

"배신자라고 생각하지?"

하지만 다마키는 고다의 눈을 똑바로 보더니, 목소리에 힘을 주어 대답했다.

"그렇게 생각하지 않습니다. 아주 잘하셨습니다. 도쿄스파이럴이라면 폭스의 장점을 잘 살려줄 겁니다. 예를 들면…… 코페르니쿠스라든지."

고다는 눈을 크게 떴다.

"자네도 그렇게 생각하나?"

"합병팀 사람들은 모두 본업과 관련된 회사에만 신경을 썼는데, 저는 개인적으로 코페르니쿠스를 주목했습니다. 작지만 급성장을 하고 있는 재미있는 회사라고 생각했지요."

역시 다마키는 다르다고 고다는 마음속으로 감탄했다.

"실은 히라야마 사장에게 그런 말을 한 적이 있습니다. 이 자회사를 잘만 활용하면 재미있는 사업을 할 수 있지 않을까 하고요. 그런데 히라야마 사장은 아예 들으려고 하지도 않더군요. 미국 인터넷 비즈니스에 대한 지식이 없다고 하면서요."

씁쓸한 기억을 떠올리면서 고다는 고개를 주억거렸다. 히라야마는 폭스의 가치를 털끝만큼도 인정하지 않았다. 그것을 지난번 매수 이야기를 쓰레기통에 집어넣었을 때 깨달았다.

"만약 전녀 밑으로 들어왔다면 고다 사장님에게 행복한 미래는 없었을 겁니다."

다마키의 말에 고다는 씁쓸한 표정을 지었다.

"자네가 그렇게 말해주니까 가슴의 응어리가 조금은 풀린 것 같군. 그런데 앞으로 어떻게 할 건가? 다음에 갈 곳은 정했나?"

다마키는 천천히 머리를 가로저었다.

"아닙니다. 이것도 좋은 기회이니까 당분간 앞으로의 인생을 생각해보려고 합니다."

"그것도 좋을지 모르지. 갈 곳이 마땅치 않다면 우리 회사로

오지 않겠나?"

고다가 그렇게 말하자 다마키는 무심코 고개를 들었다.

"말씀은 고맙지만 아직 그만둔 지 얼마 되지 않아서 생각이 정리되지 않았다고 할까요? 조금만 시간을 주시겠습니까?"

"자력 회생이 어려운 우리 회사 같은 곳에 오는 건 마음이 내키지 않나?"

다마키가 당황한 얼굴로 황급히 부정했다.

"그런 게 아니라……. 아시다시피 저는 전뇌에서 오랫동안 재무를 담당해왔습니다. 그런 탓에 다른 회사에 말할 수 없는 것도 많고, 그만두어도 재무 일을 해온 사람으로서 도의적 책임이 있다고 생각합니다."

"역시 자네다워. 올바른 생각이야."

고다는 그렇게 말하고 나서 화제를 바꾸었다.

"그나저나 세나 사장을 한 번 만나보지 않겠나? 어떤 사람인지 자네 눈으로 직접 확인해보는 게 좋을 거야."

다마키가 송구스러운 표정을 지었다.

"저 같은 사람에게 신경 써주셔서 감사합니다. 당분간 백수라서 시간이 많으니까 기회가 있으면 꼭 말씀해주십시오."

"그러지. 이제 그 얘기는 그만하세. 오늘은 딱딱한 이야기를 하려고 만난 게 아니니까. 업무 이야기는 그만두고 즐겁게 술이나 마시세."

고다와 다마키의 화제는 경제 전반에 걸친 거시적 이야기에서 어느 회사의 누가 무슨 일을 했다는 업계의 소문까지 끊일 줄을 몰랐다. 원래 마음이 잘 맞는 사람이라서 그런 이야기를 해도 분위기가 좋았지만, 주방장이 만들어준 초밥이 끝나갈 무렵에는 다시 전뇌 이야기로 돌아왔다.

"이건 자네에게만 하는 이야기인데, 히라야마 사장은 처음에 도쿄센트럴증권을 자문사로 선택했다고 하더군. 알고 있었나?"

맥주에서 소주로 바꾸었던 다마키는 입으로 가져가던 술잔을 도중에 멈추고 화들짝 놀라는 표정을 지었다.

"아뇨, 그런 말은 처음 들었습니다. 히라야마 사장은 그 건에 관해선 이해가 안 될 만큼 비밀로 하고 있었거든요. 이야기가 저희의 귀에 들어왔을 때는 이미 도쿄중앙은행이 자문사가 돼서 도쿄스파이럴의 공개매수를 발표하기 직전이었지요."

"그럼 히라야마 부부의 독단인가?"

고다가 어이없는 표정을 짓자 취기가 돌았는지 다마키의 입에서 불평이 튀어나왔다.

"거기는 그래서 안 됩니다."

다마키는 마음속에 불만이 가득할지라도 그때까지 히라야마를 비난한 적이 없었다. 그런데 자기도 모르게 처음으로 본심이 튀어나온 것이다.

"도쿄중앙은행이 갑자기 끼어들어 자문사 자리를 빼앗아갔다지 뭔가? 그런데 도쿄센트럴증권의 담당 부장이 거기에 의문을 제기하면서 재미있는 말을 하더군."

그 말에 다마키가 관심 있는 표정을 지었다.

"어떤 의문인데요?"

"히라야마 사장이 왜 처음에 도쿄센트럴증권을 자문사로 선택했을까 하고 말이야."

허를 찔렸다……. 그때 다마키의 얼굴에 떠오른 것은 그런 표정이었다.

"자네가 가장 잘 알겠지만, 전뇌는 그때까지 도쿄센트럴증권을 상대하지도 않았다면서? 담당 부장은 한자와 부장이라고 하는데, 이렇게 중요한 프로젝트를 도쿄센트럴증권에 맡기려고 했던 게 계속 신경이 쓰이는 모양이야."

"아주 재미있는 발상이군요."

다마키는 고다에게서 초밥 재료가 늘어선 유리 케이스로 시선을 옮겼다. 하지만 그의 의식은 다른 곳에서 방황하는지, 눈의 초점이 맞지 않았다.

고다는 그런 변화를 알아차리고, 얼굴에 있던 웃음을 지우더니 진지한 얼굴로 물었다.

"혹시 짐작되는 게 있나?"

"지금으로서 제가 드릴 말씀은 없습니다. 다만……."

다마키가 겨우 눈의 초점을 맞추고 굳은 표정으로 덧붙였다.

"한자와 부장이라고 했던가요? 상당히 좋은 점에 주목했다고, 지금은 그렇게만 말씀드리겠습니다."

7

히라야마로부터 만나자는 연락을 받았을 때, 불길한 예감이 들었다. 공개매수가 제대로 진척되지 않은 상태에서 하릴없이 시간만 가고 있었기 때문이다.

예상한 대로 히라야마는 단도직입적으로 말했다.

"매수 가격을 올리는 편이 좋지 않겠습니까? 이대로 팔짱 끼고 구경만 한다고 해서 진전이 있을 것 같지 않군요."

"심정은 이해하지만 시간은 아직 충분합니다. 조금만 더 기다리는 편이 좋을 것 같습니다. 매수 가격을 올리면 그만큼 비용이 더 많이 드니까요."

히라야마는 상대를 평가하듯 모로타의 얼굴을 빤히 쳐다보더니, 추궁하듯 날카롭게 캐물었다.

"오늘 도쿄스파이럴의 주가가 얼마인지 알고 있겠죠?"

2만 4300엔이다.

전뇌의 공개매수 가격은 2만 4천 엔이므로 그보다 3백 엔이 높다. 급기야 오늘 아침의 경제신문에는 전뇌잡기집단이 도쿄스파이럴 매수에 고전하고 있다는 기사가 나오기에 이르렀다. 그런 세간의 평가로 인해 히라야마의 조바심이 극에 달했는지도 모르겠다.

모로타가 끈기 있게 설득하기 시작했다.

"주가는 항상 변동합니다. 지금은 폭스 매수에 대한 기대감으로 오르고 있지만, 이 시세는 그렇게 오래 가지 않습니다. 도쿄스파이럴에게 폭스는 반드시 무거운 짐이 될 테니까요. 전뇌에서 여봐란 듯이 매수해봐야 결국 안 되는 건 안 됩니다. 주가도 이제 곧 적당한 수준까지 떨어질 테니까 조금만 참으시지요."

히라야마는 대답하지 않고 팔짱을 낀 채 팔걸이의자의 등받이에 몸을 기댔다.

모로타는 겨드랑이로 스며 나온 식은땀에 얼굴을 찡그리고 싶은 것을 가까스로 참았다. 매수 가격을 올리느냐, 현재 상태로 유지하느냐. 샌님처럼 생긴 카리스마 경영자가 과연 다음에 어떤 말을 할지, 솔직히 말하면 그 말을 듣기가 두려웠다.

매수 가격을 올리면 추가 지원금이 필요하다. 하지만 그 품의는 반드시 난항을 거듭할 것이다. 은행에게 일단 정한 투자 금액의 상한선을 바꾸는 일은 결코 바람직한 일이 아니다.

이 세상에 한계가 없는 자금은 어디에도 없다.

그런데 과연 이 남자가 그런 사실을 알고 있을까? 그렇지 않을 것이다.

"모로타 부장대리님, 나는 모든 승부의 열쇠는 스피드라고 생각합니다. 비용이 조금 더 들어도 질질 끌기보다 단숨에 승부하고 싶습니다. 빨리 움직이면 또 다른 기회가 생기니까요. 이번 매수도 그렇습니다. 매수 가격을 1천 엔 올리고 싶습니다."

"1천 엔이요……."

더는 참지 못하고 모로타가 탐탁지 않은 표정을 지었다. 예상한 대로 히라야마는 발끈했지만 은행 내부의 사정을 아는 만큼 "네, 그렇습니까?"라고 흔쾌히 받아들일 수는 없었다. 1천 엔을 올리면 수십억 엔의 추가 지원이 필요하다. 안 그래도 전뇌잡기 집단에 가당치 않은 대출을 해주었는데, 그 금액이 더욱 증가되는 것은 피하는 편이 좋다.

"사장님, 도쿄스파이럴 매수에 성공하고 싶은 마음은 저희도 마찬가지입니다. 어쩌면 이번 프로젝트에는 사장님보다 저희가 더 목숨을 걸고 있다고 할 수 있습니다. 저희 은행의 증권 부문에는 시세를 내다보는 전문가들이 많이 있습니다. 그런 사람들이 매수 가격의 인상은 아직 빠르다고 판단하고 있습니다. 조금만 더 기다리시는 게 어떠신지요?"

하지만 히라야마는 빈정거리며 반론을 제기했다.

"전문가의 판단이 맞다면 자기매매* 만으로도 큰돈을 벌 수 있겠지요. 하지만 그런 일은 그렇게 많지 않습니다. 즉, 그런 사람들의 말이 백 퍼센트 맞는 건 아니지 않습니까?"

모로타는 이를 악물고 다시 끈기 있게 설득에 나섰다.

"그래도 매수 가격 인상의 타이밍으로는 조금 이릅니다. 서둘러 비용을 올릴 필요는 없지 않겠습니까? 매수 기간은 아직 3주 넘게 남았습니다. 적어도 앞으로 일주일은 상황을 지켜본다든지……."

그때 모로타에 눈에 들어온 것은 자신의 말에 귀를 기울이지

• 증권사가 자신들이 보유한 자금을 바탕으로 유가증권을 사고파는 것.

않는 히라야마의 눈길이었다. 위의 아랫부분에 묵직한 통증이 느껴졌다.

"기다리라고요? 지금 기다리는 게 무슨 의미가 있지요? 즉시 은행으로 돌아가서 검토한 후, 대답은 오늘내일 중으로 해주십시오. 이제 나가봐야 해서 그만 실례하겠습니다."

히라야마는 모로타에게 반론의 기회를 주지 않고 일방적으로 미팅을 끝냈다.

"그러면 얼마가 되지?"

모로타의 보고를 들은 뒤, 숨 막히는 침묵 끝에 이사야마가 물었다. 매수 가격 변경에 필요한 자금을 묻는 것이다.

"과반수를 매수하려면, 앞으로 40억 엔 정도 더 필요합니다."

모로타가 금액을 입에 담은 순간, 이사야마는 팔짱을 끼고 천장을 올려다보았다. 미간에 새겨진 세로 주름이 사태가 녹록지 않음을 말해주었다.

도쿄스파이럴 M&A 자금으로 준비한 자금은 총 1500억 엔이다. 그렇다면 40억 엔의 추가 지원쯤이야 새 발의 피가 아닌가? 그렇게 여길지도 모르겠지만, 지난번 품의를 승인받을 때까지 겪었던 난항을 생각하면 사태는 그렇게 간단하지 않다. 금액이 크고 작고의 문제가 아니다.

이사야마가 콧구멍을 부풀리며 의문을 제기했다. 얼굴에는 짜증이 잔뜩 묻어 있었다.

"그 정도는 자기 자금으로 충당해도 되잖아? 아무리 자문사라도 그렇지, 하나부터 열까지 전부 은행에서 지원해줘야 해?"

"히라야마 사장에게 자기 자금으로 충당할 생각은 없는 것 같습니다."

이사야마가 재빨리 파고들었다.

"설득해봤나?"

"그건 아니지만요……."

이사야마는 작게 혀를 차더니 고충을 털어놓았다.

"우리 사정은 자네가 더 잘 알잖아? 최대한 설득하지 않으면 곤란해."

'설득한다고 들을 사람입니까?'라는 반론을 가까스로 집어삼키고 모로타는 일단 고개를 숙였다.

"죄송합니다. 하지만 아시다시피 한 번 정하면 당최 사람 말을 들으려고 하지 않아서요."

모로타가 부드럽게 변명을 하자 앞에 앉은 노자키가 못마땅한 얼굴로 비난을 퍼부었다.

"사장이면 사장답게 좀 차분히 기다려주면 안 됩니까? 냉정하게 판단할 머리가 없냐고요! 도쿄스파이럴의 주가는 조만간 떨어지기 시작할 겁니다."

모로타가 변명하듯 말했다.

"아무리 설명해도 내 말을 믿으려 하지 않았어."

노자키가 단정적으로 말했다.

"히라야마 사장은 바보 중의 바보입니다. 도쿄스파이럴을 매수할 생각만 했지, 가장 중요한 주식시장의 움직임을 이해하려고 하지 않잖아요? 자문사가 있으니까 그냥 입 다물고 자문사가 시키는 대로 하면 좋을 텐데, 아마추어가 자꾸 쓸데없는 생각을 하니까 이야기가 복잡해지잖아요!"

"히라야마 사장이 오늘내일 중으로 대답을 달라고 하더군."

"자기가 왕이라도 된 줄 착각하나 보군요."

노자키는 토해내듯 말하고 나서 이사야마를 향했다.

"부장님, 어떡할까요?"

볼펜 끝으로 신경질적으로 자료를 때리던 이사야마가 마지못해 대답했다.

"내가 히라야마 사장에게 전화하지. 그런데 매수 상황은 어때?"

노자키는 가슴 앞에서 파일을 펼쳐 오늘 매수한 부분까지 말한 뒤, 강력하게 주장했다.

"지금 33퍼센트까지 취득했습니다. 한 번 주가가 떨어지기 시작하면 과반수까지는 순식간입니다."

노자키는 입술 끝에 이죽거리는 웃음을 담고 덧붙였다.

"제가 장담하는데, 도쿄센트럴증권의 잔머리는 아무런 의미가 없습니다. 증권이 지금까지 한 조언 중에 좋은 조언이 있었나요? 녀석들의 하찮은 실력이 만천하에 드러나는 건 이제 시간문제입니다."

그런데…….

주말이 지나고 월요일 아침. 8시 반부터 시작된 간단한 회의를 마치고 자리로 돌아온 노자키는 평소처럼 미리 등록해놓은 주식 종목이 떠오른 모니터를 들여다보았다.

최근 몇 주일, 아침에 출근하자마자 도쿄스파이럴의 시초가를 확인하는 게 일과였다.

마침 오전 9시에서 몇 분 지나서 그곳에는 시초가가 나타나 있⋯⋯어야 했다.

노자키는 자신의 눈에 들어온 금액이 무엇을 뜻하는지 이해할 수 없었다.

"아직 가격이 정해지지 않았나?"

그는 혼잣말처럼 중얼거렸다. 거래가 시작된 직후에는 종종 그런 일이 있기 때문이다.

하지만 그다음에 눈에 들어온 숫자를 보고 그는 입을 다물 수 없었다. 매도호가, 매수호가 모두 5백 엔이나 올라 있었다.

그는 한순간 자신의 눈을 의심했다.

"말도 안 돼! 이게 어떻게 된 거지?"

도쿄스파이럴 주식에 무슨 일이 일어나고 있었다.

8

"모로타 부장대리님, 이것 좀 보십시오."

화면의 호가를 노려본 채 노자키가 근처에 있던 모로타를 불렀다.

"뭔데 그래?"

부서 회의에 참가하기 위해 자리에서 일어났던 모로타가 노자키 곁으로 다가갔다. 노자키가 가리킨 화면을 바라본 순간, 그의 눈이 크게 벌어지고 입에서는 짧은 비명이 새어 나왔다.

"어떻게 된 거지?"

노자키가 온라인으로 뉴스 화면을 불러냈다. 그리고 눈으로 최신 뉴스를 좇더니 10분 전에 갱신된 뉴스를 가리켰다.

"이건가요?"

도쿄스파이럴, 폭스 매수에 숨겨진 중요 전략. 《주간 플래티나》 특종.

"이봐! 오늘 발매된 《주간 플래티나》 가지고 있는 사람!"

노자키가 목소리를 높이자 젊은 행원 중 한 명이 대답했다.

"제가 가지고 있습니다!"

"이리 가져와."

책상 옆의 가방에서 잡지를 꺼낸 행원이 한순간 당황한 눈길로 표지에서 춤추는 표제를 본 다음, 노자키에게 내밀었다.

화려한 표지에는 큼지막하게 '세나 매식'이라는 글자가 찍혀 있었다.

그것을 본 순간, 노자키의 입에서 날벼락이 떨어졌다.

"멍청한 녀석! 우리가 지금 무슨 일을 하고 있는지 몰라? 이런 정보가 있으면 맨 먼저 내용을 확인하고 보고했어야지! 머리는 폼으로 달고 다녀?"

급한 성격대로 젊은 행원에게 호통치고 나서, 노자키는 거칠게 페이지를 넘기더니 특집을 읽기 시작했다.

눈 깜짝할 사이에 노자키의 얼굴이 시뻘겋게 달아올랐다. 그러고는 마지막 페이지까지 읽고 나서 잡지를 난폭하게 내동댕이쳤다.

이어서 기사를 읽어본 모로타가 회사 이름을 말하며 고개를 갸웃거렸다.

"코페르니쿠스? 폭스의 자회사라는데, 알고 있었나?"

"그딴 자회사까지 제가 어떻게 압니까? 처음 들었습니다."

그렇게 말한 노자키의 얼굴은 짜증인지 조바심인지 모를 감정으로 보기 흉하게 일그러졌다.

기사를 요약하면 다음과 같다.

도쿄스파이럴은 노자키를 비롯한 전뇌의 자문사가 간과한 회사에 주목해, 미국에서 펼칠 경영전략의 핵심으로 삼았다. 그것이 탁상공론이 아니라는 점은 마이크로 디바이스가 3억 달러나 되는 거액을 투자했다는 사실만 봐도 분명하다.

폭스를 매수하면 도쿄스파이럴의 주가가 내려간다…….

노자키의 의견을 증권영업부 의견으로 임원회의에서 보고한 이상, 몰랐다는 말로는 끝나지 않을 심각한 사태였다.

자존심이 강한 노자키에게 몰랐다고 말하는 것은 패배를 인정하는 것이나 마찬가지였다.

주가가 실시간으로 표시되는 모니터에서 도쿄스파이럴의 주가가 연신 깜빡거렸다. 이미 매수호가가 1천 엔 가까이 오른 상태였다.

"이거 큰일이군."

모로타의 입에서 새어 나온 말을 듣고, 노자키의 말투가 더욱 거칠어졌다.

"주간지에 기사가 나왔다고 해서 백 퍼센트 진실이라곤 할 수 없습니다! 코페르니쿠스? 매출이 오르고 있다고 해봐야 코딱지만 한 회사가 아닙니까? 그런 곳이 IT 전략의 핵심이 된다는 게 말이 됩니까? 《주간 플래티나》는 세나에게 속은 겁니다. 투자가들도, 지금 희희낙락하며 도쿄스파이럴의 주식을 사는 녀석들도 전부 다!"

하지만 노자키는 알고 있다.

이 기사의 내용이 진실이냐 거짓이냐는 중요하지 않다. 중요한 것은 실제로 주가가 큰 폭의 상승세로 돌아섰다는 사실이다.

노자키는 시시각각 상승하는 도쿄스파이럴의 주가를 저주스럽게 노려본 뒤, 맨 안쪽의 책상을 향해 성큼성큼 걸어갔다.

"부장님, 전뇌 프로젝트로 드릴 말씀이 있습니다."

그는 단어를 선택할 여유도 없이 지금 확인한 상황을 이사야마에게 보고한 뒤, 《주간 플래티나》의 해당 페이지를 보여주었다. 이사야마는 미간에 깊은 세로 주름을 잡은 뒤, 은테 안경 너머에서 짜증과 초조함이 뒤섞인 눈으로 노자키를 보았다.

"정보 제공자는 도쿄센트럴증권인가?"

"그렇겠죠."

기사를 읽으면 대강 짐작이 된다. 이렇게 만든 사람은 물론 한자와일 것이다.

이사야마는 곧바로 책상 컴퓨터 화면에 도쿄스파이럴의 주가를 불러냈다.

마침 거래가 성사되어서 전일 대비 1천 엔 높은 가격이 표시된 참이었다. 매도하는 사람은 거의 없고 매수세가 압도적으로 강했다.

전뇌가 정한 공개매수 가격을 비웃듯이 도쿄스파이럴 주가는 점점 올라가더니, 이윽고 매수 주문이 쇄도하면서 순식간에 공개매수 가격보다 1200엔 이상 뛰어올랐다.

이사야마가 당황한 얼굴로 지시했다.

"서둘러 미카사 부행장님께 올릴 간단한 자료를 만들게. 이 주간지 기사를 첨부하고 자네 의견도 덧붙여. 자네는 폭스를 매수하면 도쿄스파이럴 주가가 떨어질 거라고 했잖나? 그렇다면 이건 일시적인 현상으로, 조만간 주가는 반전될 거야. 안 그런가?"

이사야마가 그렇게 확인하자 지금까지 큰소리쳤던 노자키의 말문이 막혔다.

미카사 부행장이 호출한 것은 노자키가 작성한 서류를 올린 지 불과 20분 후의 일이었다.

"노자키 차장, 일단 묻겠는데 당신의 머릿속에는 이 코페르니 쿠스라는 회사가 포함되어 있었나요?"

문제의 핵심을 날카롭게 파고든 질문이었다. 옆에 앉은 이사 야마는 긴장한 얼굴로 입을 다물고 있었다.

그 상태로 몇 초가 흘렀다. 하지만 그 자리에 있는 모든 사람에 게는 상당히 오랜 시간처럼 여겨졌다.

노자키는 잠시 망설인 뒤 짤막하게 대답했다.

"아뇨, 없었습니다."

이사야마가 숨을 들이마시고, 미카사는 두 팔을 팔걸이에 올 린 채 천장을 올려다보았다. 돌아온 미카사의 시선은 노자키가 아니라 이사야마에게 향했다.

"이사야마 부장, 이러면 이야기가 다르지 않습니까?"

이사야마는 숙인 고개를 더욱 깊숙이 떨구었다.

"죄송합니다. 다만 《주간 플래티나》가 이렇게 기사를 썼다고 해서 반드시 이대로 된다곤 할 수 없습니다. 여기에는 도쿄스파 이럴이 지금이라도 패권을 잡을 것처럼 쓰여 있는데, 언제 실현 된다는 말은 한마디도 없습니다. 주식 매수를 부추기는 낚시 기 사일 뿐입니다."

"하지만 주가는 실제로 오르고 있습니다. 우리는 거기에 대응 하지 않으면 안 되겠지요."

미카사는 눈앞에 있는 사실을 말하면서 이사야마의 변명을 봉쇄했다. 그리고 날카로운 목소리로 의견을 물었다.

"이사야마 부장 생각은 어떤가요?"

"선택지는 두 가지밖에 없습니다. 주가가 떨어질 때까지 기다리든지, 공개매수 가격을 올리든지."

미카사는 이사야마의 의견을 한마디로 잘라버렸다.

"너무 안이하지 않나요? 그렇다면 묻겠는데, 도대체 주가는 언제 내려가지요?"

이사야마는 힐끔 옆쪽을 보면서 노자키에게 대답하라고 재촉했다.

"코페르니쿠스는 제 예상에 들어 있지 않았습니다만, 폭스에는 도쿄스파이럴의 주가를 이렇게까지 밀어 올릴 만한 것이 없었습니다. 앞으로 계속 올라가진 않을 겁니다."

미카사가 노자키의 설명을 수긍한 것처럼 보이지는 않았다. 이윽고 미카사의 입에서 노자키의 자존심을 갈기갈기 찢는 말이 흘러나왔다.

"당신 말을 어디까지 믿어야 좋을지 모르겠군요. 만약 매수 기간 안에 주가가 떨어지지 않으면 어떻게 할 건가요? 이렇게 거액을 투자한 상황에서, 아무 논리도 없는 개연성에 매달리라는 겁니까?"

당연한 지적을 받고 노자키는 얼굴을 붉히며 입을 다물었다.

"지금은 매수 가격을 대폭으로 올려 이 위기를 빠져나가는 수밖에 없습니다."

이사야마가 중재를 하듯 말했다. 어쩔 수 없는 선택이었다.

"하지만 부장님……."

이사야마는 반론을 시도하는 노자키를 향해 "그만해! 자네는 입 좀 다물고 있어!"라고 험악하게 말한 뒤, 미카사를 보면서 덧붙였다.

"매수 가격을 2만 7천 엔으로 재설정하자고 전뇌에 제안하고 싶습니다."

노자키가 숨을 들이쉬며 눈을 부릅뜬 것을 알았지만 이사야마는 그냥 무시했다. 지금 필요한 것은 이론이 아니라 결과다.

그것은 전뇌가 제시한 매수 가격보다 3천 엔이나 높은 가격이었다. 추가 지원금은 약 120억 엔. 간단한 품의는 아니다. 하지만 이사야마는 거기에서 한 걸음 더 들어갔다.

"품의서는 추가 지원금 2백억 엔으로 준비하겠습니다. 또 무슨 일이 있을지 모르니까요. 그 대신 이걸로 결판을 내겠습니다."

미카사의 길고 가느다란 손가락이 의자의 팔걸이를 신경질적으로 두들겼다. 그러더니 탁자 위에 있는 전뇌잡기집단의 신용 파일을 들고 서류를 들추기 시작했다.

2백억 엔의 추가 지원이 정해지면 이번 M&A의 지원 총액은 1700억 엔으로 올라간다. 전뇌의 매출 규모를 생각하면 파격적인 지원이다.

잠시 생각하고 나서 미카사가 말했다.

"품의를 올리십시오. 그리고 이 기사를 행장님께 보고하지 않을 수는 없습니다. 우리가 보고하지 않아도 어차피 행장님 귀에 들어갈 테니까요. 이런 식의 기사가 얼마나 한심하고 케케묵은 방법인지, 행장님께서 수긍하실 수 있도록 우리의 의견을 확실하게 넣으세요. 모든 이야기는 그다음부터입니다."

9

"좋았어! 느낌이 좋아!"

도쿄스파이럴 사장실 모니터로 주가를 보던 모리야마가 승리의 포즈를 취했다. 그리고 세나와 눈을 맞추더니 지금의 상황을 간단히 설명해주었다. 동급생이었던 두 사람의 흥분한 모습을 보자 한자와의 입에서 흐뭇한 미소가 흘러나왔다.

"시작은 예상보다 훨씬 좋아. 하지만 그 기사만으론 오래가지 않을 거야. 승부는 지금부터야."

전뇌의 공개매수 상황이 저조하다곤 해도, 이미 30퍼센트가 넘는 주식을 사들였다. 대량 매수를 통하면 과반수까지 한번에 사들일 수도 있다는 점은 세나도 잘 알고 있다.

아무리 유리한 것처럼 보여도 뒤집어지는 것은 눈 깜짝할 사이다. 긴장을 늦출 수 없다.

한자와가 손목시계를 보고 세나에게 말했다.

"이제 슬슬 가볼까요?"

《주간 플래티나》의 특종에 맞춰 한자와는 한 가지를 더 준비했다. 주요 증권사 애널리스트 50명을 초대해 투자설명회를 개최하는 것이다.

투자설명회장인 도쿄스파이럴의 대회의실에는 그들이 초대한 애널리스트 말고도, 취재하러 온 각 매스컴의 경제 담당 기자들이 한꺼번에 몰려들었으리라.

"지금쯤 은행 녀석들은 허둥지둥 난리도 아닐 겁니다."

모리야마는 히죽 웃으며 그렇게 말하더니 누구에게랄 것도 없이 "우리가 그렇게 쉽게 매수될 것 같아!"라고 소리쳤다.

세나가 지금의 심정을 솔직하게 말했다.

"지혜의 승리야. 자금에 기대지도 않고 기존 전략에 기대지도 않고, 다만 있는 걸 잘 활용하는 것뿐이지. 이건 우리 경영방식과 일맥상통하잖아? 한자와 부장님, 감사합니다."

한자와는 웃음을 거두고 투자설명회 때 나눠줄 자료를 확인하며 말했다.

"인사를 받기는 아직 이릅니다. 지금부터 여기에 쓰여 있는 계획이 소설이 아니라 실체가 있는 사업이란 걸 만천하에 알려야 합니다. 그건 세나 사장님, 당신의 일입니다."

"알고 있습니다."

전뇌 대 도쿄스파이럴. 승패가 정해질지도 모르는 중요한 투자설명회 자리인데, 평소처럼 청바지에 티셔츠를 입은 세나의 얼굴은 매우 여유로워 보였다.

지금까지 아수라장을 수없이 헤쳐 나온 사람이다. 사람들의 예상을 뒤엎고 성공을 거머쥐는 역전의 경영방식으로 살아남았다.

한자와는 세나를 바라보면서 생각했다.

이 사람에게는 행운이 있다. 스타 경영자로서 화려한 아우라도 있다.

"그럼 이제 가볼까요?"

세나는 편안하게 말한 뒤, 앞장서서 사장실을 나섰다. 엘리베이터로 이동해 투자설명회장인 대회의실 문을 열자 발 디딜 틈도 없이 들어선 사람들의 시선이 일제히 세나에게 쏠렸다.

세상 사람들이 모두 주목하는 M&A 전쟁의 한복판에 있는 만큼, 회의장은 기이한 열기로 후끈 달아올라 있었다.

사회자가 이 자리의 취지를 간단히 설명한 뒤 세나가 단상에 오르자 실내의 조명이 꺼졌다. 그와 동시에 중앙의 화면에 나타난 것은 군청색 하늘을 배경으로 당당하게 자리 잡고 있는 오렌지색 사옥이었다. 세련된 로고와 지구 모양의 트레이드마크가 크게 클로즈업되었다.

"여러분께 보고드리는 바입니다. 지금 이 순간, 저희 도쿄스파이럴은 이 코페르니쿠스라는 작은 회사와 함께 새로운 모험을 시작하게 되었음을!"

세나가 그렇게 말하자마자 투자설명회장은 소리 없는 흥분에 휩싸였다.

부서 회식은 오후 8시에 아에스와 가까운 이자카야에서 시작해, 피곤에 지친 분위기 속에서 내키지 않는 얼굴과 건성으로 하는 인사말로 끝났다.

"2차 갈까?"

지상으로 올라가는 엘리베이터 안에서 가라앉은 분위기를 날려버리듯 큰 소리로 말한 사람은 모로타였다. 주변에 있는 몇몇 사람들이 동의하는 눈길로 바라보자 마치 약속이라도 한 것처럼 다음 술집으로 이동했다.

대부분 전뇌 프로젝트 팀 멤버들이다. 미키는 그냥 집으로 가려고 했지만 "미키, 어딜 가려고? 같이 가지"라는 예상치 못한 모로타의 권유로 그 흐름에 합류하게 되었다. 그들이 간 곳은 모로타의 단골집인 긴자의 한 술집이었다.

테이블의 맨 안쪽 자리에 앉은 모로타는 불쾌한 얼굴로 위스키를 주문하더니, 안경을 벗어 주머니에 있던 안경닦이로 꼼꼼히 닦기 시작했다. 고개 숙인 얼굴에는 짙은 스트레스가 배어났다.

《주간 플래티나》에 특종이 실린 이날, 결국 도쿄스파이럴 주가는 올해 최고가를 경신했다. 이익을 보고 매도하는 사람들 때문에 주가가 살짝 밀린 적도 있었지만, 장을 마치고 보니 압도적인 매수 주문 덕분에 최고가로 마감한 것이다. 도쿄스파이럴을 매수하려는 전뇌잡기집단의 프로젝트 팀에게는 말 그대로 악몽 같은 하루였다.

더 골치 아픈 일은 주가가 어디까지 올라갈지 알 수 없는 가운데, 전뇌의 추가 지원을 검토해야 하는 문제였다. 이사야마가 미카사 부행장에게 공개매수 가격의 인상을 요청했다는 소문이 증권 본부 안에 퍼지면서 미키의 귀에까지 들어왔다.

모든 사람들 앞에 술잔이 나온 뒤, 그저 들고 내릴 뿐인 공허한 건배를 하고 나서 모로타가 입을 열었다.

"부장님이 그렇게 말하긴 했지만 주가가 안정되지 않으면 품의를 올릴 수 없어. 이건 그렇게 간단한 문제가 아니야."

"하지만 M&A를 성공시키기 위해서는 얼마가 됐든 공개매수 가격을 인상할 수밖에 없잖습니까? 자금을 추가 지원해주지 않으면 우리의 패배입니다."

그렇게 말한 사람은 프로젝트 팀의 팀장인 게즈카였다.

그의 입에서 '패배'라는 단어가 나온 순간, 술집의 공기가 한층 무거워진 듯한 느낌이 들었다.

"그나저나 도쿄센트럴증권은 막무가내로 일을 벌이는군요."

테이블을 둘러싼 한 사람이 내뱉듯이 말하자 다른 사람이 대꾸했다.

"한자와 부장이니까요. 지금은 증권이 곧 한자와 부장이지 않습니까? 그 사람만 없었다면 이렇게까지 골치 아픈 일은 없었을 겁니다."

잠자코 있었지만 미키도 그 말이 맞다고 생각했다.

도쿄중앙은행이 상대하는 것은 도쿄센트럴증권이라는 회사가 아니라 한자와 나오키라는 한 남자가 아닐까?

그러자 모로타가 증오로 이글이글 타오르는 눈길로 저주를 퍼붓듯이 말했다.

"그놈은 이제 틀렸어."

미키는 술잔 너머로 모로타의 의도를 살펴보았다. 증권에 있을 때 한자와 밑에 있었으면서 처지가 바뀌자마자 '그놈'이라고 부른다. 모로타에게 한자와는 기껏 은행으로 돌아왔는데 자기 앞길을 가로막는 방해꾼에 지나지 않았다.

"틀렸다니, 그게 무슨 말씀입니까?"

게즈카가 그렇게 물어보자 모로타는 술로 입술을 적시더니, 의자 등받이에서 천천히 몸을 일으켰다.

"이건 비밀인데, 지금 임원들 사이에서 한자와에 대한 비판이 하늘을 찌르고 있어."

미키는 작게 숨을 들이마시고 모로타의 다음 이야기에 귀를 기울였다.

"증권 자회사에 있으면서 모회사인 우리에게 반기를 든 것도 말이 안 되지만, 도쿄스파이럴에게 폭스를 사라고 부추긴 건 뇌나 우리에게 엿 먹으란 거잖아. 그러더니 결국 경제주간지를 꼬드겨서 주가를 끌어올리다니. 그 비열한 방식에 행장님도 화가 나셔서 불벼락을 내리셨다고 하더군. 대놓고 말씀하시진 않았지만 본심은 증권에게 이 프로젝트에서 빠지라고 하고 싶은 것 같아. 이대로 계속 우리 일을 방해하면 결과를 기다리지 말고 한자와를 빼라고 효도 인사부장님에게 지시했다고 하더군. 한자와는 이제 곧 대기발령을 받을 거야. 완전 깨소금 맛이지 뭐."

숨을 들이마시는 기척과 함께 모두의 관심이 한군데로 쏠리는 것을 미키는 느꼈다.

은행원의 최대 관심사는 인사이동이다.

한자와가 대기발령을 받는다는 것은 증권 자회사에서 다른 회사로 다시 파견 나간다는 뜻이다. 그리고 이번 파견이 편도 티켓이라는 것은 구태여 확인할 필요도 없다.

미키의 옆에 있던 젊은 행원이 물었다.

"경우에 따라서는 그대로 증권에 남을 수도 있습니까?"

모로타는 미키를 힐끗 쳐다보고 나서 말했다.

"한자와가 태도를 바꾸면 그대로 넘어갈 수도 있겠지. 앞만 바라보고 다짜고짜 달려나가는 게 능사는 아니야. 일을 하더라도 적당히 해야지, 적당히!"

모로타는 여전히 벌레라도 씹은 얼굴로 술잔을 입으로 가져가며 덧붙였다.

"그러게 누가 천지 분간도 못 하고 그렇게 설치래? 인사권이 우리에게 있다는 걸 알아야지!"

11

"만날 수 없겠습니까?"

웬일로 미키가 한자와에게 전화를 걸어 그렇게 말한 것은《주간 플래티나》가 발매되고 이틀 후인 수요일이었다.

특종에 이어 각 증권사의 애널리스트 대상 투자설명회가 예상을 웃도는 성공을 거두면서, 도쿄스파이럴의 주가는 단숨에 1만 엔이 넘게 올랐다. 그 단계에서 전뇌가 정한 공개매수 가격을 큰 폭으로 뛰어넘으며 당초의 계획을 물거품으로 만들기에 충분했다. 한자와는 모리야마와 함께 신주쿠 역 근처의 이자카야에서 미키를 만났다.

"전뇌 프로젝트 팀은 새로운 공개매수 가격을 정할 자금을 확보하기 위해 죽을힘을 다해 머리를 짜내고 있습니다."

미키는 일단 내부 상황을 말해주었다.《주간 플래티나》의 기사가 나왔을 때 이사야마가 미카사 앞에서 말한 금액마저 품의를 올릴 틈도 없이 현실과 멀리 동떨어져 버렸다.

"지금의 주가를 바탕으로 매력적인 공개매수 가격을 정하려면 추가로 5백억 엔 가까이 필요하니까요."

한자와가 물었다.

"그 품의서가 나왔나요?"

"오늘자로 증권영업부에서 나온 것 같습니다."

"예상은요?"

어차피 결재받기는 힘들지 않을까? 미키의 대답도 한자와가 예상한 대로였다.

"잘 모르겠습니다. 하지만 매수 기한도 있으니까 되도록 빨리 결재를 받으려고 할 겁니다. 그리고……."

미키는 잠시 망설이다가 조심스럽게 덧붙였다.

"제가 이런 말씀을 드리는 건 도리에 맞지 않을지도 모르겠지만, 실은 그저께 부서 회식이 있어서 모로타 부장대리와 그쪽 팀원들과 술자리를 같이했습니다. 그때 부장님 문제로 마음에 걸리는 말을 들어서요."

"내 문제요?"

한자와는 눈동자만 움직여서 미키를 쳐다보았다.

"이번 건으로 행장님께서 화가 나서 펄펄 뛰시면서, 계속 멋대로 날뛰면 대기발령을 내라고 하셨답니다. 부장님께서도 일단 알아두시는 게 좋을 것 같아서요."

모리야마가 화들짝 놀라며 급브레이크를 밟은 것처럼 한자와의 얼굴 위에서 시선을 멈추었다.

한자와는 동요하지 않고 담담하게 말했다.

"우리가 도쿄스파이럴의 자문을 맡은 게 그렇게 마음에 안 드시나?"

모리야마가 분통을 터트리며 목소리를 높였다.

"어떻게 그렇게 말씀하실 수가 있지요? 그렇다면 어떤 방어책이라면 마음에 드신답니까? 지혜에서 상대가 안 되면 인사권을 내세워 직위에서 끌어내리는 것, 그게 은행의 방식입니까?"

"모리야마, 진정해."

한자와는 표정 하나 바꾸지 않고 맥주를 입에 털어 넣더니 메뉴판을 들여다보았다.

"은행은 원래 그런 조직이야. 이제 와서 열 내봤자 괜히 스트레스만 쌓일 뿐이지."

모리야마는 도저히 받아들일 수 없다는 표정으로 한자와를 바라보며 항의했다.

"이건 너무 부조리하잖습니까? 정말 너무들 하는군요. 이래서 조직은 믿을 수 없습니다."

지나가던 종업원에게 소주를 주문하고 나서 한자와가 태연하게 말했다.

"믿을 수 없다고 말하면서 믿고 있잖아?"

"전 믿지 않습니다."

"정말로 믿지 않는다면 화낼 일도 없겠지. 원래 그렇다고 생각하면 되니까."

침착하게 말하는 한자와를 향해, 모리야마는 분이 풀리지 않는 얼굴로 대들었다.

"부장님은 화나지도 않습니까?"

한자와가 당연하다는 얼굴로 대꾸했다.

"나도 사람인데 당연히 화가 나지. 하지만 여기서 분통을 터트린다고 일이 해결되는 건 아니잖아."

"하지만 부장님, 이대로 있으면 안 됩니다! 좌천될 수도 있다고요!"

"그때는 자네가 계속해서 이 일을 맡아줘."

다음 순간, 모리야마는 숨을 멈추었다. 생각지도 못한 말을 듣고 한순간 반론할 말이 사라진 것이다.

"제가요?"

"자네라면 할 수 있어. 세나 사장과 힘을 합쳐 자네가 말하는 기득권자들을 찍소리도 못 하게 만드는 거야."

한자와는 그렇게 말하고는 종업원이 가져온 소주를 한 모금 마셨다.

"부장님은 그래도 괜찮습니까? 지금 있는 회사에서 쫓거나 엉뚱한 곳으로 날려갈지도 모르는데요?"

"얼마든지 하라고 해. 눈도 깜짝 안 할 테니까. 지금 우리가 할 일은 도쿄중앙은행이 자금을 쌓아올리든, 인사권을 내세워 휘두르든, 상대의 M&A를 막는 거잖아? 인사 문제를 두려워해서 어떻게 월급쟁이 노릇을 할 수 있겠어?"

8장

그들이 미처 보지 못한 것

東京中央銀行

1

영업 2부장인 나이토 히로시는 이사야마의 설명을 들으면서도 얼굴 표정 하나 바뀌지 않았다.

'역시 강심장이군. 철가면이란 별명이 괜히 붙은 게 아니야.'

지금의 상황과 관계없는 생각이 뇌리를 가로지른 직후, 이사야마의 겨드랑이에서 식은땀이 흘러내렸다. 임원들 사이에서도 다들 한 수 접어주는 나이토의 의견이 전뇌잡기집단의 추가 지원 성패를 좌우할 수 있기 때문이다. 이날 이사야마가 나이토를 찾아온 것은 증권영업부에서 준비하는 추가 지원에 동의해달라고 물밑 작업을 하기 위해서였다.

이사야마는 뒷주머니에서 손수건을 꺼내 이마에서 솟구친 땀을 가볍게 닦은 뒤, 아무런 반응을 보이지 않는 상대에게 간절히 호소했다.

"5백억 엔을 추가 지원한다고 해도 그렇게 비싼 게 아니야. 실제로 폭스가 산하에 들어오니까 부가가치는 충분하잖나? 그걸 알아줬으면 하네."

나이토는 생각에 잠긴 채 입을 열지 않았다.

이사야마는 어쩔 수 없이 다시 말을 이었다.

"이미 매수 자금으로 1500억 엔을 지원하긴 했지만, 자네도 알다시피 업계의 모든 사람들이 이번 M&A를 주목하고 있잖나? 이번 프로젝트의 성공은 최고의 홍보가 되기 때문에 절대로 실패할 수 없어. 앞으로 이 분야에서 최고의 자문사가 될 수 있는 절호의 기회야. 임원회의에서 결의할 때, 이 부분을 꼭 이해해줬으면 해."

"5백억 엔을 추가로 지원하면 매수에 성공한다는 근거는 뭡니까?"

나이토는 아픈 곳을 찌르고 나서 이사야마와 서류를 번갈아 바라보더니 즉시 덧붙였다.

"도쿄스파이럴이 폭스를 매수하면 주가가 내려간다고 예상하셨잖습니까? 그건 어떻게 되었지요?"

그러고 보니 나이토는 한자와 놈의 예전 상사였지. 그 사실이 떠오른 순간, 이사야마의 위가 쿡쿡 쑤셨다.

이사야마는 억지로 변명을 짜냈다.

"이번에는 특수한 사정이 있었어. 하지만 도쿄스파이럴에서 나올 만한 재료는 다 나온 것 같아. 이제 주가가 올라갈 일은 없을 거야."

"만약 그런 예상과 달리 주가가 더 올라가면 그때는 어떻게 하실 거죠? 시세에 '절대'란 말은 없다—이 말은 부장님께서 가장 잘 아시리라고 생각합니다만. 만약 주가가 더 올라가면 그때는 또 추가 지원을 요청하실 생각입니까?"

이사야마는 목소리에 힘을 주어 말했다.

"우리 팀은 도쿄스파이럴을 매수할 때까지 계속 지원하려고 하네."

"그럼 주가가 천정부지로 오르겠군요. 그런 걸 여신 판단이라고 할 수 있을까요?"

혼잣말이라도 하듯 담담한 말투였다. 하지만 나이토의 조용한 비판에는 여신 관리의 근간을 정확하게 찌르는 무게와 날카로움이 깃들어 있었다. 이사야마는 순간적으로 말문이 막혀서 재빨리 말을 바꾸었다.

"물론 치밀하게 검토한 후에 지원할 생각이야."

무슨 일이 있어도 나이토의 고개를 끄덕이게 만들어야 한다.

하지만 나이토는 잇달아 부정적인 의문을 제기했다.

"애초에 전뇌가 그렇게까지 대출해줘도 될 만한 곳입니까?"

대출금이 너무 많은 게 아니냐는 뜻이다.

"도쿄스파이럴을 매수하면 사업 내용은 두 배가 되네. 전뇌 하나만 보면 대출금이 많은 것처럼 보이지만, 도쿄스파이럴을 산하에 넣는다고 가정하면 꼭 그렇지는 않아."

그래도 나이토의 얼굴은 이해한 것처럼 보이지 않았다. 그는 집무실의 팔걸이의자에 앉은 채 입술을 오므리고 천천히 입을 열었다. 그리고 "가장 기본적인 질문입니다만"이라고 운을 떼고 신중한 얼굴로 덧붙였다.

"추가로 5백억 엔을 지원해주지 않으면 1500억 엔의 지원금마저 날아간다고 생각하고 계시지는 않습니까?"

나이토가 눈을 가늘게 뜨면서 의심스러운 눈길로 이사야마를 쳐다보았다.

이사야마는 굳은 얼굴에 억지웃음을 매달았다.

"그런 경영학의 기초 같은 질문은 하지 말게. 만약 성공할 가능성이 낮다면 더 이상 지원을 확대하지 않고, 대출금을 회수했을 거야. 전뇌에 가능성이 있으니까 이렇게까지 하는 게 아닌가? 이건 은행의 자존심이 걸린 전쟁이라고 생각해주게."

"우리가 싸울 상대는 도쿄센트럴증권이지요. 물론 자회사에게 질 수는 없겠지만요."

나이토는 맥빠진 얼굴로 말하더니, 눈꼬리에 주름을 잡고 유쾌하게 웃었다.

이놈이 보자 보자 하니까 지금 누굴 놀려? 넌 이 상황이 재미있나?

화가 났지만 그렇게 말할 수는 없었다.

"상대가 어디라도 똑같이 했을 거야. 우리는 지금 진지하게 싸우고 있으니까. 아무튼 이번 한 번만 이해해줄 수 없겠나?"

이사야마는 고개를 숙였지만 나이토로부터 돌아온 것은 감정을 읽을 수 없는 눈길뿐이었다.

"나이토란 놈, 무슨 생각을 하는지 당최 알 수가 없다니까."

영업 본부에서 나와 자금채권부장인 이누이를 찾아간 이사야마는 땅이 꺼져라 한숨을 쉬면서 "아아! 사람 환장하게 만드는군"이라는 말과 함께 불평을 늘어놓았다.

이누이는 이사야마보다 1년 늦게 입행했지만, 옛 도쿄제일은행의 강경파로 뛰어난 존재감을 자랑하는 사람이다. 산업중앙은행과 합병하기 전에 같은 부서에서 일한 적이 있어서 이사야마와는 친하게 지내고 있다.

이누이는 코를 찡그리며 혐오감을 적나라하게 드러냈다.

"그 촌티 팍팍 나는 자들에게 증권처럼 세련된 이야기는 어울리지 않습니다. 그들은 이쪽의 말이 옳다는 걸 알고 있어도 마음에 들지 않는다는 이유만으로 반대하곤 하지요. 정말 처치 곤란한 자들이라니까요."

입버릇 같은 과격한 주장을 듣고 이사야마는 고개를 크게 주억거렸다.

"누가 아니래!"

"이건 품의를 통과시키느냐 통과시키지 못하느냐의 문제가 아닙니다. 더구나 이렇게 세상의 이목이 집중된 프로젝트에서 실패하면 과연 우리 은행에 미래가 있을까요? 은행의 자존심이 걸려 있는 만큼, 오기로라도 끝까지 지원해야 합니다."

이누이는 그렇게 말하면서 콧김을 거칠게 내뿜었다.

은행의 자존심이 걸려 있다고 했지만, 한 꺼풀 벗기면 실제로 자존심이 걸린 건 이사야마와 이누이가 속한 증권 부문이다. 상대 파벌이 주류를 이루는 여신 부문 쪽에서 보면 높은 곳에서 팔짱을 끼고 솜씨를 구경하는 정도일까? 실패하면 그 핑계로 세력의 판도가 바뀔 수도 있는 만큼 절대로 뒤로 물러설 수 없다.

"그건 그렇고 다른 임원들은 어떤가요?"

이누이는 미간에 주름을 잡고 숨소리가 들릴 만큼 몸을 앞으로 내밀며 목소리를 낮추었다. 백 킬로그램에 가까운 거구의 소유자로, 배 부분의 와이셔츠는 지금이라도 단추가 날아갈 것 같았다.

"미카사 부행장님께서 손을 써주신 덕분에 옛 T의 의견은 거의 굳어졌어. 문제는 나카노와타리 행장님과 나이토 같은 자들이야. 솔직히 말해 이쪽은 난항을 거듭하고 있거든. 그들은 우리가 실패하기만을 호시탐탐 기다리고 있으니까."

이누이는 붉으락푸르락한 얼굴로 몸을 일으키더니, 강경파답게 군인처럼 딱딱하게 말했다.

"은행의 이익보다 옛 파벌의 이익을 우선하다니! 언어도단도 이만저만이 아닙니다! 그런 식으로 생각하니까 아무리 시간이 지나도 서로 융화가 되지 않는 것 아닙니까!"

"바로 그거야! 그런 면에서 볼 때 이건 양쪽을 하나로 만들 수 있는 좋은 기회가 될 거야!"

이사야마는 내심 무릎을 치며 회심의 미소를 지었다.

'그래, 이거야! 은행 내 융화를 들먹이며 설득하면 되겠어.'

"그런 일이라면 저도 최선을 다해 협조하겠습니다."

이누이의 강력한 응원을 듣자, 이사야마는 그제야 겨우 품의 승인의 길이 보이는 듯했다.

"수고하셨습니다."

이사야마가 자기 집무실로 돌아오자 기다리고 있었던 것처럼 모로타가 얼굴을 내밀었다.

"나이토는 애를 먹었지만 일단 이누이 부장의 협조는 얻어냈어. 이누이 부장이 은행 내 융화를 들먹이며 사전에 손을 쓰면 많은 임원들의 표를 얻을 수 있을 것 같아. 그쪽은 어떤가?"

"지난번 회식이 끝나고 미키에게 말해두었습니다."

모로타는 그렇게 말하고 히죽 웃었다.

"한자와 녀석, 지금쯤 안절부절못하고 있겠군."

이사야마의 입술 끝에 심술궂은 미소가 떠올랐다.

모로타는 한자와의 정보원이 미키라고 확신하고, 한자와를 동요시키는 작전을 실행했다.

임원회의의 거짓 정보를 미키에게 말하면, 그것은 곧 한자와에게 전해진다.

아무리 한자와가 앞뒤 가리지 않는 성격이라도, 자신의 인사문제가 달려 있다면 지금처럼 막무가내로 행동할 수는 없을 것이다.

"이제 당분간 얌전해지겠군."

"증권에서 다른 곳으로 좌천되고 싶지는 않을 테니까요."

모로타는 맞장구를 치더니, 예전 상사가 곤란해하는 모습을 상상하며 빙긋이 미소를 지었다.

"이제 한자와 부장은 이빨 빠진 호랑이나 다름없습니다. 두려워할 것 없이 저희 마음대로 하면 됩니다."

2

"지금까지는 순조롭습니다."

세나가 참석한 M&A 방어 대책회의에서 모리야마는 그렇게 말했다. 한자와와 폭스의 고다도 참석했다.

"문제는 도쿄중앙은행의 추가 지원인데요……."

모리야마가 한자와를 바라보며 눈으로 물었다.

"쉽진 않을 거야."

한자와는 그렇게 말하고, 전뇌의 재무 상황이 적힌 서류를 가리켰다.

"전뇌의 재무 자료를 보면 5백억 엔의 추가 지원은 간단한 이야기가 아니야. 간단하기는커녕 매우 심각하다고 볼 수 있지. 하지만 은행에는 정치적 결말이란 것도 있어서 백 퍼센트 장담할 수는 없어."

세나와 모리야마가 진지한 눈길로 한자와를 바라보았다.

"한 건 한 건의 대출로는 옳지 않더라도 은행이 해야 할 프로 젝트라고 인정하면 눈을 감는다. 그런 판단은 나카노와타리 행장님의 특기거든. 그건 증권 부문에서 얼마나 설득력 있게 논리를 펼치느냐에 달렸어. 예를 들어 미카사 부행장이 모든 책임은 자신이 질 테니까 하게 해달라고 말했을 때, 과연 행장님께서 안 된다고 말할 수 있을지……."

모리야마의 얼굴에 먹구름이 드리웠다.

"추가 지원이 확정되면 힘든 싸움이 되겠군요. 지금은 상대의 정보를 최대한 모아서 우리가 할 수 있는 일을 하는 수밖에 없습니다."

"바로 그거야."

한자와가 고개를 끄덕이자, 고다가 조심스럽게 입을 열었다.

"전뇌에 대해 잘 아는 사람을 소개하고 싶습니다. 전뇌에서 재무부장으로 일했던 다마키 가쓰오라는 사람입니다. 전뇌의 유가증권보고서에도 임원으로 이름이 올라 있을 겁니다."

한자와는 재빨리 전뇌잡기집단 유가증권보고서의 앞쪽을 펼치고 이름을 확인하더니, 기억이 난 듯한 표정을 지었다.

"그러고 보니 신문에서 퇴사했다는 기사를 봤습니다. 다마키 씨를 잘 아십니까?"

"합병 이후의 시나리오를 정하는 프로젝트 팀에서 가끔 봤습니다. 아주 유능한 사람이지요."

"그런 사람이 왜 그만두었나요?"

뜻밖이라는 말투로 물은 사람은 세나였다.

"독재자인 히라야마 부부의 경영방식을 따라갈 수 없었나 봅니다."

고다가 그렇게 말하자 세나는 부루퉁한 표정을 지었다. 그와 비슷한 이유로 그의 곁에서도 재무이사와 전략이사가 떠났기 때문이리라. 그 두 사람이 시간외거래라는 기습 작전으로 전뇌에게 주식을 양도한 것이 이번 M&A의 시작이었던 것이다.

"그렇다면 꼭 소개해주시기 바랍니다. 내부에 있던 분의 이야기라면 다음 대응책을 생각하는 데 도움이 될 수도 있으니까요. M&A 상대인 저희와 이야기를 해도 된다면 말이지요."

한자와가 그렇게 말하자 고다가 재빨리 대답했다.

"이미 그만두었으니까 괜찮을 겁니다. 세나 사장님도 만나겠습니까?"

"물론입니다."

세나의 말이 떨어지자마자 고다가 다마키에게 연락을 했다.

"전뇌의 내부 사정이 어떻든 도쿄중앙은행이 지원해주기로 한다면 새로운 주가 대책이 필요하겠군요. 정치적으로 결말을 지으면 천정부지로 대출해줄까요?"

불안한 표정으로 묻는 세나에게 확실히 대답할 수 있는 사람은 아무도 없었다. 사태는 지극히 유동적이었다.

한자와가 목소리에 힘을 주어 말했다.

"일단 코페르니쿠스의 새로운 전략이 움직이기 시작했다는 걸

강조하지요. 마이크로 디바이스와 조인하는 장면을 연출하고, 세나 사장님과 하워드 회장님의 대담 이벤트도 마련하는 게 어떻겠습니까? 그러면 기관투자자들에게 영향을 미칠 겁니다."

"즉시 추진하겠습니다."

그 자리에서 내선전화로 지시를 내리는 세나의 옆에서 모리야마가 찜찜한 얼굴로 한자와를 쳐다보았다. 새로운 M&A 방어책은 한자와의 인사고과에 매우 불리하다.

"앞으로 20일인가?"

모리야마가 나지막하게 중얼거렸다. 전뇌가 정한 공개매수 기한까지 남은 날짜다. 승리를 쟁취할 수 있는 비장의 무기는 없다. 착실하고 성실한 노력을 통해 주주를 설득하는 쪽이 이기는, 단순하고도 치열한 전쟁이다.

"이번 M&A의 최대 위협은 역시 도쿄중앙은행이군요. 전뇌는 돈을 마음대로 만들어내는 요술방망이를 가지고 있는 것이나 마찬가지니까요."

심각한 얼굴로 말하는 세나를 향해 한자와가 대답했다.

"꼭 그렇지는 않습니다. 은행의 지원은 그렇게 만만하지 않으니까요. 더구나 그들은 공개매수 가격을 올리기만 하면 주식을 살 수 있다고 생각하고 있습니다. 우리는 폭스를 매수함으로써 새로운 비즈니스 그림을 그렸는데, 전뇌는 도쿄스파이럴 주주에게 구체적인 비즈니스 플랜을 보여주지 못하고 있지요. 주주를 설득하는 데 총동원해야 할 건 돈이 아니라 지혜입니다. 지혜는 자금력을 이긴다! 지금은 그렇게 믿는 게 중요합니다."

세나가 진지한 얼굴로 고개를 주억거렸다.

"백 퍼센트 동의합니다. 도쿄스파이럴이냐, 전뇌냐! 어느 쪽이 주주에게 매력적으로 보일 것인가! 최종 승부는 거기에 달렸다고 생각합니다."

한자와가 고개를 끄덕이며 맞장구쳤다.

"사장님 말씀이 맞습니다. 은행이 정치적으로 결말을 내린다 해도, 우리는 겉만 번지르르하게 꾸미거나 임기응변식으로 대응하는 게 아니라 본질을 정확히 간파해 올바른 전략으로 대응하고 싶습니다. 그것이 곧 승리의 지름길이니까요."

3

모로타의 말에 귀를 기울이던 히라야마는 감정을 알 수 없는 얼굴로 팔걸이의자에 몸을 묻었다.

"그래서 추가 지원은 언제 정해집니까?"

"다음 주 수요일 임원회의에서 정해질 겁니다."

모로타의 대답을 듣고 고압적으로 대꾸한 사람은 히라야마의 옆에 앉아 있는 미유키 부사장이었다.

"그러면 너무 늦어요! 매수 기한까지 3주도 안 남았잖아요? 가능하면 이번 주 안에 공개매수 가격의 인상을 발표하고 싶어요."

그건 도저히 불가능하다.

모로타는 순간적으로 판단했지만 그 말을 입에 담는 어리석음은 가까스로 피할 수 있었다. 하지만 감정적인 성격의 미유키는 노여움으로 인해 창백해진 얼굴로 모로타를 노려보았다. 여기서 잘못 말했다간 여제의 타오르는 노여움에 기름을 들이붓는 꼴이 될 수도 있다.

"부사장님, 저희 은행도 가장 빨리, 가장 좋은 결과가 나올 수 있도록 최선을 다하고 있습니다. 다음 주 초는 힘들더라도 되도록 빨리 공개매수 가격의 인상을 발표할 수 있도록, 모든 행원이 하나가 되어 노력하고 있으니 조금만 더 기다려주십시오."

"조직이 크다고 해서 결정하는 데 시간이 오래 걸리진 않아요!"

미유키는 말도 붙일 수 없을 만큼 차갑게 대꾸했다.

"지당하신 말씀입니다."

모로타가 맞장구를 치자 미유키가 다시 불만을 토로했다.

"일류 기업일수록 아무리 조직이 커도 의사 결정에 시간이 걸리지 않아요. 은행도 그런 정도는 알고 있을 텐데요."

"죄송합니다."

섣불리 반론하면 오히려 상대의 분노만 키울 따름이다. 모로타는 그렇게 판단하고 순순히 사과하기로 했다. 다시 미유키의 잔소리가 이어졌다.

"신속하게 결정하지 못하는 조직은 세상에서 도태되는 법이죠. 은행도 그런 위기감을 가졌으면 좋겠어요. 제가 무슨 말을 하는지 아시겠어요?"

"물론입니다. 부사장님 말씀에 완벽하게 동의합니다. 제게 권한이 있으면 당장이라도 결재하고 싶습니다."

모로타가 아부를 해도 미유키는 모로타를 무시하듯 코웃음을 쳤다.

"당신이 그런 권한을 가져요? 글쎄요, 언제쯤이면 당신이 그런 권한을 가질 수 있을까요? 그보다 지금 내 말을 이사야마 부장님께 확실히 전해주시겠어요?"

"알겠습니다. 꼭 전하겠습니다."

모로타는 그렇게 말한 뒤, 거북한 표정으로 덧붙였다.

"아무튼 이번에는 지원금이 5백억 엔이나 돼서 금융청과의 문제도 고려해야 하기 때문에, 임원회의의 결재는 다음 주로 넘어가지 않을 수 없습니다. 부디 양해해주시기 바랍니다."

"그럼 그 결재에 맞춰 매수 가격의 인상을 발표할 수 있도록 준비해둘게요. 구체적으로 무슨 요일로 하면 될까요?"

미유키의 질문에 모로타는 "그게 그러니까……"라고 우물쭈물했다.

이사야마로부터 "우리 사정을 잘 설명해서 되도록 시간을 벌고 오게"라는 지시를 받았다. 품의를 올린 금액이 다음 임원회의에서 전부 승인된다는 보장이 없기 때문이다. 애초에 품의 자체를 승인받을 수 있을지도 아직은 미지수다.

지지부진한 공개매수에 조바심이 나는 심정은 이해하지만 지금은 조직의 논리를 무시하고 일을 추진할 수 없다.

"일단 품의를 올렸으니까 결재가 날 때까지 다음 단계는 기다리시는 편이 좋지 않을까요?"

"우리는 1분이라도 시간을 낭비하고 싶지 않아요!"

미유키는 험악한 눈길로 말하더니, 맞장구를 요구하듯 남편인 사장에게 시선을 향했다.

곧바로 히라야마의 냉정한 질문이 뒤를 이었다.

"품의가 난항을 서늘하는 이유는 뭔가요?"

"절차상 이런저런 문제가 있어서요."

실제로 난항이 불가피하지만 모로타는 적당히 얼버무렸다.

"한 가지 확인하고 싶은 게 있습니다. 도쿄중앙은행은 이번 M&A 프로젝트에 적극적입니까, 소극적입니까? 아까부터 듣자 하니 대응이 미온적인 것처럼 여겨집니다만."

히라야마의 눈에 불신감이 깊이 배어 있었다.

모로타는 고개를 흔들며 단호하게 말했다.

"그렇지 않습니다. 은행 차원에서 적극적으로 대처하고 있습니다. 저희 은행으로서도 이번 일은 큰 의미가 있으니까요. 따라서 최선의 방책을 검토해서 보고하고 있습니다."

"그렇다면 빨리 지원을 결정해주셨으면 합니다."

히라야마는 자신의 감정을 밑바닥으로 밀어 넣으며 말했다.

"그건 충분히 알고 있습니다."

모로타가 고개를 숙인 순간, 그의 머리 위에서 마른하늘에 날벼락 같은 미유키의 말이 쏟아졌다.

"자문사를 바꿔야 하는 거 아닌지 모르겠네요."

"이런……. 부사장님께서는 농담도 잘하시는군요."

모로타는 억지로 입술 끝을 올려 영업용 미소를 지으려고 했지만, 미유키의 진지한 얼굴을 보고 자신도 모르게 안색이 바뀌었다.

"어디서 그런 이야기가 있었습니까?"

모로타는 당황한 얼굴로 물으며, 전뇌잡기집단이 거래하는 은행 이름을 떠올렸다. 주거래은행인 도쿄중앙은행의 자문사 자리를 노린다면, 라이벌인 하쿠스이은행인가?

모로타가 마른침을 삼키며 떨리는 목소리로 물었다.

"혹시 하쿠스이은행입니까? 아니면 자회사인 하쿠스이증권입니까?"

미유키가 새침한 얼굴로 대답을 얼버무렸다.

"글쎄요……. 어딘지 알아서 뭐 하시게요? 당신들이 자문사 역할을 제대로 해준다면, 그런 이야기가 나올 리 없잖아요? 안 그래요?"

모로타는 낭패한 모습을 감출 수 없었다.

"부사장님, 저희는 주거래은행으로서 그에 걸맞게 최선을 다하고 있습니다. 물론 불만이 있으실 수도 있겠지만 한두 해 거래한 사이가 아니잖습니까? 이 프로젝트에는 이미 1500억 엔이나 지원했는데, 이제 와서 다른 은행으로 갈아타시면 저희는 어떡합니까? 제 처지도 생각하셔서 한 번만 더 참아주십시오."

"당신의 처지가 우리 회사와 무슨 관계가 있어요? 은행에서 본인 자리를 생각하기 전에 고객을 생각해줘야 하지 않나요? 당신이 아까부터 하는 말은 당신들 사정뿐이잖아요? 고객을 상대하는 세상의 많은 직업 중에서, 자신들 사정을 변명으로 내세우는 곳은 은행밖에 없을 거예요!"

미유키의 대답은 너무도 쌀쌀맞아서 모로타는 식은땀을 흘릴 수밖에 없었다.

"아무튼 다음 주 초에는 결론이 나니까 그때까지만 좀 기다려주십시오. 이렇게 부탁하겠습니다."

모로타는 두 손으로 무릎을 짚고 고개를 숙였다.

"부사장님, 이제 와서 자문사를 교체해봐야 좋은 일은 하나도 없습니다. 결국 자금이 없으면 매수를 진행할 수 없으니까요. 그리고 지금 자금을 가장 빨리 지원해드릴 수 있는 곳은 저희 은행밖에 없지 않습니까?"

"그건 그쪽의 착각일 뿐이에요. 그쪽의 라이벌 은행은 우리가 필요한 자금을 언제든지 지원해주겠다고 하더라고요."

미유키는 라이벌 은행에서 제안을 받았음을 넌지시 내비치며 덧붙였다.

"그럼 이렇게 하는 게 어때요? 만약 다음 주 초까지 그쪽 은행에서 결재가 나지 않는다면 그때는 자문사 계약 자체를 다시 생각하기로 해요. 우리도 더는 기다릴 수 없으니까요. 어때요? 그러면 불만이 없겠죠?"

모로타는 입술을 지그시 깨물었다.

"이건 제가 결정할 수 있는 문제가 아니니까 일단 은행에 가서 의논해보겠습니다."

모로타는 그 말을 남긴 채, 무거운 마음으로 전뇌 본사를 뒤로 했다.

"다른 은행이 끼어들었다고? 웃기지 말라고 그래!"

모로타는 증권 본부로 돌아오자마자 제일 먼저 이사야마의 집무실로 향했다. 히라야마 부부와 주고받은 대화를 보고하자 이사야마의 입에서 천둥 같은 소리가 떨어졌다.

"지금 제정신으로 하는 말이야? 이미 1500억이나 쏟아부었잖아! 그런데 제정신이면 어떻게 그런 말을 할 수 있어? 이제 와서 하쿠스이로 갈아타겠다니! 씨도 안 먹힐 소리는 작작하라고 그래!"

불같이 화를 내는 이사야마에게 모로타가 머리를 조아리며 사과했다.

"죄송합니다. 저도 끈질기게 설득해봤지만 아시다시피 미유키 부사장의 고집이 장난이 아니잖습니까?"

그러자 그토록 펄펄 뛰던 이사야마도 깊은 탄식과 함께 두 손으로 머리를 감쌌다. 이날도 임원들을 설득하느라 여기저기 뛰어다닌 이사야마의 얼굴에는 피로의 빛이 진하게 스며 있었다.

"정말 사람 돌게 만드는군. 어떻게 그런 생각을 할 수 있지?"

이사야마가 거칠게 혀를 차면서 말했다.

"대표 자신이 의리라든지, 주거래은행이라든지, 워낙에 그런 의식이 없는 곳이잖습니까?"

"그건 나도 알아! 그래서 설득하라고 보낸 거잖아!"

이사야마는 억누를 수 없는 조바심을 그대로 드러내면서 모로타에게 화풀이를 했다.

"막판에 와서 자문사 자리를 다른 은행에 빼앗기기라도 해봐. 우리 꼴이 어떻게 되겠어? 그때는 증권과의 승부가 문제가 아니야. 우리에게 내일은 없다고!"

이사야마는 목이 터져라 소리치더니 핏발 선 눈으로 모로타를 쏘아보았다.

"우선 다음 주 임원회의에서 어떻게든 이번 지원을 결재받아야 합니다."

모로타의 말을 듣고 이사야마의 표정은 더욱 심각해졌다.

"부장님, 지원은 어떻게 될 것 같습니까?"

"과반수는 가까스로 확보할 수 있을 것 같아. 전뇌의 상황을 따지기 전에 이건 우리 은행 증권 부문에 대한 투자나 마찬가지니까. 미카사 부행장님도 손을 쓰고 있으니 임원들의 최종 의견을 지원하는 방향으로 굳어질 가능성이 클 거야."

반가운 소식을 듣고 모로타는 가슴을 쓸어내렸다.

"그러면 문제는 행장님입니까?"

"아마 행장님은 찬성하실 거야. 이번 M&A에서 실패하면 우리 은행 증권 부문의 발전은 몇 년 뒤처질 테니까. 그러면 중기 경영계획을 달성할 수 없어. 행장님은 기회를 놓치시는 분이 아니거든."

이사야마의 얼굴에 돌연 화색이 돌았다. 나카노와타리 은행장도 5백억 엔의 추가 지원에 찬성표를 던질 것이라는 자신감이 있었기 때문이다.

"이제 전뇌에 대한 여신이 옳다든지 그르다든지, 그런 문제가 아니야. 이 프로젝트를 성공시키지 않으면 앞으로 증권 부문에서는 수익을 기대할 수 없어. 눈앞의 여신이 옳으냐 그르냐! 그 판단에 사로잡혀 장래의 이익을 잃어버리는 것만큼 어리석은 일은 없잖아? 우리 은행의 미래를 생각하고 수익의 합리성을 생각한다면 당연히 결재해야 해. 그리고 또 한 가지……."

이사야마가 두 주먹을 불끈 쥐고 자신의 생각을 늘어놓더니, 입술 끝에 일그러진 미소를 담았다.

"그 임원회의에서 한자와의 미래도 결정하게 될 거야."

모로타가 깜짝 놀라서 물었다.

"한자와 부장의 미래요? 그게 무슨 말씀이십니까?"

"그자를 그냥 풀어놓으면 우리 은행뿐 아니라 자회사인 증권에도 좋을 게 하나도 없잖아? 조직의 이익을 해칠 우려가 있는 싹은 미리 싹둑 잘라내야 하지. 언뜻 얘기를 들었는데 인사부에서 이미 검토하는 모양이야. 한자와도 결국은 은행원이야. 아무리 상대를 가리지 않고 큰소리쳐도 인사발령에는 이길 수 없지.

녀석도 이제 곧 그런 사실을 깨닫게 될 거야."

"순간적으로 생각해낸 거짓말이 생각지도 못한 형태로 사실이
되는군요."

미키에게 한자와의 거짓 인사 정보를 흘려준 것이 불과 며칠
전의 일이다.

조직이 얼마나 무서운지 뼈저리게 느끼면서도 모로타는 뱃속
에서 솟구치는 웃음을 참을 수 없었다.

'멍청한 녀석, 꼴좋다!'

증권을 떠날 때, 살기등등한 눈으로 자신을 노려보던 한자와
의 눈을 떠올리면서 그는 마음속으로 중얼거렸다.

승리는 결국 권력을 교묘하게 이용한 사람의 것이다. 지금 이
순간, 모로타는 승자가 되고 한자와는 패자가 되었다.

"그러기 위해서라도……."

이사야마는 모로타를 노려보면서 덧붙였다.

"히라야마 부부의 입에서 다른 은행으로 갈아탄다는 둥 말도
안 되는 헛소리가 나오게 하면 안 돼. 알아들었지?"

4

다마키는 온후한 분위기가 떠다니는 키가 큰 신사였다. 재무
분야의 전문가로서 믿을 수 있는 사람이라는 점은 고다가 소개

한 지 10분도 되기 전에 확신으로 바뀌어 한자와의 뇌리에 깊숙이 새겨졌다.

다마키의 간단한 자기소개를 듣고 세나가 얼굴을 찡그리며 말했다.

"참 아이러니하군요. 우리 회사에서는 다각화를 주장한 임원이 떠났는데, 전뇌에서는 다각화에 반대하던 다마키 씨 같은 임원이 떠났으니 말입니다. 아무리 그래도 우리 회사의 전 임원이 전뇌에 주식을 팔리라곤 생각도 못 했습니다. 괜찮으시면 말씀해주시겠습니까? 어떤 경위로 그 두 사람으로부터 주식을 사들이게 된 겁니까?"

그만큼 시간외거래를 통한 선제공격이 세나에게는 충격이었던 것이리라.

다마키는 잠시 망설이더니 대답하기 전에 한자와를 바라보며 물었다.

"정말로 모르십니까?"

"무슨 말씀이십니까?"

한자와가 되묻자 다마키의 입에서 생각지도 못한 말이 흘러나왔다.

"그 두 사람과 전뇌를 이어준 사람이 도쿄중앙은행의 노자키 차장입니다."

순간 모리야마가 숨을 들이마시며 눈을 크게 떴다.

다마키가 말을 이었다.

"재무이사였던 기요타 씨와 10월에 창업 세미나의 강사로 같이 강연한 게 인연이었다고 들었습니다. 그 이후, 기요타 씨의 사업 계획에 노자키 차장이 조언해주면서 신뢰 관계가 생겼다고 하더군요."

세나가 코를 찡그리며 고개를 주억거렸다.

"그랬군요."

한자와가 물었다.

"다마키 씨가 도쿄스파이럴 매수 계획에 대해 알게 된 건 언제입니까?"

다마키는 분한 표정을 지으며 탄식했다.

"기자회견 사흘 전입니다. 좀 더 일찍 알았다면……."

한자와가 다마키의 눈을 들여다보면서 물었다.

"반대했을까요?"

"그렇습니다. 하지만 제가 알았을 때는 이미 늦었습니다. 물론 초기 단계에서 알았다고 해도 히라야마 부부는 제 의견에 귀를 기울이지 않았겠지만요. 거긴 그런 회사입니다. 저는 그저 허수아비에 불과했지요."

"전녀의 재무부장쯤 되면 대우가 상당히 좋지 않은가요? 그만두기로 결정하기 힘드셨을 텐데요."

대학을 졸업하고 취직할 때까지 고생해서 그런지, 모리야마는 그런 이유로 회사를 그만둔 다마키를 이해할 수 없었다.

"업무의 질은 삶의 질과 직결되니까요."

다마키의 대답을 듣고 모리야마는 놀라지 않을 수 없었다. 세나가 고개를 들고 혼잣말처럼 중얼거렸다.

"저도 그렇게 생각합니다."

한자와가 다마키에게 시선을 고정하고 물었다.

"한 가지 여쭤봐도 되겠습니까? 쓸데없는 질문일지도 모르겠지만 괜찮으면 말씀해주십시오. 히라야마 사장은 왜 처음에 M&A 이야기를 우리 회사로 가져왔을까요?"

"마음에 걸리십니까?"

다마키의 얼굴은 더할 수 없이 진지했다.

한자와는 다마키를 똑바로 바라보며 대꾸했다.

"앞뒤가 맞지 않으니까요. 솔직히 말해 전뇌잡기집단에게 우리 회사는 중요한 회사가 아니었을 겁니다. 그런데 그렇게 중요한 프로젝트를 왜 우리 회사에 가져온 거죠?"

다마키는 잠시 침묵하더니 에둘러 대답했다.

"히라야마 사장은 이유도 없이 태도를 바꾸는 사람이 아닙니다. 그때까지 상대도 하지 않았던 증권사에 중요한 일을 의뢰한 건 나름대로 이유가 있기 때문이라고 생각해주십시오."

한자와는 다시 질문했다.

"나름대로 이유가 있다고요? 그게 무슨 뜻이지요?"

"이건 내부정보와 관계가 있어서 제 입으로 말씀드릴 수는 없습니다. 한 가지 힌트를 드리자면 도쿄중앙은행에서 자문사를 자기 쪽으로 바꿔달라고 했을 때, 히라야마 사장은 속으로 내키지 않았을 겁니다. 도쿄중앙은행과 도쿄센트럴증권의 차이는 전뇌에 대한 정보의 차이라고 생각하시면 될 것 같습니다."

다마키는 수수께끼처럼 말했다.

"정보의 차이……."

한자와는 그렇게 중얼거리더니, 잠시 생각하다가 덧붙였다.

"그 말씀은 곧 우리에게는 전뇌의 정보가 있지만 은행에게는 없다─그런 말씀인가요?"

"아뇨. ……그 반대입니다."

다마키는 스무고개라도 하듯이 계속 알쏭달쏭하게 말했다.

"한마디로 말해, 이 프로젝트에 관해 드러나면 곤란한 내용을 은행이 알고 있다는 겁니까?"

모리야마의 질문에 다마키는 말을 얼버무렸다.

"비슷한 겁니다. 죄송하지만 이건 내부정보이기 때문에 더는 말씀드릴 수 없습니다. 양해해주십시오."

하지만 모리야마는 끈질기게 물고 늘어졌다.

"그게 어떤 정보인가요? 구체적인 내용이 아니라도 좋으니까 힌트라도 말씀해주십시오. 굉장히 중요한 정보 같은데요?"

다마키는 잠시 망설이다가 짧게 한숨을 내쉬더니, 진지한 얼굴로 말했다.

"그럼 한 가지 힌트를 드리지요. 은행에선 전뇌의 자회사 정보를 가지고 있을 겁니다. 단……."

그리고 여기가 중요한 점이라는 듯이 모리야마를 쳐다보며 말을 이었다.

"도쿄중앙은행은 그 정보를 살리지 못했습니다."

"자회사……?"

다음 순간, 모리야마의 얼굴에 뭔가 가로지른 것을 한자와는 놓치지 않았다.

노크 소리와 함께 모리야마가 문틈으로 얼굴을 내밀었을 때는 이미 자정이 넘은 시각이었다.

얼마나 서류를 보고 있었을까? 한자와는 피곤한 눈을 손으로 누르면서 얼굴을 들었다. 어깨가 뭉쳐서 그런지 목덜미에서 묵직한 통증이 느껴졌다.

비행장처럼 늘 정돈되어 있던 한자와의 책상이 오늘은 빈자리가 보이지 않을 만큼 서류가 흩어져 있었다. 이런 일은 1년에 한 번 있을까 말까 할 만큼 낯선 광경이었다.

"어떤가?"

어깨를 빙빙 돌리면서 한자와는 신음하듯 말했다.

그런 한자와의 앞에 모리야마는 서류를 하나 내밀었다.

"겨우 찾았습니다."

한자와는 서류를 들고 "이게 왜 우리 쪽에 있지?"라는 단순한 의문을 입에 담았다. 그도 그럴 것이 서류의 왼쪽 위에는 '도쿄중앙은행 귀중'이라는 수신처가 적혀 있고, 오른쪽 위에는 '대외비'라는 빨간 글자가 찍혀 있었기 때문이다.

"예전에 전뇌의 미스기 계장에게서 받은 자료입니다. 새 자회사를 만들었다고 해서 회사의 자세한 상황을 알 수 있는 자료를 달라고 했더니 그걸 몰래 복사해주더군요. 그래서 다마키 씨의 이야기를 듣고 짐작이 되었지요. 다만 이 자료가 이번 건과 관계가 있는지는⋯⋯."

서류를 찾느라 고생했는지, 공기가 제법 차가운 겨울임에도 모리야마의 이마에는 구슬땀이 맺혀 있었다. 오래된 자료를 보관하는 서고에서 서류를 찾아내느라 한참 씨름한 모양이다.

그 자회사의 이름은 전뇌전기설비. 설립한 것은 지금으로부터 2년 전. 사내 네트워크 구축의 주변 업무를 하는 회사였다.

"늘 그랬듯이 신사업에 고개를 들이민 건가?"

신사업 참여는 전뇌에게 그렇게 드문 일이 아니다.

전뇌잡기집단은 기업의 네트워크 구축 비즈니스로 성장해, 주식시장에 상장할 때까지 다른 곳에 눈을 돌리지 않고 오직 외길을 달려왔다. 그런데 상장하고 나서는 수많은 사업에 손을 대고, 온갖 종류의 자회사를 설립했다. 그런 자회사의 하나로 보였다.

"이 회사에 무슨 의미가 있나?"

"그 이전의 자회사에 비해 눈에 띄게 규모가 크다고 생각하지 않으십니까? 전뇌전기설비라는 회사는 다른 회사에서 영업권을 사고, 직원들도 그대로 고용해서 만든 회사입니다."

모리야마는 서류를 들추고, 그곳에 적힌 예전 회사를 한자와에게 보여주었다.

제너럴전기설비. 제너럴산업이 중심인 세니럴 그룹의 일원이라는 설명이 적혀 있었다.

"제너럴전기설비?"

회사의 이름을 보자마자 한자와는 의아한 표정을 지었다.

"아십니까?"

"은행에 있었을 때, 제너럴산업 프로젝트에 관여한 적이 있거든. 직접 담당하지는 않았지만 제너럴산업은 실적 부진으로, 비용 절감을 위해 사업을 축소하려고 했을 거야."

"그래서 제너럴산업이 전뇌에게 자회사를 매각한 건가요?"

"제너럴산업과 전뇌 사이에는 거래가 있나?"

모리야마가 전뇌잡기집단의 주요 판매처 리스트를 펼쳤다.

"있습니다. 전뇌잡기집단은 제너럴산업과의 거래에서 작년 한 해 동안 70억 엔의 매출이 발생했습니다. 이 정도면 큰 거래처라고 할 수 있겠는데요?"

전뇌잡기집단의 자료에 따르면 전뇌전기설비의 설립비용은 약 3백억 엔이라고 되어 있다.

"그중 20억 엔은 영업권에 대한 프리미엄 같습니다."

모리야마의 설명을 듣고 한자와는 고개를 갸웃거렸다.

"왜 그렇게 번거로운 일을 한 거지?"

"번거롭다니요?"

"그냥 그 회사를 사면 되잖아? 전뇌전기실비를 만들어 사업을 양도받기보다는 그편이 훨씬 간단하지 않겠어?"

한자와의 질문은 절반쯤 자기 자신에게 하는 것 같았다.

"기업실사가 번거롭다는 뜻이 아닐까요? 하긴 회사를 새로 만들면 숨어 있는 빚을 걱정할 필요도 없겠네요."

"그래, 그것도 있군."

기업실사란 기업을 매수할 때 하는 정밀한 조사를 가리키는데, 그러기 위해서는 당연히 비용과 시간이 든다. 반면에 회사를 새로 만들면 그렇게 골치 아픈 일을 줄일 수 있다. 더구나 회사를 새로 만들면 연대보증채무 같은, 재무제표에 실리지 않는 채무의 존재를 걱정할 필요도 없다.

"그것 말고 또 생각할 수 있는 게 있습니까?"

한자와는 의자 등받이에 기대며 잠시 생각하다가 대답했다.

"제너럴산업의 자회사를 샀다는 사실을 세상에 밝히고 싶지 않았다든지."

모리야마는 한자와를 응시한 채 그 말의 의미를 곱씹어보았다. 그리고 흥미진진한 얼굴로 물었다.

"왜죠? 왜 숨길 필요가 있었을까요?"

"제너럴전기설비에 대해선 잘 알아. 매출은 겨우 150억 엔 정도이고, 자산 가치는 1백억에서 1백 수십억 정도일 거야. 아무리 생각해도 3백억 엔의 가치는 없어."

모리야마가 흠칫 놀라며 눈을 크게 떴다.

한자와는 모리야마를 똑바로 쳐다보며 단언했다.

"다마키 씨가 말했던 자회사라는 건 분명히 전뇌전기설비일 거야."

여기에는 틀림없이 중요한 비밀이 숨어 있을 것이다.

5

"이사야마 부장, 그동안 여기저기 다니며 미리 손을 쓰느라 수고했습니다. 이제 임원회의도 별 문제 없이 넘어갈 수 있을 것 같습니다."

임원회의를 이틀 후로 앞둔 날 밤, 미카사가 먼저 이사야마에게 식사를 하자고 제안했다.

"감사합니다."

피로한 기색이 역력하면서도 이사야마의 미소에 안도가 배어 나온 것은 요즘 추진한 물밑 작업이 성공했다는 실감이 있기 때문이었다.

이사야마는 지금의 솔직한 심정을 털어놓았다.

"이번 일을 통해 은행 내에서 증권 부문의 밑바닥이 무너지지 않을까 하는 위기감이 얼마나 뿌리 깊은지 알 수 있었습니다. 하나의 여신에 집착해 은행 전체의 이익을 훼손하는 판단 실수를 저지르고 싶지 않다, 모든 임원들이 그렇게 생각하는 것 같더군요. 하지만 정의는 우리에게 있습니다."

"다수결로 했을 때 과반수를 얻을 수 있다는 것만으로도 마음이 든든합니다. 아군이 많으면 논쟁도 유리하게 이끌어갈 수 있으니까요."

미카사는 그때의 일을 떠올린 듯이 눈을 가늘게 뜨고 흡족한 미소를 지었다. 두 사람 사이에 흐르는 고요한 분위기가 오히려 강한 결의를 말해주는 것처럼 보였다.

"반대 의견을 제기할 만한 사람은 누구인가요?"

"가장 시끄럽게 떠들 만한 사람은 나이토입니다."

이사야마는 지난번 나이토와의 면담을 떠올리고 얼굴을 찡그렸다.

아무리 설득해도 나이토의 냉담한 반응은 바뀌지 않았고, 필사적으로 설득할수록 비참함만 더해질 따름이었다. 그때를 생각하자 불쾌함이 머리끝까지 솟구쳤다.

"굉장히 논리적인 사람이지만, 어차피 숫자는 이길 수 없지요."

이사야마는 고개를 끄덕이며 맞장구를 치다가 다음에 이어지는 미카사의 말을 듣고 표정이 굳어졌다.

"하지만 앞으로는 실수하면 안 됩니다."

"알겠습니다."

임원회의는 모레다. 매수 가격을 단숨에 올리면 목표한 주식은 기한 내에 충분히 사들일 수 있다.

승산은 우리에게 있다.

그것을 확신한 순간, 이사야마의 온몸에서 기력이 솟구쳤다.

그 감각은 그의 뇌 안에서 화학반응을 일으키더니, 도쿄센트럴증권…… 아니, 한자와에 대한 뒤틀린 우월감으로 바뀌었다. 그는 자신도 모르게 히쭉 미소를 지었다.

그런 그의 속마음을 읽었는지 미카사가 그를 바라보면서 입을 열었다.

"증권 측 인사 문제도 인사부에서 조정하고 있는데, 한자와 부장은 재파견 형태가 될 것 같습니다."

"재파견이요? 어디로 보낸다고 합니까?"

미카사의 입에서 나온 회사 이름은 은행의 계열사도 아니고 은행과 자본으로 이어진 곳도 아니었다. 한 번도 들어본 적이 없는 것을 보니 작은 회사인 모양이다.

"상장하지도 않은 곳입니까?"

"우리 은행에서 대출해준, 종업원 3백 명쯤 되는 거래처입니다. 그곳에 재무부장으로 보내는 선으로 거의 굳어지고 있어요. 그래 봬도 꽤 장래성이 있는 회사입니다."

미카사는 마지막 말에 비아냥거림을 잔뜩 담아서 말했다. 다음 순간, 두 사람은 눈을 마주치고 웃음을 터뜨렸다.

"한자와란 사람은 목적을 위해서라면 수단과 방법을 가리지 않는 사람이더군요. 아무리 그래도 이번에는 주제를 모르고 너무 나섰습니다."

이사야마는 새삼 고개를 숙였다.

"그동안 있었던 일들을 한꺼번에 정리해주시다니, 어떻게 감사 인사를 드려야 할지 모르겠습니다. 부행장님, 이 은혜는 결코 잊지 않겠습니다. 전뇌의 도쿄스파이럴 매수는 이제야 겨우 궤도에 오를 것 같습니다."

미카사는 인격자인 양 너그러운 미소를 지으며 부드럽게 대답했다.

"그저 내 일을 했을 뿐인데 은혜는요. 애초에 이 프로젝트를 찾아낸 건 이사야마 부장의 공입니다. 이 세상 모든 일은 비록 시간이 걸릴지라도 결국 정착할 곳에서 정착되는 법이죠. 난 거기에 걸리는 시간을 조금 줄여준 것뿐입니다."

"참으로 옳으신 말씀입니다. 가슴 깊이 새겨듣겠습니다."

이사야마는 새로 술을 따라서 미카사와 건배를 했다.

6

"마사, 여러모로 정말 고마워."

세나가 진지한 얼굴로 새삼스럽게 말한 것은 2차로 간 술집에서였다.

"밥이라도 먹지 않겠어?"

그날 저녁, 세나는 오랜만에 둘이서만 식사를 하자고 모리야마에게 전화를 걸었다. 두 사람은 롯폰기 근처에 있는 이탈리안 레스토랑에서 저녁을 먹고 세나의 단골 술집으로 이동했다.

"왜 그래? 아직 끝난 게 아니거든."

"나도 알아. 이건 지금까지 해준 것에 대한 인사야."

이탈리안 레스토랑에서 참아서 그런지, 세나는 줄담배를 피우며 경영자다운 예리한 표정을 지었다.

월요일이라서 카운터는 몹시 한산했다. 두 사람은 기묘하리만큼 차분한 분위기에서 술을 마셨다.

술병이 빼곡히 늘어서 있는 정면의 선반을 노려보면서 세나가 말했다.

"이건 현대의 침략 전쟁이야. 합법적이면서, 더구나 많은 사람들이 지켜보는 가운데 이루어지는 침략 전쟁! 어쩌면 증권시장이라는 현대의 콜로세움에서 벌어지는 격투 시합일지도 몰라. 어느 한쪽이 죽을 때까지 계속되는 치열한 정면 승부 같은……."

"넌 절대 지면 안 돼."

모리야마의 나지막한 목소리를 듣고 세나는 얼굴의 각도를 바꾸어 친구이자 비즈니스 파트너인 남자의 얼굴을 바라보았다.

"절대 안 져."

"내가 말하는 건 다른 의미도 있어."

그 말을 듣고 술잔으로 향하던 세나의 시선이 다시 모리야마에게 돌아왔다.

"다른 의미?"

"우리는 지금까지 학대받은 세대야. 내 주변에는 지금까지도 아르바이트로 먹고사는 대학 친구가 있어. 여태껏 부조리한 일을 전부 떠맡아온 만큼 언젠가 갚아주고 싶다고 생각해왔거든."

세나는 즉시 대꾸하지 않고 술잔을 입으로 가져갔다.

그리고 눈앞의 술병에 시선을 고정한 채 잠시 생각에 잠겼다.

"그렇게 생각할 수도 있지. 하지만 내 생각은 좀 달라."

세나의 말에 모리야마는 조용히 귀를 기울였다.

"어떤 시대에도 승리한 사람들은 있어. 지금 자기 처지를 모두 세상 탓으로 돌리면 가슴속에 허무함만 남지 않을까? 물론 내가 지금 말한 승리한 사람들이란 건 대기업 월급쟁이들이 아니야. 자기 일에 긍지를 가지고 있는 사람이지."

모리야마는 입을 다문 채 머릿속으로 세나의 말을 곱씹었다.

"아무리 작은 회사에 있더라도, 또는 자영업을 하더라도, 가장 중요한 건 자기 일에 긍지를 가지고 있느냐 없느냐가 아닐까? 어떤 일을 하더라도, 긍지를 가지고 자신이 좋아하는 일을 하는 사람은 행복한 사람이라고 생각해."

나는 어떤가? 모리야마는 스스로에게 물어보았다.

얼마 전까지 그의 가슴속을 가득 메우고 있었던 것은 비참한 패배감이었다. 도쿄센트럴증권에 취직한 지 이미 8년이나 지났음에도, 대학생 때 수십 군데의 회사에서 떨어진 패배감을 가슴속에서 씻어내지 못했다.

지금까지 쓸데없는 좌절감과 정신적인 소화불량 속에서 일해 온 듯한 생각이 들었다.

"고맙다고 말해야 할 사람은 오히려 나야. 이 일을 하게 해줘서 정말 고마워. 이런 말을 하기는 좀 창피하지만, 이렇게 가슴

뿌듯한 일을 하게 되어서 얼마나 행복한지 몰라. 나는 지금 이 일에 모든 것을 걸고 있고, 긍지를 가지고 일하고 있다고 당당하게 말할 수 있어. 이 일을 하게 돼서 얼마나 기쁜지 몰라."

세나가 가볍게 미소를 지으며 살며시 술잔을 들어올렸다. 모리야마도 똑같이 따라하자 가슴 깊은 곳에서 뜨거운 덩어리가 올라왔다. 최종 결전이라고 할 수 있는 싸움을 앞두고 흥분이 목구멍까지 솟구치는 것을 알 수 있었다.

노크 소리가 들리고 비서가 얼굴을 내밀었다.

"부장님, 도쿄센트럴증권의 한자와 부장님께서 오셨습니다."

그때 도쿄중앙은행의 나이토는 집무실에서 서류를 검토하고 있었다.

"한자와가?"

약속한 적은 없다. 벽시계의 바늘은 저녁 8시가 지났음을 가리키고 있었다.

"들어오라고 해."

그렇게 말하자마자 비서와 교대하듯 예전에 그의 밑에서 일했던 남자가 성큼성큼 들어왔다.

"오랜만에 뵙습니다."

고개를 숙인 한자와를 보며 나이토는 "자네 소식은 듣고 있어. 어지간히 요란을 떨어야 말이지"라고 빈정거리고 나서 소파를 권했다.

"실은 내일 임원회의가 있다고 들었습니다."

나이토는 팔걸이의자에 앉으려고 하다가 한순간 움직임을 멈추었다.

"잘 아는군."

그리고 여느 때처럼 흐트러진 모습으로 의자에 앉아 다리를 꼬았다. 서로 속마음을 아는 사이인 만큼 사소한 것에 신경 쓸 필요는 없었다.

"참고로 말하자면 그 회의에서 자네 인사 문제도 거론될 예정이야. 그것 때문에 왔나?"

나이토는 한자와가 찾아온 목적을 인사 문제 때문이라고 예상했지만, 돌아온 것은 뜻밖의 대답이었다.

"아닙니다. 전뇌잡기집단에 대한 추가 지원 때문입니다."

그러자 나이토의 표정이 험악해졌다.

"뭐야? 나를 미리 구워삶으러 온 거야? 임원회의에서 반대해달라는 거라면 딱히 설득할 필요 없어. 난 어차피 반대니까. 그런데 대강 계산해봤더니 임원의 과반수는 추가 지원을 인정할 것 같더군. 나 혼자 버틴다고 해서 반대로 결론날 것 같지는 않아."

나이토는 느닷없이 찾아온 한자와의 속마음을 헤아리려는 듯 얼굴을 빤히 쳐다보았다.

"만약 추가 지원이 승인되면 M&A는 성공하겠지. 그러면 도쿄스파이럴의 자문을 맡은 자네는 곤란해지겠지만 말이야."

"아니요, 곤란해지는 건 제가 아니라 은행입니다."

예상치 못한 말을 듣고 나이토는 자기도 모르게 한자와를 뚫어지게 보았다.

"조금 전에 이사야마 부장에게 말해주려고 갔는데, 듣고 싶지 않다면서 쫓아내더군요."

나이토는 어이없는 표정을 지었다.

"그래서 일부러 싸우기 위해 나를 찾아온 건가, 한자와?"

"설마요! 왜 은행이 곤란해지는지 이유를 설명하러 왔을 따름입니다."

한자와는 가져온 서류를 탁자 위에 펼치고 천천히 입을 열기 시작했다.

9장

잃어버린 세대의 역습

1

도쿄중앙은행의 임원회의에는 암묵적인 규칙이 존재한다. 가장 큰 안건은 가장 마지막에 논의한다는 것이다. 오전 9시부터 시작된 임원회의의 안건은 전부 여섯 가지였다. 순서대로 다섯 안건을 논의한 다음, 마지막 안건에 도착했을 때는 이미 한 시간 반이나 지났다.

이사야마가 일어서자 순식간에 분위기가 바뀌더니, 무거운 긴장감이 자리를 가득 메웠다.

"증권영업부에서 제출한 안건은 예전에 승인해주신 전뇌잡기집단에 대한 추가 지원 건입니다."

이사야마의 얼굴에서는 자신감이 흘러넘쳤다. 물밑 작업을 통해 이미 과반수가 넘는 찬성표를 얻었기 때문이다.

"전뇌잡기집단과 도쿄스파이럴은 IT업계의 양대 영웅입니다. 그런데 두 달 전, 전뇌잡기집단에게 도쿄스파이럴의 M&A를 진행해달라는 제안을 받았습니다. 그 이후 저희 증권영업부에서는

M&A의 지혜를 모으는 한편, 타의 추종을 불허하는 정보수집 능력을 발휘해 옛 도쿄스파이럴 임원을 접촉한 끝에, 시간외거래를 통해 주식의 약 3분의 1을 취득함으로써 증권업계에서 높은 평가를 받았습니다. 이런 대형 M&A 프로젝트의 성공은 앞으로 우리가 증권 비즈니스에서 큰 수익 기회를 선점하는 데 충분한 성과였다고 자부하는 바입니다."

이사야마는 일단 자신의 공을 자랑스럽게 늘어놓은 뒤, 오늘의 안건으로 들어갔다.

"그 후에는 신속하게 공개매수로 전환해 주식 과반수 취득을 향해 달려왔습니다. 그런데 갑자기 생각지도 못한 문제가 발생하는 바람에, 이번에 다시 임원회의의 승인이 필요하게 되었음을 보고드리는 바입니다."

이사야마는 잠시 말을 끊고 숨을 가다듬은 뒤, 도쿄센트럴증권이 도쿄스파이럴의 자문사가 될 때까지의 경위를 설명했다.

"상식적으로 자회사인 증권사가 모회사인 은행이 관여한 M&A 프로젝트에서 상대편의 자문사가 되는 일은 당치도 않습니다. 이해 상충의 가능성이 높고 동시에 이런 행위가 업계의 신뢰를 훼손하고 질서를 무너뜨린다는 것은 너무도 자명하기에, 저희 증권영업부에서는 예전부터 말씀드린 것처럼 도쿄센트럴증권의 대응에 강력히게 유감을 표하는 바입니다. 또한 같은 계열임을 알면서 도쿄센트럴증권을 자문사로 선택한 도쿄스파이럴의 판단에도 의문을 품지 않을 수 없습니다. 더구나……."

이사야마는 한층 목소리를 높이며 웅변하듯이 말을 이었다.

"더구나 도쿄센트럴증권은 전뇌잡기집단의 산하로 들어가기로 돼 있던 폭스의 M&A를 주도했을 뿐만 아니라 매스컴을 이용해 실현 가능성이 낮은 사업계획을 들먹이며 주가 상승을 유도하는 등, 정당한 증권 업무라고 할 수 없는 수법으로 투자가의 눈을 현혹시키는 전략을 사용하기에 이르렀습니다. 그 결과 도쿄스파이럴의 주가가 적정한 가격을 넘어 급상승하는 바람에 당초에 공개매수에서 정했던 주가로는 주식을 살 수 없는 사태에 이르고 말았습니다. 저희 부서에서는 시간이 지나면 주가가 다시 떨어져 안정된다고 보고 있지만, 공개매수의 기한까지 확실하게 매수하기 위해서는 주가가 안정될 때까지 기다릴 게 아니라 현재 가격에 맞추어 공개매수 가격을 인상하는 게 좋다는 판단을 내렸습니다. 따라서 매수 지원금으로 5백억 엔을 추가 대출해, 이번 프로젝트를 신속하게 마무리하고자 합니다. 구체적인 사항은 이미 나눠드린 자료를 보시면 되는데……."

이사야마의 이야기를 들으면서 임원들은 두터운 품의서의 복사본을 넘기기 시작했다.

"전뇌잡기집단에 총 2천억 엔의 지원은 지나친 것처럼 보일지도 모릅니다만, 이번 일을 통해 대형 M&A 분야에서 확고하게 자리 잡는다고 생각하면 결코 지나친 지원이 아닙니다. 이번 프로젝트는 증권 부문의, 아니 은행의, 미래의 수익 확보를 위한 교두보가 될 것임이 틀림없습니다. 부디 그런 점을 충분히 이해하신 다음에 대국적인 견지에서 찬성해주시기를 바랍니다."

연설에 가까운 설명을 마친 이사야마가 작게 고개를 숙이고 자리에 앉자 회의실은 기이할 만큼 후끈한 열기에 감싸였다.

"훌륭한 취지를 잘 설명해주었는데, 다른 사람들의 의견은 어떤가?

나카노와타리 은행장이 회의실을 둘러보며 말한 순간, 조용한 목소리로 발언을 요구한 사람이 있었다. 미카사 부행장이었다.

"제가 한 말씀 드려도 되겠습니까? 지금 이사야마 부장이 설명한 것처럼 이런 M&A 프로젝트가 엄청난 수수료 수입으로 이어지는 좋은 수익 기회가 된다는 것은 두말할 필요도 없겠지요. 앞으로 M&A를 계획하는 고객에게 어떤 은행이, 또는 어떤 증권사가 파트너로 어울리는지 생각해주십시오. 복잡한 이론을 내세우는 금융기관일까요? 그렇지 않을 겁니다. 역시 이런 대형 프로젝트를 확실히 성공시킨 금융기관이야말로 그런 의논을 하기에 적합한 상대로 보이지 않겠습니까? 이번 M&A 프로젝트는 도쿄중앙은행에게 절호의 홍보가 될 것입니다. 그와 동시에 진정한 경쟁력을 갖춘 종합금융기관이 되는 길목에서, 반드시 성공시켜야 할 시금석이 되지 않겠습니까?"

미카사의 뒤를 이어 몇몇 임원들이 추가 지원에 찬성한다는 논조로 의견을 말했다.

"왜 찬성하는지는 대강 알았네."

임원들의 말에 귀를 기울이던 은행장이 그렇게 말하고 임원들의 얼굴을 둘러보았다.

"반대 의견도 있나?"

"제가 한 말씀 드리겠습니다."

어디선가 굵은 목소리가 들리자 모든 시선이 그쪽으로 쏠렸다.

영업 2부장인 나이토가 손을 들자 이사야마가 은밀하게 혀를 차며 이마를 찡그렸다.

"다들 이번 프로젝트가 은행 전체의 수익 기회로 이어진다고 말씀하셨는데, 정말로 그렇다고 단언하실 수 있습니까?"

나이토는 찬성으로 기울어진 임원회의에 도전하듯이 질문을 던졌다.

그 즉시 미카사가 이의를 제기했다.

"나이토 부장, 그게 무슨 말입니까?"

말투는 온화했지만 나이토를 바라보는 눈에서는 적개심이 타오르고 있었다.

"전뇌잡기집단이 도쿄스파이럴을 성공적으로 M&A하는 것이 정말로 은행의 수익 기회로 이어지는가 하는 말입니다."

미카사가 질문을 단순하게 만들어서 되물었다.

"M&A의 성공과 실패, 과연 어느 쪽이 수익으로 이어질까요? 앞으로 M&A의 자문사가 될 생각이라면 실적은 있는 편이 좋다고 생각하는데, 나이토 부장은 그렇게 생각하지 않는다는 말씀입니까?"

"그 말씀에는 백 퍼센트 동의합니다. 높은 평가를 받는 실적이라면 말이지요."

나이토의 침착한 대답에 미카사는 미간에 주름을 잡았다.

"높은 평가를 받는 실적이요? 나이토 부장은 이번 M&A 프로젝트가 높은 평가를 받지 못할 거라 생각하고 있군요. 그 이유가 뭐지요?"

"지금부터 그 이유에 대해 자세하게 설명해드리고자 합니다. 하지만 제가 말씀드리는 것보다 이 건에 대해 더 잘 아는 사람이 있으니, 그 사람이 설명하도록 허락해주십시오."

나이토가 그렇게 말하자, 벽 쪽의 의자에서 대기하고 있던 조사역이 일어나 등 뒤의 문을 열었다.

회의실 밖에서 들어온 남자의 모습을 본 순간 미카사는 흠칫 숨을 들이마시고, 이사야마는 눈을 휘둥그레 뜨면서 경악한 표정을 지었다.

"이례적이라는 사실을 알면서도 제가 와달라고 했습니다. 도쿄센트럴증권 영업기획부의 한자와 부장입니다."

미카사가 온몸에 불쾌함을 드러내며 내뱉듯이 말했다.

"나이토 부장, 지금 제정신입니까? 저 사람은 외부인이고, 더구나 은행과 이해관계가 상충하는 회사의 당사자가 아닙니까?"

나이토를 대신해서 대답한 사람은 한자와였다.

"외람되지만 이해관계가 상충하지 않습니다. 도쿄센트럴증권은 전뇌잡기집단의 도쿄스파이럴 매수를 저지하는 쪽입니다만, 그렇게 하는 것이 도쿄중앙은행에 이익이 되기 때문입니다."

"행장님, 계속 말씀드려도 되겠습니까?"

나이토가 그렇게 말하며 시선을 향하자, 그때까지 엄숙하게 상황을 지켜보던 은행장이 무표정한 얼굴로 의자 등받이에 몸을 기댔다.

"이 시간이 헛되지 않기를 바라네."

"감사합니다."

나이토가 태연한 얼굴로 대답했을 때, "잠시만 기다립시오!"라고 말하며 황급히 가로막은 사람이 있었다. 이사야마였다.

"적대 관계에 있는 도쿄센트럴증권 직원을 이 회의에 들인다는 것은 임원회의의 결정을 외부로 유출하는 것과 똑같습니다. 전뇌잡기집단의 자문사인 은행이 그런 식으로 일을 처리해도 됩니까?"

나이토가 이사야마를 정면으로 쳐다보며 대답했다.

"오늘 한자와 부장은 제 대변인이라고 생각해주십시오. 그가 도쿄센트럴증권 사람이라도 소속은 어디까지나 은행입니다. 더구나 이다음에 논의할 인사 문제에 따라서 그것도 어떻게 될지 모르지요. 즉, 그가 여기서 어떤 정보를 얻는다고 해도 우리의 의지에 따라 그것을 무력화하는 일은 매우 간단합니다. 그렇다면 아무런 문제도 없지 않겠습니까?"

이사야마가 핏대를 곤두세우며 도전하듯이 물었다.

"나이토 부장, 이런 일을 전뇌잡기집단의 히라야마 사장에게 말할 수 있습니까? M&A 상대의 자문사 사람이 어떤 의도로 여기에 왔는지, 속셈을 알 수도 없는데 말입니다!"

이사야마는 그렇게 말하더니, 싸움을 거는 눈길로 한자와를 보면서 덧붙였다.

"안 그래도 이 사람이 지금까지 해온 일에는 큰 문제가 있습니다. 저는 이 사람의 상식을 믿을 수 없습니다!"

"은행장님께서 제 발언을 허락해주신 것 같으니, 그럼 지금부터 설명해드리겠습니다."

한자와는 이사야마의 반박에 아랑곳하지 않고, 그를 똑바로 쳐다보며 물었다.

"뱅커에게 상식이란 과연 무엇일까요? M&A를 성공시키기 위해 터무니없는 추가 지원을 하는 게 과연 상식이라고 할 수 있을까요? 이사야마 부장님, 부장님은 전뇌잡기집단이라는 회사에 총 2천억 엔이나 되는 지원금의 품의를 올리셨는데, 그 금액이 과연 그 회사에 타당한 지원이라고 할 수 있습니까?"

"타당한지 타당하지 않은지는 당신이 참견할 문제가 아닐 텐데?"

이사야마가 목소리를 높여서 되받아쳤다.

"물론 그 말씀이 맞습니다. 하지만 전뇌의 재무 상황을 제대로 분석하지 않은 채, 오직 M&A만 성공하면 된다는 태도는 수익 기회를 얻기는커녕 반대로 은행의 신용에 타격을 안겨 거액의 손실을 초래할 수도 있지 않을까요?"

"제대로 분석하지 않았다고? 이봐, 지금 무슨 말을 하는 거야?"

말꼬리를 잡은 이사야마만이 아니라 벽 쪽에 있는 보조석에서 모로타 부장대리도 칼날처럼 날카로운 눈길로 한자와를 노려보았다.

한자와 대 증권영업부. 지금까지 M&A 시장에서 치열하게 싸워온 양쪽이 회의실이라는 링 위에 올라온 듯한 모습이었다.

이사야마가 말을 이었다.

"자네가 무슨 말을 할지는 쉽게 상상할 수 있으니까 미리 말해두지. 전뇌잡기집단에 대한 여신 금액이 조금 지나치다는 사실은 나도 알고 있어. 하지만 이건 전뇌를 발전시키고, 은행 증권 부문의 장래를 개척하기 위한 투자이자 훌륭한 경영전략이라고 할 수 있네. 자네가 말하는 일반론은 그야말로 나무만 보고 숲을 보지 않는 게 아닌가? 이 프로젝트는 그런 미시적 관점에서 논해야 할 일이 결코 아니야. 그건 여기에 모인 모든 임원이 알고 있다고 나는 생각해."

몇몇 임원이 동의한다는 뜻으로 고개를 끄덕였다. 그들은 이 뜻밖의 상황에 얼굴을 찡그리면서, 증권 자회사에서 온 침입자에게 분노와 조바심을 느끼고 있었다.

하지만 한자와는 기죽지 않고 되물었다.

"증권영업부에서는 전뇌잡기집단이라는 회사에 대해 확실히 파악하시고 그렇게 말씀하시는 겁니까?"

"자네는 은행을 바보로 아나!"

이사야마가 눈에 핏발을 세우면서 목소리를 높였다. 얼굴은 불에 덴 듯이 시뻘게졌다.

미카사 부행장이 한자와를 차갑게 쏘아보면서 입을 열었다.

"전뇌잡기집단의 상황이라면 더 들을 필요가 없습니다. 여기는 그런 걸 말하는 자리가 아니니까요. 재무에 대한 평가는 임원들이 가지고 있는 품의서와 똑같습니다. 그 이상도 이하도 아닙니다. 여기는 전뇌잡기집단의 상황을 확인한 후에 지원할 것이냐 말 것이냐 논의하는 자리이지, 그런 각론을 이야기하는 자리가 아닙니다. 당신은 지금 뭔가 착각하고 온 게 아닌가요?"

"확실하게 말씀드리자면 증권영업부에서 올린 품의서에는 중대한 오류가 있습니다."

한자와의 말이 끝나기가 무섭게 회의실이 술렁거렸다.

"오류가 있는 품의서를 바탕으로 논의하면, 올바른 결론을 이끌어낼 수가 없겠지요. 쓰레기통에서는 쓰레기밖에 나오지 않으니까요."

"지금 우리 품의서를 쓰레기 취급하는 거야?"

감정을 참지 못하고 침을 튀기며 소리치는 이사야마를 바라보며 한자와는 태연하게 말했다.

"쓰레기 취급을 한 게 아닙니다. 쓰레기라고 말씀드린 겁니다."

"말 다했어!"

지금이라도 의자를 걷어차고 달려드는 게 아닐까 할 만큼 이사야마는 서슬을 돋우며 소리쳤다. 미카사나 이사야마를 지지하는 옛 T 출신의 모든 임원에게 그 분노가 전해지면서, 바야흐로 회의실에는 험악한 공기가 가득 차기 시작했다.

"이런 자를 중요한 회의에 끌어들이다니! 나이토 부장, 당신은 생각이 있는 사람입니까?"

이사야마의 분노는 나이토에게도 향했지만, 당사자인 나이토는 꿈쩍도 하지 않고 큰소리로 되받아쳤다.

"사람이 말을 하면 끝까지 듣는 게 예의가 아닙니까?"

그러고는 한자와에게 다음 말을 재촉했다.

"계속하게."

한자와는 고개를 끄덕이고 말을 이었다.

"증권영업부의 품의서는 M&A가 성공한다는 예상을 바탕으로 만들어졌는데, 여신소관부가 본래 해야 할 기본적인 판단 업무를 게을리했습니다. 그 결과 전뇌잡기집단의 평가에 중대한 오류가 있어서 잘못된 결론을 이끌어냈습니다."

"한자와 부장, 그게 사실이라면 보통 문제가 아니군요. 하지만 당신은 증권영업부의 품의서를 보지도 않았잖습니까? 어떻게 그렇게 장담할 수 있지요?"

미카사는 정중한 말과 달리 간담이 서늘해질 만큼 날카로운 눈으로 한자와를 쏘아보았다.

"만약 그런 사실을 알았다면 전뇌에게 지원을 해야 한다고 주장할 리가 없기 때문입니다."

이사야마가 도전하듯이 말했다.

"그럼 어디 한번 설명해보겠나? 자네는 자신의 분석력을 높이 평가하는 것 같은데, 전뇌잡기집단과는 인사만 했을 뿐이지 깊이 관여하지 않았잖아? 그런 자네가 우리 증권영업부가 총력을 기울여 분석하고 작성한 품의서를 쓰레기라고 하다니! 정말로 쓰레기인지, 자네 눈으로 한번 보는 게 어떻겠나?"

이사야마는 벌떡 일어나 일부러 원탁을 돌아오더니, 한자와 앞에 품의서를 내던졌다.

한자와가 품의서를 들고 대강 내용을 훑어보는 사이에, 회의실은 찬물을 끼얹은 듯이 조용했다.

이윽고 품의서를 테이블에 내려놓은 한자와는 눈에 핏발을 세우고 노려보는 이사야마를 향해 물었다.

"이것뿐입니까?"

"무슨 뜻이지?"

이사야마의 표정이 기묘하게 일그러졌다.

"이 품의서에는 제너럴전기설비에서 받은 영업권 양도와 자금 빼돌리기에 관해서는 한마디도 언급되어 있지 않군요. 왜죠?"

한자와의 질문을 받고 이사야마의 얼굴에 처음으로 당혹감이 떠올랐다. 등 뒤에 있는 모로타를 돌아보았지만 모로타 역시 의아한 얼굴로 고개를 갸웃거렸을 따름이었다.

"지금 무슨 말을 하는 건가?"

"모르시는 것 같으니까 설명해드리겠습니다."

한자와의 말을 신호로 조사역이 임원들에게 새로운 자료를 나누어주었다.

"2년 전, 전뇌잡기집단은 전뇌전기설비라는 새로운 회사를 설립하고 어떤 회사에서 직원들과 함께 영업권을 양도받았습니다. 실적 부진으로 회생 중인 제너럴산업의 자회사인 제너럴전기설비입니다. 당시 자료에 따르면 제너럴전기설비의 평가 총액은 120억 엔. 한편 이 회사를 양도받을 때, 전뇌잡기집단이 제너럴산업에 지급한 금액은 3백억 엔이나 됩니다."

한자와를 응시하는 이사야마의 눈에 경계의 빛이 스며들었지만, 입은 열지 않았다.

하지만 3백억 엔이라는 금액을 들은 순간, 회의실에는 의아해하는 기척과 의문이 떠다니기 시작했다.

테이블의 한가운데에 있는 은행장이 모두의 의문을 대표해서 물었다.

"어떻게 된 건가? 평가액과 너무 차이가 나지 않는가?"

"그렇습니다. 그것에 대해 지금부터 설명해드리겠습니다."

한자와는 임원들을 차례차례 둘러보며 말을 이었다.

"전뇌잡기집단은 지난 2년간 제너럴산업에서 총 150억 엔이 넘는 주문을 받았습니다. 참고로 말씀드리자면 그 이전까지 제너럴산업과의 거래 실적은 한 건도 없었습니다. 한편 제너럴산업은 2년 전에 이 자회사를 넘김으로써 적자에서 벗어나, 제2의 주거래은행인 하쿠스이은행에서 자금 조달에 성공했습니다."

한자와의 설명이 이어지면서 진흙탕 밑바닥에 있는 듯한 숨막히는 긴장감이 회의실을 가득 메웠다.

"재작년 전뇌잡기집단의 이익은 25억 엔. 작년에는 70억 엔이 었습니다. 최근의 과당경쟁으로 수익이 떨어지는 가운데, 지난 2년간 가까스로 흑자를 낸 셈이지요. 그런데 과연 그게 사실일까요? 전뇌는 그렇게 힘든 상황 속에서 정말로 이만한 이익이 난 것일 까요? 이사야마 부장님, 어떻습니까?"

질문을 받은 이사야마는 최대한 경계하는 눈길로 한자와를 쳐 다보았다.

"그, 그거야 당연하잖아!"

한자와는 목소리를 낮추며 조용히 대꾸했다.

"그렇군요. 분명히 증권영업부의 품의서는 그 이익을 그대로 받아들였습니다. 하지만 결론을 말씀드리자면 그건 잘못되었습 니다. 평가액과 매매가격의 차액인 180억 엔은 매출이라는 형태 로 전뇌잡기집단으로 되돌아온 자금에 불과합니다."

한자와의 말이 채 끝나기도 전에 이사야마가 버럭 고함을 질 렀다.

"그럴 리가 없어! 그런 말은 들어본 적이 없다고! 애초에 이 자료의 출처는 어디지? 자네는 어디서 이런 자료를 입수했나? 부정한 방법으로 손에 넣었다면 간과할 수 없는 심각한 문제야!"

"그 자료는 2년 전, 새로운 회사 설립에 관한 설명 자료로써 전뇌잡기집단에서 받은 겁니다."

모리야마가 보관했던 자료였다.

그러자 미카사가 예리하게 지적했다.

"자료의 수신처는 도쿄중앙은행으로 돼 있군요. 우리 자료를 어떻게 손에 넣었는지, 확실하게 설명해주지 않겠습니까?"

"전뇌의 직원이 은행에 제출한 자료를 제 부하직원에게 복사해주었기 때문입니다. 즉, 이것과 똑같은 자료를 은행에도 제출했다는 뜻입니다."

눈 깜짝할 사이에 이사야마의 얼굴에서 핏기가 사라졌다.

"전뇌잡기집단의 히라야마 사장은 처음에 M&A의 자문사를 도쿄센트럴증권에 의뢰했습니다. 그 이후 저기 있는 모로타 부장대리가 은행에 정보를 유출해주면서 은행에서 이 프로젝트를 가로채갔는데, 전뇌가 왜 그때까지 별다른 거래도 없었던 도쿄센트럴증권에게 맨 처음 그런 의뢰를 했는지, 그 이유가 이 자료에 있습니다."

회의실에 앉아 있는 임원들을 둘러보면서 한자와는 잠시 호흡을 가다듬었다.

"도쿄중앙은행은 제너럴산업 그룹의 주거래은행입니다. 즉, 이 자료를 가지고 있는 은행이 자세하게 조사하면 자신들에게 불리한 사실이 밖으로 드러나게 되지요. 그렇다면 그들에게 불리한 사실이란 과연 무엇일까요?"

한자와는 이사야마와 모로타, 그리고 마지막으로 미카사를 순서대로 보면서 덧붙였다.

"바로 분식회계입니다."

2

다음 순간, 이사야마는 얼어붙은 것처럼 꼼짝도 하지 않았다. 이사야마만이 아니었다. 그 자리에 있는 임원들이 얼음 조각상이 된 것처럼 움직임을 멈추었다.

"그 돈은 주식매각자금으로 제너럴산업에 들어가고, 그 이후 있지도 않은 전뇌잡기집단과 제너럴산업과의 거래에 사용되었습니다. 즉, 전뇌잡기집단이 제너럴산업에 가공 매출을 계상하면서 받은 자금이 된 거죠."

한자와의 입에서 나온 말은 조용한 임원회의에 박히는 커다란 말뚝 같았다.

"전기에 발생한 전뇌잡기집단의 이익은 25억 엔. 같은 해 거래한 제너럴산업의 가공 매출인 70억 엔은 물건을 거래한 것도 아니고 외주 용역을 내보낸 것도 아닌 순수한 현금으로 잡혀 그대로 이익이 되었겠지요. 즉, 실제로 전뇌의 전기 결산은 50억 엔에 가까운 적자입니다."

한자와가 나눠준 자료의 마지막 페이지에는 제너럴산업과 제너럴전기설비, 전뇌전기설비와 전뇌잡기집단을 둘러싼 자금의 움직임을 자세하게 설명한 그림이 첨부되어 있었다. 전뇌잡기집단의 지원을 지지한 임원들은 허달한 표정을 짓거나 말없이 팔짱을 낀 채 깊은 생각에 잠겼다.

"전뇌잡기집단은 최근의 과당경쟁에서 밀리면서 적자로 추락할 만큼 궁지에 몰려 있습니다. 히라야마 사장은 제너럴산업에게 장차 자회사로 편입해주겠다고 약속하는 대신, 자회사의 영업권 양도라는 형태로 자금을 빼돌려 매출로 계상함으로써 이익이 나오는 것처럼 분식회계를 실행했습니다. 하지만 지금도 실적이 개선되었다고는 할 수 없습니다. 전뇌가 도쿄스파이럴 M&A에 집착하는 이유는 그런 힘든 상황이 밖으로 드러나지 않고, 또한 분식회계 사실을 숨기기 위한 방패가 필요했기 때문입니다. 순조롭게 성장하고 있는 도쿄스파이럴과 하나가 됨으로써 본업의 적자도, 유가증권보고서의 허위 기재도 유야무야 넘긴다. 그것이 전뇌의, 히라야마 사장의, 아니 히라야마 부부의 진정한 목적입니다."

모두의 시선이 쏟아지는 가운데 이사야마는 망연자실한 표정을 지었다.

"사실을 어디까지 확인했나?"

술렁이기 시작한 회의실에서 돌연 은행장의 목소리가 울려 퍼졌다.

"전뇌잡기집단의 재무부장이었던 다마키 가쓰오 씨에게서 사실관계를 확인했습니다. 틀림없습니다."

다마키에게 사실관계를 확인한 것은 모리야마와 같이 이런 계략을 알아차린 다음 날이었다. 다마키는 처음에 미적거리면서 말해주지 않았지만, 상법에 위반되는 일까지 비밀로 할 필요가 있냐는 한자와의 설득에 결국 진실을 말해주었다.

"질문 있나?"

은행장이 회의실을 둘러보며 물었지만 손을 드는 사람은 아무도 없었다.

"이런 부정을 알아차리지 못한 건 전적으로 증권영업부의 실수군."

은행장의 묵직한 시선을 받고 이사야마는 입도 벙긋하지 못한 채, 새파랗게 질린 얼굴로 고개를 숙일 뿐이었다.

미카사 부행장이 온몸의 힘이 빠진 것처럼 고개를 숙인 순간, 그때까지 날아다니던 수많은 기대도 물밑 작업도 추가 지원에 대한 동의도 물거품으로 돌아가고, 눈에 보이지 않는 잔해로 변해서 두터운 카펫 위에 떨어졌다.

"전뇌잡기집단에 대한 추가 지원은 보류하겠네. 그걸로 됐나?"

은행장이 테이블을 둘러싼 임원들을 향해 물었다. 반론은 없었다.

"증권영업부는 분식회계 사실을 확인한 후, 신속하게 기존에 지원해준 금액을 회수하게. 그리고 한자와 부장은……."

은행장은 그대로 선 채 상황을 지켜보고 있는 한자와를 향해 말했다.

"수고했네."

한자와는 말없이 고개를 숙인 뒤 몸을 돌리더니 들어왔을 때와 똑같은 문을 통해 회의실 밖으로 나갔다. 그의 뒷모습이 보이지 않을 때까지 바라보던 은행장은 손에 있는 안건을 슬쩍 보고 나서 입을 열었다.

"해당 안건에는 도쿄센트럴증권에 파견 중인 한 행원에 대한 인사이동도 포함되어 있네. 효도 부장, 어떻게 할 건가?"

효도 인사부장이 크게 숨을 들이쉬면서 잠시 생각에 잠겼다.

"그 안건은 다시 검토하고 싶습니다."

"알았네. 오늘 안건에서 삭제해주게. 다른 안건이 있나?"

은행장이 임원들을 차례로 둘러보며 물었다. 그리고 발언을 위해 손 든 사람이 아무도 없음을 확인하고 작게 숨을 내쉬었다.

"그러면 임원회의는 이걸로 마치겠네. 나도 은행 밥을 먹은 지 꽤 됐지만 이렇게 멋지게 역전된 경우는 처음이군. 기뻐해야 할지 슬퍼해야 할지."

은행장은 쓴웃음을 짓고 일어서서 한순간 한자와가 사라진 쪽을 바라보았다. 그리고 급한 성격과 똑같이 빠른 걸음걸이로 그 자리를 뒤로했다.

3

회의가 끝나고 남은 것은 패배감뿐이었다. 폐회를 선언한 나카노와타리 은행장의 뒷모습을 바라본 뒤, 미카사는 이사야마에게 눈짓을 하고 먼저 집무실로 돌아갔다.

생각지도 못한 상황과 결과에 녹초가 된 이사야마는 등 뒤에 있는 모로타를 돌아보고 "가지"라고 말한 뒤 무거운 허리를 들었다.

미리 손을 써놓은 덕분에 백 퍼센트 결재를 믿어 의심치 않았던 추가 지원은 상상도 못 했던 형태로 부결되면서 흔적도 없이 사라졌다.

증권 부문에서 통한의 패배라고 할 수 있었다.

두 사람이 부행장 집무실로 들어가자 미카사는 팔걸이의자에 앉아 손가락 끝으로 이마를 누르고 있었다. 그 모습에서 심상치 않은 기척을 느낀 두 사람은 나란히 소파에 앉아 미카사가 입을 열기만을 기다렸다.

"이사야마 부장, 어떻게 된 겁니까?"

정중한 말투와 달리 미카사의 눈동자 안에서 분노의 푸른 불꽃이 타오르는 것을 보고 이사야마는 자기도 모르게 숨을 들이마셨다.

"죄송합니다."

이사야마는 온몸이 갈기갈기 찢기는 듯한 굴욕을 느끼며 어금니를 악물었다.

"기업 분석이라는 가장 기본적인 것에서 패배했습니다. 그것도 그 한자와한테요. 이보다 더한 치욕이 어디 있겠습니까? 왜 미리 알아차리지 못했습니까?"

도쿄센트럴증권이 아니라 한자와에게 패배했다―미카사는 그렇게 말했다. 온몸이 난도질당하는 것처럼 치욕스럽다는 뜻이다.

"이렇게 되면 증권 부문을 짊어지고 있는 나도 할 말이 없지 않습니까?"

억제할 수 없는 분노로 인해 미카사의 말끝이 가늘게 떨렸다.

"당장 자세히 정리해서 보고서를 올리십시오. 왜 제대로 분석하지 못했는지, 왜 도쿄센트럴증권의 지적을 받게 되었는지, 당신들이 어디서 실수를 했는지, 원인을 제대로 분석하세요. 이번 일은 이사야마 부장 부서에서 확실하게 뒤처리를 해줘야겠어요."

이사야마의 등줄기를 타고 차가운 기운이 흘러내렸다.

그 말은 곧 모든 책임은 증권영업부에서, 나아가서는 이사야마에게 지라고 하는 말과 똑같기 때문이다.

입술을 깨무는 이사야마를 보고 미카사가 말을 이었다.

"이번 일은 완벽하게 증권영업부의 과실입니다. 더구나 1500억 엔이나 되는 자금이 이미 전뇌 쪽으로 흘러들어갔어요. 당신들을 믿은 내가 바보였습니다."

미카사는 마지막으로 그렇게 말하더니 허탈해 보이는 얼굴을 옆으로 돌렸다. 그리고 말이 끝났음을 알리는 대신에 팔걸이의자에서 일어나 집무용 책상으로 이동했다.

이사야마는 소파에서 일어나면서, 평소와 달리 미카사의 온몸을 휘감고 있는 심상치 않은 패배감을 느끼고 조용히 숨을 들이마셨다.

은행장 자리를 노렸던 남자의 야망이 지금 최후의 순간을 맞이하고 있었다.

증권 부문 출신인 미카사가 이번 프로젝트를 발 벗고 나서서 도와준 배경에는 도쿄스파이럴 M&A라는 커다란 프로젝트를 성공시키고, 그것을 발판 삼아 포스트 나카노와타리 은행장이 되려는 야심이 숨어 있었다.

그런데 그 속셈은 가장 최악의 형태로 끝나버렸다.

조금 전 임원회의에서 찬성을 표한 임원들도 이제 곧 손바닥을 뒤집듯 태도를 바꿀 것이다. 그들이 느낀 불쾌감과 초조함은 즉시 미카사나 이사야마에 대한 불신으로 바뀔 테니까.

이사야마는 말없이 고개를 숙인 뒤, 손가락 끝으로 이마를 누르고 있는 미카사를 마지막으로 보고 나서 문을 닫았다.

그는 마음속으로 '끝났군'이라고 중얼거렸다.

미카사만이 아니다. 끝난 것은 자신도 마찬가지였다. 한 시간 전만 해도 눈부실 만큼 환하게 빛났던 미래는 어디론가 사라지고, 지금은 얼어붙은 대지에서 길을 잃고 멍하니 서 있는 초라한 나그네의 모습이다.

모로타와 같이 엘리베이터 홀을 향해 걸어가던 이사야마는 앞쪽의 접견실에서 나온 그림자를 보고 흠칫 놀라며 걸음을 멈추었다.

상대도 이사야마를 알아보고 걸음을 멈췄다.

한자와 도쿄센트럴증권 직원처럼 보이는 젊은 남자, 그리고 영업 2부의 나이토 부장이었다.

"여어, 수고 많았습니다."

마치 안부 인사라도 하듯이 편안한 목소리로 나이토가 말을 걸었다.

이사야마는 말없이 입술을 일그러뜨리며 세 사람의 앞을 지나치려고 했다. 그 순간…….

한자와가 이사야마의 등 뒤에서 말했다.

"모로타. 우리한테 할 말이 있지 않나?"

모로타는 숨을 들이키며 걸음을 멈추었다. 무심코 돌아본 이사야마의 눈에 들어온 것은 부하직원의 얼어붙은 옆얼굴이었다.

"동료를 배신했으면서 사죄도 하지 않고 반성도 하지 않다니. 그러면서 전뇌의 진상을 파헤치지도 못하고 어설프게 일해서 민폐를 끼쳤잖아? 당신에게 일이란 건 뭐지?"

모로타의 얼굴에서 핏기가 사라졌다. 그는 벌레라도 씹은 듯한 얼굴로 한자와를 쳐다보았지만 반박은 하지 않았다. 자신을 바라보는 모로타의 시선이 힘없이 카펫으로 떨어지기 전에 한자와는 걸음을 내딛었다. 모로타의 대답 따위는 처음부터 기대하지 않았다는 것처럼.

애초에 어디서부터 잘못된 걸까? 이사야마는 걸어가면서 생각하고 또 생각했다.

4

도쿄중앙은행에서는 오전 11시가 지나도 연락이 오지 않았다.

"공개매수 가격 인상을 먼저 발표할까?"

기다리다 지친 미유키가 그렇게 말한 순간, 그 소리를 듣기라도 한듯 히라야마의 휴대폰이 울렸다.

"모로타야."

히라야마는 전화를 받기 전에 아내에게 말하고 통화 버튼을 눌렀다. 통화는 불과 수십 초 만에 끝났다.

"지금 이사야마 부장과 같이 온대."

휴대폰을 접으면서 그렇게 말한 히라야마의 표정이 딱딱하게 굳었다.

"왜 그래?"

미유키가 물어보자 히라야마는 혼잣말처럼 중얼거렸다.

"결재를 받았다는 말이 없었어."

무거운 침묵이 두 사람이 앉아 있는 사장실을 가득 채웠다.

"무슨 뜻이야?"

미유키가 앙칼진 목소리로 물었지만 대답은 돌아오지 않았다. 히라야마는 입을 다물고 벽의 한곳을 물끄러미 바라본 채 팔걸이의자 안에서 생각에 잠겼다.

미유키가 비난하듯 말했다.

"물어보지 그랬어? 왜 안 물어봤어? 묻지도 않고 그렇게 부정적으로 말하다니. 지금이라도 전화해서 물어봐."

하지만 히라야마는 꼼짝도 하지 않았다.

"모로타가 뭐라고 했는데?"

히라야마는 여전히 입을 다문 채 대답하지 않았다.

"있잖아, 뭐라고……."

원래 기가 센 여자다. 히라야마가 대답하지 않아도 쉽게 포기하지 않는다.

그녀가 다시 무슨 말인가 하려고 입을 벌렸을 때, 히라야마가 천둥처럼 고함을 질렀다.

"좀 조용히 해!"

"뭐야? 왜 그렇게 안절부절못해?"

미유키는 조바심이 머리끝까지 솟구쳤지만 나머지 불평을 집어삼키고 불쾌한 얼굴로 입을 다물었다. 이런 때 남편에게 더 말해봐야 소용없다는 사실을 알고 있다.

히라야마는 지금 불안하다.

그리고 스스로는 인정하고 싶지 않았지만 미유키도 역시…… 불안했다.

히라야마가 무슨 생각을 하고 있는지 미유키도 알고 있다.

도쿄스파이럴 M&A라는 이번 전략에 전뇌잡기집단의 생사가 달려 있다고 해도 과언이 아니다. 무슨 일이 있어도 성공하지 않으면 안 되는 프로젝트다. 하쿠스이은행에서 자문사 제안이 있었다는 이야기도, 도쿄중앙은행을 움직이기 위한 방편에 지나지 않았다. 지금 도쿄중앙은행의 지원 외에 전뇌잡기집단이 방황하는 미로에서 빠져나올 방법은 없었다.

히라야마가 입을 다물자 사장실은 쥐 죽은 듯 조용해졌다. 미유키는 누군가가 거대한 손으로 자신의 위를 쥐어짜는 듯한 긴장감에 휩싸였다.

모로타와 이사야마가 도착할 때까지의 시간이 당치도 않게 길게 느껴졌다.

은행의 지원 없이 이 궁지에서 탈출할 수 없다―그 사실이 사장실을 무겁게 내리눌렀다.

"고작해야 은행이잖아?"

미유키는 혼잣말처럼 중얼거렸다. 히라야마가 아니라 자기 자신에게 하는 말이었다. IT 업계의 영웅이라는 찬사를 받으며 화려하게 성장했던 시절, 은행은 자신의 발밑에 머리를 조아리는 하인 정도로밖에 생각되지 않았다. 자금을 조달하는 주요 창구는 증권시장이고, 그들 부부는 상장에 의해 거액의 창업자이득을 챙겼다.

하지만 그 이후 경쟁이 치열해지고 본업의 수익은 바닥을 향해 추락하면서, 수익이 될 만한 새로운 기둥을 찾아 설립한 수많은 회사에 개인 자산까지 탈탈 털어 넣었다. 하지만 투자금은 거의 회수하지 못했다. 잇달아 들어오는 투자 제안에 넘어가 돈을 쏟아부었는데, 지금 생각하면 밑 빠진 독에 물을 퍼붓는 어리석기 짝이 없는 일이었다.

미유키에게도, 히라야마에게도 눈에 보이지 않은 얇은 천 같은 피로가 온몸에 덕지덕지 달라붙어 있었다. 그것은 오랫동안 회사를 경영하면서 쌓인 만성피로 같은 것이었다.

주특기 분야에서 뛰어난 노하우를 앞세워 전뇌잡기집단이라는 기업을 화려하게 성장시킨 것은 사실이지만, 그것은 이미 과거의 영광일 뿐이다. 솔직히 말해 그 이후 전뇌잡기집단의 경영 상태는 잇따른 패배로 차마 눈 뜨고 볼 수 없을 지경이었다.

현실을 부정하면서 시선을 돌려도, 눈앞에 있는 참혹한 현실이 바뀌는 것은 아니었다.

고작해야 은행이잖아.

미유키는 다시 한 번 마음속으로 중얼거렸다.

무슨 일이 있어도 도쿄스파이럴을 매수하겠다. 그에 필요한 자금을 지원하게 만들 것이다. 고작해야 은행 따위한테 불만을 말하게 하지 않겠다. 불만을 말한다면 거래를 끊고 재빨리 다른 곳으로 갈아타겠다.

예스―그 이외의 대답은 허락하지 않겠다.

그때 노크 소리가 들리고 비서가 은행원들이 도착했음을 알려주었다.

이사야마가 먼저 안으로 들어오고, 모로타가 그 뒤를 이었다. 두 사람은 마치 의식처럼 나란히 고개를 숙인 뒤 무표정한 얼굴로 소파에 앉았다.

이사야마가 천천히 입을 열었다.

"바쁘신데 시간을 내주셔서 감사합니다. 조금 전에 임원회의가 끝났습니다."

히라야마와 미유키를 번갈아 바라보는 눈에는 평소의 생기를 눈곱만큼도 찾아볼 수 없었다.

"결론부터 말씀드리겠습니다. 5백억 엔의 추가 지원 품의는 통과되지 않았습니다. 죄송합니다."

이사야마는 그렇게 말하면서 모로타와 함께 깊숙이 고개를 숙였다.

이사야마의 은발과 모로타의 몇 가닥 남지 않은 정수리를 바라보는 히라야마의 얼굴에는 아무 표정이 없었다. 마치 이사야마의 말을 못 들은 것처럼.

"무슨 말이에요!"

마음을 점령하기 시작한 절망을 뿌리치면서 거울이 깨진 것처럼 날카롭게 소리친 사람은 미유키였다.

"지금 장난하세요? 우리 회사의 자문사가 되고 싶다고 말한 건 그쪽이잖아요? 이건 계약 위반이에요!"

미유키는 화살 같은 시선으로 두 은행원을 쏘아보며 항의했다. 하지만 이사야마와 모로타는 기운이라곤 한 조각도 없는 얼굴로 앉아 있을 뿐, 미유키가 기대했던 것처럼 고개를 숙이며 사과하지는 않았다. 그 대신 이사야마는 납처럼 무겁고 음울한 눈으로 미유키를 쳐다보았다.

"실은 반대 의견을 말한 사람이 이런 자료를 내놓았습니다."

이사야마는 가방에서 자료를 꺼내 낮은 탁자 위에 놓았다.

"보십시오."

하지만 히라야마와 미유키는 그 자료에 손을 내밀지 않았다.

펼쳐진 페이지에는 제너럴산업에서 전뇌로 돌아오는 자금에 대한 그림이 선명하게 그려져 있었기 때문이다.

미유키의 마음속에 간신히 켜져 있던 희망의 불꽃이 흔들리다가 꺼지더니, 눈앞에 깊은 어둠이 나타났다. 미래를 희미하게 비추었던 마지막 빛이 사라진 후에 나타난 어둠이다.

문득 정신을 차리자 의자에 앉아 있는 몸이 떨리기 시작했다. 난방은 잘 되고 있는데, 오랫동안 한겨울의 차가운 된바람을 맞은 것처럼 머릿속이 몽롱했다.

"사실입니까?"

"몰라요."

그렇게 대답한 미유키의 목소리는 바람에 흔들리는 마른 낙엽처럼 바싹 말라서, 누군가의 무책임한 장난처럼 그 자리에서 힘없이 밑으로 떨어졌다.

"부사장님, 모른다는 말로는 끝나지 않습니다."

이사야마는 등을 쭉 펴더니, 그냥 넘어가지 않겠다는 듯이 딱딱한 목소리로 말했다.

미유키는 팔걸이의자의 등받이에 기대어 뺨을 부풀리더니 토라진 얼굴을 옆으로 돌렸다. 경박한 미유키의 태도는 어떻게 대답할지 생각한다기보다 오직 지금의 사태에 화가 난 것처럼 보였다.

"사실입니까? ……사장님."

이사야마는 질문의 창끝을 바꾸었다. 히라야마는 7 대 3 가르마에 은테 안경을 낀 샌님 같은 얼굴에 무뚝뚝한 표정을 담은 채 미동조차 하지 않았다.

"자산 평가는 회계사에게 맡겨놓아서 지금 당장은 알 수 없습니다."

얼마나 지났을까. 이윽고 나온 히라야마의 대답을 이사야마는 받아들이지 않았다.

"그렇다면 회계사의 보고서를 보여주시겠습니까?"

"여기에 없어서 보여드릴 수 없습니다."

"그렇다면 지금 가져오라고 해주시겠습니까?"

이사야마가 다그치듯 말하자 히라야마는 갑자기 어깨를 흔들더니, 조바심을 감추기 위해 입술에 미소를 담았다.

"당신들은 이미 우리 회사를 지원해줄 마음이 없지 않습니까? 그런 은행에 왜 정보를 제공해야 하죠?"

이사야마가 엄숙하게 말했다.

"우리 은행에서는 이번 프로젝트로 이미 1500억 엔을 지원했습니다. 그밖에 운전자금도 대출해드렸고요. 재무 상황을 알고 싶은 건 당연하고, 귀사는 거기에 응할 의무가 있습니다. 사장님, 이건 거래의 근간에 관한 문제입니다."

"아무리 그래도 지금은 줄 수 없습니다. 여기에 없으니까."

히라야마는 차갑게 말하더니 의자 등받이에 기댔다.

하지만 이사야마는 쉽게 물러서지 않았다.

"그렇다면 작년도 제너럴산업과의 거래명세서와 납품서는 어떻습니까? 그거라면 지금 보여주실 수 있지 않습니까? 경리담당자한테 갈 테니까 전화 한 통만 넣어주시면……."

"그렇게 우리 회사를 믿을 수 없다면 자문사 자리에서 내려오시지요."

히라야마가 이사야마를 노려보며 내뱉듯이 말했다. 하지만 예상과 달리 이사야마도, 모로타도 안색 하나 바꾸지 않았다.

이사야마가 정식으로 말했다.

"실은 그 말씀을 드리기 위해서 왔습니다. 이런 식으로 투명하지 않은 거래가 있는 한, 이번 건을 포함해 앞으로 지원해드릴 수 없습니다. 만약 부정이 없었음을 증명할 수 없다면 운전자금을 포함해 전액을 갚아주시기 바랍니다. 은행은 준법감시*를 해야 하는 만큼, 그런 위법 행위를 못 본 척 넘어갈 수는 없으니까요."

히라야마의 입술 사이로 자포자기의 말이 흘러넘쳤다.

"너무 훌륭해서 눈물이 나오려고 하는군요. 자회사에 맡긴 프로젝트를 사정사정하면서 빼앗아간 결과가 이건가요? 상황이 조금 이상해지니까 손바닥을 뒤집듯 확 뒤집다니요. 그쪽은 우리 실적을 알면서도 자문사가 된 게 아닙니까? 과연 이게 자문사로

* 회사의 임직원 모두 제반 법규를 철저하게 지키도록 상시적으로 통제 및 감독하는 것.

서 올바른 태도라고 할 수 있을까요? 그러면 앞으로 어느 누구도 도쿄중앙은행에 자문사가 돼달라고 하지 않을 겁니다. 처음부터 짐이 너무 무거웠던 게 아닌가요?"

"그럴지도 모르겠군요."

이사야마는 히라야마의 빈정거림을 태연하게 받아넘겼다. 자존심을 내던진 남자가 여기에 있는 이유는 이제 한 가지밖에 없었다.

"저희에게서 가져가신 돈은 언제 갚으실 겁니까?"

5

"이번에는 정말 모든 게 끝장이라고 생각했어."

도마리는 소주잔을 입으로 가져가 한 모금 벌컥 들이켰다. 한자와는 말없이 술잔을 기울였다.

진구마에 근처의 단골 꼬치구이집이었다. 목요일이라서 그런지 저녁 9시가 넘어서 왔을 때에는 빈자리를 찾아볼 수 없었지만 지금은 조금 여유가 있었다.

"이번 일로 미카사 부행장의 평가는 땅에 떨어졌어. 그토록 여기저기 빨빨거리고 돌아다니며 물밑 작업을 했던 전뇌의 지원이 뿌리째 뒤집혔으니까 말이야. 이건 어떤 변명도 통하지 않는 실책이야. 하마터면 당치도 않은 사고가 터져서 은행 얼굴에 먹칠을 할 뻔했어."

그서께였다. 전뇌잡기집단은 마침내 도쿄스파이럴의 M&A를 포기한다고 발표했다. 신문에서는 도쿄중앙은행이 사회사인 도쿄센트럴증권에게 패배했다고 보도함과 동시에, M&A 경과를 자세하게 설명하면서 전뇌와 도쿄스파이럴을 비교했다.

신구 IT기업 경영자인 히라야마와 세나의 비교. 사업 다각화를 추진한 히라야마와 사업을 확대하지 않고 본업을 특화한 세나. 월급쟁이 스타일의 히라야마와 파격적이고 저돌적인 세나는 외모는 물론이고 언행도 극단적으로 다르며 지지하는 연령층도 다르다. 기득권 세대와 잃어버린 세대의 대결 구도로도 많은 주목을 모았다.

"대출은 회수할 수 있을 것 같아?"

한자와의 질문에 도마리는 한숨을 섞어서 대답했다.

"그럭저럭. 네 덕분에 도쿄스파이럴의 주가가 폭등하고 있잖아? 조금씩 시장에 내놓아 그때마다 회수하는 중이야. 주가가 올라가서 M&A에는 실패했지만, 그 덕분에 대출해준 돈을 회수하고 매매차익까지 나오고 있지. 운명의 장난이라고 해야 할지 뭐라고 해야 할지……."

전뇌가 소유한 주식을 시장에서 매각한다는 뉴스가 나간 직후에 도쿄스파이럴의 주가는 한동안 떨어졌지만, 얼마 지나지 않아 다시 회복되었다.

도마리가 진지한 얼굴로 목소리를 낮추었다.

"문제는 분식회계야. 언젠가 수사 당국의 칼날이 들어갈 거야."

"그렇겠지. 문제는 그때 전뇌가 어떻게 되느냐는 건데…….."

한자와는 술잔을 돌려 얼음이 부딪치는 소리를 들으면서 도마리를 보았다.

"상장이 폐지될까?"

도마리가 떨떠름한 얼굴로 인정했다.

"그럴 가능성이 높아. 그렇게 되면 우리 은행에선 거액의 손실을 떠안게 될 거고."

도쿄스파이럴 M&A 자금으로 빌려준 금액은 전액 회수한다고 쳐도, 그때까지 지원했던 운전자금의 잔고가 수백억 엔 남아 있기 때문이다. 전액 회수할 수 없는 부실채권이 되면 은행의 실적에도 영향이 미친다.

"행장님도 참 운이 없군."

"한자와, 남의 일처럼 말하지 마."

도마리는 그렇게 말한 뒤, 심각한 얼굴로 입을 다물었다. 도마리의 옆얼굴을 슬쩍 쳐다본 한자와가 눈치 빠르게 물었다.

"무슨 일 있어?"

"슬쩍 들었을 뿐이야."

도마리는 그렇게 말한 뒤, 접시에 있는 염통 꼬치를 덥석 물었다. 정보통인 도마리에게는 은행의 비밀이 전부 모인다. 이번에도 그런 식으로 들은 모양이다.

"너를 전뇌로 보내면 어떠냐는 의견이 있어."

"나를?"

한자와는 눈을 크게 뜬 채 마시던 술잔을 내려놓았다.

"전뇌에 대해 누구보다 많이 연구했으니까 앞으로 은행에서 관리하며 회생시키든 채권을 회수하든, 네가 제일 적임자가 아니냐는 거지."

웬만한 일에는 꿈쩍도 하지 않는 한자와도 어이없는 표정을 지었다.

"누가 그런 말을 하는데?"

"미카사 부행장. 너 때문에 전뇌의 M&A 이야기가 물 건너가는 바람에 엄청 열 받은 모양이야. 이런 걸 보고 방귀 뀐 놈이 성낸다고 하는 거지. 하지만 아무리 방귀를 뿡뿡 뀌어도 그 사람이 부행장이고, 부행장이 지시를 한다면 효도 인사부장도 무시할 수 없잖아? 내가 무슨 말을 하고 싶은지 알겠지?"

"근성이 뿌리까지 썩어빠진 놈이군. 그래서 나를 전뇌로 보내기로 정해졌어?"

한자와는 천연덕스러운 얼굴로 농담처럼 물었다.

"아무리 농담이라도 그런 말은 하지 마. 거기에 가고 싶어?"

도마리가 무서운 표정을 지었다.

"내가 가기 싫다고 해도 인사발령이 나면 거부할 수 없잖아. 그게 은행원의 운명이니까."

도마리 역시 은행 밥을 오래 먹은 사람답게 말했다.

"그런 인사발령이 항상 옳다곤 할 수 없어. 이번 프로젝트에서 네가 한 일은 옳았다고 생각해. 하지만 너 때문에 출세의 계단에서 미끄러져 장래에 어두운 그림자가 드리운 사람들이 한둘이아니야. 특히 증권 부문 사람들은 모두 안티 한자와거든. 그들에게 중요한 건 무엇이 옳고 무엇이 그르냐가 아니야. 이 사태를 어떻게 마무리하고 누가 책임을 지느냐지. 그건 미카사 부행장도 마찬가지고. 이제 이건 자존심 싸움이라고 할 수 있어."

"깨끗이 포기하면 좋을 텐데, 물귀신처럼 물고 늘어지는군."

"바로 그거야!"

도마리는 주먹을 불끈 쥐며 덧붙였다.

"은행원은 원래 포기할 줄 모르는 족속이지. 참고로 말하면 가장 처치 곤란한 녀석은 실력도 없으면서 자존심만 센 녀석이야. 더구나 그런 녀석들은 빗자루로 쓸어버릴 만큼 많고."

어깨를 들썩이며 웃기만 하고 대답하지 않는 한자와를 보면서 도마리는 말의 방향을 바꾸었다.

"은행에서도 다들 우왕좌왕하기 전에 빨리 손을 쓰고 싶겠지. 아마 다음 주 안에 인사발령이 날 거야."

"전뇌와는 얘기가 된 거야?"

한자와의 질문에 도마리는 고개를 크게 끄덕였다.

"얘기는 어느 정도 굳어졌나 봐. 산 넘어 산이군. 삼가 명복을 빕니다."

6

"축하해. M&A 방어 성공이야!"

모리야마는 그렇게 말하며 세나와 건배를 했다. 지금 그의 가슴을 가득 채운 것은 한 번도 경험한 적이 없는 충족감이었다.

"고마워. 다 마사 덕분이야."

세나는 간절하게 말하고 안도의 한숨을 내쉬었다.

전뇌잡기집단이 갑자기 적대적 M&A를 선언하면서, 지난 두 달 동안 숨 쉴 틈도 없이 정신없이 뛰어다녔다.

"정의는 우리에게 있었어."

모리야마는 개구쟁이처럼 대꾸한 뒤, 새삼스레 세나를 똑바로 바라보았다.

"나도 정식으로 인사할게. 최고의 일을 하게 해줘서 고마워."

세나가 진지한 얼굴로 모리야마를 쳐다보았다.

"다행이야. 그렇게 말해줘서 나도 고마워. 세상은 당연히 이렇게 되어야지. 세상이 항상 공정한 건 아닐지도 몰라. 세상에 공정함을 요구하는 자체가 잘못일지도 모르고. 하지만 가끔은 노력한 만큼 보답을 받는 법이야. 그래서 포기해서는 안 돼."

그 말은 모리야마의 마음 깊숙한 곳에 자리를 잡았다.

세나가 갑자기 화제를 바꾸었다.

"너한테 한 가지 의논할 게 있어. 실은 어제 기요타와 가노가 찾아왔어."

모리야마는 순간 고개를 갸웃했다. 이름만 들어서는 누구인지 알 수 없었다. 그래서 그들이 얼마 전에 세나의 곁을 떠난 재무이사와 전략이사였다는 걸 떠올리기까지 약간 시간이 걸렸다.

"도쿄스파이럴 주식을 매각한 자들이지? 그 인간들이 왜 찾아왔는데?"

"다시 원래 자리로 돌아오고 싶다더군."

모리야마가 황당한 표정을 지었다.

"그자들, 미친 거 아니야?"

말도 안 되는 이야기다. 세나와 결별한 것까지는 충분히 이해할 수 있다. 그런데 그 후에 한마디 말도 없이 라이벌 기업에 대량의 주식을 매각해놓고, 원래 자리로 돌아오고 싶다니! 아무리 뻔뻔해도 그렇지, 그렇게 잔인하게 배신해놓고 어떻게 그런 말을 할 수 있는가?

"우리 주식을 판 돈으로 통신 사업을 하려고 했던 모양이야. 주식매각자금을 그대로 인프라에 쏟아 넣은 것까진 좋았는데 예상이 틀어졌나 봐. 자금만 있으면 반드시 성공하니까 우리 회사에서 사업을 인수해줄 수 없냐고 하더군."

"완전히 얼굴에 철판을 깔았군. 그래서 어떻게 할 거야?"

모리야마의 말에는 경멸감이 배어 있었다.

세나는 단호하게 말했다.

"당연히 거절했어. 재무이사로 영입하고 싶은 사람이 따로 있거든."

"다마키 씨야?"

정확히 맞췄다고 생각했지만 세나는 고개를 가로저었다.

"아니, 다마키 씨는 폭스의 재무이사로 이미 내정돼 있어. 내가 영입하고 싶은 사람은…… 마사, 너야. 우리 회사로 안 올래?"

모리야마는 한순간 할 말을 잃었다. 생각이 끊임없이 솟구치며 머릿속을 이리저리 뛰어다니는 바람에 말이 나오지 않았다. 예기치 않게 망치로 뒤통수를 얻어맞은 기분이다.

세나는 간절한 눈길로 뜨겁게 말했다.

"나도 믿을 수 있는 사람과 같이 일하고 싶어. 마사는 그동안 증권회사에서 경험과 지식을 충분히 쌓았잖아. 꼭 우리 회사에 재무이사로 와줬으면 좋겠어. 나와 같이 일하자."

"잠깐만 기다려. 너무 갑작스러워서 뭐가 뭔지 모르겠어."

당황하는 모리야마를 보면서 세나는 진지하게 말했다.

"얼마 전부터 계속 생각했어. 이번 건이 일단락되면 제안하려고 말이야. 네가 긍정적으로 검토해준다면 조건을 이야기하고 싶어. 원하는 게 있으면 뭐든 말해줄래?"

"지금은 너무 혼란스러워서 어떻게 대답할지 모르겠어."

"지금 대답하지 않아도 돼. 네 인생을 결정할 중요한 문제니까 천천히 생각해. 네가 대답할 때까지 기다릴게."

세나는 그렇게 말하고 단숨에 술을 들이켠 뒤, 개별실의 인터폰을 누르고 새로운 술을 두 잔 주문했다.

7

"모리야마, 축하하는 자리에서 왜 그렇게 똥 씹은 얼굴이야?"

오니시가 아까부터 연회장 구석에서 말없이 서 있는 모리야마를 발견하고 말을 걸었다.

"그냥 이런저런 생각을 하고 있었어요."

오니시는 멋대로 짐작하며 위로했다.

"하긴 피곤하기도 하겠지. 요즘 맨날 막차로 집에 갔으니까."

승리를 자축하는 영업기획부의 전체 회식이다. 오카 사장이 직접 기획했다고 한다. 회사 근처에 있는 작은 바를 통째로 빌렸는데, 한가운데의 테이블에서는 몇몇 직원들에게 둘러싸여 환담을 나누고 있는 한자와의 모습이 보였다.

평소에는 저승사자처럼 얼굴을 찡그리고 있는 오카도 이날 밤은 만면에 함빡 웃음을 매달고 자신을 둘러싼 임원들을 상대로 열변을 토하고 있었다. 건배사를 할 때는 손바닥을 뒤집은 것처럼 입에 침을 튀기며 한자와를 칭찬해 직원들을 아연하게 만들었다. 하긴 "은행에 지지 마!"라고 입버릇처럼 말해왔는데, 세상 사람들이 모두 주목하는 프로젝트에서 은행을 물리쳤으니 이보다 통쾌한 일은 없으리라.

"그나저나 어제 도쿄중앙은행 인사부 친구와 오랜만에 한잔했는데, 마음에 걸리는 말을 들었어."

오니시는 한자와를 힐끔 쳐다보고 나서 목소리를 낮추었다.

"한자와 부장님, 어쩌면 은행으로 돌아갈지도 몰라."

"네?"

모리야마는 한동안 다음 말을 잇지 못했다.

"설마요. 우리 회사에 온 지 얼마 안 됐잖습니까?"

"돌아간다고 해도 일단 대기발령으로 있다가, 즉시 다른 회사로 파견 나가는 모양이야. 어디로 가는지 알아?"

짐작도 되지 않았다.

"어디로 가는데요?"

대답하는 오니시의 목소리에 당황스러움이 섞여 있었다.

"그게 말이야, 전뇌로 간다는 것 같아."

너무나 황당한 이야기라서 선뜻 믿기 힘들었다.

"설마요! 전뇌와 그토록 적대했는데 그곳으로 파견 나가다니, 말이 안 되잖습니까?"

"은행 내부에 워낙 부장님 적이 많거든."

오니시는 사정을 잘 안다는 얼굴로 말했다.

"부장님께선 그런 사실을 알고 있나요?"

모리야마는 부조리함에 부아가 치밀어서 물었지만 오니시는 고개를 옆으로 흔들었다.

"글쎄……. 인사 문제니까 아직 모르시지 않을까? 은행은 옳은 일만 할 것 같은데 안에선 지독한 짓을 한다니까. 아무리 저도 그렇지, 이런 식으로 복수하면 안 되잖아?"

모리야마는 어처구니가 없어서 입을 다물 수 없었다.

너무하다. 정말 너무하다.

승리를 축하할 기분이 손톱만큼도 없는 모리야마에게 계속 그 자리에 있어야 하는 것은 크나큰 고통에 불과했다. 그와 동시에 세나의 제안도 머리의 절반을 차지하고 있어서, 동료들과 어울려 시끌벅적 떠들 상황이 아니었다.

한자와는 존경할 수 있는 상사였다. 회사에 들어오고 그런 상사는 처음 만났다.

언제 어디서나 고객을 먼저 생각하는 모습. 자신의 안위를 돌보지 않고 대담하게 밀어붙이는 추진력. 지혜와 노력에서 상대를 능가하고, 약간의 실마리를 통해 상황을 역전시키는 판단력. 한자와와 같이 일했던 시간들은 그의 월급쟁이 인생에서 가장 소중한 자산이 되리라.

그런 한자와가 이번 일로 은행의 반감을 사서 벼랑 끝으로 몰리고 있다. 너무나 화가 나고 분통이 터져서 모리야마의 가슴은 터질 것 같았다.

"모리야마, 왜 그래? 안 가?"

한자와가 그렇게 말한 것은 노래방을 좋아하는 오카가 직원들을 이끌고 근처의 노래방으로 가는 모습을 보고 있었을 때였다. 오니시가 같이 가자고 했지만 더는 어리석은 웃음소리에 끼고 싶은 마음이 없었다.

"부장님은 어떻게 하시겠어요?"

당연히 오카가 같이 가자고 했겠지만 한자와에게 돌아온 말은 예상 밖이었다.

"지금은 노래를 부를 기분이 아니거든."

부장님은 알고 있다.

직감적으로 그렇게 생각한 모리야마를 바라보며 한자와가 말했다.

"이 근처에서 간단하게 한잔할까?"

두 사람은 가까운 이자카야로 들어가 카운터에 앉아 가볍게 건배했다.

"아까 오니시 선배로부터 마음에 걸리는 소문을 들었습니다. 부장님의 인사 문제에 관해서요."

"신경 쓸 거 없어."

한자와는 웃으며 대답했다. 조금 쓸쓸해 보이는 웃음이었다.

"하지만 그게 사실이라면 너무하지 않습니까? 부장님께는 이미 타진이 있었습니까?"

한자와는 술을 마시면서 태연하게 말했다.

"정식으론 없었어. 하지만 지금 그 회사는 한 치 앞을 모를 만큼 심각해. 누가 가더라도 빨리 가는 편이 좋겠지."

"그렇다고 부장님께서 가실 필요는 없지 않습니까? 그건 이번 프로젝트에서 패배한 것에 대한 분풀이가 아닙니까?"

한자와가 한쪽 눈썹을 올리며 물었다.

"마음에 안 드나?"

"당연하죠! 마음에 들 리가 있겠습니까?"

모리야마는 씩씩거리며 울분을 터트렸다.

세나는 세상이 항상 공정한 것만은 아니라고 말했다.

그럴지도 모른다. 그렇다고 그걸로 좋다는 것은 아니다.

"그렇다면 자네가 바꿔봐."

그 말을 듣고 모리야마는 흠칫 놀라며 얼굴을 들었다.

"무슨 말씀이십니까?"

"세상에 불만을 터트리거나 한탄하는 건 간단해. 세상이 허무하다고 탄식하거나 불평하거나 썩었다고 개탄하거나……. 하지만 그런 건 누구나 할 수 있지. 자네는 모를 수도 있겠지만 어느 시대에나 세상을 향해 불평을 토로한 자들은 길거리에 널릴 정도로 많았어. 하지만 그렇게 한다고 무슨 의미가 있지? 가령 자네들이 학대당한 세대라면, 어떻게 하면 다시는 그런 세대가 나오지 않도록 할 수 있는지 그 대답을 찾아야 하지 않겠나?"

한자와는 뜨거운 눈길로 말을 이었다.

"앞으로 10년쯤 있으면 자네들은 이 사회를 떠맡아야 할 책임자가 될 거야. 지금까지 학대당하며 세상에 의문을 품어온 자네들이라면, 그런 때 할 수 있는 개혁이 있지 않겠나? 그때야말로 자네를 포함한 잃어버린 세대가 사회나 조직에, 자신들의 진정한 존재 의의를 인정하게 만들 수 있겠지. 우리 거품 세대는 기존 시스템에 올라타는 형태로 사회에 나왔어. 호경기였기 때문에 세상에 대한 의문이나 불신감은 털끝만큼도 없었지. 즉, 윗세대가 만들어낸 시스템에 아무런 저항도 하지 않고 그대로 휘말린 거야. 하지만 그건 잘못이야. 그리고 잘못이란 사실을 깨달았을 때는 이미 어찌할 수 없는 상황에 놓이고 궁지에 몰렸지."

한자와는 먼 곳을 바라보듯 아련한 눈으로 탄식했다.

"하지만 자네들은 달라. 자네들에게는 사회에 대한 의문이나 반감이라는, 우리 세대에는 없던 필터가 있고 뿌리 깊은 문제의식이 있으니까. 이 세상을 바꿀 수 있는 사람이 있다면 그건 자네들일 거야. 잃어버린 10년 사이에 세상에 나온 자만이, 또는 그 밑에 있는 세대만이 앞으로 10년 사이에 세상을 바꿀 자격이 있을지도 모르지. 잃어버린 세대의 역습은 지금부터 시작될 거야. 하지만 세상이 받아들이게 하려면 비판만 해서는 안 돼. 누구나 받아들일 수 있는 대답이 필요해."

"누구나 받아들일 수 있는 대답……."

모리야마는 입 안으로 그 말을 몇 번이나 중얼거렸다.

"비판은 이제 하지 않아도 될 만큼 충분해. 그러니까 앞으론 자네들의 비전을 보여주게. 왜 단카이 세대가 잘못되었는지, 왜 거품 세대가 틀렸는지. 세상을 어떻게 만들면 모두 받아들이고 행복해질 수 있는지. 회사 조직을 포함해, 자네들은 그런 틀을 만들 수 있을 거야."

모리야마가 물었다.

"부장님께는 있습니까? 이렇게 하면 좋아진다는 틀 말입니다."

"틀이라고 할 만한 건 없어. 내게 있는 건 오직 신념뿐이지. 하지만 그건 어디까지나 거품 세대, 더 구체적으로 말하면 내 개인의 생각에 불과해. 하지만 나는 그게 옳다고 믿고 있고, 그렇기 때문에 지금까지 싸워왔어."

"괜찮으시다면 말씀해주시겠습니까? 그건 어떤 신념이죠?"

"간단해. 옳은 건 옳다고 말하는 것. 세상의 상식과 조직의 상식을 일치시키는 것. 그것뿐이야. 한눈팔지 않고 자기 분야에서 성실하게 일한 사람이 제대로 평가받는 것. 지금의 조직은 이런 당연한 일조차 할 수 없어. 그래서 안 되는 거야."

"원인이 뭐라고 생각하십니까?"

그 질문에 대한 한자와의 대답은 명확했다.

"자기 자신만을 위해 일하기 때문이지. 일은 고객을 위해 해야 하는 법이야. 나아가서는 세상을 위해 해야 하는 법이고. 그 대원칙을 잊어버렸을 때, 인간은 자기를 위해서만 일하게 되지. 자신만을 위해 일을 하면 소극적이고 비굴해지며, 자기 사정에 따라 추악하게 일그러질 수밖에 없어. 그런 자들이 늘어나면 조직은 당연히 썩을 수밖에 없고, 조직이 썩으면 세상도 썩을 수밖에 없고. 알겠어?"

한자와는 빙긋이 웃으면서 진지한 얼굴로 고개를 끄덕이는 모리야마의 어깨를 가볍게 두들겼다.

"취업 빙하기를 만들어낸 어리석은 거품은 결국 자신만을 위해 일한 사람들이 만들어냈어. 고객을 등한시한 머니게임이 세상을 썩게 만들었고. 자네들이 가장 먼저 해야 할 일은 무조건 원칙으로 돌아가, 그런 사실을 잊지 않도록 하는 거야. 물론 이건 어디까지나 거품 세대인 내 가설이고, 자네는 더 정확한 해답을 발견하겠지. 언젠가 내게 정답을 말해주기를 기대하고 있을게."

모리야마는 황급히 한자와의 표정을 읽으려고 했다. 지금의 말투가 어딘가 이별을 예감하게 만들었기 때문이다.

"모리야마, 싸워. 나도 싸울 테니. 그런 식으로 누군가가 싸우고 있는 한, 그래도 세상은 살아갈 만하니까. 그렇게 믿는 게 중요하지 않을까?"

8

효도 인사부장이 나카노와타리 은행장의 전용차를 타고 은행을 나온 것은 오후 6시 45분이었다. "의논할 게 있으니 식사라도 같이 하는 게 어떻겠나?"라는 은행장의 제안은 그렇게 드문 일이 아니다. 효도를 상대로 할 말이 있다는 것을 보면 인사와 관련된 이야기임에 틀림없다. 하지만 은행장이 용건을 꺼내길 망설이고 있음을 느낄 수 있었다.

도쿄중앙은행의 증권 부문은 이번 일로 몇 단계 도약할 수 있는 중요한 기회를 놓쳤다. 또한 전뇌잡기집단의 준법감시 문제가 떠올랐고, 부실채권이 발생할 가능성도 있다.

그보다 큰 문제는 이런 위기 상황을 타개하기 위한 인재가 부족하다는 점이다. 증권 부문의 옹호자이자 대변자인 미카사 부행장의 평판은 눈에 띄게 추락해서, 이제 그의 리더십은 기대할 수 없다. 전뇌의 분식회계를 간과한 이사야마에 대한 행원들의 시선도 차가워서, 이사야마로는 지금의 난국을 극복할 수 없다는 것이 임원들의 일치된 의견이다.

미래를 내다보고 어떻게 인사이동을 할 것인가? 효도의 의견을 들으면서 생각을 정리하고 싶은 것이 지금 그의 옆에서 눈을 감고 있는 은행장의 진심이리라.

두 사람을 태운 차는 한적한 히라카와초로 향하더니, 이윽고 예약해놓은 고급 중식당 건물 앞에서 멈춰 섰다.

그대로 엘리베이터를 타고 위로 올라가자 종업원이 개별실로 안내해주었다.

은행장의 뒤를 따라 안으로 들어간 순간, 먼저 와서 기다리는 사람들을 본 효도의 표정이 굳어졌다. 미카사와 이사야마였다.

"오래 기다렸나?"

"저희도 지금 막 도착했습니다."

미카사는 평소처럼 부드럽게 말하면서 은행장을 맨 안쪽의 상석으로 안내했다. 수상한 냄새가 풀풀 난다. 미카사가 효도를 불러 한 가지 제안을 한 것은 며칠 전의 일이었다.

한자와를 전뇌잡기집단에 임원으로 파견하는 게 어떻겠냐는 것이다.

검토하겠다고 말하긴 했지만 한 귀로 흘렸다. 그런데 이 두 사람이 같이 온 목적은 한자와 문제를 은행장과 직접 담판 지으려는 것이 아닌가. 그렇다면 골치 아픈 사태가 벌어질지도 모른다.

"식사에 초대해주셔서 감사합니다."

은행장이 자리에 앉자마자 미카사가 밝은 목소리로 말했다. 네 사람은 종업원이 가져온 맥주로 건배했다.

은행장이 식사에 초대했다?

마음속에 퍼지는 의혹을 얼굴에 드러내지 않도록 신경 쓰면서, 효도는 은행장이 어떤 의도로 이 자리를 마련했는지 고개를 갸웃했다. 앞으로 증권 부문을 어떻게 강화할 것인지 허심탄회하게 말하는 자리에 두 사람을 불렀다는 말은 은행장이 생각하는 미래의 설계도에 두 사람이 들어 있다는 것을 의미한다.

그건 말도 안 된다고 효도는 은밀하게 생각했다. 지난 행적을 일일이 들출 것까지도 없이 이 두 사람으로는 눈앞의 심각한 상황을 극복하기 힘들다.

하지만 효도의 머릿속에서 똬리를 튼 의문은 은행장의 다음 말로 어이없이 해결되었다.

"식사를 하자고 한 건 자네들에게도 할 말이 있을 것 같아서 그랬네."

미카사는 얼굴을 실룩거리고, 이사야마는 은테 안경 너머의 눈동자에서 감정을 지웠다.

"기회를 주셔서 감사합니다."

미카사는 가까스로 평정을 가장하며 고개를 숙이더니, 옆에 있는 이사야마에게 어서 말하라고 눈짓을 했다.

"결과적으로 한심한 꼴을 보여드려서 죄송합니다."

이사야마는 일단 사과하고 나서 변명을 늘어놓았다.

"다만 이번 일을 돌아보며 반성해보았습니다만, 역시 저희 쪽에서 간파하기는 불가능하지 않았나 하는 생각을 지울 수 없었습니다."

"오호, 이유가 뭔가?"

은행장은 그렇게 물었지만 특별히 관심을 가진 것 같지는 않았다.

"제너럴산업 그룹은 영업 본부의 관할입니다. 한자와는 예전에 영업 2부 차장으로 있어서 제너럴산업 그룹에 관해 잘 알고 있었지요. 반면에 저희 증권 본부는 그렇게까지 깊숙한 정보를 접할 기회가 없었습니다. 결론부터 말씀드리자면 이번 일은 어쩔 수 없는 사태였다고……."

난처한 상황을 모면하기 위해 억지로 짜낸 변명이다. 이사야마는 주머니에서 손수건을 꺼내 이마의 땀을 닦았다. 딱히 덥지도 않은데, 넓은 이마에는 굵은 땀방울이 송골송골 맺혀 있었다.

"그렇군."

은행장은 이사야마를 힐끗 쳐다보고, 다 마신 맥주잔을 테이블에 소리 내어 내려놓았다.

"부행장 의견도 똑같나?"

"증권 부문에는 우수한 인재가 모여 있습니다."

미카사는 우선 부하직원에 대한 두터운 신뢰를 입에 담았다. 말투에는 자신도 증권 부문 출신이라는 자부심이 배어 있었다.

"똑같은 조건이었다면 은행이 증권에 선수를 빼앗기는 일은 있을 수 없습니다. 인재의 숫자와 능력이 다르니까요. 역시 한자와 부장의 전직이 분석 결과를 좌우했다고 생각합니다."

하지만 생각지도 못하게 은행장의 입에서는 비아냥거림이 흘러나왔다.

"증권 부문은 지식만 풍부한, 머리 큰 집단이니까. 분명히 자네들에게 문제지를 나눠주고 풀라고 하면 누구에게도 지지 않을 만큼 좋은 점수를 받겠지. 그런데 이번 시험은 풀어야 할 문제를 찾는 일부터 시작되었네. 결국 자네들은 잘못된 문제를 풀고, 잘못된 대답을 내놓았지. 그 결과 져서는 안 되는 중요한 승부에서 졌고 말이야. 하지만 도쿄센트럴증권은 일반적인 절차와는 다를지도 모르겠지만, 문제를 올바르게 파악해서 올바른 결론을 이끌어냈네. 이사야마 부장, 안 그런가?"

반성과 후회로 입술을 깨물면서 이사야마는 패배를 인정했다.

"옳으신 말씀입니다. 죄송합니다. 역부족이었습니다."

"이번 프로젝트에서는 저도 감독을 제대로 하지 못했습니다."

미카사는 자신의 잘못을 인정하더니 갑자기 화제를 바꾸었다.

"그래서 행장님께 의논드릴 말씀이 있습니다. 전뇌와 앞으로 어떻게 할지 사후 대책을 논의하는 가운데, 우리 은행에서 인재를 파견하기로 이야기가 정해졌습니다. 그래서 지금 효도 부장

쪽에서 인선하는 중입니다."

미카사는 효도를 슬쩍 쳐다보고 나서 말을 이었다.

"효도 부장에게는 미리 말을 해두었는데, 저희 쪽에서 한 가지 제안을 할까 합니다. 전뇌를 재건하고 채권 회수에 만전을 기하기 위해서는 그 회사를 속속들이 아는 인재를 보내는 게 중요합니다. 그러기 위해서 증권에 파견 나가 있는 한자와 부장을 전뇌로 보내는 게 최선이라고 생각합니다만."

은행장이 말없이 귀를 기울이는 것을 보고 미카사가 다시 덧붙였다.

"효도 부장에게는 미리 말을 해서 검토해달라고 요청했습니다. 행장님의 의향을 듣고 나서 가급적 신속하게 처리하고 싶습니다."

은행장이 효도에게 물었다.

"전뇌의 직책은 뭔가?"

"재무부장으로 조정하고 있는 중입니다."

"자네는 찬성인가?"

은행장이 단도직입적으로 효도에게 물었다.

"저는…… 솔직히 말씀드리면 한자와를 보내는 건 반대입니다. 증권에 보낸 지 얼마 되지도 않았고, 이번 일은 한자와의 공이기도 하고요."

미카사가 부드럽게 반박했다.

"공이란 표현은 잘못되었다고 생각합니다. 그가 정상적인 뱅커라면 그런 형태가 아니라 더 이른 단계에서 은행에 정보를 제공해야 했으니까요."

"나이토 부장에게 들었습니다만, 한자와는 임원회의 전날에 이 건으로 이사야마 부장에게 면담을 신청했다고 합니다."

효도가 이사야마를 향해 말을 이었다.

"하지만 당신은 들으려 하지 않았다고 하더군요."

이사야마는 숨을 들이마시더니, 손수건으로 황급히 이마에 솟구친 땀을 닦아냈다.

미카사에게 보고하지 않았던 것이리라. 미카사의 표정이 험악해지면서 찌르는 듯한 눈길로 이사야마를 쳐다보았다.

"죄송합니다. 다른 건으로 만나려는 줄 알고……. 한자와도 내용에 관해선 한마디도 하지 않았고……."

"전화로 할 만한 말은 아니잖습니까?"

뭐든지 한자와의 탓으로 돌리려는 이사야마의 변명을 듣고 효도는 어이가 없었다.

미카사가 포기하지 않고 끈질기게 반론을 제기했다.

"하지만 효도 부장, 한자와가 공을 세웠다고 해서 전뇌 파견을 반대하는 건, 인재를 적재적소에 배치해야 한다는 인사 제도에 어긋나는 일이 아닙니까? 지금 어떤 인재를 어디에 보내는 게 우리 은행에 최선인가, 그것을 생각하는 게 인사부의 일이라고 생각하는데요. 행원의 사정을 먼저 감안하면 인사관리를 제대로 할 수 없겠지요. 인사관리에서 가장 우선해야 할 건 조직의 사정이라고 생각합니다. 전뇌를 재건할 적임자에 지금으로서 한자와 부장만 한 사람이 없습니다. 행장님, 어떻게 생각하십니까?"

지금 이 두 사람이 하려는 짓은 한자와의 실각이고 추방이다. 더구나 어중간한 조직의 논리를 방패막이로 삼아 '노(No)'라고 말하기 힘들게 하고 있다. 가장 교활하고 비열하며 저열한 행동이다.

미카사와 이사야마, 두 뱅커의 기대가 가득 담긴 시선을 받으며 은행장은 잠시 생각에 잠겼다.

시간이 얼마나 흘렀을까. 이윽고 은행장이 천천히 입을 열었다.

"만약 한자와 부장이 없었다면 어떻게 되었을까? 우리 은행은 전뇌의 분식회계를 도우며 추가 대출까지 합쳐 2천억 엔이나 되는 부적절한 자금을 지원할 뻔했지. 만약 그 자금을 결재한 다음에 분식회계 사실이 드러났다면 은행장인 나도, 투자 자금을 지원해야 한다고 주장했던 자네들도 책임을 면할 수 없었을 걸세. 지금 우리가 행장이니 부행장이니 증권영업부장이니, 이런 직함을 달고 거만하게 있을 수 있는 게 누구 덕분이라고 생각하나? 자네들이 생각 있는 사람이라면, 지금 이런 말을 할 수 없지 않을까?"

은행장의 정론 앞에 미카사가 늘어놓은 궤변은 빛을 잃고, 두 사람은 거북한 얼굴로 동시에 입을 다무는 수밖에 없었다.

"전뇌로 보낼 사람을 급히 정해야 한다는 점에는 동의하네. 조금 전에 미카사 부행장이 말한 것처럼 증권 부문에는 우수한 인재가 많은 것 같군. 이미 문제와 답안지는 받았을 걸세. 이다음 일을 누구에게 맡겨야 할지 생각해봤는데, 내 생각으로는……."

은행장은 맥주로 목을 적시고 나서 덧붙였다.

"이사야마 부장이 적임자라고 생각하네."

황급히 고개를 든 이사야마의 얼굴에는 낭패감이 가득했다.

"행장님, 그게 아니라, 저는 그러니까……."

반론의 말을 찾으려고 했지만 논리적인 사고 체계가 날아가 버렸는지, 혼란에 빠진 이사야마의 입에서는 다음 말이 나오지 않았다.

은행장은 천연덕스러운 얼굴로 말했다.

"명예를 회복할 수 있는 좋은 기회가 아닌가? 한자와 부장의 설명을 들었으니까 전뇌의 내부 사정은 잘 알았을 거네. 확실히 재건해서 자네의 우수한 면모를 보여주기 바라네."

멍하니 입을 벌린 이사야마의 얼굴이 도자기처럼 창백해졌다.

"또한 앞으로의 상황을 예상하면 히라야마 사장의 퇴임은 기정사실이고, 은행이 재건을 주도해야겠지. 그때는 미카사 부행장, 자네에게 사장직을 맡기고 싶네."

상상을 초월하는 이야기를 듣고 효도는 황급히 은행장을 바라보았다.

"행장님, 전뇌잡기집단이 제가 갈 만한 규모의 회사라고 생각하십니까?"

미카사가 발끈하며 반론을 제기한 것은 그때였다. 말투에 조바심이 스며든 것은 부행장의 다음 자리로 전뇌 정도의 회사로 가는 일이 이례적이기 때문이다.

은행장은 미카사를 뚫어지게 바라보고 근엄하게 선언했다.

"미카사 부행장, 중요한 건 규모가 아닐세. 모든 책임을 질 테니까 전략을 포함해 일임해달라고 한 사람은 자네잖나? 그렇다면 전뇌를 재건하는 게 자네에게 남은 일이고, 그게 바로 뱅커로서의 올바른 책무가 아닌가? 내 말이 틀렸나?"

미카사의 얼굴에서 핏기가 사라졌다. 그는 불만스러운 듯 입술을 꼭 다물고, 무릎 위에 있는 주먹을 꽉 쥐었다. 은행장을 바라보는 눈길에서는 검푸른 불길이 솟구칠 것 같았다.

은행장이 다시 말을 이었다.

"어떤 곳에 있어도, 또한 대형 은행이라는 간판이 없어도 스스로 빛나는 인재야말로 진정한 인재일세. 정말로 우수한 인재는 그런 사람이 아니겠나?"

효도는 살며시 은행장의 강건한 옆얼굴을 살펴보았다.

그 말은 날카로운 화살이 되어 두 뱅커의 가슴을 관통했을 것이다.

그와 동시에 효도는 깨달았다.

나카노와타리 은행장의 말은 지금 이 자리에 없는 한 남자에게 보내는 최대의 찬사라는걸.

9

　"요스케, 미안해. 그동안 많이 생각해봤는데, 나는 지금 다니는 회사에서 더 노력해볼게."

　기대로 빛났던 세나의 표정이 순식간에 시드는 것을 보고 모리야마의 마음은 미안함으로 가득 찼다.

　"하긴 도쿄센트럴증권에 비해 우리는 손바닥만 한 회사니까."

　세나는 의자 등받이에 몸을 던지며 토라지듯 말했다.

　"그런 문제가 아니야. 솔직히 말하면 나는 입사하고 지금까지 계속 회사에 불만을 가지고 있었어. 작은 일에도 틈만 있으면 투덜거리곤 했지. 그런데 이번 프로젝트에 관여하면서 처음으로 일이란 무엇인지, 왜 일해야 하는지 깨달았어. 회사가 크니 작으니, 회사의 간판이 어떠니, 그런 건 아무래도 상관없어. 물론 너희 회사에 가고 싶다는 마음도 있어. 하지만 그러기 전에 모처럼 깨달은 일의 재미를 여기서 더 맛보고 싶어. 그래서 지금은 회사를 옮기고 싶지 않아. 그 대신 요스케, 내게 도쿄스파이럴을 담당하게 해주지 않겠어?"

　모리야마는 그렇게 말하며 고개를 숙였다.

　"너희 회사의 직원이 되지 않더라도 증권회사의 직원으로서 힘이 되게 해줘. 이렇게 부탁할게."

　세나는 주머니에서 담배를 꺼내 불을 붙였다. 그리고 깊숙이 연기를 내뱉더니 "알았어"라고 말하며 오른손을 내밀었다.

"앞으로도 잘 부탁해."

그것은 소탈한 세나 식의 환영 인사였다.

"그럼 오늘부터 즉시 코페르니쿠스 사업을 어떻게 할지 생각해줘. 우리 회사와 제휴 내용을 좀 더 검토해서 확정한 다음에, 일본과 미국 시장에서 자금을 조달할 수 있도록 키우고 싶어. 해주겠어?"

"물론이야."

그러자 세나는 책상으로 가서 두터운 서류를 가져왔다.

"이건 내 의견을 바탕으로 작성한 사업계획서인데, 자금 부분의 실현가능성을 검토해줬으면 좋겠어."

"언제까지?"

"되도록 빨리. 지금 이 순간에도 똑같은 아이디어를 가진 사람이 전 세계에 열 명쯤 있거든. 일단 방향이 정해지면 다음은 빨리 추진하는 사람의 승리야."

"알았어. 바로 회사로 가져가서 세밀하게 검토 시작할게."

모리야마가 사업계획서를 가방에 넣고 일어서려고 할 때, 세나가 말했다.

"한자와 부장님께도 보여드렸으면 좋겠어. 그분은 독특한 후각이 있더군."

별안간 모리야마의 얼굴이 흐려졌다.

"부장님은 다른 곳으로 가실지도 몰라."

"뭐? 진짜야?"

세나의 표정이 실망으로 일그러졌다. 그 모습을 보니 한자와에 대한 신뢰가 얼마나 큰지 알 수 있었다.

"모레 임명장이 나올 것 같아."

은행 인사부에서 한자와를 호출했다는 소문으로, 이날 오전에 도쿄센트럴증권이 술렁거렸다. 아마 임원 한 명이 무심코 입을 잘못 놀렸겠지만, 다음 행선지는 전뇌잡기집단이 아닐까 하는 소문이 퍼지면서 모든 사원들이 전전긍긍하고 있다. 하지만 당사자인 한자와는 그런 내색을 털끝만큼도 하지 않고, 평소와 다름없이 태연하게 일하고 있었다.

"다른 곳으로 가시다니? 어디로 가시는데?"

세나의 질문에 모리야마는 일단 적당히 얼버무렸다.

"그건 아직 몰라. 인사 문제니까."

전뇌잡기집단일지 모른다는 말은 차마 할 수 없었다.

물론 외부 사람에게 사내의 소문을 말하기 꺼려지는 마음도 있었다. 하지만 그보다는 그런 사실을 인정하고 싶지 않다는 마음이 더 강했다.

도쿄스파이럴을 지키기 위해 한자와는 자신의 월급쟁이 인생을 걸었다. 그 결과 어떤 사태를 맞이하든, 한자와는 결코 후회하지 않을 것이다.

그 신념과 담백함이야말로 한자와 나오키라는 남자의 진면목이 아닐까?

모리야마는 최대한의 경의와 동경을 담아 그렇게 생각했다.

10

"드디어 내일인가?"

인사발령이 나기 전날이었다. 이날 도마리는 전화해서 한잔하자고 하면서 "한자와, 최후의 만찬이야"라고 덧붙였다.

"최후의 만찬이라고 하는 건 내가 조만간 다시 파견 나간다는 뜻인가?"

한자와가 물었다. 생맥주에서 소주로 바뀐 무렵이었다.

"그걸 잘 모르겠단 말이야. 이번 인사발령은 효도 부장이 직접 처리해서 사전 정보가 전혀 들어오지 않았거든."

정보통으로서 자존심 상하는지, 도마리는 얼굴을 찡그리며 뒷머리를 긁적였다.

"인사부도 신경이 바짝 곤두서 있는 것 같아. 반대로 네게는 아무런 연락도 없었어?"

"전혀. 그냥 10시에 오라고 했을 뿐이야. 될 대로 되겠지 뭐."

한자와는 그렇게 말하고 카운터 안에서 내준 문어초밥을 입으로 집어넣었다. 긴자에 있는 단골 초밥집이었다. 초밥집 옆의 라이브하우스에서는 손님이 드나들 때마다 노랫소리가 흘러나왔다.

"뭐 어디로 가든 네 실력은 모든 사람이 인정하니까. 영업 2부에서 한자와의 인기는 여전한 것 같더군. 이번 프로젝트에서 네 활약을 듣고 영업부 안에서는 박수갈채가 쏟아졌어."

한자와는 그리운 옛 부하직원들의 얼굴을 떠올리면서 쓸쓸하게 웃었다.

"말만 들어도 기쁘군. 어쨌든 내일 임명장을 받고 올게. 어디로 보낼지는 모르겠지만 그곳에서도 최선을 다할 거야. 신입이든 베테랑이든, 하는 일은 똑같으니까."

"별 문제 없이 잘됐으면 좋겠는데."

도마리가 내민 술잔에 자신의 술잔을 부딪친 다음, 한자와는 내일 있을 인사발령을 생각하려고 하다가 그만두었다.

지금 생각해봐야 어쩔 도리가 없다. 그는 지난 몇 달 동안 도쿄 스파이럴을 위해 최선을 다했다.

아무리 부조리하다고 해도 인사발령에 따르지 않으면 안 된다. 은행원인 이상 인사발령은 절대적이다. 물론 한자와도 예외는 아니다.

그날, 한자와는 지정된 시간에 인사부에 도착했다. 그런데 효도가 한자와를 데려간 곳은 뜻밖에도 은행장의 집무실이었다.

"인사발령식이 있는 게 아닙니까?"

앞에서 걸어가는 효도에게 묻자 짧은 대답이 돌아왔다.

"오늘은 정기 인사발령이 아니라서 그래."

한자와를 어디로 보낸다는 말은 한마디도 없었다. 이렇게 뜬금없는 인사발령은 처음이다.

"제가 어디로 파견될지, 미리 타진해주시지 않을까 생각했습니다만."

임원 층에서 멈춘 엘리베이터에서 내리면서 한자와가 그렇게 말하자 무뚝뚝한 대답이 돌아왔다.

"불평하지 마. 이쪽도 그동안 이런저런 일이 있어서, 자네의 희망사항을 일일이 들어줄 틈이 없었어."

"바쁜 건 좋은 일이죠."

한자와가 빙긋이 웃는 것을 보고 효도는 불만스러운 얼굴로 투덜거렸다.

"하여간 한마디도 안 진다니까."

효도는 맨 안쪽에 있는 은행장실까지 걸어가 은행장 비서에게 말없이 고개를 끄덕였다.

모든 게 이례적인 일이었다. 파견 중인 행원을 호출해 은행장이 직접 임명장을 주는 일은 전례가 없었기 때문이다.

"오오, 왔나?"

집무용 책상 앞에 앉아 있던 나카노와타리 은행장은 안경을 낀 채 일어나더니, 효도가 정중하게 건네준 인사발령장을 말없이 받았다.

그리고 한자와 앞에서 펼치고 다짜고짜 읽기 시작했다.

"임명장."

항상 직선적이고 단도직입적으로 행동하는 은행장다운 방식이었다.

"한자와 나오키, 영업 제2부 제1팀 차장으로 임명한다."

한자와가 깜짝 놀라며 얼굴을 들고, 은행장의 냉담한 표정을 똑바로 바라보았다.

"친정으로 잘 돌아왔네. 그리고 이번 프로젝트…… 잘했어."

"감사합니다."

한자와는 그렇게 말하고 은행장이 내민 오른손을 잡았다.

"빨리 영업부에 가서 얼굴을 보여주게. 자네를 기다리는 사람들이 많으니까."

은행장은 그렇게 말하더니 재빨리 임명장을 접어 효도에게 돌려주었다. 그리고 아무 일도 없었던 것처럼 책상으로 돌아가, 조금 전까지 보았던 서류를 들고 중단했던 일을 재개했다.

말없이 고개를 숙이고 은행장 집무실에서 나온 한자와는 효도에게도 인사를 했다.

"감사합니다."

"나는 아무것도 몰라."

고지식한 인사부장은 앞을 향해 똑바로 걷기 시작했다.

효도와 헤어지고 영업 2부가 있는 층으로 혼자 내려온 한자와는 반년 전까지 다녔던 사무실 문을 천천히 밀었다.

영업 1부에서 영업 4부까지 늘어선 사무실에 발을 넣은 순간, 자기도 모르게 걸음을 멈추었다. 예전의 부하직원들이 잇달아 일어서서 그를 맞이해주었기 때문이다. 화려한 박수갈채가 잔물결처럼 사무실 전체로 퍼져나갔다.

"차장님, 잘 돌아오셨습니다!"

영업 2부 앞쪽으로 다가가자 그런 목소리가 날아왔다.

한자와는 가볍게 오른손을 들더니, 박수갈채를 헤치며 막다른 곳의 문을 향해 다가갔다. 부장실이다.

"한자와, 인기 한번 굉장하군."

그를 맞이해준 나이토는 평소의 무뚝뚝한 얼굴로, 입술 끝에 미소를 담았다. 스마트한 본부 엘리트를 그림으로 그리면 나이토의 모습이 되지 않을까? 나이토가 평소의 사색적인 얼굴로 돌아가기를 기다렸다가 한자와가 입을 열었다.

"지금 막 영업 2부 차장으로 발령 받고 부임했습니다. 잘 부탁 드립니다."

나이토가 오른손을 내밀며 말했다.

"영전 축하해. 그리고 잘 왔어. 자네가 없었던 지난 6개월, 우리 부서에도 이런저런 일이 있었어. 조만간 자네도 알게 되겠지. 부임하자마자 미안하지만, 쉴 틈은 없어."

"알고 있습니다. 여기는 은행이니까요."

"그래, 은행이라는 이름의 전쟁터야."

나이토는 엄숙한 얼굴로 고개를 끄덕이며 덧붙였다.

"경제가 계속 발전하는 이상, 우리에게 휴식은 없어. 그리고 이 세상에 조용하고 평온한 발전 같은 건 존재하지 않아. 번영은 쟁취하는 거니까. 은행도 마찬가지야. 그러기 위해 한자와, 자네 힘이 필요해."

말하지 않아도 알고 있다.

자신이 왜 여기에 있는지. 자신에게 무엇을 기대하고 있는지.

그것을 이루기 위해 여기로 돌아왔다.

지금 이 순간, 한자와의 새로운 전쟁이 시작되려 하고 있다.

옮긴이 **이선희**

부산대학교 일어일문학과를 졸업하고 한국외국어대학교 교육대학원 일본어교육과에서 수학했다. KBS 아카데미에서 일본어 영상번역을 가르치면서, 외화 및 출판 번역작가로 활동하고 있다. 옮긴 책 으로는 기시 유스케의 《검은 집》《푸른 불꽃》《신세계에서》와 히가시노 게이고의 《비밀》《방황하는 칼날》《공허한 십자가》, 나쓰카 소스케의 《책을 지키려는 고양이》, 사와무라 이치의 《보기왕이 온 다》 등이 있다.

한자와 나오키 3
잃어버린 세대의 역습

초판 1쇄 2019년 11월 30일
초판 2쇄 2020년 2월 25일

지은이 | 이케이도 준
옮긴이 | 이선희

발행인 | 문태진
본부장 | 서금선
책임편집 | 박은영

기획편집팀 | 김혜연 이정아 김예원 오민정 정다이 전은정   저작권팀 | 박지영
마케팅팀 | 이주형 김혜민 정지연   디자인팀 | 김현철
경영지원팀 | 노강희 윤현성 이보람 조샘
강연팀 | 장진항 조은빛 강유정 신유리
오디오북 기획팀 | 이화진 이석원 이희산

펴낸곳 | ㈜인플루엔셜
출판신고 | 2012년 5월 18일 제300-2012-1043호
주소 | (06040) 서울특별시 강남구 도산대로 156 제이콘텐트리빌딩 7층
전화 | 02)720-1034(기획편집) 02)720-1024(마케팅) 02)720-1042(강연섭외)
팩스 | 02)720-1043 전자우편 | books@influential.co.kr
홈페이지 | www.influential.co.kr

한국어판 출판권 ⓒ ㈜인플루엔셜, 2019

ISBN 979-11-89995-11-9 (04830)
ISBN 979-11-89995-08-9 (세트)